Um Amor

MAIS QUE PERFEITO

Editora Appris Ltda.
1.ª Edição - Copyright© 2024 da autora
Direitos de Edição Reservados à Editora Appris Ltda.

Catalogação na Fonte
Elaborado por: Dayanne Leal Souza
Bibliotecária CRB 9/2162

L533a 2024	Leite, Maria Fernanda Um amor mais que perfeito / Maria Fernanda Leite. – 1. ed. – Curitiba: Appris, 2024. 393 p. ; 23 cm. ISBN 978-65-250-6981-4 1. Romance clichê. 2. Casamento arranjado. 3. Amor à primeira vista. 4. Amor com implicância. 5. Escolha e decisão. I. Leite, Maria Fernanda. II. Título. CDD – B869.93

Editora e Livraria Appris Ltda.
Av. Manoel Ribas, 2265 – Mercês
Curitiba/PR – CEP: 80810-002
Tel. (41) 3156 - 4731
www.editoraappris.com.br

Printed in Brazil
Impresso no Brasil

MARIA FERNANDA LEITE

Um Amor
MAIS QUE PERFEITO

artêra
editorial

Curitiba, PR
2024

FICHA TÉCNICA

EDITORIAL	Augusto V. de A. Coelho
	Sara C. de Andrade Coelho
COMITÊ EDITORIAL	Marli Caetano
	Andréa Barbosa Gouveia (UFPR)
	Edmeire C. Pereira (UFPR)
	Iraneide da Silva (UFC)
	Jacques de Lima Ferreira (UP)
SUPERVISORA EDITORIAL	Renata C. Lopes
PRODUÇÃO EDITORIAL	Daniela Nazario
REVISÃO	Andrea Bassoto Gatto
DIAGRAMAÇÃO	Amélia Lopes
CAPA	Matheus Felipe Davi
REVISÃO DE PROVA	William Rodrigues

AGRADECIMENTOS

Primeiramente, quero agradecer a Deus por tudo. Sem Ele nada disso seria possível. Sem sua iluminação, presença, amor e confiança, eu não seria nada do que sou hoje. Mesmo quando eu não entendia, Ele sempre estava ao meu lado, me fortalecendo e me fazendo ser uma pessoa melhor.

Agradeço a você, caro leitor, por se interessar pela história e lê-la. Saiba que você é um dos contribuintes para a realização de sonhos. Espero que goste e aprenda algo com a narrativa do livro.

Quero agradecer à minha mãe, que sempre me apoiou e ensinou tudo o que eu sei. Sem seus ensinamentos, puxões de orelha, amor, amizade e carinho eu também não seria quem eu sou.

Agradeço também à minha irmã, que, junto com a minha mãe, sempre me apoiou e me ajudou a realizar os meus sonhos.

E de maneira geral, eu quero agradecer a todas as pessoas que convivem ou já conviveram comigo, pois todos trouxeram algum tipo de ensinamento.

Dedico esta obra, primeiramente, a Deus, por sua presença viva e essencial em minha vida e em minha obra. Sem ele nada disso seria possível.

Dedico, também, a uma pessoa muito especial em minha vida e essencial para que ele pudesse existir: minha mãe. Sem ela e o seu apoio, incondicional, nada disso seria real.

E, por último, mas não menos importante, dedico à minha criança interior, que mesmo antes de saber escrever ou ler um livro, já sonhava em ser uma escritora.

NOTA DA AUTORA

Primeiramente, eu gostaria de agradecer a você, leitor, por ter escolhido *Um amor mais que prefeito* para ler. Fico lisonjeada e muito feliz por poder compartilhar com você um dos meus maiores sonhos: o meu primeiro livro.

Espero que este livro seja tão divertido, romântico e reflexivo para você como foi para mim. Espero que, assim como a Leticia, você consiga rir, chorar, refletir sobre suas ações e emoções e, principalmente, apaixonar-se.

Se você está prestes a ler esta obra, saiba que não foi por coincidência. Em minhas orações, pedi a Deus para que ele iluminasse as pessoas que precisavam ler o que nós tínhamos escrito.

Este livro não foi escrito e trabalhado só por mim. Na verdade, fiz a menor parte do trabalho. Foi Ele quem me ajudou a desenvolver desde os mais simples detalhes aos trechos mais complexos da narrativa, por isso eu tenho certeza de que não é uma coincidência você estar aqui lendo isto.

Esta história é para aqueles que querem muito mais do que acham possível ter. Aqueles que acreditam em amores verdadeiros, em paixão à primeira vista e em amores mais do que perfeitos.

Desejo de todo coração que a sua leitura seja muito mais do que divertida e sonhadora, que seja também educativa, de certo modo. Desejo que o livro *Um amor mais que perfeito* te mostre outros lados e pontos de vista, e que você se divirta e se sinta aqui acolhido tanto quanto se sente com seu melhor amigo ou sua melhor amiga, se você tiver um. E, por último, mas não menos importante, espero que você possa viver o seu amor mais que perfeito.

Ah! Lembre-se de que para viver o seu amor mais que perfeito são necessários dois fatores extremamente relevantes: amor-próprio e intimidade com Deus. Porque só assim você terá a felicidade, o amor, a paz e a leveza de um relacionamento saudável e agradável a você e a seu parceiro ou sua parceira.

Com amor, de sua amiga e admiradora,

Maria Fernanda Leite

SUMÁRIO

Capítulo 1

Tudo começou a mudar quando eu, Leticia Sewit, princesa de Alandy, cheguei em casa após a minha aula de Geopolítica, e recebi a notícia de que minha mãe havia falecido.

Nossa! Que dor eu senti ao escutar essas palavras. No primeiro momento eu ri, achando que era brincadeira, mas logo percebi que era real, muito mais do que uma brincadeira de mau gosto. Não sabia o que fazer sem Medaly (minha mãe) ao meu lado.

Sem tempo para digerir tudo que eu havia escutado, em menos de duas horas, o tempo "suficiente" para tomar um banho e tentar me recompor, já tive que dar entrevistas em jornais. Acho que a pior parte de fazer isso era falar, porque assim as coisas pareciam mais reais e não apenas um pensamento ruim.

Fui tirada do meu devaneio pelo apresentador, que tornou a chamar o meu nome.

— Então, senhorita Leticia... Eu soube que você fará 18 anos daqui a dois meses. Estou certo?

Eu nem me lembrava mais disso. Em meio a tanta confusão, o meu aniversário era insignificante.

— Ah... sim, eu já tinha até me esquecido — eu disse, tentando projetar um sorriso no rosto, mas eu acho que ficou um pouco forçado e a câmera percebeu isso.

— Ah, claro. Parabéns adiantado!

— Obrigada.

— Mudando um pouco de assunto. — Ele me encarou e continuou: — Eu soube que você tem que nos contar algo um pouco mais sério agora. — E o entrevistador voltou a me encarar.

— Sim, infelizmente. Dói muito dizer isso. — Ai, não, lágrimas agora não... — Para a tristeza de todos, a sua rainha, minha mãe, Medaly, morreu hoje, às 14h. Ela estava com as suas amigas no Clube do Livro Real, lendo para as crianças, algo que ela fazia toda segunda-feira, e acabou tendo um infarto. Tentaram salvá-la, mas não conseguiram.

Quando acabei de falar percebi que eu já estava em prantos. Minha maquiagem estava toda borrada e o próprio jornalista tentou me consolar. Meu pai, ao ver meu desespero, saiu de seu devaneio e decretou que a entrevista tinha acabado. Por mais que o jornalista tentasse o convencer de que não iria mais tocar nesse assunto, meu pai não mudou de opinião e ordenou que ele saísse imediatamente do palácio. Ele teve medo de que se o jornalista ficasse lá, ele poderia se aproveitar da minha fragilidade e fazer perguntas que não devia.

Logo após a entrevista, fui direto para o meu quarto, meu porto seguro. Era lá que eu passava a maior parte do meu dia. Lá eu podia ser eu mesma, podia chorar, podia rir descontroladamente, podia me apaixonar por personagens fictícios e não ser julgada. Lá eu não era a princesa Leticia e, sim, a Leticia. Um ser humano.

Ele era lindo. Cheios de estantes com livros, e eu adorava cada um deles. Uma cama de casal feita de madeira maciça, sendo que em sua cabeceira estava escrito L.S., com uma coroa desenhada em cima. Também havia uma escrivaninha, onde eu passava a maior parte do dia lendo, estudando e me maquiando. Essa escrivaninha ficava na frente de uma enorme janela, de onde dava para ver o jardim e um pouco do mar que ficava ali perto; eu conseguia até ouvi-lo quando o palácio ficava um pouco mais quieto. Eu considerava aquela vista como uma das mais bonitas do castelo.

Eu sempre gostei de maquiagem e de ler livros; eles eram os meus hobbies favoritos. Eu também comecei a ter aulas de pintura, que eu gostava bastante. Para mim a maquiagem é uma obra de arte como todas as outras, sendo a única diferença que ela é feita no rosto e não em uma tela, como as outras. Por isso me adaptar a quadros não foi tão difícil.

Os livros eram o meu refúgio. Eles nunca me abandonavam e quando eu precisava desaparecer por um tempo, eu sabia que eles sempre me acolheriam e que com eles eu era amada do jeito que eu era, e não porque eu tinha uma coroa ou algo a oferecer.

Eu também gostava de escrever, mas não sabia se isso poderia ser considerado um hobby, já que eu não era muito boa.

Pensar em coisas aleatórias sobre a minha vida talvez diminuísse a dor que estava no meu peito. Por isso tentei focar em tudo que eu lembrava sem ser ela. Mas nada daquilo estava fazendo com que eu pudesse fingir que nada havia acontecido.

Tenho que confessar que fiquei bem brava com Deus no primeiro momento. Por que ela? Por que justo ela? Eram dúvidas que me sondavam e mesmo sabendo que provavelmente só Ele me daria o conforto que eu precisava, evitei-o um pouco. Erradamente lógico, mas diz isso para uma pessoa que acabou de perder alguém tão especial na vida dela. Eu tenho certeza de que ela irá ficar ainda mais chateada.

Depois de entrar no meu quarte e chorar por horas, eu me peguei pensando: o que os meus personagens favoritos fariam se estivessem no meu lugar? Com certeza, eles conseguiriam passar por aquilo e ainda aju-dar muitas pessoas. Mas eles não existiam, por isso seriam heróis, porque alguém já tinha determinado isso. Alguém chamado autor.

Mas e se comigo fosse diferente? E se eu não conseguisse superar a dor e ser um exemplo para o meu povo? Porque, afinal, a minha vida não era um conto de fadas. Se fosse, ela não me deixaria passar por isso, não é? Eu só esperava conseguir dar conta das minhas emoções sem prejudicar o povo e conseguir apoiá-los da maneira que a mim coubesse.

Depois de algum tempo peguei no sono e só acordei no dia seguinte, com alguém batendo à minha porta.

— Posso entrar? — Eu reconheceria aquela voz de longe.

— Ana! O que você está fazendo aqui? — Corri para abraçá-la. Ana era a minha melhor amiga. — Você não estava em uma viagem com seus pais em Londres?

— Sim, mas assim que vimos a sua entrevista nós voltamos. E, a propósito, por que você não me contou? — Ela colocou a mão na cintura enquanto me perguntava com um tom zangado, o que me fez sorrir.

— Desculpa, eu só soube ontem e logo depois tive que dar aquela entrevista. Antes mesmo de compreender o que tinha acontecido, eu tive que contar para todo mundo. Nem tive tempo de digerir a informação, muito menos contar para alguém antes daquele repórter fazer aquelas perguntas.

— Nossa! Mas quem teve essa ideia maluca de você dar uma entrevista logo depois de receber a notícia? Ninguém pensou em você, não? — ela disse, com seu instinto protetor.

Ela era a irmã que nunca tive. Apesar de termos a mesma idade, por ela não ser uma princesa, ela tinha muito mais coragem e experiência de vida do que eu, em quase tudo, então quem geralmente me aconselhava era ela. E quem colocava juízo nela era eu.

— Não sei ao certo, mas acho que eles já haviam marcado essa entrevista há meses e o meu pai achou melhor eu contar logo a notícia.

— Uma coisa eu posso te dizer: todos conseguiram ver o seu sofrimento — ela disse, olhando-me com um pouco de pena.

— Sério? Todos? Eu fiquei muito feia? — Com uma piada meio sincera, eu quis tentar quebrar o clima pesado que o quarto estava voltando a ter. Eu não podia acreditar que eu havia chorado tanto em plena televisão. Eu nunca tinha feito isso antes em toda a minha vida.

— Feia? Você? Jamais! — ela disse, em tom meio sério. — Mas deu para ver o seu sofrimento. Porém isso não é ruim. Todos sabem o quanto você era apegada à sua mãe. Isso acabou sendo bom porque deu mais veracidade ao que você falou.

"Todos sabem o quanto você era apegada à sua mãe". Essa frase me apertou o coração.

Eu não queria mais falar disso, então apenas mudei de assunto.

— Então... Quantos dias você vai ficar aqui? Para sempre? — falei brincando, mas no fundo desejando que a resposta dela fosse um sim.

— Eu te conheço, Leticia — ela disse sorrindo. — Você tá tentando mudar de assunto, não é? — Ela continuou a sorrir, mas acrescentou um pouco triste: — Só uma semana, mas queria muito ficar para sempre. Já que você mudou de assunto eu vou mudar também. Eu ouvi dizer...

— O quê? Conta! Você sabe que eu sou muito curiosa! — falei animada por saber que, enfim, mudaríamos de assunto e eu não seria mais o foco da atenção.

— Tá bom... — ela disse rindo. — Eu ouvi dizer que alguém vai se casar — ela falou, olhando-me como seu eu tivesse que saber algo, como se fosse algo que mudaria as nossas vidas. E pelo gigantesco sorriso em seu rosto presumi que ela aprovava o tal casamento, misterioso para mim até o momento.

— Quem?

Eu estava morrendo de curiosidade para saber quem eram as tais pessoas que iriam se casar.

— Quem?! — perguntou ela, surpresa, mas depois de um tempo voltou com o sorriso no rosto e continuou: — Você, bobinha! Ah, como você tem sorte! O Peter Oslandy é tão lindo... — ela disse essa última frase suspirando.

— Eu o quê? Quem?

Eu só consegui ouvi a parte do "Você, bobinha". Depois disso foi como entrar em transe. Como assim casar? Com quem? Quem era Peter Oslandy?

Tudo bem, eu sabia que ele era um príncipe, porque temos que saber quem vão ser os futuros reis e tal, mas eu nunca nem tinha falado com ele na vida, nem lembrava quem ele era. Isso com certeza era uma brincadeira de mau gosto. Meu único medo era que eu também havia pensado isso em relação a minha mãe.

Não isso era diferente! Tinha que ser diferente!

— Para de brincadeira! Fala logo quem vai se casar. — Eu despejei minhas últimas esperanças nessa frase. E esperava que valessem a pena.

— Que brincadeira? — Ela parecia estar confusa. — Seu pai anunciou hoje o seu noivado com o Peter e disse que você vai se casar um mês depois do seu aniversário, ou seja, daqui a três meses. — Ela aprecia surpresa com o meu espanto. — Olha aqui. Pode ver. Está aqui no site oficial — falando isso, ela me mostrou o site.

Era verdade! Eu ia me casar!

Não! Isso não ia acontecer, ainda mais com uma pessoa que eu nem conhecia, que eu nunca nem tinha visto. Isso não ficaria assim! Eu ia fazer alguma coisa!

As pessoas não podiam controlar a minha vida. Dizer o que eu deveria fazer como uma princesa era uma coisa, outra bem diferente era dizer com quem eu iria compartilhar uma vida, com quem eu iria ser obrigada a passar o resto da minha vida, amando, cuidando e protegendo. Porque o casamento é isso, afinal, promessas e juramento de amor a alguém com quem você quer passar o resto da vida. E não com alguém que você nunca falou um simples "Oi".

Capítulo 2

Depois de uma longa discussão com o meu pai fui direto para o meu quarto, onde Ana me esperava para que eu pudesse esclarecer o que estava acontecendo. Bom, nem eu sabia ao certo.

— Conta, o que aconteceu? Por que ele anunciou o noivado antes de te falar? Você vai mesmo se casar? Conta tudo! Eu estou muito curiosa — Ana disse assim que me viu entrar no quarto.

— Tá bom — falei, rindo do nervosismo dela, mas meus olhos inchados de choro mostravam que o sorriso não era de felicidade.

— Meu pai disse que fez isso para o meu bem.

— Ah tá, sei — disse ela ironicamente.

— Ele disse que não estou em condições de ser rainha agora e que toda rainha precisa de um rei.

— Como se ele não me dissesse isso sempre. — Ana bufou e eu continuei:

— Eu tentei dizer várias vezes para ele que eu estou apta para governar e que só estou passando por um momento difícil. Tentei dizer também que eu só queria me casar por amor e não porque ele achou que eu deveria me casar. Mas ele, como sempre, não me ouviu. Nós discutimos mais e ele falou que vou me casar por bem ou por mal, que já está decidido. Lembrei-me das falas dele me perguntando como alguém podia fazer isso com a própria filha. Mas eu sei que tem algo mais, algo que ele não quer me contar. Mas eu vou descobrir o que é.

— Você tem ideia do que pode ser? — ela perguntou, como se eu estivesse contando uma história e que logo depois eu iria revelar o mistério. Não parecia que era um acontecimento real e prestes a mudar a minha vida.

— Não sei. Não sei nem por onde começar a procurar, mas eu sei que eu vou descobrir de um jeito ou de outro. Pode não ser hoje, mas eu vou descobrir.

— Isso é tão emocionante! Parece que você está vivendo uma das histórias dos livros que você tanto gosta de ler. — E antes que eu pudesse dizer algo, ela acrescentou, porém não mais com o sorriso no rosto. — Ah... Então eu acho melhor você acelerar a sua investigação, porque seu pai já anunciou o jantar em que vocês irão se conhecer. Já anunciaram até o músico que irá tocar no seu casamento.

— O quê?! Deixa-me ver isso! — Eu peguei o *tablet* dela e vi uma reportagem, ou melhor, um blog de fãs, muito seguido pelo visto, falando sobre o tal jantar.

Ainda apavorada por estar prestes a saber que isso realmente era real e não um pesadelo, peguei o *tablet* rezando para que me acordassem e me dissessem que aquilo tudo era só um sonho ruim.

Mas assim que vi o site e as curtidas, percebi que aquilo era real. Era muito real. E que eu teria que fazer algo. Decidi começar parando de enrolar e lendo logo o tal site.

"Meu povo, como escrever isso? A nossa adorada princesa Leticia irá se casar. É isso mesmo. E ainda tem mais! Será com Peter Oslandy, o charmoso príncipe com quem todas nós sonhamos. Aliás, já perceberam que os dois vão ser o casal mais lindo do mundo?! Por quê? Eu te explico. Além de serem considerados um dos mais bonitos de todos os príncipes e princesas, alguns diriam até mais bonitos que muitos famosos, eles ainda são muito inteligentes e caridosos. Ou seja, a perfeição em forma de casal. Virou meu *shipp* favorito.

Então vamos para o assunto principal. Estão preparados? A data do jantar em que eles irão se conhecer já foi anunciada. Eu estou tão ansiosa! O jantar vai acontecer na semana que vem (vou divulgar só essa data por enquanto) e será filmado. Passará na televisão. Mas não se preocupem, nós iremos postar aqui também.

A única notícia que não me alegrou muito foi saber que apesar do jantar, Peter só estará com a princesa Leticia daqui a um mês, porque ele tem que fazer uma viagem de negócio e só conseguirá voltar mês que vem. Porém vamos lembrar que ele poderá ficar com ela durante dois meses antes do casamento e o resto da vida. Então o que é um mês, não é?

Além disso, Noah Aldy, nosso cantor preferido, já confirmou sua presença como músico do casamento. Isso não é incrível? E que ele vem uma semana depois do jantar de noivado para poder criar mais repertórios especialmente para os dois pombinhos. Ah, isso não é fofo?

Eu já estou muito animada! Esse evento eu não perco por nada!

Mais informações no site: www.famíliarealoficial.com

Beijinhos da família real fãs".

Como assim?! Eu iria conhecer o "meu futuro noivo" na semana que vem?! E as pessoas gostaram da ideia?! E quem era esse Noah Aldy?! Eu nunca tinha ouvido uma música dele. E pelo que eu entendi, eles vão ficar aqui no castelo?! Três meses aturando um cantor que eu nem sei o que toca e dois meses aturando um príncipe que eu nem conheço?! Ótimo!

O que o meu pai queria? Mais posse? Ou apenas se livrar de mim? Eu era uma filha tão ruim assim para querer me "doar" para o primeiro que aparecesse?

Mas esta era a questão: já tinham feito muitos outros pedidos de casamento e ele nunca aceitou. Por que justo o do Peter ele aceitou? E não era questão de ser um homem bom, porque ele não conhecia o Peter, e os outros que pediram a minha mão também eram homens bons. Não que eu quisesse me casar com alguém, mas isso era estranho. O que o meu pai tanto queria, afinal?

— Leticia, sei que isso é chocante para você, mas pensa pelo lado bom. O Peter, o seu futuro marido, é um dos caras mais bonitos do mundo. E bem inteligente, de acordo com as pesquisas. E o Noah é o cantor preferido de todas as adolescentes. O seu casamento vai ser o casamento dos séculos! — Ana disse suspirando e acrescentou, saltitante: — E o melhor de tudo: talvez eu ainda esteja aqui quando ele chegar e vou poder conhecê-lo.

— Eu não ligo para aparência e eu não estou apaixonada por ele. Isso é o importante! O ponto que ninguém quer levar a sério! Além do mais, eu nem conheço as músicas desse tal Noá. — Ignorei o fato de ela estar doida para conhecê-lo.

— É Noah! — Ana disse tão alto que quase fiquei surda. — E como você não conhece ele? — ela perguntou incrédula, e rapidamente mudou de assunto: — Sobre a questão de estar apaixonada, relaxa. Você vai conseguir se apaixonar por ele. Todo mundo o ama. Eu já estou até criando a *fanfic* de vocês! Ai, Meu Deus! Vai ser tão lindo!

Então ela me olhou depois do seu surto completo e percebeu que eu não estava nem aí para a história de amor que ela estava inventando e completou:

— Você pelo menos viu o seu noivo? — ela disse toda sorridente.

— Não e nem quero ver. — Eu devo ter visto uma foto dele, mas quando eu tinha uns 12 anos, quando eu estava sendo obrigada pela minha tutora a decorar cada nome e cada rosto dos meus futuros "amigos", mas eu realmente não lembrava de nenhum Peter.

— Ah, mas você vai ver sim — Ana comentou, entregando-me o *tablet*.

A foto era de um garoto loiro, com olhos azuis, pele perfeita, um pouco mais alto do que eu. Deu para perceber esse pequeno detalhe porque na foto ele estava mais alto que algumas pessoas que eu conhecia e que tinham a minha altura. O típico príncipe encantado. Eu não podia mentir, ele era realmente muito lindo. Provavelmente, se fosse descrito por um dos livros que eu leio eu ficaria encantada com ele, mas não era o caso.

Agora conseguia entender o porquê de ser tão aclamado e paquerado. As pesquisas que a Ana fez questão de me mostrar revelavam que ele também era bem inteligente. E eu tirei as minhas próprias conclusões: ele devia ser mimado e muito metido. E não adianta me julgar, ele realmente tinha cara de metido. Suas fotos eram todas exibindo um lindo sorriso e sua postura falava "Eu sou melhor do que você" e "Todos me amam".

Sei que também era considerada uma das mulheres mais bonitas e inteligentes do mundo, pelo menos para alguns, mas tinha uma grande diferença entre ele e eu. Sabe qual? A personalidade. Ele era o típico astro de novela. Sempre cercado por fãs e se achando melhor que todo mundo.

Vi isso só de olhar as fotos que Ana estava fazendo questão de me mostrar. Apesar de ter muitos fãs, eu nunca "me achei" e esse provavelmente era o nosso maior diferencial.

— E aí? O que achou? — Ana indagou, extremamente empolgada.

Percebi que minha melhor amiga era fã tanto do meu "noivo" quanto do tal cantor. E pior, ela achava que isso realmente fosse dar certo. Ela achava de verdade que eu e o tal Peter iríamos nos apaixonar e blá blá blá. Depois era eu a iludida por ler livros de romance. Fala sério!

— Até que é bonitinho. — Preferi omitir o fato de achar ser ele bem mais do que bonitinho. — Mas ele parece mal-educado, antipático e mimado. Muito mimado.

— O quê? Não! Ele não é nada disso. E como você não o conhece? Não deveria saber quem são os príncipes? Principalmente de países importantes?

— Eu estudo sobre os reis e não seus filhos. A única vez que tive que decorar quem eram os príncipes eu tinha 12 anos.

Ela me olhou chocada com a minha falta de interesse. Eu completei:

— Já devo ter visto algo sobre ele, mas foi tão irrelevante para mim que nem associei ao nome dele. — Então mudei de assunto, farta da insistência dela. — Se gosta tanto dele assim, fica com ele para você então.

— Se eu pudesse... — ela disse em tom sonhador. — Deus tem seus preferidos e eles — disse olhando fixamente para mim — não aproveitam.

— Vamos trocar de assunto? — Não esperei que ela respondesse e continuei falando: —Como foi a sua viagem? Me conta tudo!

Ela percebeu a minha iniciativa de tentar parar de falar de Peter e mesmo estando muito empolgada com o casamento, Ana notou meu desconforto e não insistiu no assunto. Sabia que ela estava animada com a viagem e que depois aquele assunto surgiria novamente, mesmo que eu tentasse evitá-lo ao máximo.

Capítulo 3

Uma semana passou voando. Nem acreditei que o tal príncipe que todas amavam, menos eu, iria chegar. Não é engraçado pensar por esse lado? Todas morreriam para estar no meu lugar, enquanto eu queria sair dele o mais rápido possível. Além do mais, quando acordei tive a brilhante notícia: ele não apenas jantaria conosco como passaria a tarde em casa. Não é incrível? Argh!

O pior era que ele já estava chegando. Não tinha como fingir estar doente ou algo do tipo, porque, afinal, eu estava na minha casa. Mesmo fingindo doença eu ainda teria que conhecê-lo.

Ana, ao contrário de mim, ficou extremamente empolgada, já que ela ia embora depois do almoço e não conseguiria vê-lo, mas como ele ia passar pelo menos a tarde em casa, ela poderia vê-lo ao menos um pouco. Mas como ela passaria poucas horas ao lado dele, ela fez uma série de recomendações do que eu deveria falar ou fazer.

Ela me disse que ele não era o preferido entre todos os ídolos, ou melhor, *crushs* famosos dela, mas era, com certeza, um dos que mais ela gostava. Pediu para eu ser educada com ele e contar tudo que acontecesse para ela depois que ela fosse embora. Ela também me pediu para falar dela para ele e outras coisas que ela queria que eu fizesse caso não desse tempo de ela pedir, como pedir um autógrafo para ela e dizer, no final do dia, que ela estava certa e que eu me apaixonei por ele. Até parece!

Primeiro, eu não ia me apaixonar por ele. Isso era óbvio. Segundo, eu não ia pedir um autógrafo dele para ela. Eu não ia me humilhar assim.

Não mesmo. Ela que pedisse depois, quando estivesse aqui, ou desse um jeito de pedir antes de ir.

Percebi que as empregadas e a multidão ao meu lado, ao lado da porta do castelo para ser mais precisa, começaram a gritar e a tirar fotos, então era claro que certo alguém tinha chegado. E não era muito difícil de imaginar quem era.

Ana ficou mais para trás, com a família dela, mas sem nem precisar olhar para ela eu já sabia que ela estava tão empolgada quanto todas as meninas e mulheres que estavam na frente do castelo esperando para vê-lo chegar.

Ele chegou chamando atenção de todos. Até a minha. Estava usando uma calça jeans preta com uma blusa social branca toda arrumada dentro da calça. Usava tênis da Adidas preto e óculos escuros da Ray-Ban.

Como eu esperava, uma mistura de playboyzinho com astro de cinema. Apenas algo que eu não havia imaginado aconteceu. Quando levantou os óculos do rosto, aquele par de olhos azuis como o mar me encarava ferozmente.

Eu não tinha sido a única a notar o meu acompanhante, não é mesmo?

Ele me encarava como se me analisasse. Não. Como se me julgasse. Seus olhos azuis eram tão intensos que parecia que viam a minha alma. Ele foi se aproximando de mim e do meu pai, mas com os olhos ainda cravados nos meus.

Essa sensação foi estranha. Senti-me um pouco invadida com esse olhar penetrante e julgador. Mas seus olhos eram tão... familiares.

Eu queria que ele parasse de me olhar, mas ao mesmo tempo queria que seu olhar ficasse completamente focado em mim. Meu corpo estava arrepiado. E não me pergunte o porquê. Porque eu também não sabia.

Quando finalmente chegou perto de nós, ele parou de me olhar por um breve minuto para cumprimentar meu pai. Finalmente, consegui sair daquele transe.

Antes que ele viesse me cumprimentar o seu pai, rei Christofi, fez questão de vir primeiro.

— Boa tarde, princesa Leticia. Como você está? — Ele parecia ser simpático, diferentemente do filho.

— Boa tarde, vossa majestade. Eu estou bem e o senhor? — falei, mas meu sorriso não era natural nem tão grande quanto o dele.

— Não precisa de tanta formalidade. Agora você é a noiva do meu filho e vai ser mãe dos meus futuros netos. Pode me chamar só de Christofi — ele disse, dando-me um abraço.

Fiquei totalmente sem graça com o comentário dele. E acho que Peter também ficaria, mesmo não o conhecendo, se estivesse prestando atenção na nossa conversa. Depois disso, Christofi foi em direção ao meu pai para conversar com ele, já que meu pai foi cumprimentado antes de mim por hierarquia. Quando saiu, olhou para o seu filho e fez sinal para que ele se aproximasse de mim.

E novamente aqueles olhos azuis me encaravam a cada passo que chegavam mais perto de mim. E como o meu corpo não quis me respeitar, minha perna ficou bamba e meu braço ficou arrepiado.

O que estava acontecendo?

Rapidamente, tentei me ajeitar e fazer o meu papel de princesa, futura rainha. Não podia deixar que um momento de loucura passasse uma imagem errada para ele.

Fizemos a reverência como era de costume, mas ele continuou me analisando mesmo na reverência. Fiquei totalmente sem graça.

Qual era o problema dele? Ele não sabia ser discreto?

— Boa tarde, princesa Leticia — ele disse, com um sorrisinho malicioso no rosto. — Não precisa ficar nervosa. Eu não mordo.

— Boa tarde, príncipe Peter. E eu não estou nervosa. — Queria ter soado tão confiante como na minha cabeça.

— Não é o que parece. — Outro sorriso malicioso saiu de sua boca.

— Perdão? — perguntei confusa.

— Não precisa se desculpar por não saber como lidar com a minha presença. Todas as mulheres ficam assim, sabe? Fanáticas. Ainda mais quando acham que têm alguma chance comigo.

Eu comecei a rir e ele ficou sem chão.

Eu até estava achando que eu tinha tirado uma conclusão precipitada com relação a ele por achar que ele era mimadinho e mal-educado, mas vi que eu estava certa.

— Você se acha muito, sabia? Eu não sou uma das suas fãs malucas. Muito menos fanática por você. Não pedi perdão para você. Só não entendi o porquê de você estar dizendo que eu estava nervosa.

Ele pareceu confuso, mas logo retomou a pose.

— Você está nervosa. Isso é fato. Não pode discutir, porque sabe que é verdade. Está vermelha e arrepiada. E quando foi fazer a reverêncïa quase caiu em cima de mim. E sobre não ser minha fã, tudo bem, eu também não sou seu.

— Você é muito convencido. Como as pessoas gostam de você? O que elas veem em você? — Olhei-o de cima a baixo e acrescentei: — Pelo menos em uma coisa nós concordamos: não gostamos um do outro.

Como aquele menino podia se achar tanto? Por que as pessoas gostavam dele? Só porque ele era extremamente gato não significa que ele podia ser arrogante como estava sendo. Se antes eu tinha alguma dúvida sobre o casamento, agora eu tinha certeza: ele não ia acontecer!

Foi a vez dele de se defender.

— Se você não é apaixonada por mim, por que seu pai propôs o nosso casamento? — Ele me perguntou em tom acusatório.

— Eu não sei. Achei que o seu pai tivesse feito a proposta — respondi, incrédula.

— E por que ele faria uma proposta dessa? Eu tenho várias pessoas que gostam de mim. Eu não preciso de um casamento às cegas — disse isso, olhando para mim.

— E você acha que eu preciso? Tenho outros pretendentes também. Pessoas bem mais amáveis do que você, pelo visto. E se tem tantas mulheres atrás de você e você não precisa de um casamento arranjado, então por que está aqui?

— Eu faço a mesma pergunta para você. — E novamente um sorriso malicioso estava estampado em seu rosto.

Aquele menino estava me tirando do sério! E se eu socasse ele ali mesmo? O que de ruim poderia acontecer?

— Olha, não é porque você e seus amigos são considerados o trio de príncipes desejados por algumas fãs malucas e sem noção — fiz questão de enfatizar essa parte olhando para os seus olhos — que quer dizer que você pode vir aqui na minha casa e tentar me diminuir. Eu não sou uma das suas fãs fanáticas que você pode maltratar que vai continuar correndo atrás de você. Até porque nunca corri e nunca correrei atrás de ninguém, especialmente você.

Talvez eu não devesse ter mencionado o fato do trio de amigos dele ser desejado, porque acabei mostrando que tinha feito pesquisas ao seu respeito e com certeza ele começaria a se achar ainda mais agora. Mas a culpa não era minha que a Ana era fanática por ele e me fez ficar ouvindo sobre ele a semana inteira.

Antes que ele pudesse responder, entrei no castelo o mais rápido que pude. Escutei alguém vindo atrás de mim, mas continuei andando.

— Ei! Ei!

— Ei! Ei! — ele gritou mais alto. Quando me virei, vi Peter correndo na minha direção. — Você é muito mal-educada, garota. Seus pais não te deram educação? Você não pode sair correndo no meio de uma conversa só porque quer — ele falou, enfim na minha frente, olhando-me intensamente mais uma vez.

— Olha quem fala. E eu não preciso ser educada com quem não é comigo.

— Eu não gosto de você e você não gosta de mim. Todo mundo já reparou isso. Temos que bolar um plano para que esse casamento não aconteça. Ou você vai me dizer que é uma fã maluca minha que estava tentando ser durona, mas, na verdade, está doida para casar comigo? — ele disse essa última frase rindo.

— E o que você tem em mente? — falei, sem conseguir esconder o desdém em minha fala.

— Não sei. Só sei que temos que pelo menos nos dar bem até que possamos finalmente acabar com tudo isso.

Ele estava tentando fazer um tratado de paz? Primeiro me julga e tenta me humilhar e agora quer tentar ser meu amigo? Mesmo que por fingimento. Ele era maluco?

— Você quer a minha ajuda? Um tratado de paz? — Ele assentiu. — Primeiro você tenta me humilhar e agora isso? Não, obrigada.

— Mas você não tem muita escolha. Ou tem outra ideia melhor?

Pensei um pouco e nada.

— Viu? — Seu olhar estava cravado no meu.

Algo em seus olhos... Felicidade, razão, diversão, não sei, mas algo neles me atraíram para eles. Eu não conseguia olhar para outra coisa a não ser para aquele oceano que me encarava de volta. Em meio a esse transe consegui dizer:

— E o que fazemos então, espertão?

Queria que minha voz tivesse saído mais desafiadora do que realmente saiu.

— Fingimos que nos gostamos até lá?

— Será que conseguimos? Não tem outra opção? Tipo...

— Tipo o quê? — perguntou ele impacientemente.

E eu juro que ele se aproximou um pouco mais. Um passo? Eu estava perdendo um pouco o ar. Sua respiração estava tão perto que estava me desconcentrando, então falei a primeira coisa que me veio à mente:

— Não sei. Talvez, fingir que estamos nos conhecendo melhor? Mas não nos gostando pra valer, como se ainda não estivesse claro se ficaremos apenas amigos ou se nos casaremos. Assim ganharemos tempo e será mais fácil na hora de dizer que não vamos nos casar.

Ele pareceu pensar a respeito. Depois de um tempo, abriu um sorriso e disse:

— Até que você não é tão burrinha assim, hein, senhorita Leticia?

— Eu não sou burra. Aposto que sou bem mais inteligente do que você. E não me chama assim. Parece que eu sou uma velha com esse apelido.

Um sorriso se estendeu em seu rosto. Ops. Eu devo ter falado algo de errado.

— Vamos ver se você é bem mais inteligente do que eu então, senhorita Leticia.

Ele estava me provocando?

— Já falei para não me chamar assim, idiota — disse brava.

— Eu não recebo ordens suas. Esqueceu que eu estou na mesma posição que você? — ele falou sorrindo.

Só então tinha percebido que eu estava apoiada na parede e que ele estava muito perto de mim. Eu conseguia sentir a sua respiração, mais do que antes. Eu realmente esperava que ele não ouvisse o quanto meu coração batia alto. Seu olhar ainda estava cravado no meu, mas agora alternava entre os meus olhos e a minha boca. Eu estava completamente anestesiada. Não sabia o que fazer. Eu queria empurrá-lo para longe de mim, mas ao mesmo tempo queria-o mais perto.

Ficamos assim por um tempinho, uns cinco segundos, eu acho, até que escutamos uma voz, que imediatamente fez com que Peter pulasse para longe de mim e eu ficasse vermelha. Mais vermelha do que um tomate. Era o meu pai.

— Sei que estão ansiosos pelo noivado, mas vamos primeiro apresentar o palácio para o Peter e o pai dele. Depois vocês continuam namorando — ele disse, dando uma piscadinha para nós dois.

A fala do meu pai fez com que eu ficasse mais sem graça ainda. O pior, é que do jeito que nós dois pulamos para longe um do outro quando escutamos a voz do meu pai, parecia realmente que nós dois estávamos namorando. Ele estava a centímetros do meu rosto, eu contra a parede e ele na minha frente, com a mão na parede, ao meu redor, olhando-me fixamente. Não estávamos fazendo nada, mas se eu não estou errada, pelo ângulo que meu pai e Christofi estavam, parecia que eu e Peter estávamos nos beijando. Eu acho que nunca torci tanto na minha vida para estar errada.

Peter me tirou do meu devaneio respondendo:

— Claro, vossa majestade, eu adoraria... Adoraria conhecer o palácio.

Ele estava tão vermelho e perdido quanto eu. E isso me deu vontade de rir. O senhor certinho e sabe tudo perdido? Se eu estivesse com uma câmera eu provavelmente filmaria essa cena para assistir outras vezes.

Quando nos direcionamos aos nossos pais, olhei para o lado e vi Ana maravilhada. Ah, não! Ela ia falar disso para o resto da vida. Fiz que não com a cabeça e ela começou a rir, mas eu sabia que ela estava planejando falar daquilo para o resto da minha vida.

Fiz um sinal com a cabeça para que ela se aproximasse e Peter a olhou. Ela quase caiu. Só sacudi a cabeça rindo.

— Peter, essa é a Ana. — Apontei para ela. — E Ana, acho que você nem precisa de apresentação, né? — falei entre risos da cara dela.

— Prazer, Ana — ele disse com um sorriso, estendendo a mão a ela. Se eu não o conhecesse até acharia que ele era educado.

Ela ficou vermelha e sem graça como se nunca tivesse visto alguém da realeza antes, ou alguém tão bonito. Ela tentou fazer uma reverência, mas não deu certo. E eu morri de rir. Esqueci até que estava na frente dele.

— Pelo amor de Deus, Ana — falei rindo. — Só cumprimente ele normalmente. Ele já te deu abertura.

— Ah, claro. Desculpa.

Peter riu e ela apertou a mão dele.

— Relaxa, Ana. Quem dera todo mundo fosse educado assim como você. — E ele olhou para mim.

Como é que é? Quem aquele metido estava chamando de mal-educada?

— Quem voc...

— É que você é um dos meus ídolos. E você ê bem mais bonito pessoalmente. — Ana me interrompeu.

Eu olhei para ela chocada, abismada, e Peter lhe deu um sorriso perfeito, exibindo todos os seus dentes brancos perfeitamente alinhados.

— Que bom ouvir isso. Fico muito feliz de saber que pessoas como você gostem de mim.

Quem via até parecia que ele era educado e simpático assim. Fiz careta.

— Posso tirar uma foto com você? — Ana disse, olhando-o como uma criança olha para o doce preferido.

— Claro.

Eu tirei a foto deles e ele deu um autógrafo para ela em um caderninho aleatório que Ana achou.

— Que bom que você já está apresentando suas amigas para familiarizá-lo, Leticia. Mas agora é melhor voltarmos — meu pai disse sorrindo.

— Mas eu... — Ele entendeu tudo errado.

Peter riu discretamente e meu pai fez questão de acrescentar, orgulhoso, a Christofi, que sorriu ao escutar:

— Ana é a melhor amiga dela. São como irmãs. Ela é filha de um dos membros do Parlamento.

— É como uma apresentação familiar completa — Christofi acrescentou sorridente

— Não foi por isso — falei baixinho.

Ana me colocou em um problemão. Como eu iria reverter essa história?

— Tem certeza? — Peter perguntou rindo baixinho.

Eu sabia que ele estava fazendo aquilo para me provocar e, infelizmente, estava conseguindo. Argh! Que garoto insuportável.

Depois disso só andamos lado a lado enquanto meu pai mostrava cada cômodo do primeiro andar para ele e para o pai dele, contando a história de cada quadro e outras coisas do tipo. Achei que Peter iria revirar o olho ou algo do tipo, mas não. Ele estava concentrado e prestando bastante atenção nas falas do meu pai. Chegou até fazer algumas perguntas, o que me fez ficar bem surpresa.

Meu pai foi interrompido por um monte de empregadas, que queriam tirar foto com o Peter, que, pelo visto, era bem famoso, não só por seu título de nobreza, mas por sua beleza. Meu pai até chegou a ficar um pouco bravo por elas atrapalharem a recepção dos convidados, mas o príncipe logo disse que não tinha problema e começou a tirar foto com elas.

— Peter, você é tão lindo. Tira uma foto comigo? — alguém falou.

— Eu também quero uma. — Outra voz.

— Eu também! — Mais outra.

— Claro que sim, meninas. Muito obrigado pelo elogio — disse ele, abrindo um sorriso, mas não um sorriso malicioso, como o que dava para mim. Era um sorriso sincero. Um sorriso lindo, para ser honesta. Um sorriso como o que ele deu para Ana.

Ana provavelmente estava no quarto olhando a foto, suspirando como uma adolescente. Bom, nós ainda éramos mesmo. Às vezes, eu me esquecia que nem todo mundo tinha a vida toda programada e controlada, que nem todo mundo tinha que tentar ser perfeita o tempo todo.

Voltei a reparar na cena que acontecia na minha frente e uma pergunta me tomou a mente: por que ele era tão legal com elas e tão Peter comigo?

Depois de uns vinte minutos tirando fotos e conversando com elas, as empregadas finalmente foram embora todas sorridentes.

— Me desculpa por isso, Peter. Não sabia que você era tão famoso. Pode deixar que isso não vai acontecer novamente — meu pai comentou, alternado o olhar entre Peter e Christofi, que sorriam alegremente.

— Não tem problema, vossa majestade. Eu adoro as minhas fãs. Não é incômodo nenhum. Por favor, não brigue com elas por conta disso. — O sorriso em seu rosto continuava como antes, quando estava falando com as empregadas.

— Pode me chamar apenas de Joshn. Você já é da família agora — falou meu pai, olhando para mim e completando: — Não é, Leticia?

Antes que eu pudesse responder, percebi que um par de olhos azuis estavam me encarando com um sorriso, agora não mais só alegre. Era uma mistura de alegria e malícia ao mesmo tempo. Como ele conseguia fazer isso?

— Eh... É — falei, vendo três sorrisos aumentarem —, o do meu pai e o do pai do Peter de pura alegria, e o dele de vitória. Não sei por que de vitória, mas lá estava ele me encarando e se achando o astro novamente. Argh!

Meu pai continuou a explicação e o *tour* enquanto Peter se aproximava de mim.

— Então quer dizer que você me considera parte da sua família? — perguntou com o sorriso malicioso de volta. — Primeiro me apresenta para a sua melhor amiga e agora isso? Tem certeza de que não é apaixonada por mim? Tipo fanática? — ele disse rindo.

— Não Peter, não sou apaixonada por você. Queria que eu dissesse o quê? Que te acho insuportável?

Achei que dizendo isso aquele sorrisinho diminuiria, mas só aumentou.

— Era uma opção — respondeu ele, dando uma piscadinha para mim e voltando a prestar atenção na fala do meu pai.

Senti-me estranha. Na verdade, desde que ele havia chegado eu sentia tudo, menos que estava normal. Ele provocava efeitos estranhos em mim. Mesmo que eu não quisesse. E isso me deixava irritada. Ele não tinha esse direito.

Capítulo 4

Quando o *tour* acabou, fui direto para o meu quarto. Não queria passar nem mais um minuto ao lado dele. Subi as escadas correndo e quando cheguei na porta do meu quarto lembrei que meu plano de fingir que Peter não existia tinha um pequeno problema: Ana.

Assim que abri a porta, Ana veio correndo com um sorriso enorme no rosto.

— Isso tudo é por conta daquele playboyzinho mal-educado? — brinquei.

— Mal-educado? Oi? — Ela me olhou como se eu estivesse falando a maior atrocidade possível. — Playboy eu não vou discordar, mas ele é um playboy digno do nome playboy. — Revirei o olho. — E não. Eu não estou assim só porque um dos caras mais gatos e importantes do mundo falou comigo e deu aquele sorriso lindo para mim — ela disse quase suspirando.

— Então por que esse sorriso todo?

Fui entrando no quarto e me sentei na cama.

— Eu estou assim porque eu estava certa! — ela disse, sentando-se na minha frente. — Vocês são tão fofos juntos! Vocês formam um casal lindo! Parece até novela ou uma daquelas histórias fofinhas dos livros que você vive falando.

— Quê?! — falei surpresa. — Você tá maluca? De onde você tirou isso?

— Eu vi tudo! — ela falou com um imenso sorriso. — Vocês flertando por implicância foi muito bom de ver! Quase que eu peguei uma pipoca para assistir.

— Flertando? Tá maluca? A gente só estava discutindo como duas pessoas que se odeiam!

— Ah, tá... Sei... Fala sério! Nem você está acreditando nisso! Vocês se encarando e se implicando como flerte. Nossa! Eu realmente achei que vocês iam se beijar naquela hora que ele veio correndo atrás de você. Sério, isso é muito cena de *fanfic*! — ela falou entre sorriso e suspiros. — Se alguém me olhasse como o Peter te olha eu nem saberia o que fazer. Acho que minhas pernas não iam conseguir sustentar o peso do meu corpo...

— Ana, para! Meu Deus, você está realmente maluca. Nós não temos nada nem vamos ter, ok?

— Você pode realmente tentar se convencer disso por enquanto, mas vai ver que eu estou certa. Vocês realmente têm muita química. Ou você vai me dizer que as suas pernas não ficaram bambas aquela hora, ou que seu corpo não se arrepiou todo quando ele falou tão próximo de você? — Eu não respondi nada, então ela gritou: — EU SABIA!!!!

— Fala baixo! Não tem nada disso tá?

— Aham. Sei... Por que você nunca enxerga quando é com você? — Olhei para ela sem entender e ela continuou: — Você sempre sabe quando alguém está gostando de alguém. Você é sempre a pessoa que dá apoio para todo mundo. Você é a melhor conselheira amorosa que eu conheço. Por que você não consegue enxergar quando é com você?

— Eu consigo saber, tá? — É só que ele não é o cara — menti.

— Aham. — Ela me olhou com um olhar acusador. — E todos que você já olhou foram errados?

— Sim.

— E como você saberá quando o certo aparecer?

— Não sei, mas eu vou saber na hora certa.

— Aham.

— Para com isso, Ana.

— Com o quê? Eu só estou concordando com você. Mas se a sua consciência está pesando a culpa não é minha.

— Quando o cara certo aparecer eu vou te avisar e te dizer o porquê de ele ser o certo, tá? — retruquei.

— Eu vou querer bem detalhado e com o nome PETER e VOCÊ ESTAVA CERTA, ANA, grifado. — Ela deu uma piscadinha.

— Vamos falar sobre outra coisa, Ana. Já enjoei desse assunto e desse cara.

— Ah, tá bom. Do assunto você pode ter enjoado, mas dele? Duvido.

Peguei um travesseiro e a acertei. Nós duas rimos e começamos a brincar de guerra de travesseiro. Ah, como eu estava com saudades dela!

Depois disso arrumamos a mala dela e conversamos sobre outras coisas por um tempo. Mas eu tive que me esforçar, porque o nome Peter estava sendo a palavra favorita da Ana nessas últimas semanas.

Quando chegou a hora de ela ir, cerca de umas três horas depois, fomos em direção à porta do castelo para nos despedirmos. Se ele não estivesse aqui eu poderia ir ao aeroporto com ela, disfarçada, é claro, mas como não era o caso, eu não pude ir. Obrigada, Peter!

Estávamos conversando naturalmente enquanto passávamos pelo corredor e ele apareceu. Eu estava distraída e quase caí em cima da Ana quando ela parou do nada.

— O que foi? Quase que eu caio.

Quando vi ele olhando para nós soube o motivo.

— Aonde vocês estão indo?

— Não te interessa — respondi rapidamente e a Ana me deu um cutucão. — O que foi? — falei para ela.

— Eu vou ter que voltar para a minha viagem, infelizmente.

— Você deveria aprender a ser educada como a sua amiga. — Ele falou para mim e voltando para Ana, perguntou: — Você estava viajando? Estava onde?

Que garoto ridículo. Querendo me dar lição de moral. Eu ia responder para ele, mas Ana respondeu mais rápido, não me deixando espaço para que eu desse uma boa resposta para aquele mimadinho arrogante.

— Eu estava em Londres com os meus pais — ela disse toda fofa.

— E por que você veio para cá se já vai voltar?

Ele estava me ignorando? Quem ele achava que era? Tudo bem que eu não falei com ele, mas quem era ele para não falar comigo?

36

— A... a... — Ana ficou sem graça e olhou para mim para terminar de responder. — Eu vim dar suporte para minha amiga.

Peter pareceu lembrar do que aconteceu e ficou muito sem graça. Ah, só faltava ele ficar com pena de mim agora!

— Ah, eu soube. Sinto muito, Leticia — ele disse, olhando para mim, e seus olhos demonstravam preocupação e um pouco de tristeza genuínas, como se já tivesse acontecido com ele.

Fiquei curiosa. O que Peter podia ter passado? Ele morava com os pais e nunca soube de algo muito chocante sobre sua família ou dele, porque senão me lembraria. Então o que poderia ser aquela tristeza em seus olhos?

— Tudo bem — falei, meio sem jeito, e com um sentimento ruim retomando. Eu tinha que mudar de assunto. — Mas não pense que eu vou esquecer da sua grosseria de hoje só por conta dessa fala um pouco piedosa.

Ele riu.

— Eu fui grosseiro? Falou a miss simpatia, né?

Um sorriso surgiu em meus lábios, a contragosto, é claro.

— Fui bem mais simpática do que você!

— Ah é? — Ele se aproximou um pouco. — E quem está medindo isso? Você?

— Sim. Algum problema?

— E como temos certeza de que essa medida está certa?

— Você está desconfiando da minha integridade? — Fingi parecer estar chateada.

— Não, imagina, miss simpatia — ele disse ironicamente.

E sem perceber estávamos trocando leves sorrisos de ameaça.

— Ok. Eu adorei ver isso, mas eu realmente preciso ir, senão vou perder o meu voo.

Eu e Peter olhamos em sua direção. Por um breve momento esqueci que Ana estava ali.

— É, a gente tem que ir — falei, olhando para Peter. — Tchau.

Ele abraçou a Ana e se despediu dela. Depois olhou para mim e disse:

— Tchau, senhorita Leticia. Quer dizer, miss simpatia.

Nem olhei na cara dele, só continuei andado. Ana dava pulinhos de alegria.

— O que foi? — perguntei mesmo já sabendo a resposta.

— Sério? E depois você diz que não tem química com ele, que não tá rolando nada... Sério?!

— Mas não está rolando nada.

— Ah, pode parar. Leticia, você não é burra. Você sabe muito bem que não é qualquer um que consegue sair de um clima pesado como o que vocês entraram e vir com essa provocação toda. Ele até chegou mais perto, você viu? É claro que você viu. Ah! Que fofo!

Eu ri.

— Fica rindo, vai. Eu vou rir quando vocês se casarem por amor. — Ela se corrigiu antes que eu pudesse falar algo: — Não, na verdade vou chorar de emoção. — Ela parou de andar e ficou na minha frente, séria, para depois dizer: — Promete que vai me manter informada sobre tudo?

— Tudo? Até o que eu almocei? — brinquei.

— Principalmente o que você almoçou. — Ela também brincou. — Mas eu tô falando sério. Me conta sobre tudo, sobre os sentimentos, o seu pai, o Peter... — Ela fez uma cara e uma voz estranha para falar do Peter e eu acabei rindo.

— Ok, eu prometo.

Continuamos descendo as escadas. Os pais dela já estavam prontos e a esperando na porta para irem.

— Vamos, Ana! Se demorarmos muito vamos ficar atrasados.

— Eu sei — ela disse desanimada e acelerou o passo.

Descemos toda a escada e chegamos à porta. Abracei-a muito forte. Eu sabia que ela iria voltar, mas só de pensar em perdê-la também comecei a chorar.

— Tudo bem. Eu vou voltar, Leticia — ela disse enquanto fazia carinho no meu cabelo. — Eu prometo. Vamos nos falar todos os dias e vai passar tão rápido que você nem vai ver.

— Eu sei — falei, recuperando o fôlego e me afastando dela. — Curta bastante, ok? Por mim e por você? E não faça o que eu não faria.

— Eu vou fazer um pouquinho sim do que você não faria. — Eu ri. — Você provavelmente só tiraria fotos e leria livros.

— Provavelmente — falei sorrindo. — Tudo bem, faça algumas coisas que eu não faria, mas me conta tudo depois.

— Tudo bem.

Demos um último abraço e ela foi embora.

Depois que Ana se foi resolvi tentar ler um pouco já que ainda faltavam algumas horas para o jantar. Peguei um livro bem clichê de romance e fui ler no jardim. Ele era um dos meus lugares favoritos do castelo. O dia estava lindo, então simplesmente foi a melhor ideia que tive para distrair a minha mente.

Se eu tinha outras coisas para fazer? Claro. Se eu ainda tinha documentos para olhar e tarefas para fazer? Claro. Mas eu realmente precisava me distrair um pouco. E, poxa, era sábado. Todo ser humano precisa de um dia de folga. Baseei-me nessa teoria e fui ler.

Enquanto subia a escada fui olhando pela janela e reparei que o dia estava definitivamente muito bonito. O sol irradiava o seu charme natural, apesar de ser inverno. Então fui até o meu quarto, que era perto do quarto em que Peter estava hospedado, propositalmente planejado pelo nossos pais.

O palácio era enorme, tinham vários quartos de hóspedes, e logo o colado no meu quarto foi o escolhido pelo meu pai para hospedar Peter. Que coincidência, né?

Argh!

Eu não aguentava mais ter a minha vida controlada pelas pessoas a minha volta. Até o quarto em que ele estava hospedado tinha que ser perto do meu? Já estar na minha casa não era proximidade suficiente para o meu pai? Tinha mesmo que pegar um dos únicos quartos de hóspedes perto do meu quarto?

O que mais me irritava era o fato de ninguém ligar para a minha opinião ou para o meu desejo. Poxa, eu era a futura rainha, os mínimos direitos eu teria que ter, como escolher o meu namorado ou com quem me casar. Mas para o meu pai e seus assessores isso era besteira, óbvio. Se eles não pensassem assim, Peter não estaria aqui. Eu só não entendi ainda o porquê dele e agora. Teoricamente, eu não precisaria governar aos 18 anos, então se o meu pai achava que eu ainda não estava preparada, não era mais fácil ele continuar comandando? Já que, casando-me, eu necessariamente precisaria assumir o trono de acordo com a lei do nosso país.

Eram muitas perguntas sem respostas e isso me deixava meio maluca. Preferir esquecê-las por um momento, uma vez que isso não faria diferença.

Quando passei pelo quarto de Peter, que estava com a porta aberta, ouvi o meu nome. Peter estava em uma videochamada. Percebi pela maneira como ele falava. Espera... Ele estava falando de mim?!

Por que ele estava falando de mim? E o que estava falando? Não era errado ouvir se o meu nome estava na conversa, não é? Bom, eu não usei o bom senso e cheguei mais perto do quarto para ouvir.

— Como ela é? Tão bonita quanto nas fotos? — uma voz perguntou.

— E tão inteligente? Ela parece ser maravilhosa. Ela é maravilhosa? — outra voz perguntou.

— Não posso mentir e dizer que ela é feia, mas não sei se pode ser considerada maravilhosa. Vocês acreditam que ela me deixou falando sozinho? E ela também fica dizendo coisas do tipo "Você é muito irritante". — Ele não parecia bravo. Sua voz parecia alegre. Como sempre, contraditório.

Ele tinha falado que me achava bonita? PETER, O SEM NOÇÃO, ME ACHAVA BONITA?

Nossa! Por isso eu não esperava. Mas por que eu só tinha prestado atenção no suposto elogio dele? E quem ele achava que era para dizer que eu não era maravilhosa? Mas com certeza não esperei pelas respostas que vieram das pessoas ao telefone.

— Fala sério, Peter. Já? Já se apaixonou por ela? Porque pra ela estar falando isso, é porque você a está irritando muito. E você sabe que você só fica irritando quem você realmente gosta. Você flerta igual criança do sexto ano. Quanto mais implicância maior a paixão. — O garoto riu ao completar a frase.

— Para de falar bobagem Jacob! Eu achei que você realmente me conhecesse, porque se me conhecesse saberia que eu não gosto dela e que eu não flerto igual a uma criança de sexto ano. — Ele provavelmente fez uma careta e completou. — Você sabe que só estou implicando com ela para que ela nem sequer pense na possibilidade de se casar comigo. E porque ela fica engraçada nervosinha.

— Ah, tá... A gente vai fingir que acredita Peter. Se não te conhecêssemos cairíamos no seu papinho, mas justamente por te conhecer sabemos que isso não é verdade. — Foi a vez do outro falar e a primeira voz concordar.

Peter, provavelmente, revirou o olho e disse:

— Vocês sabem que eu tenho uma namorada. E que é dela que eu realmente gosto — ele disse, como se estivesse reafirmando para si mesmo.

E os amigos logo falaram juntos:

— Tinha.

— Ela terminou com você por conta da Leticia. E ainda bem, porque se não, sairia chifruda — a primeira voz disse e os dois amigos de Peter começaram a rir.

Achei melhor não ouvir o restante. O assunto era pessoal, e como meu nome não iria ser mais citado — eu torcia para isso —, achei melhor continuar indo para o quarto e fingir que nada aconteceu.

Só que quando eu fui continuar, acabei derrubando um extintor de incêndio, o que fez o maior barulhão. Escondi-me, rezando para não ser vista, e percebi que Peter e os amigos pararam de falar por um momento, mas depois voltaram normalmente. Achei que tinha saído em pune dessa, e teria saído se não fosse uma empregada gritar:

— Princesa Leticia, você está bem?! Seu pé está doendo?! Posso te levar para a enfermaria!

— Não, tudo bem. Só fala um pouco mais baixo...

Senti olhos em mim. "Deus, por favor, que não seja ele. Por favor!", rezei mentalmente. Mas, quando me virei, vi Peter me olhando surpreso e confuso na porta do seu quarto, com seu telefone, com o qual seus amigos também observavam aquela cena ridícula. Percebi que meu pedido não foi atendido.

— O que aconteceu? — perguntou Peter, seus olhos cravados nos meus. Preocupação?

Não. Peter não se preocuparia comigo, não é?

— Nada. Eu só estava passando e derrubei o extintor — falei sem graça e sem capacidade de inventar uma desculpa para que ele não descobrisse nada.

— Não, princesa. Na verdade, você estava parada aí — a empregada apontou com a cabeça para o lado da porta onde Peter estava — há um tempinho, e quando foi sair isso aconteceu. Você está com amnésia? Quer que eu te leve ao médico? — Ela parecia preocupada.

Eu a encarei profundamente como se dissesse: "Por favor, fica quieta", mas ela só me olhava preocupada. Na mesma hora, a pequena raiva que senti passou ao ver a sua inocência e seu medo verdadeiro de que eu pudesse estar machucada. Reuni o pouco de coragem que ainda me restava e me virei para Peter, que estava vermelho de raiva.

— VOCÊ ESTAVA OUVINDO A MINHA CONVERSA?! — Seus olhos e os olhos de seus amigos que estavam na videochamada estavam cravados em mim.

Como eu tinha certeza de que eles estavam com os olhos cravados em mim? Bom, é simples: Peter não tinha desligado a ligação e ninguém estava falando nada. Então presumi que eles estavam me encarando mesmo não os vendo.

Eu precisava reverter o assunto ou assumir o meu erro. E era óbvio que como eu sempre fui muito civilizada, eu optei pela primeira opção.

— Não, Peter. Você não é o centro do universo, sabia? Eu estava indo para o meu quarto e parei aqui porque... porque um amigo me mandou uma mensagem urgente e pediu para eu ver. Como era um texto grande e eu queria me concentrar, eu parei aqui. Não é Beatriz? — Olhei para os lados, mas não a vi. Onde a Beatriz estava?

— Ela, provavelmente, saiu depois que viu a cara que o Peter estava te lançando — disse um dos meninos parecendo ler meus pensamentos.

— Eu não acredito em você — falou Peter, ainda me encarando.

— Nem eu em você. E além do mais, nem sei por que eu estou me explicando, já que eu não te devo explicação nenhuma — argumentei, encarando-o de volta, esperando parecer mais confiante e ameaçadora do que eu realmente estava.

— Uau! Agora entendi por que o Peter gosta de você. — Meu coração parou só de ouvir essa frase. — Vira o telefone, Peter. — E Peter atendeu o pedido do amigo automaticamente, que completou. — Prazer, meu nome é Jacob.

Antes que eu respondesse, Peter foi mais rápido:

— Eu não gosto dela. Já falei isso várias vezes para vocês. Qual é a dificuldade de acreditarem? — ele disse sério, encarando os amigos ao telefone. — Além do mais, eu tenho uma namorada — falou essa última parte olhando para mim. — Desculpa te decepcionar, miss simpatia.

Encarei-o incrédula. Cada hora ele inventava um apelido pior que o outro para me chamar.

Antes que os amigos pudessem discordar ele continuou a falar:

— Leticia, esse é o Jacob. — Apontou para um garoto com cabelo castanho-claro, pele perfeita e olhos vedes. — E esse é o Kily. — Apontou para um garoto loiro, com olhos castanhos e também pele perfeita.

Todos eram lindos, com certeza. Agora eu entendia o porquê de as meninas gostarem tanto deles. Claro, o Peter era o mais bonito dos três, mas também o mais arrogante, irritante e mimado.

— Prazer — os dois disseram.

— O prazer é todo meu. Meu nome é Leticia — disse, cumprimentando-os com um sorriso.

Eles pareceram gostar de mim, porque logo abriram um sorriso também, mas diferentemente do amigo, esses sorrisos eram sinceros e de alegria. Enquanto eles sorriam para mim, Peter estava, como sempre, com aqueles olhos azuis vidrados em mim, como se quisesse ver a minha alma ou ler a minha mente. Não que eu estivesse reclamando ou pedindo para que ele continuasse com esse hábito, só estou comentando fatos.

— Bom, acho que vou voltar para o meu quarto. Foi um prazer conhecê-los — disse a Jacob e Kily. E me virando para Peter, completei, antes de sair: — Até o jantar.

Percebi que eles continuaram me encarando até eu entrar em meu quarto. Principalmente ele. Mesmo de costas, sentia o seu olhar em mim. E mesmo tão longe, sentia meu rosto corar e as pernas ficarem bambas. Como andava mesmo?

Meu corpo estava todo arrepiado. As perguntas mais pertinentes em minha mente eram: como ele conseguia fazer isso comigo? E o que era isso?

Mesmo essa distração não me fez querer deixar de ler um bom livro de romance no jardim. Isso se eu conseguisse focar nele e não no turbilhão de pensamento na minha cabeça.

Quando entrei no meu quarto fiquei alguns minutos recapitulando a cena. Recapitulando o meu dia. O que tinha acontecido? Por que eu estava tão diferente? Por que eu queria socá-lo, mas ao mesmo tempo beijá-lo? Por que eu estava tão confusa?

Isso era real ou eu só estava confundindo a minha vida com a vida dos meus personagens favoritos e achando que qualquer coisa era um sinal de que o meu "príncipe encantado" era ele? Sabe? Meio que forçando a vida e a mim mesma para viver o que eu sempre quis, sem reparar se isso sairia como eu sempre desejei.

Quem era ele e o que tinha feito com a minha saúde mental estável? Ok, não tão estável assim, mas mesmo assim. Anos de terapia constante para ele vir e desequilibrar uma questão muito bem equilibrada anteriormente? Querer quebrar a minha barreira de proteção? Isso era o auge. Um absurdo! Ele não tinha esse direito!

Achei melhor parar de pensar nisso e escolher logo um livro para me fazer esquecer de tudo por pelo menos um tempo. Peguei um que eu achava que seria muito bom. O que, por sorte, distrair-me-ia por um bom tempo. E distração era o que eu mais precisava no momento.

Abri a porta do quarto, receosa se os encontraria novamente. A princípio não vi sinal de um certo alguém com celular na mão, então fui andando mais tranquila pelo corredor. Quando passei pela porta do quarto dele não vi nada, mas em compensação ouvi uma voz:

— Tá me procurando? — Ele estava com o cabelo molhado. Tinha acabado de tomar banho e estava com o seu sorriso malicioso no rosto, que já era quase normal para mim.

Eu devo ter demorado bem mais do que eu queria admitir para conseguir frear os meus pensamentos, porque ele já tinha até tomado banho. E que Deus me perdoe, mas que homem lindo. O que ele tinha de irritante ele tinha de bonito, ainda mais com o cabelo molhado e desarrumado.

Graça à bondade de Deus ele estava completamente vestido, porque não sei se tinha sanidade mental naquele momento para vê-lo sem camisa. Só de vê-lo com o cabelo molhado e com seus olhos brilhantes senti minhas pernas bambas. Não duvidaria nada que se ele estivesse sem camisa, mostrando o seu tanquinho, que provavelmente ele tinha, meu corpo não me obedeceria e eu cairia de cara no chão.

— Não. Por que eu estaria? — Tentei soar o mais verídica possível enquanto tentava me manter em pé.

— Não é o que parece. — Seu sorriso aumentou ao ver minha cara, que eu podia sentir que estava toda vermelha. — Por que passou olhando para dentro do meu quarto se não estava me procurando?

Pensa em algo rápido. Algo convincente. ANDA, LETICIA! PENSA EM ALGO LOGO!!!!

— Hábito? — Eu sei, não foi uma brilhante resposta, mas o que eu poderia dizer?

Ele caiu na gargalhada ao ver que eu estava completamente vermelha e sem graça. E que gargalhada boa de se ouvir. Se eu não fosse o motivo do riso, com certeza riria com ele.

Meus Deus! Eu estava pirando. Só podia ser. Quando, em sã consciência, eu, Leticia Sewit, iria querer rir junto com Peter e não dele?

— Nunca achei que veria a famosa princesa Leticia sem desculpas e sem fala — ele disse em um tom vitorioso, tirando-me do meu devaneio.

— Eu não estou sem fala. Sei muito bem o que falar. E eu não dou desculpas — falei irritada.

— Ok. Então me diga por que estava me procurando? Já se apaixonou por mim? — ele disse, com seu sorriso que todos nós já sabemos qual era.

— É claro que não. Você se acha muito. Meu Deus! Eu só... Ah... Só... Não sei. E eu não te devo explicações de nada — falei, ainda mais irritada.

Peter caiu na gargalhada ao ver que eu novamente tinha me embolado e ele havia me deixado nervosa. Nossa! Por que eu estava agindo assim? Nunca tinha sido tão ruim em esconder algo. Ele definitivamente me tirava do meu estado normal. Não sabia contar a quantidade de vezes que eu tinha ficado vermelha e estressada por causa dele só naquele dia.

— Vou ser bonzinho e vou deixar você escapar dessa. Mas só dessa vez, porque você tá bastante desesperada e já me diverti muito por hoje — ele disse rindo. — Hoje descobri que uma pessoa pode ficar mais vezes vermelha do que a cor normal, só o pouco tempo que conversei com você.

A vontade de socá-lo e beijá-lo voltou. E rapidamente expulsei esse pensamento da minha cabeça.

— Ha ha ha. Muito engraçado. Tchau, Peter.

Virei-me e tentei seguir pelo corredor como se nada tivesse acontecido. Como se minhas pernas estivessem normais e não extremamente bambas. Fingi que não estava com medo de estar andando de maneira errada, se é que isso era possível.

— Tchau, senhorita Leticia! — ele gritou da porta do quarto, enquanto eu tentava me afastar dele e daqueles sentimentos o mais rápido possível.

Quando olhei para trás ele ainda me observava com aqueles lindos olhos azuis. Por que eu estava assim? Tão estranha? Por que ele tinha que estar tão lindo, com aquele cabelo molhado e com aqueles olhos azuis me encarando? Ah! Quem era ele e o que tinha feito comigo? A Leticia normal nunca admitiria várias vezes que Peter estava lindo, mesmo estando.

LETICIA, PARA DE PALHAÇADA!! PARA DE PENSAR NELE AGORA!! EU TE PROÍBO!!!!!

Continuei a caminhar até chegar no jardim. Ah, o jardim! Meu segundo lugar preferido do castelo. Só perdendo para a vista do meu quarto, que eu quase nunca conseguia apreciar da maneira que deveria. Sempre que estava lá, tinha mil coisas para fazer e estudar, então, quando podia, ia ao jardim para sair um pouco do quarto e do clima pesado de lá. Distrair-me.

Ele era todo verdinho e cheio de flores. Tinha um chafariz bem no centro e alguns bancos espalhados por ele. Continha uma pequena floresta cheia de árvores, onde sempre tinha um monte passarinhos cantando suas melodias harmoniosas. Logo após as cercas do castelo havia um mar tão perto que se o castelo estivesse muito silencioso dava para escutar o barulho das ondas. Aquele, que eu conseguia ver uma parte pela janela do meu quarto.

Por meu aniversário ser em outubro eu nunca podia aproveitar a praia e fazer uma festa nela. Mas, felizmente, como era próximo do começo do verão, geralmente depois de algumas semanas do meu aniversário já dava para ir à praia, porque mesmo sem sol, os dias já começavam a ficar quentes.

Eu sempre adorei calor e praia, apesar de quase nunca conseguir ir por conta do castelo e das minhas obrigações de princesa. Achava que quando eu virasse rainha seria pior ainda. Mas como a minha psicóloga sempre dizia: "Foque no agora. Deixe para pensar no amanhã quando estiver vivendo-o". Minha mãe sempre dizia isso também, mas completava com: "Confie em Deus e tudo dará certo. Coloque o pé que Ele colocará o chão". E isso fazia com que a minha ansiedade diminuísse um pouco.

Parei de pensar um pouco nisso e abri o livro para ler, ou melhor, tentar. Apesar de todas as frases e conselhos, bons e verdadeiros, eu ainda era extremamente ansiosa e preocupada. Quando não era os meus deveres, meu povo, meu futuro reinado, meu futuro esposo, meus futuros filhos e sua criação, guerras, eu sempre achava algo para me preocupar.

Como agora, preocupada com o que Peter estaria pensando sobre as minhas respostas. E por mais que eu odiasse admitir, estava preocupada com o que ele pensava sobre mim. Parei, ou melhor, tentei parar, de pensar nele, e pensar só no drama do livro aberto em meu colo.

Enquanto eu absorvia todo o romance que eu podia e tentava me esquecer da realidade e da confusão que a minha cabeça estava, sentia alguém me observando. Olhei para os guardas na porta, mas eles já estavam tão acostumados com os meus "surtos" ao ler que nem prestavam mais atenção.

Uma vez, quando um guarda era novo, ele se assustou e perguntou várias vezes se eu estava bem, já que às vezes eu chorava descontroladamente e outras chegava dançar de alegria. E eu não sabia dançar bem. E isso tudo por conta de uma ação, uma atitude ou uma fala romântica contida no livro.

Achei que podia ser coisa da minha cabeça, então voltei a ler normalmente. Porém novamente me senti vigiada. Olhei para cima dessa vez. Talvez alguém nos quartos ou nas salas de cima?

Quando olhei para os quartos, um, em específico, chamou a minha atenção. Vi um tênis Adidas bem familiar no pé da cortina. Adivinha no quarto de quem? Resolvi voltar a ler e esquecer isso. Eu só podia estar ficando maluca. Ele não iria ficar me observando lendo, não é? Ou será que ficaria?

Mais uma vez senti olhos em mim, como se me observassem. Olhei para os guardas de novo. Nada. Olhei para o quarto em que Peter estava hospedado e percebi que o tênis tinha mudado de posição. Achei isso curioso. Então esperei, fiquei alguns segundos a mais olhando para o quarto, até que uma mexa loira apareceu na cortina e foi retirada rapidamente. Te peguei, Peter.

Ele estava me vigiando? Isso era hilário. Peter estava me vigiando e, melhor ainda, escondido. Ele não queria que eu soubesse. Por quê? O que faria Peter Oslandy ficar me vigiando a uma hora dessas? E o melhor, o que o faria se esconder para não ser pego? Eu sabia que era algo a mais. Algo talvez vergonhoso? Não sabia ao certo, mas não ia deixar essa passar.

Olhei por mais tempo para a janela. Ele provavelmente acharia que eu tinha voltado a ler. E foi como eu esperava. Quando ele achou que eu já tinha voltado a ler, ele botou a cara na janela para me olhar e levou um susto ao perceber que eu estava não só olhando para ele como dando um "tchau" em sua direção.

Peter ficou vermelho na mesma hora e não pude deixar de cair na gargalhada. E gritei bem alto para que ele ouvisse:

— EU NÃO SOU A ÚNICA QUE FICOU VÁRIAS VEZES VERMELHA HOJE, NÃO É? — Eu ri e tive quase certeza de que ele me escutou. Eu não me lembrava de vê-lo vermelho muitas vezes, mas o que importava era a implicância.

Até os guardas olharam para cima, o que deixou ele ainda mais sem jeito. Depois disso, ele parou de ficar me espionando e eu continuei lendo. Bom, parou é uma palavra muito forte. Ele olhava de vez em quando, mas então nem se dava mais o trabalho de se esconder. Ele apenas abria a cortina da sua própria cama, dava uma longa olhada para mim e a fechava novamente. Por quê? Eu ainda não sabia. E talvez nunca descobrisse. Mas isso não faria diferença. Na verdade, eu me sentia até confortável com seu olhar em mim. Sentia-me segura, como se o fato do olhar dele estar em mim fosse uma segurança de que não aconteceria nada de errado. Sei que é estranho, eu também achava, mas não sabia explicar. Algo nele me trazia segurança. Uma segurança que nunca senti antes. E isso me assustava e muito!

Ficamos nesse dilema por mais algum tempo, até que Lucia veio até mim e falou:

— Princesa, eu acho melhor você começar a se arrumar agora. Falta apenas uma hora para o jantar.

— Já?! Só falta uma hora? Meu Deus! Obrigada, Lucia — disse, surpresa, para logo depois segui-la para dentro do palácio.

Como a hora tinha passado tão rápido? Será que Peter também perdeu a noção da hora? O que eu iria vestir? Tinha que ser algo lindo. Maravilhoso. Melhor, espetacular. Peter tinha que ver que eu era linda e me desejar.

O QUÊ? COMO ASSIM, LETICIA?!! VOCÊ TÁ MALUCA DE PENSAR ESSAS COISAS?

Eu precisava começar a tomar remédios e ir ao psiquiatra, porque eu realmente estava maluca. Só queria que ele fosse embora logo. Peter não me fazia bem. Com certeza, ele não me fazia bem. Por que eu sempre agia que nem uma boba na frente dele? E pensava coisas estúpidas quando seu nome era citado?

Tomei um bom banho para relaxar. Quando saí, coloquei o vestido perfeito e comecei a fazer a minha maquiagem.

Eu coloquei um vestido longo com uma pequena fenda até o joelho direito, que ressaltava a minha perna. Meu vestido era roxo-claro e combinava com o meu salto de brilho. Coloquei um colar de coração de diamantes bem acima de um pequeno decote do vestido, que combinava com meu brinco e minha tiara de diamantes.

Quanto à maquiagem, na sombra eu fiz um degrade de cores roxas, que ficou bom, já que não ficou nem muito pesado, nem muito discreto, e coloquei um delineado preto. Por fim, mas não menos importante: meu cabelo. Ele estava solto, com mexas onduladas. O loiro do meu cabelo se destacava com a cor do vestido, ressaltando o brilho dos meus olhos, de acordo com Lucia. Em outras palavras, eu estava perfeita. Olhei-me no espelho e aprovei o resultado.

E não. Eu não estava me arrumando assim para o Peter! Era um jantar importante, com muitas câmeras e que sairia em revistas. Eu tinha que estar bem-vestida e elegante. Bom, era do que estava tentando me convencer.

Capítulo 5

Senti-me poderosa, porque enquanto eu passava todos olhavam para mim. Porém não era como todos os dias. As pessoas olhavam para mim me analisando dos pés à cabeça. Alguns olhos brilhavam ao me ver e outros ardiam de raiva. Alguns cochichavam enquanto eu passava, mas não liguei para isso, pois meu foco era outro.

Enquanto descia a escada reparei que um par de olhos azuis não parava de me encarar. Foi até engraçado. Ele estava conversando com o meu pai e percebi que quando cheguei, ele me encarou tanto que esqueceu até de continuar falando. Depois tentou disfarçar, mas seu olhar continuava em mim. E, obviamente, meu pai reparou e virou-se para me olhar sorrindo.

Como eu não era boba, aproveitei a oportunidade. Quando desci, em vez de ir direto falar com eles, como era o esperado, eu parei para conversar com o cara que iria nos filmar. Ele até era bonitinho, mas nada de mais. Eu realmente não sabia por que eu estava fazendo isso e ainda por cima gostando de fazer esse joguinho estúpido de ciúmes, que, aliás, parecia realmente estar funcionando.

Perguntei algumas coisas para o rapaz, que foi supersimpático, e depois me despedi. Então fui em direção a eles. Reparei que eu não era a única arrumada ali. Claro, todos estavam arrumados, mas não como eu e ele. Ele estava com uma calça preta, uma blusa social branca e estava de terno. DE TERNO!! Suas medalhas e brasões estavam pendurado nele, como o protocolo pedia. Seu cabelo estava arrumado, muito arrumado pelo visto. Seu sapato não era mais um Adidas, e sim um Oxford preto.

Se homem comum já fica bonito de terno, multiplica a perfeição por 100 milhões e você tem o resultado. Enquanto eu me aproximava deles, eu reparava em Peter e ele reparava em mim.

Todos os homens da sala estavam de terno, mas nenhum deles estava tão bonito quanto ele. E todas as mulheres da sala estavam de vestido, com salto e maquiadas, mas pelos olhares que eu estava recebendo, percebi que também estava me destacando. Eu podia estar delirando, mas olhos azuis de Peter me acompanhavam e me seguiam pela sala desde que eu havia chegado.

O jantar seria transmitido ao vivo e algumas pessoas estavam lá para jantar com a gente. Como o palácio era pequeno para comportar todos os cidadãos de Alandy, meu pai só chamou os nobres de cada estado e convidou alguns jornalistas para filmar o evento. Assim, todos poderiam ver e compartilhar do momento.

— Boa noite — disse aos três, que conversavam quando me aproximei deles.

Bem na minha frente estavam meu pai, Christofi e Peter. Apesar de estar em frente aos três, por algum motivo meus olhos não conseguiam desgrudar dos dele. Tentei me recompor rapidamente e olhei para os lados, mas ainda desejando olhar para aquela figura que havia passado para o meu lado direito.

Tinha algo nele, naquele momento, que atraía meus olhos como se fossem um imã. Eu não sabia explicar o porquê ou como, mas acontecia naturalmente e eu tinha que me controlar para não ficar encarando-o exageradamente, porque não tinha como não o encarar por pelo menos alguns segundos. Era humanamente impossível.

— Boa noite, filha — disse meu pai, com um sorriso largo no rosto.

— Boa noite, Leticia. Você está linda — falou Christofi.

— Obrigada. Você também está — respondi a Christofi.

Olhei para Peter esperando algo. Ele parecia estar pensando em algo.

— Boa noite, senhorita Leticia — disse, fitando-me.

Revirei os olhos com um pequeno e involuntário sorriso, que fiz questão de parar.

Sério? Um ano para responder e responde isso? Argh! Mas o que eu achei que ele iria dizer? Que eu estava linda? Deslumbrante?

Ficou um silêncio um pouco desconfortável por um breve minuto, então falei a primeira coisa que veio à minha cabeça sussurrando, para que somente Peter escutasse.

— Gostou da vista do seu quarto?

— Sim, por quê? — respondeu sussurrando também, já sabendo o que eu ia falar.

— Porque não parou de me olhar, ou melhor, olhar para a vista hoje à tarde. Acho que você está levando esse casamento muito a sério, senhor Peter. Não consegue nem relaxar sem a minha presença — falei, rindo discretamente.

— Diz a menina que passou olhando para dentro do meu quarto para ver se eu estava lá. O que você queria? A vontade de me ver foi tanta que nem conseguiu ser discreta? — Seu sorriso malicioso novamente estava aparente.

Como ele sempre conseguia reverter para mim? Ah, não. Dessa vez não.

Ainda um pouco vermelha respondi, com uma tentativa de um sorriso malicioso no rosto:

— Eu pergunto o mesmo a você. Estava com tanta vontade de me ver que nem conseguiu disfarçar?

O meu não foi tão bom quanto o dele, mas mesmo assim serviu. Em vez de responder, ele só continuou me encarando e abriu um sorriso espontâneo. E logo depois, involuntariamente, um sorriso apareceu no meu rosto também. Um silêncio se deu entre nós, mas não um desconfortável, como o anterior. Muito pelo contrário. Esse foi tão natural que parecia que fazíamos aquilo o tempo todo.

Fomos interrompidos pelo meu pai, que avisou que poderíamos entrar na sala onde seria servido o jantar e nos sentar. Até então estávamos esperando no lado de fora da sala de jantar, no *hall* do castelo, até que todos estivessem presentes.

Quando entramos, tínhamos nossos lugares reservados, como sempre acontecia nos eventos para que as famílias reais não ficassem afastadas.

Sentei-me ao lado do meu pai, como estava marcado, e Peter sentou-se ao lado do pai dele. Gostei da organização, porque a forma como estávamos sentados demostrou que meu pai e o pai dele eram iguais em termo de poder.

Meu pai ficou de frente para Christofi e Peter de frente para mim, o que não fez com nossos olhares parassem de se cruzar, pelo contrário, só ajudou. Novamente, nossa troca de olhares, que cada vez ficava mais intensa e demorada, foi interrompida pelo meu pai, que disse algo como:

— Estamos jantando aqui esta noite não só para comemorar a união de Alandy com o Canadá, mas também para comemoramos o casamento da minha filha, a princesa Leticia, com o príncipe Peter. — Ele olhou para mim e para Peter e voltou a falar: — Estou muito feliz com a união deles e acho que todos vocês também estão. Nem todo mundo tem a oportunidade de se casar com pessoas como eles, não é? — ele disse ao público de nobres, que sorriram e balançaram a cabeça discretamente para cima e para baixo. — Apesar de não conhecer muito o Peter, sei que ele é muito amável, bondoso e gentil. — Nessa hora olhei para Peter e ri. Ele me olhou também e riu. Acrescentei apenas com movimentos labiais "e mimado" e seu sorriso aumentou. Achando graça da minha brincadeira. — E o mais importante, vai fazer minha filha feliz. Sei que minha filha e minha nação estão em boas mãos. — Meu pai finalizou, mas não prestei muita atenção.

Se fosse em outros tempos, eu surtaria com o que ele falou, porque foi um absurdo, principalmente o final, mas não foi isso que eu fiz. O sorriso que Peter deu quando o chamei de mimado e meu pai o chamou de amável foi um sorriso sincero, que me desestabilizou completamente, fazendo-me não conseguir prestar atenção direito em nada além daquele ser humano na minha frente.

Aquele sorriso continuou no rosto dele. Como ele podia ficar mais bonito a cada movimento que fazia?

CREDO, LETICIA!! PARA DE PENSAR NISSO AGORA! ELE É UM MIMADO SEM NOÇÃO, ARROGANTE, QUE TE IRRITA O TEMPO INTEIRO.

A fala do amigo de Peter voltou a minha cabeça: "Fala sério, Peter. Já? Já se apaixonou por ela? Porque pra ela estar falando isso, é porque você a está irritando muito. E você sabe que você só fica irritando quem você realmente gosta. Você flerta igual criança do sexto ano. Quanto mais implicância maior a paixão".

Não. Isso não era verdade. Ele mesmo disse que só me irritava para que eu não criasse expectativa para o casamento. E ele também disse que tinha namorada.

CONCENTRE-SE, LETICIA!

Voltei a tentar prestar atenção no que falavam, mas agora não era o meu pai que estava fazendo o brinde e, sim, Christofi.

— Boa noite, povo de Alandy. — Todos da mesa responderam "Boa noite" de volta. — Estamos aqui hoje para festejar a formação não só de um casal, mas de uma família. Porque é para isso que o casamento serve, formar uma família. E eu fico muito orgulhoso de saber que o meu filho, o príncipe Peter, vai formar uma família com uma pessoa tão boa quanto a princesa Leticia. — Ele olhou para mim e para Peter. — Apesar de tê-la conhecido somente hoje, sei que ela é uma pessoa maravilhosa, uma pessoa que, além de linda, é muito inteligente, dedicada e honesta. — Foi a vez de Peter olhar para mim rindo. Eu ri de volta. — E sei que eles têm tudo para dar certo. E vão dar. É só olhar para eles — ele disse sorrindo. E nesse exato momento, eu e Peter estávamos nos encarando e rindo das baboseiras que eles estavam dizendo. — Conseguimos ver o amor de longe. Vida longa ao casal! — E fez o brinde.

Eu e Peter ficamos completamente vermelhos. Estávamos sorrindo um para o outro como se disséssemos: "Olha que mentira". Não estávamos apaixonados. Estávamos discutindo por sorrisos. Eu sei é estranho, mas era isso que estava acontecendo. E agora as pessoas achavam que nós estávamos realmente apaixonados?

Ainda bem que não estávamos fingindo ser amigos como o planejado, porque se nos provocando, correção, brigando, as pessoas achavam que éramos um casal feliz, o que fariam se nós realmente fingíssemos nos gostar?

O jantar continuou deste jeito: conversas baixas paralelas, as pessoas olhando para o suposto "casal feliz", câmeras o tempo todo nos rodeando e tentando descobrir o que estávamos falando por leitura labial e, por último, troca de olhares de vez em quando entre eu e Peter. Nada de demais.

Bom, eu acho que isso aconteceu, porque fiquei muito concentrada em um par de olhos na minha frente, que também pareceu estar concentrado em mim. E por esse motivo não tive tempo de reparar em outras coisas, já que elas, comparados ao oceano à minha frente, tornaram-se banais. Ok, não foi bem de vez em quando as trocas de olhares, foi o jantar inteiro.

Mas isso acontece com todo mundo que se odeia, né? Pelo menos nos livros e filmes que eu lia e assistia era assim. Porém eles sempre se gostavam no final. Esquece! O exemplo foi ridículo, mas a afirmação ainda podia ser verdade, né?

Na sobremesa não podia faltar a famosa torta de morango. Eu sempre amei torta de morango e depois que descobri que a América de *A seleção* gostava, passei a pedir sempre de sobremesa, principalmente em eventos maiores. Não sei como, mas sentia uma nostalgia ao comer a torta e pensar na cena do livro. Era como se tivesse acontecido comigo, mesmo não tendo acontecido. E como eu tinha um grande apreço por *A seleção*, que foi o livro que me colocou no mundo literário, não hesitei e peguei um pedaço da torta sorrindo antes de comer.

— Nossa, há quanto tempo você não come uma dessas? — A voz foi baixa, mas eu sabia quem era mesmo sem olhar.

— Não é por isso, Peter. É porque isso me lembra um dos meus livros favoritos — falei no mesmo tom que ele.

— Ah, tá... *A seleção* — ele disse normalmente. — Eu tinha esquecido. — Ele deve ter reparado a minha cara de choque e falou: — O quê? Eu não posso gostar desse tipo de livro? Na verdade, gostar é uma palavra muito forte. Está mais para ler. — Ele estava contente por ter me pegado de surpresa.

— Claro que pode... Eu só... não achei que você lesse esse tipo de livro — disse, ainda digerindo essa nova informação.

— Tem muitas coisas que você não sabe sobre mim, senhorita Letícia. — Com um sorriso malicioso no rosto e uma piscadinha para mim, ele terminou a frase e voltou a comer como se nada tivesse acontecido.

Eu não sabia reagir. Como assim ele lia livros de romance? Quais dos meus outros livros favoritos ele já tinha lido? E pior: o que eu ainda não sabia sobre ele?

Eu queria descobrir. Não só que livros ele já havia lido, mas tudo que ele tinha, era ou pensasse que eu ainda não soubesse. "Não, Letícia! Para com esses pensamentos malucos!", pensei.

ELE LIA LIVRO DE ROMANCE?! ELE ERA LEITOR?!

O jantar continuou assim: Peter rindo discretamente da minha cara e eu totalmente confusa com essa nova informação. Ele não podia jogar essa bomba e fingir que nada tinha acontecido. Podia?

O jantar acabou e depois de tirarmos algumas fotos para a imprensa, eu, meu pai, Peter e Christofi pudemos finalmente sair e ir para os nossos aposentos. Eu ainda estava confusa com tudo o que Peter tinha falado, não só naquele jantar, mas o dia todo. Estava confusa com as trocas de olhares contraditórias aos nossos diálogos, com nossas atitudes e, principalmente, com meus pensamentos e o meu corpo, que não agiam de maneira normal perto dele.

Ainda pensando nessa confusão, distraída enquanto ia em direção à escada, ouvi passos. Mas antes que eu pudesse subir a escada ou virar para ver quem era, alguém me chamou:

— Ei! Ei! — Antes que eu me virasse, a pessoa continuou: — Senhorita Leticia, você realmente vai me deixar ficar falando sozinho de novo? — Quando virei, vi o lindo sorriso brincalhão de Peter se aproximando de mim.

— Oi — eu disse, sorrindo também.

— Oi.

Peter pareceu esquecer o que queria falar comigo porque ficou só me olhando. E apesar de eu ter adorado o brilho em seus olhos por conta da luz forte, ficar perto dele por muito tempo era perigoso. Meu corpo não me obedecia. Eu tinha que o evitar até que eu pudesse entender como ficar ao lado dele sem agir de maneira estranha, entretanto meu corpo me desobedecia, como sempre que eu estava perto dele, e se aproximava cada vez mais dele. Consegui me conter, mas não sabia por quanto tempo conseguiria continuar "normal" perto dele, então falei:

— Então? O que queria falar comigo?

— Ah, isso! — Ele pareceu relembrar e disse: — O que vamos fazer? Manter contato durante a minha viagem? Ou só programar como o casamento não vai acontecer quando eu chegar? — ele disse rindo, mas havia algo em seus olhos que não me deixavam acreditar na sua risada, porém eu não sabia o quê. Então preferi descartar essa parte dos meus pensamentos.

Essa era uma boa pergunta. Nós manteríamos contato? Ou apenas veria e falaria com ele novamente dali a um mês? Será que ele queria manter contato? Seus olhos me encaravam divertidamente, vendo que eu estava confusa. Ele pareceu ler os meus pensamentos e falou:

— Vamos fazer o seguinte: eu te dou o meu número e se precisar você me liga. Pode ser? — disse, procurando algo. Provavelmente, uma caneta e um papel.

— Pode.

— Meu Deus! Não acredito que eu fiz isso... — ele disse sorrindo. — Olha, eu sei que você é apaixonada por mim e que vai querer me ligar a todo momento. Só lembra que eu vou estar em uma viagem de trabalho, tá? — Seu sorriso aumentou quando notou o meu. — Ah! Parabéns! Você é a primeira fã que recebe o meu número — disse, anotando no papel com a caneta que o garçom havia lhe entregado.

— Eu não sou a sua fã. Quantas vezes eu já disse isso? — Minha voz não saiu tão irritada quanto eu achei que deveria.

— Isso é o que você diz — ele comentou, dando uma piscadinha para mim.

— Engraçado que é você quem me dá seu número e fica me encarando, e eu sou a fã maluca? — falei séria, finalmente com um pouco de juízo.

— Eu dei meu número para você para planejarmos o fim do nosso casamento. E é você que não quer acabar com o casamento, porque não quis pegar o número até agora. — Ele estendeu o papel e eu peguei. — E quanto a te encarar, eu acho que isso é uma via de mão dupla, não é? — Revirei os olhos, o que fez com que seu sorriso aparecesse novamente. — E eu faço isso por conta do público. Nós não estamos apaixonados e toda vez que conversamos você fica brava. Você acha realmente que o público não vai descobrir a nossa farsa se pelo menos não tivemos algo "romântico"? — Ele fez o sinal de aspas. — Se eu te confundi sinto muito, mas achei que tinha deixado tudo muito claro desde o começo — ele disse seriamente.

— Você não me confundiu. Sei muito bem da nossa farsa. E eu digo o mesmo a você. Desde que chegou aqui deixei tudo bem claro também. — Tentei soar o mais sincera possível. — Bom, é só isso? — perguntei, olhando para o papel na minha mão.

— É. — Ele pareceu confuso com a minha seriedade. — Não precisa ficar assim, senhorita Leticia — ele disse, esperando que eu dissesse algo e que seu sorriso quebrasse o clima.

— Não estou de maneira nenhuma. Boa noite, príncipe Peter.

E voltei a subir a escada sem nem mesmo olhar para trás.

Eu sabia que ele continuava me olhando, como geralmente fazia, mas dessa vez isso não me reconfortou. Continuei subindo a escada e lágrimas estavam brotando nos meus olhos. Tentei ao máximo manter a postura enquanto subia, mas quando já estava um pouco longe do público, corri para o meu quarto. As lágrimas não paravam e o pior era que eu não sabia nem por que estava chorando.

Por que eu estava chorando? Por que ele disse algo que eu já sabia? Eu me senti usada, mesmo sabendo que nós faríamos aquele joguinho estúpido de fingir nos gostarmos por conta do público. Mas uma coisa era saber que já estávamos fingindo e outra era ser pega de surpresa por ele, como se isso fosse óbvio para nós dois. Fiquei com os sentimentos à flor da pele e toda confusa, achando que o tinha julgado errado, para ele, em menos de um minuto, puxar o meu tapete e mudar tudo?

Mas minhas lágrimas eram só por isso? Ou tinha algo mais? Algo mais relacionado à minha vida como um todo ou somente a ele? Eram muitas perguntas sem resposta. Muitas lágrimas sem conclusão. O que eu estava fazendo?

Um ótimo momento para a minha psicóloga estar de férias. Esse era um dos meses mais estranho, confusos e problemáticos momentos da minha vida, justamente o mês que a Dr. Fernanda não podia me atender. Tive que rir comigo mesma da minha situação. O único problema é que a vontade de chorar foi maior e em menos de um minuto lá estava eu aos prantos de novo.

Pensar em minha mãe e em como só ela saberia me dizer o que fazer e o que eu estava sentindo só fez com que o choro aumentasse. Ela tinha esse poder. Às vezes, ela conseguia entender coisas, sentimentos meus que nem eu mesmo entendia.

Resolvi que tomaria um longo banho para tentar aliviar a dor e o peso em meu peito. Como eu cheguei no meu quarto e pedi para que as empregadas saíssem para que eu pudesse ter um pouco de privacidade, eu mesma iria prepará-lo. E isso seria bom, porque me distrairia.

Enchi a banheira e tomei um bom e demorado banho. Não foi tão relaxante quanto eu achei que seria. Não mesmo. Tirei o resto de maquiagem que ainda restava no meu rosto, tomando o cuidado de passar uns produtos para cuidar da pele depois. Como ainda estava muito cedo para dormir, eu achei melhor ler um pouco. Bem, ao menos tentar.

Ler o quê? Romance? Exatamente. Pelo menos nos livros eu sabia que tudo daria certo. Apesar de ficar um pouco triste me comparando com os personagens, a leitura foi ótima. O livro era maravilhoso e consegui me distrair bastante. Até ri bastante.

Quando terminei de ler já era umas 22h e achei melhor dormir. Ou tentar, pelo menos. Antes de me deitar fiz minha oração e li um capítulo da Bíblia para tentar entender o que Deus queria me dizer naquele momento, porque apesar de não entender o que estava acontecendo, eu sabia que aquilo, que aquela dor, tinha um propósito na minha vida, mesmo que eu não entendesse ainda o porquê.

Vocês podem me perguntar: "Mas você não falou que tinha se afastado de Deus depois da morte da sua mãe?". Para ser sincera, no começo sim. Passei quase a última semana inteira afastada d'Ele, o que não aliviou a minha dor, muito pelo contrário, só aumentou. E eu percebi que estava sendo injusta, já que quantas coisas boas Ele já tinha me dado, de quantas coisas Ele havia me poupado para que eu somente ficasse focada nesse momento? Era quase burrice me afastar do único que sempre esteve comigo, sempre me compreendeu, consolou-me, amou-me, confiou em mim, mesmo quando eu mesma não confiava, só porque algo não saiu da maneira que eu esperava.

Uma coisa que sempre ouvi, mas que aprendi na prática durante essa semana, era que somente n'Ele encontramos a paz e a cura que nós precisamos. Eu ainda estava triste, confusa, chateada, e até um pouco revoltada, admito, mas saber que o Deus de todo o universo tinha um propósito com isso e estava ao meu lado foi um dos únicos motivos que me fizeram continuar seguindo.

Saber que mesmo na turbulência, o barco em que Ele estivesse não afundaria e que Ele queria estar no meu barco porque me amava era uma das únicas coisas que me mantinham em pé, que me davam esperança. Outro pensamento que me consolava era de que minha mãe estava no céu ao lado d'Ele, olhando por mim e se orgulhando de mim.

Eu não me considerava sábia, mas uma das únicas coisas que poderia aconselhar alguém de forma sábia era se aproximar de Deus. Aos poucos você vai percebendo que muita coisa não tem tanta importância e que você nunca foi esquecida ou rejeitada por Ele, mesmo quando você O esqueceu e O rejeitou.

A passagem que mais me chamou atenção foi Romanos, capítulo doze, versículo doze, que dizia assim: "Alegrem-se na esperança, sejam pacientes na tribulação, perseveram na oração". Com ele, eu soube o que Deus tinha para me falar. Eu estava começando a ler a Bíblia.

Havia pouco tempo que eu começara, por isso talvez eu não entendesse tudo, mas o essencial eu compreendia. Deus sempre me ajudava com pelo menos uma frase, como aconteceu naquele momento. Depois de ler o meu coração se acalmou um pouco e eu tentei dormir.

Lá pelas duas da manhã, sem conseguir dormir — só consegui tirar um pequeno cochilo —, desci e fui até ao jardim para contemplar a noite, que estava linda. Além do mais, o lugar que mais dava para ouvir as ondas do mar era o jardim e ouvi-las me relaxava. Sempre que não conseguia dormir direito eu ia para o jardim. Os guardas já estavam até acostumados com a minha presença, já que depois que minha mãe morreu eu ia toda noite lá.

Lembrar dela me fez querer chorar mais. E foi o que eu fiz. Chorei. E não foi pouco. Passei um bom tempo chorando e olhando a Lua. Um misto de sentimentos dentro do meu peito. Eu nem sabia por que estava sentindo um vazio tão grande. Não sabia que chorar uma semana inteira não iria diminuir a falta dela.

Apesar de fingir estar bem o dia inteiro, a noite eu não conseguia. Não conseguia ignorar o fato de que ela não estava mais ali, que não iria mais me abraçar e dizer que estava tudo bem. Ela não veria meu futuro casamento. Não conheceria o homem que eu iria amar e não conheceria meus futuros filhos. Mais lágrimas e lágrimas.

— Por que você teve que ir?! — disse, olhando para o céu. — Por quê?! Por que ela, Deus?!

Mais lágrimas. Eu sabia que Deus era perfeito e que se Ele a tinha levado era para um bem maior, mas o vazio, a dor em meu peito, não entendia isso. Quanto mais lágrimas caíam, mais vontade de chorar eu ficava. Condenei-me por achar que seria como nos filmes e que logo a tristeza passaria; que quanto mais eu chorasse menos lágrimas teria e mais fácil seria parar. Essa era a lógica, pelo menos para mim, mas não foi isso que aconteceu.

Um tempo depois, quando pensei que estava melhor e que podia tentar dormir, virei-me e vi que ele estava na porta, olhando-me com piedade. E eu detestava quando me olhavam com pena.

— Há quanto tempo você está aí?

Peter se aproximou, sentou-se ao meu lado no banco e disse:

— Há pouco tempo. Quer conversar? — Ele parecia sincero. Como eu não falei nada ele continuou.

— Sei que não somos melhores amigos, mas eu realmente me importo com você. Você pode confiar em mim.

— Não sei se eu aguento, Peter. — Mais lágrimas. — Não sei se eu aguento sem ela ao meu lado — eu falei entre soluços.

Nesse momento não me importei se quem estava ouvindo era Peter e nem com a falta de intimidade que nós tínhamos. Eu precisava desabafar e ele parecia realmente preocupado e pronto para ouvir.

Peter colocou o braço ao meu redor e meu deu um abraço. Apesar de ficar meio chocada a princípio, logo retribui. Ficamos algum tempo assim, nesse abraço reconfortante. Ele se afastou um pouco e disse, olhando nos meus olhos:

— É claro que você consegue. Você é a senhorita Leticia. — Ele sorriu, mas não como deboche. Era um sorriso sincero. — Você consegue tudo que você quer. Você é forte e aguenta qualquer coisa. Você apenas não consegue enxergar quem realmente é de verdade.

— Quem eu sou de verdade? — Eu ri ainda entre lágrimas, achando que Peter não responderia. — Quem sou eu, Peter? — perguntei, com um sorriso triste e pequeno no rosto, certa de que ele não responderia.

— Uma menina linda e romântica, que vê sempre o melhor nos outros. Que acredita em amores verdadeiros, mesmo o mundo mostrando ao contrário o tempo todo. Uma menina que acredita em amor à primeira vista. — Ele sorriu. — Uma pessoa que sonha alto, para quem nem o céu é o limite. Uma pessoa que sempre pensa nos outros antes de tomar cada atitude. Uma pessoa que adora ajudar os outros, mas detesta ser ajudada — ele falava e me olhava profundamente, como se conseguisse ler a minha alma. — Uma pessoa extraordinária, mas que não confia no próprio potencial. Uma pessoa que por onde passa chama a atenção de todo mundo pela sua luz interior e por sua beleza radiante. — Ele fez uma careta e eu ri. — Você é perfeita. Seu único defeito é não enxergar isso em você. É se comparar o tempo todo com os outro, isso inclui os personagens fictícios — ele disse e eu ri novamente. — Você quer assumir responsabilidades que não são suas. E, por último, mas não menos importante, você quer tentar mostrar que você é perfeita. — Fiz cara de confusa e ele continuou. — Você é perfeita, mas seus defeitos que fazem você perfeita. Então, por favor, pare de achar que você não pode errar. Antes de ser a princesa Leticia, você é um ser humano — ele finalizou, olhando-me profundamente.

Eu não sabia o que falar. Como ele me conhecia tanto?

— Obrigada — disse encostando a cabeça em seu ombro. E esquecendo por um momento quem tinha falado tudo isso.

— Não tem de quê — ele respondeu, encostando a cabeça na minha. — Não pense que eu gosto de você agora só porque eu disse isso. — Eu podia sentir o sorriso dele se formando sem nem mesmo olhá-lo.

— Peter...

— Oi. — Ele virou para me olhar.

— Como você sabia disso tudo? Como me conhece tanto? — Ainda apoiada em seu ombro, olhei para ele.

— Nós não somos tão diferentes como você acha. E eu posso ter perguntado um pouco sobre você paras os funcionários. — Ele sorriu, olhando para mim.

— Então você anda perguntando de mim por aí?

— Quem disse isso? Porque estão mentindo — ele respondeu, dando risada. — Agora que você está mais calma, acho melhor ir tentar dormir. Você precisa de energia para chorar pela minha partida amanhã. — Olhei para ele incrédula, ainda apoiada em seu ombro, e ele riu. — Eu estou brincando. Mas realmente acho melhor você ir dormir agora.

— E você? Não vai dormir também?

Levantei a cabeça para olhá-lo nos olhos.

— Vou. — Ele se levantou e estendeu a mão para mim. — Vamos, eu vou te levar até o seu quarto.

— Hoje você está muito romântico — disse, pegando a mão dele e me esquecendo do resto do dia. — Obrigada.

— Eu tenho os meus dias — ele comentou, acompanhando-me pelo jardim, com um sorriso discreto no rosto.

Nós continuamos de mão dadas enquanto andávamos até os quartos. Não sei por que, mas me sentia bem melhor depois da nossa rápida conversa. Meu corpo era um misto de sentimentos. Entretanto eu gostava da sensação que eu estava tendo. Gostava muito. Achei que seria estranho estar de mãos dadas com Peter, mas parecia uma coisa natural, que deveria acontecer. Eu estava extremamente confortável, bem mais do que eu achei que estaria.

— Peter.

— Sim.

— Como você sabia que eu estava lá?

Ele ficou um pouco sem graça, mas logo respondeu:

— Eu também não consegui dormir e quando olhei pela janela para ver a noite vi você. Não queria te atrapalhar ou invadir o seu espaço, mas senti que deveria ir lá.

— Obrigada, mesmo — falei, com um sorriso amarelo no rosto.

Ele só sorriu e continuamos andando.

Continuamos de mãos dadas até chegar ao meu quarto. Foi engraçado ver que alguns dos guardas que estavam acordados nos olhavam com admiração, como se soubessem que aquilo iria acontece. E acho que eles pensavam que iriam ver aquilo sempre, porque, afinal, éramos noivos. Mas para nós, porque eu tinha certeza de que Peter sentia o mesmo naquele momento, estar de mão dadas, ao mesmo tempo em que era algo novo, parecia algo que acontecia sempre de forma tão natural. Parecia algo certo para o momento.

Quando chegamos à porta do meu quarto, Peter parou na minha frente e soltou a minha mão, ainda me encarando. Apesar de ser um "fato" novo estar de mãos dadas com ele, como eu disse, era algo tão natural que no mesmo minuto que ele a soltou eu senti falta de seus dedos nos meus. Foi estranho. Parecia que ele queria ficar mais tempo ao meu lado, assim como eu queria ficar ao lado dele. Parecia que ele queria pegar minha mão novamente, assim como eu queria que ele a pegasse de volta. Alguns minutos de silêncio se passaram até que ele falou:

— Acho que é isso. Boa noite, senhorita Leticia.

Porém ele continuou imóvel.

— Boa noite, Peter. E obrigada mais uma vez — falei, encarando aquele lindo par de olhos azuis.

— De nada. E Leticia, eu não estava brincando. Se você precisar não ouse não me ligar por motivo algum, por favor. — Ele parecia sincero.

— Quando você disse isso? Eu não me lembro? — Fingi pensar, mas com um sorriso no rosto para mostrar que eu estava brincando.

Ele riu e respondeu, dando risada:

— Você está com amnésia? Ou eu estou? Mas já que estamos nesse impasse de quem está doente, acho melhor contar com o que eu disse agora, mesmo que eu tenha uma leve suspeita de que seja você.

Um silêncio tomou conta de nós novamente. Um silêncio confortável. Como eu disse anteriormente, parecia que nenhum de nós queria se separar. Sabíamos o que fazer. Era só eu entrar e ele ir embora, mas era difícil. Meus músculos não se mexiam nem os deles.

— Bom, acho que é isso. — Demorei um tempo para terminar a frase. — Boa noite, Peter.

— Boa noite, Leticia.

Virei-me e me obriguei a entrar no quarto, mesmo com o coração ainda batendo a mil. O que eu iria fazer agora? Dormir? Com certeza eu não conseguiria, mas tinha que tentar, não é?

Deitei-me na cama ainda pensando se ele também estava assim: esquisito. Como se cada parte do seu corpo estivesse querendo me ver novamente. Bom, era isso que estava acontecendo comigo. Queria vê-lo urgentemente, mas não podia, tinha que tentar dormir.

Capítulo 6

Se eu consegui dormir uma hora foi muito. Passei a noite em um misto de sentimentos. Saudade da minha mãe, pensando no que aconteceu e, principalmente, pensando que só o veria novamente daqui a um mês. Um dia antes eu pularia de alegria, mas não era o que estava acontecendo. Não mesmo. A noite passada mudou minha concepção sobre ele. Não conversamos mais depois daquilo, mas eu sabia que a noite passada tinha mudado algo entre nós.

Acordei com olheiras, então fiz uma maquiagem bem levinha, mas que escondesse o meu rosto inchado. Coloquei um vestido azul com desenho de várias borboletas, prendi meu cabelo em um rabo de cavalo e coloquei uma sandália. Vi meu reflexo no espelho e gostei do resultado. Não estava tão arrumado quanto o da noite anterior, mas estava bonito. Como era a despedida de Peter, a imprensa também estaria presente. Só não filmariam o café da manhã como tinham filmado o jantar.

Desci a escada e novamente um par de olhos azuis me encarou desde o começo até o final dela. Como na noite anterior, ele estava conversando com o meu pai e se perdeu ao me olhar. Novamente, meu pai se virou e quando me viu deu um sorriso satisfeito. Dessa vez fui direto falar com eles.

— Bom dia — cumprimentei os dois.

— Bom dia, filha — respondeu meu pai.

— Bom dia. Dormiu bem? — Peter me perguntou. Seus olhos demonstravam uma preocupação sincera.

— Não muito bem. E você? Conseguiu dormir? — falei para ele sorrindo e ele sorriu de volta.

— Não exatamente. Uma certa pessoa tirou o meu sono — ele disse.

— Posso saber quem? — perguntei, com uma tentativa de um sorriso malicioso.

— Você sabe muito bem quem — ele respondeu, com um grande sorriso sincero, devo acrescentar, no rosto.

E ficamos nos encarando por um tempinho, até que o meu pai, que sinceramente nem me lembrava que estava ali, falou:

— Eu perdi alguma coisa? — Seu olhar ia entre eu e Peter.

Peter sorriu e virou para respondê-lo:

— Não, senhor. — E deu uma piscadinha para mim.

— Tá bom... — falou meu pai desconfiado. — Vou ali conversar com o Christofi e já volto. — E saiu.

Peter me encarou novamente, mas agora me olhava da cabeça aos pés. Estremeci. Ainda era estranha essa sensação mesmo ele já tendo feito isso desde o primeiro momento em que nos conhecemos.

— Lindo vestido — ele disse, com um sorriso no rosto, que logo se transformou em malicioso, ao completar: — Mas gostei mais do de ontem.

Fiquei vermelha. Aproveitei para examiná-lo também. Ele usava uma calça preta, como sempre, e uma blusa social azul. No pé, seu famoso Adidas. E, por fim, seu óculos escuros estava pendurado na camisa, pronto para ser usado a qualquer momento.

— Você também está bonito, mas também preferi o terno de ontem — comentei rindo. — Por que você está com óculos escuros se aqui nem está sol?

— Porque eu sou famoso e porque eu tenho estilo. Olha só. — Ele deu um giro para que eu observasse a sua roupa. E eu sorri involuntariamente. — Tá vendo? Cuidado para não babar com tanta perfeição. — Ele brincou.

— Você é um metido — disse rindo.

— E você me adora — ele respondeu, também rindo.

— O quê? O que uma coisa tem a ver com a outra? — perguntei

— Ué? Não estamos falando verdades aqui? — ele respondeu.

Comecei a rir, ou melhor, gargalhar, e comentei:

— Seu bobo.

Ele parecia feliz em me ver desse jeito. E analisando-o, ele já sabia. Ele tinha feito de propósito a piada porque sabia que eu ia rir. Como ele me conhecia tanto?

— Bem melhor assim. Mas eu não sei por que você está rindo — ele disse, tentando parecer sério.

O que me fez rir ainda mais. Ele me olhava intensamente. Parecia querer recordar a minha risada, o meu rosto, o meu corpo, tudo que pudesse, para se lembrar de mim. Quando lembrei da sua partida fiquei um pouco triste e ele percebeu.

— O que foi? O que aconteceu? — falou, colocando a mão no meu ombro.

— Nada. É que agora que você está menos chato você vai ter que ir — respondi, meio triste.

— Menos chato? Sério? — ele disse brincando e eu sorri. Mas ele ficou sério ao continuar. — Não precisa ficar triste. Você tem meu número e daqui a pouco eu volto. Um mês passa rapidinho. — Ele colocou a mão no meu rosto para que eu olhasse para ele. — Pensa pelo lado positivo: eu vou estar aqui para passar o seu aniversário com você.

— Como você sabe que dia é meu aniversário?

— A internet tem muitas informações assim — ele respondeu rindo.

— Você anda pesquisando sobre mim na internet? Primeiro pergunta de mim para os funcionários e agora me pesquisa na internet? Alguém está apaixonado aqui? — falei brincando.

— Também não sei — ele disse rindo. — Você está apaixonada por mim, senhorita Leticia? — ele me perguntou em tom de brincadeira.

Mas senti algo estranho, como se realmente eu precisasse ter uma resposta para isso. E eu tinha. Eu não estava apaixonada. Mas as palavras pareceram não querer sair. Na hora fiquei com um branco e não consegui pensar em nada além de se eu realmente sabia que resposta dar. Minha cabeça ficou com um enorme ponto de interrogação.

"EU SÓ ESTOU MISTURANDO AS COISAS!", pensei.

Quando um cara chato fica um pouco menos chato não quer dizer que eu tenho que estar apaixonada. Ele ainda era um metido, arrogante e sem noção. Apeguei-me a esse pensamento e quando ia responder, meu pai disse:

— Vamos entrar para tomar café?

Meu pai interrompeu nossa conversa na hora certa. Mas por que estava comemorando que meu pai havia suspendido a minha resposta, se a tinha desde o começo já formada? É isso o que dá dormir pouco. Com certeza, era falta de sono.

Diferentemente da noite anterior, Peter não iria se sentar na minha frente e, sim, ao meu lado, já que nesse momento a ocasião era mais informal. E quando nos cassássemos, sentar lado a lado seria o correto. É até engraçado pensar em como as regras, desde as mais simples até as mais complexas, mudavam conforme você subia de posição na hierarquia.

CREDO, LETICIA! Para com isso! Quando nos casarmos? Sério?

Antes de Peter se sentar, ele me esperou e puxou a cadeira para mim. Ele fez isso tão naturalmente que não reparou em três olhares surpresos por sua ação. Ele se sentou ao meu lado esquerdo, logo depois de seu ato cavalheiro. Quando Peter se sentou, nossas pernas se encostaram e algo aconteceu. Não sei dizer o quê, mas um choque nos atingiu. Ele também sentiu, porque na mesma hora me olhou com um sorriso.

O QUE ESTAVA ACONTECENDO?!

O café da manhã continuou assim. E de vez em quando, além de nossas pernas, nossos braços se tocavam. E o choque acontecia. Além dos olhares comuns, que agora eram intensificados. Nossos pais repararam que algo estava acontecendo, porque toda hora perguntavam se queríamos contar algo para eles. Respondíamos que não, mas eu sempre acabava ficando vermelha automaticamente.

— Vocês têm certeza de que não querem nos contar nada? — Christofi perguntou.

— Sim — respondemos juntos, mas fiquei vermelha novamente.

— Vou sentir saudades dos vários tons de vermelho que você fica durante um dia — Peter disse baixo e rindo.

— Eu nem vou sentir saudades suas — menti.

— Mentirosa. — Ele me olhou rindo. — Você vai morrer de saudades. Você quase chorou lá fora quando lembrou que eu vou embora.

Eu ri e ele riu de volta. Continuamos o café da manhã assim.

Como as coisas mudavam, não é? Primeiro odiei Peter e agora já o considerava um amigo. Um amigo bem próximo. E mesmo depois do casamento, que não iria acontecer, eu realmente esperava que pudéssemos ser amigos.

Quando fomos nos despedir deles, na porta de entrada do castelo, onde o carro os pegariam para levá-los para o jatinho particular deles, senti-me muito triste, mas não sabia muito bem o porquê.

Sentia como se uma parte de mim estivesse indo embora, como se uma das únicas pessoas que me entendiam estivesse me deixando. E isso doía muito. Mas precisei continuar firme, aguentar o sofrimento, a angústia interna, sorrindo, porque, afinal, estávamos na frente de várias pessoas e câmeras.

— Boa viagem, Christofi — disse, abraçando-o.

— Obrigado. Em breve estaremos de volta, docinho.

Eu sorri e ele se afastou, dando espaço para que Peter viesse se despedir.

— Boa viagem, Peter. — E dei um abraço nele, que retribuiu.

Ficamos um tempo assim, até que ele se afastou um pouco para me olhar e disse:

— Me liga se precisar. Vou estar esperando. E não se esqueça do que eu te disse ontem, tá bom?

— Tá. — E antes que ele se virasse, eu falei: — Peter...

— Oi... — ele respondeu, encarando-me.

— Você acha que ainda podemos ser amigos depois dessa confusão toda de casamento?

Ele sorriu e respondeu:

— Claro. A única dúvida é: será que eu vou querer ser seu amigo? Porque, bem, você com certeza vai querer ser minha amiga já que é minha fã, sabe? — ele disse rindo.

— Convencido. — Não pude controlar um sorriso.

— Eu posso ser — ele falou, rindo e dando uma piscadela discreta. Depois me deu um último abraço e disse no meu ouvido:

— Se cuida, tá? E se precisar liga pra mim, ok? — Sua voz em meu ouvido me fez estremecer.

— Você já disse isso — respondi, com um pequeno sorriso no rosto. — E você também. Ligue-me se precisar. E, por favor, cuide-se.

— Sei que já falei isso, mas quero que você saiba que estou falando a verdade — Peter me disse, com sua voz rouca, no meu ouvido, e eu me arrepiei toda.

Depois, ele me largou e se virou para ir embora. Senti um aperto no peito. Enquanto ele ia embora, eu sentia um sentimento ruim. Queria gritar para que ele voltasse e ficasse me aporrinhando, porque ele tinha se tornado importante para mim.

Antes que ele entrasse no carro e fosse embora, ele se virou e olhou para mim. Sempre achei nos filmes esse gesto lindo, mas queria que ele não tivesse feito isso, porque minha vontade de ir atrás dele foi bem maior depois desse movimento. Ele me encarou um pouco e entrou no carro.

Esperei até o carro ir embora para entrar correndo no palácio. Quando ele foi embora senti como se tivesse perdido mais alguém na minha vida. E se eu perdesse mais alguém de verdade eu não sei se suportaria.

Graças a Deus, isso não era um adeus e, sim, um até logo. Nunca pensei que ficaria assim por conta de uma amizade. E, principalmente, com uma amizade em que Peter Oslandy estivesse envolvido. A única coisa que eu achei estranho era que nem na viagem da Ana, minha melhor amiga, eu tinha ficado assim. Pensando bem, eu nunca tinha ficado assim antes, mas com certeza era a perda da minha mãe que estava mexendo muito com as minhas emoções. Um dia eu o odiava e no outro já o considerava um amigo e fiquei triste quando ele partiu. A vida é mesmo muito engraçada.

Capítulo 7

Depois da partida dele, eu entrei correndo no castelo e fui direto para o meu quarto. Depois de chorar um pouquinho, eu resolvi ler para me distrair. Ok, não foi um pouquinho, foi muito.

Mas o que eu podia fazer? Minhas emoções estavam confusas depois da partida da minha mãe. E apenas por esse motivo eu chorei. Vou repetir. Eu só chorei na partida dele por estar abalada emocionalmente por conta da morte da minha mãe. Bom, pelo menos era isso que eu tentava dizer a mim mesma.

Mesmo a leitura não tirou a cena dele indo embora da minha cabeça. Quando chegou a hora de almoçar, meu pai percebeu que eu estava triste, mas como nunca tivemos a intimidade de falarmos coisas pessoais um para o outro ele não perguntou nada, apenas fingiu que nada estava acontecendo.

Isso me lembrou como era diferente quando a minha mãe estava aqui. Ela sempre sabia tudo sobre mim. Sabia quando eu estava triste, mesmo que eu tentasse esconder, e sabia o que dizer na hora certa. Ela sempre me fazia me sentir melhor. Eu sentia falta dela. Muita falta. Ela era a melhor pessoa do mundo, minha pessoa favorita do mundo, minha inspiração. Só de pensar que nunca mais a veria me dava vontade de chorar.

A verdade é que estava sendo um momento muito difícil para mim e quando ele esteve aqui me ajudou a esquecer um pouco a dor que me corroía por dentro, a dor de saber que minha mãe morreu, de saber que a pessoa que eu mais amava e que me fazia sentir amada nunca mais estaria ali. Uma dor que não cabia no meu peito. Uma dor que parecia demais para suportar.

A verdade é que eu me escondia atrás dos livros para não ter que lidar com a dor da vida real. E quando eu já não achava que dava mais conta, meu pai inventou um casamento sem nem mesmo pensar nos meus sentimentos, sem nem mesmo me comunicar antes.

Eu realmente não estava bem, mas eu tinha fé de que esse momento ruim iria passar e que tudo iria melhorar. Porque a vida é uma só, mas a maneira de enxergá-la são diversas. E por que pensar pelo lado negativo e remoer sentimentos ruins se eu posso tentar ser feliz? A situação pode não mudar, mas o meu ponto de vista sim.

Mesmo olhando por um outro lado, a tristeza continuava, obviamente. Olhar por um lado positivo não quer dizer que a tristeza vai embora, mas que depois desse momento de impacto ela diminui um pouco.

Eu fui para o quarto e chorei muito. Chorei até não poder mais. Chorei por tudo.

Uma vez minha mãe me disse que precisamos chorar porque chorar limpa a alma, que precisamos colocar para fora toda a dor e todo o sofrimento para que aquilo não vire uma bola de neve e não aguentemos mais carregar. Então chorei. Deixei que as lágrimas descessem. Em meio a elas, vi que a Ana estava me chamando em uma videochamada.

— Boa tarde! — Ela viu minha cara inchada e perguntou: — O que aconteceu?

— Minha vida aconteceu — respondi, com um sorriso triste no rosto. — O que você queria falar comigo?

— Não era nada de importante. Só queria perguntar como estão as coisas entre você e o Peter, já que você não me falou nada. Mas agora estou preocupada com você. O que aconteceu?

— Nada. — Uma lágrima saiu do meu olho. — Ele foi embora.

— E mais o quê? Sei que você não está assim só por causa dele. — Ela se aproximou da tela e perguntou. — Você tá bem?

— Não. — As lágrimas desceram. — Não estou bem. Minha vida está um caos. Primeiro, a minha mãe morre. E uma dor que não cabe do meu peito chega e não quer sair mais de mim. Depois, sem me perguntar, sem aviso nenhum, meu pai inventa que eu tenho que me casar. Ele nem sequer perguntou se eu estava bem. — As lágrimas escorriam descontroladamente. — Ele nem perguntou se eu estava bem, Ana. — Ela me observava e ouvia atentamente. — E depois, quando o Peter começou a se tornar meu amigo de verdade, ele foi embora. Todo mundo vai embora, Ana. E eu me sinto só. Nem meus livros estão conseguindo me dar o apoio que eu preciso. — Mais lágrimas escorrendo dos meus olhos.

— Calma. Calma. Eu estou aqui e sempre vou estar. Olha para mim, Leticia.

Eu olhei para ela.

— Você não está sozinha. Tem muitas pessoas que te amam e que fariam tudo por você. Você pode até não reparar ou achar que eu não estou falando a verdade, mas acredite em mim, Leticia, por favor. Você não está sozinha. E você é muito forte, vai dar contar dessa dor que você está sentindo.

Fiz que sim com a cabeça ainda chorando. E ela continuou:

— Para de se cobrar tanto. Todo mundo sabe o quanto você amava a sua mãe e o quanto vocês eram próximas. Você não precisa ser "per-feita". — Ela fez sinal de aspas. — Você é humana e todo ser humano erra e sofre, então para de esconder seus sentimentos para fazer com que todos achem que você está bem sendo que não está. Para de fingir que você não pode errar ou sofrer.

Eu dei um sorrisinho no automático e ela me perguntou:

— O que foi?

— Nada — respondi, com um pequeno sorriso no rosto. — É que vocês me conhecem muito bem e disseram quase a mesma coisa.

— Vocês? — ela perguntou desconfiada.

— Você e o Peter.

— O Peter? — ela disse, surpresa. — O Peter Oslandy? O que você disse que era mimadinho? — Eu sorri. — O que rolou entre vocês? Me conta tudo!

— Nada. A gente só conversou.

— Eu quero detalhes de tudo! Desde a chegada dele até a despedida — ela falou, muito animada. — Me conta tudo! — Ela apoiou os braços na mesa e a cabeça na mão, pronta para ouvir.

Eu sabia que aquele interesse todo não era só por Peter, mas para me distrair um pouco e tentar melhorar um pouco o meu humor. Ana era a melhor amiga que eu podia ter.

— Ele chegou igual a um playboyzinho — eu disse rindo, lembrando de cada detalhe. — Nós brigamos o tempo todo. Mas por algum motivo estávamos sempre trocando olhares. — Ela deu um suspiro e eu ri. — À noite, eu estava com muita saudade da minha mãe e fui ao jardim, umas duas e pouco da manhã, porque estava sem sono. E em meio a lágrimas, vi que ele estava me observando. — Mais uma vez ela suspirou. — Ele viu que eu estava triste e foi superfofo comigo. Me deu até o número dele e disse que era para eu ligar para ele se precisasse. E hoje, na hora da nossa despedida, ele falou umas duas vezes que era para ligar para ele se eu precisasse, porque ele ia esperar pelo meu telefonema, e disse para eu me cuidar. Foi só isso.

— Ah... — Ela deu um longo suspiro. — O amor. Não é lindo?

— Que amor? — falei, rindo da expressão dela.

— O seu e o do Peter. De quem mais eu estaria falando? Ou você agora vai dizer que vocês são só amigos?

— Nós somos só amigos.

Ela bufou e falou:

— Pelo amor de Deus, Leticia. É óbvio que vocês se gostam. Eu vi a filmagem do jantar — ela disse, olhando-me esperançosa. — Meu Deus! O que eram aquelas trocas de olhares? E aquele risinho de vocês? Ahhh!! — Ela me encarou. — Você realmente acha que se ele não gostasse de você ele te daria o número dele falando que tá esperando você ligar?

Como eu continuei em silêncio, ela completou:

— Me diz. Apenas me diz. Se toda vez que você está com ele você não se sente estranha, mas no bom sentido? — Ela viu que me pegou e continuou. — Eu sabia! Você está apaixonada.

— Não, não estou não. Eu só não sei conciliar o que eu sinto, tá? Ou você se esqueceu que eu ainda sou BV? — perguntei para ela, incrédula.

— Porque você quer. Quantos príncipes já tentaram te beijar? Deixa eu ver... — Ela começou a contar nos dedos. — Ah! São tantos que já perdi a conta.

— Eu sei, mas não falei nesse sentido. Você sabe que eu quero que meu primeiro beijo seja com uma pessoa que eu realmente gosto. Mas a questão não é essa. A questão é que eu não estou apaixonada por ele.

— Leticia, você pode mentir para todo mundo. Até para você mesma. Mas a mim você não engana. Você está completamente apaixonada por ele e ele por você. — Ela riu e continuou. — Esse casamento até que foi bom, porque além de... Sei lá o que os pais de vocês querem... Eles acabaram juntando um casal. Ah! — Ela suspirou. — Eu quero ser madrinha e quero ajudar a escolher o nome dos seus filhos.

— Para de bobeira — falei, rindo da cara de sonhadora dela.

— Você viu que os amigos dele também são uns gatinhos, né? Porque, assim, você precisa saber quem são eles, para quando conhecê-los não fique de boca aberta. Mas relaxa, o Peter é o mais bonito de todos — ela comentou dando risada, esquecendo que tinha me mostrado todos eles antes de Peter vir para o castelo. — Se você quiser falar bem de mim para o Jacob eu aceito. — E deu uma piscadinha para mim. — Claro que quando você for conhecê-los você vai me levar junto, né?

Eu ri.

— Eu já meio que os conheci — falei, sem graça, e ela me olhou com uma cara tão surpresa que eu quase caí para trás de tanto rir. — E pode deixar que falo bem de você para o Jacob — comentei, lembrando do dia em que os conheci. — E ele até que gostou de mim. Quer dizer, ele e o Kily pareceram ter gostado de mim.

— Como? Quando? Onde você os conheceu? — Ela estava muito surpresa. — Me conta tudo!

— O Peter estava falando com eles em uma videochamada, no quarto que fica perto do meu. Só que quando eu passei pelo quarto eles estavam falando de mim. Sei que foi errado, mas eu fiquei escutando. Só que teve um problema. Quando achei que já tinha escutado bastante e decidi ir embora, sem querer eu derrubei o extintor de incêndio e fez um barulhão. — Ela nem piscava para ouvir tudo direito. — E ele veio com os meninos no celular e perguntou o que tinha acontecido. A Beatriz acabou me entregando, dizendo que eu estava parada lá há um tempo e que daí eu saí.

Fiz uma pausa e continuei:

— Ela não fez por mal. Ela achou que eu tinha me machucado sério e ficado com um problema de memória, e acabou falando. O Peter ficou muito bravo quando deduziu que eu estava escutando a conversa dele, mas como eu não sou boba, eu disse que não estava escutando nada, que ele não era o centro do universo, e inventei uma mentira que ele não acreditou muito, porém não podia dizer que era mentira. Aí eu conheci os meninos. Eles foram bem legais.

— Meu Deus! — ela disse, quase gritando. — Como você não me falou isso antes? E o que eles falaram que você ouviu? O que estavam falando de você? — ela perguntou, superanimada.

Será que eu devia contar que os meninos disseram que o Peter gostava de mim? Afinal, eu sabia que era mentira, mas com certeza a Ana teria um surto. Mas eu não gostava de esconder nada dela. Nada. Ela sabia quase tudo da minha vida. Eu contava ou não contava?

A fala de Jacob veio novamente à minha cabeça: "Fala sério, Peter. Já? Já se apaixonou por ela? Porque pra ela estar falando isso, é porque você a está irritando muito. E você sabe que você só fica irritando quem você realmente gosta. Você flerta igual criança do sexto ano. Quanto mais implicância maior a paixão".

Eu deveria contar? Sim, eu resolvi contar. Bom, pelo menos ia tentar.

— Bom, o Jacob disse... — Fiz uma pausa e continuei meio sem graça. — ... que o Peter está apaixonado por mim, mas... — Antes que eu terminasse, a Ana deu um grito de felicidade. — ... ele não gosta de mim. Ele mesmo falou para o Jacob.

— Eu acho que vou parar de pagar a Netflix porque a sua vida é um filme. Quem precisa de filme se eu posso ouvir as suas histórias? — ela disse suspirando.

— Eu já disse que ele mesmo disse que não gosta de mim. Você não ouviu?

— Claro que eu ouvi essa mentira esfarrapada. E é por isso mesmo que eu acredito que ele gosta de você. Ele tá igual a você, superapaixonado, mas não quer admitir — ela respondeu, encarando-me.

Bufei.

— Vamos falar de outra coisa? — Pensei um pouco e falei. — Como está a viagem? Já conheceu algum gatinho aí?

— Só vou mudar de assuntou, porque sei que você quer mais tempo para inventar mentiras mais convincentes para dizer que vocês não estão apaixonados. Coisa que obviamente estão. — Revirei os olhos e ela continuou a falar. — Eu encontrei um garoto muito bonito chamado Rafael, mas ele nem se compara com o Peter, Jacob ou o Kily. A gente tá saindo — ela disse normalmente.

— E eu que tenho a vida de um filme, né? — falei, rindo.

— Com certeza — ela falou, rindo também.

A Ana sempre foi um pouco diferente de mim nesse quesito. Enquanto eu preferia um bom livro, ela gostava mais de ir em festas. Enquanto eu esperava um amor verdadeiro, mesmo não acreditando muito que existisse, ela preferia se arriscar.

Ela estava certa, muitos príncipes e muito garotos normais já quiseram me beijar e namorar comigo, mas eu nunca quis. Nunca me senti como nos livros quando cheguei perto de nenhum. Nunca cheguei a sentir o famoso frio na barriga. Ana sempre me disse que o amor a gente ganha no dia a dia, e pode até ser verdade, mas eu acho que o amor é algo que eu vou sentir só de olhar para a pessoa.

Eu vou querer tê-la ao meu lado o tempo todo, vou querer me abrir com ela. Porque, para mim, o amor é muito mais do que um beijo na boca. O amor é algo incrível, único. Um sentimento incrível que te faz se sentir único e perfeito. Como se a pessoa fosse feita para você. Uma pessoa que faz com que você se sinta confortável mais do que com qualquer outra pessoa. Uma pessoa que a cada dia você ame mais. Uma pessoa que você tem certeza de que você quer ao seu lado para o resto da vida. Então, sim, pode me chamar de careta, mas eu queria namorar e me casar com a pessoa que me fizesse sentir isso. Sentir um amor verdadeiro.

Esse foi um dos motivos que me deixou tão chateada com o casamento, porque não me imagino me casando com alguém que não cause um turbilhão de sentimentos no meu peito. Uma pessoa que eu realmente amo.

Achei melhor sair desse devaneio e escutar o que a Ana estava contando toda empolgada. Apesar de sermos tão diferente, não imagino minha vida sem Ana. Ela é quase uma irmã para mim.

Capítulo 8

No dia seguinte da saída de Peter comecei, contra a minha vontade, é claro, as aulas extras para o casamento. Aulas de dança e o que eu mais detestava: aulas de academia intensiva. Aparentemente, eu tinha que estar perfeita para o casamento.

Não me levem a mal, mas esporte nunca foi a minha praia. A aula de dança era até menos chatinha, porque já tinha feito algumas vezes, mas fazer uma hora e meia de academia todo dia era insuportável. Eu até sabia os benefícios disso, mas mesmo assim eu não gostava muito.

— Princesa Leticia — chamou certa voz.

Fingi que não escutei e fiz o mínimo de barulho que eu podia para que John não me achasse, mas, infelizmente, ele conseguiu.

— Aí está a senhorita! — ele disse sorrindo. — Parece até que estava fugindo de mim. — Ele riu e eu tentei esconder o fato de que era exatamente isso. — Vamos?

— Eu tenho outra escolha?

— Não — ele respondeu, achando graça da minha voz triste.

Saímos da biblioteca, onde fui estudar porque achei que ele não me encontraria ali. Passei a semana toda escondidas em cômodos diferentes e ele sempre me achava. Nunca demorava mais do que dez minutos para me encontrar. Argh!

John era um senhor de meia-idade, responsável pela minha longa aula de valsa — basicamente ele só me ensinava valsa, nada mais animado, apenas valsa. Logo depois de sua aula era a aula de Lucas, outro homem de meia-idade, mas ele era extremamente malhado, que ditava coisas para fazer. E não, ele não era bonito. Era o coronel, o homem responsável por comandar os guardas, e tinha aceitado com prazer me "treinar" até meu suposto casamento.

— Podemos? — John perguntou enquanto estendia a mão para mim.

Nem reparei que já estávamos no jardim, lugar decidido pelos meus professores que seria mais adequado para não termos que perder tempo trocando de espaços.

— Claro.

A música lenta começou a tocar e John começou a dizer coisas como "Um pouco mais devagar", "Um pouco mais rápido", "Gira", "Mais para a direita", "Mais para a esquerda".

— Sempre olhe nos olhos do seu parceiro.

Olhei para ele e pensei em como seria se realmente fosse Peter. Aqueles olhos azuis penetrando os meus. Seu braço ao redor da minha cintura. Seu rosto tão perto...

— Concentre-se, princesa — disse meu professor após ter levado uma enorme pisada no pé.

— Desculpa — respondi, encabulada.

— Tudo bem. Acontece. Agora, só foque na música e deixe-a te levar.

Para ser sincera, era difícil. Aquela música era horrível. Não era porque eu era obrigada a escutar músicas clássicas em quase todos os eventos que eu gostava delas. Eu até suportava algumas, porém aquela era realmente muito ruim.

Nos cinco minutos de intervalo, que tive que convencer John que era realmente necessário e não uma desculpa para "namorar" — como se eu tivesse alguém para isso —, postei uma foto minha suada e fazendo biquinho, ou seja, zoada, no *close friends*, é claro, pois eu não sou maluca, e escrevi: "Pior do que uma hora seguida de valsa são as músicas que eles colocam para gente dançar".

Só que eu esqueci de uma coisa e o inesperado aconteceu.

"Muito trabalho por aí?".

E por um momento eu me odiei por ter esquecido de que havia colocado Peter no *close friends* na noite anterior. Em minha defesa, achei que não iria usar aquele lugar tão cedo e mal ou bem Peter tinha se tornado mais importante que a maioria que estava ali, então para mim havia feito muito sentindo na noite anterior. Como eu fui tapada. Mas a grande questão era: o que eu iria responder?

"Muito. Kkkk. E como tá aí? Muito trabalho?" — respondi a mensagem, muito nervosa.

Ainda bem que ele não podia me ver, porque a vergonha seria ainda maior. Digitando. Meu coração foi na boca.

"Para ser sincero, nem tanto quanto eu imaginava. Eu tô mais bancando o babá da filha do rei do que trabalhando. Kkkk".

"Nossa, que absurdo! Você aproveitando e eu aqui tendo que ficar duas horas ensaiando e fazendo academia com essa música horrível tocando. Kkkk" — brinquei.

Sabia que Peter estava sorrindo onde quer que estivesse.

"Então a senhorita não gosta de música clássica nem de fazer exercícios físicos. Ok, anotado. Kkkk".

"Anotado?".

"Já sei o que fazer quando não quiser você por perto ou quando quiser atormentar você. Kkkk".

"Ha ha ha. Muito engraçado, Peter Oslandy".

"Ih... Nome inteiro...".

"Sinal ruim. É sacanagem".

"Aham" — respondi.

"É só uma brincadeirinha, senhorita Leticia. Relaxa um pouco".

— Eu disse que era para descansar e não ficar namorando — John disse rindo. — Vamos. Ainda temos trabalho a fazer.

"Tenho que ir, Peter. O trabalho me chama".

E antes que eu voltasse para a aula, uma notificação me chamou a atenção.

"Ok, miss compromissada. Treina bastante para não pisar no meu pé. Depois a gente se fala mais".

A gente ia se falar de novo? Quando? O que iríamos conversar? Ele queria falar comigo? Para quê?

— Vamos, Leticia!

— Ah, claro — falei enquanto levantava atordoada para continuar a aula.

Depois de mais meia hora de aula de dança foi a hora da pior parte: a da academia. Lucas chegou já me mandando fazer cinco flexões — "Cinco flexões!". Eu não conseguia fazer nem uma direito, imagina cinco.

Quando terminei, achei que já iríamos fazer a pausa. Comentei isso com Lucas e ele riu.

— Você realmente precisa manter uma rotina de atividade física. Está muito sedentária, princesa.

— Eu sei, mas tô legal assim. É só não me pedir para fazer nada de atividade física e tá tudo bem.

— Vamos, princesa. Vamos parar de enrolar e começar a fazer os exercícios.

O pior de tudo era ter que passar essa humilhação na frente dos guardas, já que eles não podiam sair da porta do jardim.

Lucas começou a dizer um monte de coisa como: "Um minuto de prancha", "Três repetições de 15 desse exercício", e coisas como: "Vamos, princesa!", "Pense no seu vestido", "Pense em como quer ficar ainda mais linda no dia do seu casamento".

— Vamos, Leticia. Só falta mais alguns.

— Você...Você disse isso há meia hora atrás — eu falei, já sem fôlego. — Quanto ainda falta? Por favor, fala que é pouco.

— Que tal algo um pouco mais natural — Lucas disse, sem graça. E eu soube. Ainda faltava muito.

— Qualquer coisa é melhor do que isso. — Apontei para minha falha tentativa de uma abdominal.

— Tudo bem... — Ele virou para o lado e disse: — Leger, Souza. Venham aqui.

Os guardas, que deveriam ser no máximo dois anos mais velhos do que eu, vieram ao encontro de Lucas, e só uma coisa passou pela minha cabeça: "Ferrou". O que ele iria inventar?

— Acompanhem a princesa na corrida dentro da floresta do palácio. — Olhei para ele abismada. Corrida? — Ah! E por favor, lembrem-se de que ela precisa correr por pelo menos uns vinte minutos.

— Vinte minutos? — perguntei, apavorada.

Lucas riu e continuou:

— Ela faz muito corpo mole, mas ela dá conta. Então não peguem leve com ela só por conta do drama dela.

— Peguem leve sim — disse, indignada, para os guardas, que riram discretamente.

Lucas olhou para eles e eles lhe bateram continência. Então eu sabia. Eles não pegariam leve.

Corri com os guardas durante vinte minutos, mas pareceram horas. Eu estava morta. Com falta de ar e tudo que um sedentário pode sentir ao se exercitar muito. Estava tão cansada que quando saí da floresta e voltei para o jardim caí no chão. Não tinha mais força nas minhas pernas.

— Você tá bem, princesa? — Um dos guardas perguntou.

Lucas veio correndo em nossa direção.

— Acho que estou, mas não tenho mais força para andar.

— Você anda se alimentando direito? — Vi Lucas preocupado.

Ou eram dois Lucas? Minha visão estava meio turva. Não estava conseguindo ver direito. Fechei os olhos, achando que talvez pudesse melhorar a minha visão e respondi:

— Estou comendo tudo que a dieta que fizeram deixa — respondi, abrindo os olhos e tentando forçar a visão para tentar focar em apenas um Lucas.

— Dieta? Que dieta? — Ele pareceu preocupado. — Não me avisaram de dieta. Só falaram para eu te deixar em forma o mais rápido possível.

— Mas deixar o que em forma? — Um dos guardas perguntou. — Ela só não faz atividade física, mas o corpo dela está ótimo.

Fiquei um pouco vermelha.

— Eu sei, mas só cumpro ordens. Disseram que era para ela ter quase um perfil atlético. — Ele pareceu preocupado quando completou: — Ela tá ficando pálida. Levem-na para a enfermaria.

E então eu fui tirada do chão por um dos guardas e levada para a enfermaria. Só me lembro de achar o colo um ótimo lugar para dormir e de ouvir uma voz muito preocupada dizendo:

— Princesa, por favor não durma. Já estamos chegando. — Ele parecia desesperado.

Aguentei mais uns minutos e quando fui deixada na cama da enfermaria apaguei por completo.

Capítulo 9

Acordei, ainda meio tonta, com uma voz que claramente não estava feliz. Fiz um pouco de força para tentar enxergar quem estava no quarto, mas não havia ninguém. Presumi que a voz vinha do corredor da enfermaria. Apesar de não estar ainda inteiramente consciente, eu reconheci a voz. Reconheceria aquela voz de longe. Mas não podia ser. Não podia ser ele. Forcei o ouvido para tentar escutar o que estavam falando.

— Vocês estão malucos! — a voz gritou. — Quem foi o imbecil que teve a brilhante ideia de colocá-la para fazer essa quantidade exorbitante de atividade física? E ainda fazendo dieta?

— Desculpe-me, alteza — Lucas, o comandante responsável pelos meus treinos, disse desesperado. — Eu só fui informado de que ela precisava de um treinamento bom e sem moleza para que ela ficasse em forma para o casamento.

— Ficar em forma para o casamento? — a voz disse alta e espantada. — Meu Deus! E o que nela exatamente não está em forma? — Silêncio. E a voz, cada vez mais clara para mim, continuou: — Vocês não pensaram que se ela não tem aptidão física, treiná-la como uma pessoa que tem trarias sérios problemas? Vocês querem o quê? Que ela tenha qualificação para a guarda real?

— Já chega, Peter. Eu acho que eles já entenderam — falou meu pai, que provavelmente acabara de chegar.

Minhas suposições estavam certas, a voz era de Peter. Mas como? Ele estava ali? E como ele soube do que tinha acontecido. E ele me achava em forma? Bonita?

Antes que eu pudesse tirar qualquer conclusão, uma enfermeira entrou no quarto por um instante, e antes que eu pudesse perguntar qualquer coisa, ela saiu e gritou:

— Ela está acordada!

A conversa cessou. Meu pai foi o primeiro a entrar no quarto, obviamente. Primeiro porque ele era o meu pai e segundo porque ele era o rei.

— Ei. Como você está?

Estranhei um pouco a doçura em sua voz.

— Bem.

Ele assentiu, ainda próximo à porta, em silêncio. Depois de alguns minutos falou, sem graça, olhando para o chão:

— Desculpa pelo treino. Eu realmente pedi para pegarem um pouco pesado com você, mas não achei que isso — ele apontou com a cabeça para a cama em que eu estava deitada — aconteceria. Eu só estava conversando com a Lady e nós achamos que talvez fosse bom dar uma mudada para o casamento.

— Lady? A nova membro do parlamento?

— Sim.

Por que meu pai conversaria com ela sobre isso?

— Eu sei que parece estranho, mas ela só queria ajudar — ele disse, ainda sem jeito.

Meu pai devia realmente estar se sentindo culpado, pois eu nunca tinha o visto daquela maneira. Frágil e arrependido.

— Bom, acho melhor eu ir. Tem uma pessoa louca para ver você. — Ele sorriu. — Acho que se Peter ficar mais dez minutos sem te ver, da maneira que ele está, vai acabar tendo um ataque cardíaco.

Abri um sorriso sem jeito e perguntei:

— Ele está aí? — Minha voz saiu mais entusiasmada do que eu queria admitir.

— Não, ele não pôde vir. Mas tenho certeza de que se não falar como você está em menos de dez minutos ele vai dar um jeito de vir, nem que seja nadando mar aberto. — Ele riu da própria piada, e completou sério, quando viu que eu não ri: — Ele está louco para saber como você está, Leticia. Foi ele que me avisou do que havia acontecido.

Eu fiquei em choque.

— Quê? Como?

— Não sei. Pergunta para ele. — Ele deu um sorriso e saiu do quarto.

Logo depois a enfermeira que saiu anunciando que eu estava acordada entrou com um celular na mão. O meu celular. Ela me entregou e nele estava o rosto de um Peter extremamente preocupado.

— Oi — disse, sorrindo.

Peter pareceu relaxar ao perceber que eu estava bem.

— Oi. Como você está?

— Melhor.

— Que bom.

Depois disso um silêncio se estendeu. Fui eu a quebrá-lo.

— Peter...

— Sim?

— Como você soube? Meu pai disse que foi você quem avisou que eu tinha desmaiado.

Ele ficou um pouco encabulado, mas respondeu a minha pergunta.

— Eu te liguei. Queria falar com você, mas quem me atendeu, depois de algumas chamadas, devo admitir, foi um guarda. Fiquei preocupado. Então perguntei o que tinha acontecido e ele me contou.

Peter tinha ligado para mim? Por quê? O que ele queria falar comigo?

— E o que você queria falar comigo?

Ele ficou um pouco vermelho quando respondeu.

— Nada em especial. Só queria saber se você estava bem, sabe?

E involuntariamente eu sorri. Peter queria saber como eu estava. Ele se preocupava comigo. Ele tinha mil coisas para fazer em Nibrea e mil lugares para conhecer, mas se preocupou em me ligar para saber como eu estava. Meu coração esquentou um pouquinho.

— Peter... — disse, depois de um breve momento de silêncio.

— Sim?

— Se eu não me engano — olhei o relógio do celular para continuar a falar —, aí em Nibrea são três horas da manhã. O que você está fazendo acordado?

Só depois de olhar o relógio percebi que já eram 20h, então eu estive desmaiada por duas horas?!

— Você está correta — ele disse. — São três da manhã e eu provavelmente deveria estar dormindo, mas eu não consegui.

— Por quê? Ficou trabalhando até tarde? Você tem que cuidar mais de você, Peter!

Por que eu estava agindo assim? E por que eu estava realmente preocupada com ele?

Peter riu.

— Porque eu estava preocupado demais com você para conseguir dormir, senhorita Leticia — ele falou, ainda rindo.

— Ah... — Eu fiquei vermelha e sem graça.

— Mas vejo que já está bem melhor. Já está até me dando sermão.

E nós dois sorrimos. Peter sem querer bocejou. Era nítido que estava cansado.

— Eu até perguntaria como foi o seu dia, mas você está cansado e é melhor ir dormir.

— Eu não estou tão cansado assim. — Mais outro bocejo involuntário. — Ok. Talvez seja melhor eu ir dormir. — Peter falou dando risada.

— Amanhã você me conta. Pode ser? Quero saber tudo sobre sua viagem e seu trabalho aí.

— Só se você me contar as suas novidades.

Sorri e concordei com a cabeça.

— Boa noite, Peter. E obrigada mais uma vez.

— De nada. — Peter deu seu lindo sorriso e completou: — Boa noite, Leticia.

Ele desligou. Percebi pelo reflexo da tela como eu estava horrível. A cara pálida, com o cabelo todo bagunçado. Meu Deus! Como ele tinha me visto assim?

Depois disso fui para o meu quarto e dormi novamente, mas agora um pouco mais feliz e envergonhada.

Capítulo 10

Acordei no dia seguinte no horário normal, às 6h. Mesmo não estudando em uma escola, meus horários eram regrados. Se eu me atrasasse para alguma atividade acabava atrasando a minha agenda do dia todo. E minha professora era a pontualidade em pessoa e cobrava para que eu fosse como ela nesse sentido.

Tomei meu banho e troquei de roupa. Logo depois desci e tomei meu café, como em qualquer outro dia, mas diferentemente dos outros dias, meus pensamentos não eram apenas nos meus afazeres do dia, mas também em o que diria para Peter quando conversássemos, o que eu vestiria e o que ele falaria.

Minha professora particular chegava às 7h em ponto no meu quarto e tudo tinha que estar pronto para a aula, por isso terminei o café e subi, faltando apenas dez minutos para a aula, para esperá-la. Enquanto a esperava, pensei em como eu queria ser uma garota normal, que podia ir à escola e que tinha várias histórias legais sobre lá. Minha relação com o ambiente escolar não era muito boa.

Eu já tinha estudado em escolas normais algumas vezes, mas meus pais preferiram me tirar já que havia muitas ameaças de morte destinadas a mim. Muitas pessoas invadiam as escolas e tentavam me sequestrar e/ou faziam ameaças para os meus pais o tempo todo. Por mais que eu sempre ficasse em escolas seguras e tivesse pelo menos dois guardas ao meu lado, meus pais morriam de preocupação, então eu saí das poucas escolas em que tive oportunidade de ir e voltei a estudar em casa, como sempre.

E, ainda, por ser uma princesa, a futura rainha de todos, eu acabava sofrendo muito *bullying*. As pessoas acham que só o fato de você ser bonita e não aquelas *nerds* dos filmes você vai ser aceita na escola. Algumas pessoas chegam a achar que é você quem vai fazer o *bullying*. O que elas não entende é que não tem nada a ver o *bullying* com a aparência e, sim, com o caráter e o sentimento de inferioridade das pessoas.

Não necessariamente a garota bonita fará *bullying* com a garota feia. A pessoa que faz o *bullying* se sente inferior de alguma maneira e tenta provar a ela mesma e aos outros que ela é boa o suficiente. E a maneira mais fácil de fazer isso é ridicularizar alguém, principalmente a pessoa que a intimida, que a ofusca de alguma maneira, seja pela beleza, pela inteligência, pela espontaneidade ou pelo simples fato de conseguir ser ela mesma e não um personagem, como a maioria das pessoas se esforçam para ser.

Na verdade, as pessoas que fazem esse tipo de crime psicológico são aquelas que menos se gostam e por isso acham que ninguém vai gostar delas se mostrarem quem realmente são.

Muitas vezes, elas falam de outra pessoa o que elas acham de si próprias. Em suas cabeças, se não fizerem um comentário maldoso, os outros irão olhar o quão inútil, imprestável e inferiores elas são. Então elas excluem para não serem excluídas. E era exatamente isso que acontecia comigo quando tentei ir à escola, ou quando eu ia em alguma festa, mesmo as da realeza, e algum grupo, por algum motivo, sentia-se ameaçado pela minha presença.

Sempre achei estranho o fato de todos dizerem abertamente que são contra o *bullying*, mas muitos o praticarem, alegando ser apenas uma brincadeira e colocando a culpa na vítima. Muitas vezes diziam que eu não sabia brincar ou algo do tipo, mas eu nunca tinha concordado em entrar na brincadeira, e era isso que nem os diretores entendiam. Eles alegavam ser algo subjetivo, sem provas concretas para julgarem os culpados, já que era uma palavra contra a outra.

Inúmeras vezes eu me senti fraca e impotente. Achava realmente que o problema era comigo e que eu deveria me adequar e me adaptar às brincadeiras, mas por mais que minha racionalidade julgasse os comentários como comentários invejosos, o que realmente eram, meu coração, meu lado emocional, sofria com aquilo.

O que muitas pessoas não entendem — e parece que vão levar anos para entender — é que as palavras machucam muito mais do que qualquer brutalidade física. Porque as palavras, dependendo das suas questões internas, podem te fazer questionar tudo a sua volta, até mesmo quem você é e o porquê da sua existência.

Não posso mentir e dizer que superei todos os *hates* que já recebi, mas em minhas terapias aprendi que superar esse tipo de coisa leva tempo e dedicação. Curar uma ferida emocional requer muito mais do que uma palavra de consolo ou desculpa. Nós, seres humanos, temos a tendência de nos apegarmos a palavras e pensamentos negativos, então é muito mais fácil você se machucar por uma palavra do que se curar por ela.

Esse era um dos grandes motivos de eu não ir mais em alguns lugares e festas, pois esses ambientes não me pertenciam mais. As palavras eram usadas mais para ferir do que para curar. E como várias pesquisas dizem, inclusive a Bíblia, nós passamos a ter as atitudes das pessoas a nossa volta, por uma questão de adaptação e distorção de valores, e eu não queria me tornar alguém que machuca em vez de alguém que cura.

Apesar de ser um pouco solitário, eu gostava da aula particular. É claro que a minha professora pegava muito mais pesado comigo por ser aula particular e porque eu seria a futura rainha. Meus dias eram todos planejados, principalmente pelo fato de eu estar no terceiro e último ano da "escola".

De vez em quando a Ana me contava algo sobre o que acontecia na escola, já que ela podia ir, então mal ou bem eu me sentia um pouco mais "normal". Imaginava as histórias, e mesmo sabendo que não aconteceria assim, imaginava que eu estaria tão contente, revoltada ou animada como Ana, quando ela falava dos acontecimentos. Eu imaginava que eu faria parte da turma e que essa turma me acolheria, diferentemente do que sempre fizeram.

Por estudar em casa eu tinha alguns deveres a mais do que a escola. Além das aulas normais, eu tinha aulas extras de etiqueta, política, finanças, geografia mundial, história de Alandy e do mundo e, por último, mas não menos importante, línguas. Mesmo na época em que estudei em uma escola tive diversas aulas em casa, então não foi tão difícil de me acostumar com o novo na época.

Eu falava cinco línguas fluentemente: inglês, português (principalmente o brasileiro), francês, italiano e espanhol. O português, sem dúvida, foi o mais difícil de aprender, mas eu queria muito aprender, sobretudo o brasileiro. Minha mãe era brasileira e ela me ensinava um pouco, apesar de eu ser só ter estado no Brasil uma vez, quando eu era bem pequena.

Mas desde pequena sempre ouvi histórias sobre lá, então eu já o considerava uma segunda casa. Um dos lugares que eu mais queria conhecer, já que não me lembrava de muita coisa por ter ido quando era muito pequena, com certeza era o Brasil, por isso fazia questão de ser fluente no português brasileiro. E também porque queria conhecer um pouco mais do lugar em que minha mãe nasceu e amava.

Minha professora chegou e começamos a aula. Um pouco antes do almoço nossa aula foi interrompida, algo extremamente raro, já que todos sabiam que era extremamente proibido atrapalhar a minha aula se não fosse algo muito importante. Então fiquei extremamente curiosa quando um guarda entrou no quarto.

— Desculpa, alteza, e a senhora — ele disse, um pouco envergonhado.

— Espero que seja urgente — falou minha professora, brava com a interrupção.

Eu, ao contrário, estava bem contente em não ter que ficar mais olhando para um monte de números que não estavam fazendo sentido algum para mim.

— É realmente importante — respondeu o guarda, olhando para ela. Depois olhou para mim e disse: — Você tem que recepcionar o Noah daqui a... — ele olhou no relógio e completou — ... dez minutos.

— Noah? — Por um breve momento esqueci quem era.

— O cantor contratado para o seu casamento.

— Mas por que ela tem que fazer isso? — minha professora disse. — Isso não é função de um dos empregados? Ela está ocupada.

— Mas o rei pediu para que viesse avisar para ela se arrumar e ir recepcioná-lo. Só estou cumprindo ordens, senhora.

Antes que ela falasse alguma coisa, eu disse:

— Ele é muito famoso e vai ter muitas câmeras hoje, como no dia em que Peter esteve aqui. — Ela ficou sem graça e eu continuei. — Muito obrigada. Tinha até me esquecido. — Sorri para o guarda. — Pode avisar ao meu pai que já estou descendo.

— Sim, alteza. — Ele fez uma reverência e saiu.

Depois disso, minha professora se retirou, logo depois do soldado, e eu fui tentar me arrumar o mais rápido possível. Passei uma máscara de cílios e um *gloss* como "maquiagem" e troquei de roupa. Coloquei um vestido roxo, simples, mas lindo, e soltei meu cabelo, que até então estavam em uma trança. Ele ficou todo ondulado por conta da trança, porém ficou bonito.

Enquanto descia e via a multidão em volta do palácio tive uma pequena nostalgia, mas fui tirada do meu devaneio pelas pessoas, gritando euforicamente. Ele tinha chegado. Não Peter, que sinceramente preferia que fosse, mas Noah, o famoso cantor. Era impressionante como as pessoas o adoravam. Ele tinha cabelo castanho-claro, acompanhado de um belo par de olhos verdes. Não era tão elegante como Peter, mas tinha seu charme. Ele usava uma calça preta, uma blusa preta, uma correntinha prata no pescoço e um tênis Nike no pé.

Enquanto se aproximava ia tirando foto com fãs e dando autógrafos. Quando chegou a uma distância razoável de mim não pude deixar de notar que ele me observava. Não me encarava como Peter, ele era mais discreto, mas podia sentir seu olhar em mim.

Ele fez uma reverência e falou, todo sem jeito, ao meu pai:

— Bom dia, vossa majestade.

— Bom dia, Noah. É Noah, não é? — meu pai perguntou.

— Sim, vossa majestade — ele respondeu com um bonito sorriso no rosto.

Veio até mim e fez outra reverência malsucedida. Mas o que vale é a intenção, né?

— Bom dia, vossa alteza — falou ele, sorrindo.

— Bom dia, Noah — respondi, retribuindo o sorriso.

Enquanto ele estava ali, na minha frente, repararei como ele era bonito. Ele era um pouco mais alto do que eu, não muito — tinha mais ou menos a mesma altura de Peter —, porém eles eram totalmente diferentes. Além da aparência física, é claro, eles também eram diferentes em personalidade.

Peter chegou todo confiante e sorridente, enquanto Noah chegou um pouco tímido e animado, como se fosse sua primeira vez em um castelo.

Enquanto Peter era cheio de determinação, elegância e ego para andar e se portar. Noah era mais tímido, gentil, andando mais como um garoto "normal", sem muita postura. Via-se claramente o charme em ambos, mesmo com toda diferença física e em comportamento. E, claro, os dois eram famosos, competitivos e suas fãs matariam para estar ao lado deles. Como eu não os acompanhava como uma fã não podia dar muito mais detalhes sobre eles, mas se vocês perguntassem a Ana, com certeza ela diria as qualidades e os defeitos de cada um.

Entramos no castelo e Noah pareceu um pouco perdido. Provavelmente, nunca estivera em um castelo antes, então decidi que iria conversar com ele, tentar fazer com que ele se sentisse um pouco mais à vontade, pelo menos até a hora do almoço. E ele parecia legal, então que mal poderia ter em conversar um pouco com ele?

— Oi. Estou interrompendo? — disse, olhando para todas as empregadas em volta dele. Com certeza eram fãs.

— Oi. — Ele parecia surpreso comigo ali, mas também contente. — Claro que não.

As empregadas perceberam que queríamos conversar e saíram sem eu nem mesmo ver.

— Prazer, meu nome é Leticia — falei e estendi a minha mão, que ele apertou.

— Prazer, eu sou o Noah — ele disse, sorrindo.

— Então... Eu soube que você estava em uma turnê antes de vir para cá. É verdade? — perguntei para puxar assunto.

Eu nem sabia se era verdade. A Ana tinha comentado algo sobre o assunto, mas não tinha prestado muita atenção.

— Ah, sim. Eu estava sim. Estava em uma turnê pelo Brasil — ele disse sorridente.

— Sério? Que legal! E como é lá? Ouvi dizer que os cantores adoram lá.

— Sim, realmente adoram. É, sem dúvida, um dos meus países favoritos. Além de o país ser lindo, as pessoas são incríveis. Os shows são maravilhosos — ele respondeu, com certa nostalgia.

— Nós atrapalhamos a sua turnê?

— Não. Minha turnê acabou ontem à noite e já peguei o voo e vim para cá.

Houve um breve silêncio. E dessa vez foi ele quem puxou assunto.

— Então você vai se casar, né? Parabéns!

— É, eu acho que sim — respondi, um pouco confusa. — Obrigada.

— E como ele é? O Peter é realmente um príncipe encantado, como todos dizem? — ele perguntou com um tom estranho. Ironia, talvez? Mas ignorei o tom dele.

Eu caí na gargalhada. Não pude evitar.

— O que foi? — ele indagou surpreso.

— Nada não — disse, ainda rindo. — É a primeira vez que você vem a Alandy?

— Na verdade, sim. É a primeira vez. Mas eu já estou amando. As pessoas são bem calorosas.

— Tão calorosas quanto os brasileiros? — perguntei, rindo da cara vermelha dele. — Eu estou brincando. Minha mãe sempre falou do Brasil, sei que ninguém se compara em relação à hospitalidade deles.

Ele riu também.

— Eu tenho uma dúvida — falei, e ele fez um gesto para que eu continuasse. — Você já namorou alguma fã? Não precisa responder se não quiser.

— Hum... Deixa eu pensar... — Ele fingiu pensar e falou: — Sim, claro. A minha namorada atual é um exemplo disso. Mas por que a pergunta?

— Sempre escuto os artistas falarem isso, mas sempre achei que fosse *marketing*, sabe? Para que as fãs fiquem esperançosas de que possa acontecer com elas.

— Alguns podem até ser — ele comentou pensativo. — Nunca parei para analisar isso.

— Noah! — alguém gritou.

Nós nos viramos para ver quem era. Era um cara um pouco velho, devia ter uns 45 anos, meio careca. Ele chamou Noah novamente.

— Acho melhor eu ir. O diretor de produção está me chamando — ele comentou, olhando para o homem. Então se virou para mim e disse: — Depois continuamos conversando? Gostei muito de te conhecer.

— Claro — respondi, e ele saiu.

Percebi que ele era totalmente diferente do que eu havia imaginado. Ele era simpático e muito carismático. Achei que ele seria um daqueles *pop stars* que destratam todo mundo, mas não. Pude notar o quanto diferente meu antigo hóspede e meu novo hóspede eram. Enquanto um fazia questão de me irritar (o que, no fundo, eu gostava um pouco), o outro parecia querer virar meu amigo. O que eu também gostei.

À tarde fui para o jardim para ler um pouco e relaxar e me peguei pensando em Peter, novamente. O que falaríamos um com o outro? O que eu vestiria para parecer bonita, mas não demonstrar para ele que queria que ele me achasse bonita? Será que ele me ligaria ou eu ligaria para ele? E se ele se esquecesse?

Então por um momento pensei em uma coisa que nunca havia pensado antes: e se ele estivesse com a Nicole? E se eles estivessem juntos? Ele estava no país dela e ele mesmo disse que estava de "babá". Meu Deus! Peter não podia estar saindo com uma das princesas que mais me atormentou no passado!

Nicole Lang era a princesa de Nibrea. Ela era uma das princesas que mais me infernizava, sempre com piadinhas constrangedoras, fazendo com que as outras princesas se afastassem de mim. Nunca tive nenhum inimigo, mas ela poderia ser considerada uma. O pior é que ela era bonita e muito sedutora.

Peguei meu celular e por impulso abri o Instagram dele e vi que eu estava certa. Queria comprovar para mim mesma que eu estava errada, que Peter nunca cairia no papo dela. Uma alegria repentina me dominou ao perceber que eu também estava em seus melhores amigos do *stories*. Mas minha alegria foi embora e meus olhos congelaram quando abri os *stories* dele. A foto era dele. Ele estava com o cabelo um pouco bagunçado por causa do vento, com um sorriso lindo. Porém atrás dele tinha uma menina. Uma menina que eu conhecia muito bem. Ela estava ao fundo, saiu sem querer, mas eu sabia que era ela.

Meus dedos tremeram. Não. Não tinha com o que eu me preocupar, Peter era inteligente e não cairia na lábia dela, certo? Minha vontade foi de mandar uma mensagem para ele perguntando por que ele não estava no escritório trabalhando como deveria, mas lembrei-me de que ele disse que o trabalho estava mais fácil do que imaginara, que ele basicamente só estava bancando o babá. Será que ela tinha alguma coisa a ver com esse trabalho? Será que o pai dela tinha inventado um trabalho para conversar com o pai de Peter só para ele ir ficar com ela? Dela eu não duvidava de nada.

Não! Eu já estava exagerando. O pai dela, mesmo sendo louco por ela, não faria uma coisa dessa. Ele não colocaria em jogo um acordo só por conta de uma vontade da filha. Afinal, Nicole sempre queria os melhores e Peter, com certeza, era um deles. Mas eu devia estar errada. Peter não cairia na lábia dela. Uma foto não quer dizer nada, certo?

Só por via das dúvidas, entrei no Instagram dela. Pelo que entendi, ela tinha tirado o dia para levar Peter para conhecer algumas partes da cidade em que ela morava. Ao invés de Peter, que só postou aquela foto nos melhores amigos e uma foto de paisagem, Nicole tinha vários *stories*, todos cheios de fotos dela e com ele. Na maioria das fotos, com ele.

Tinha uma *selfie* em que ela basicamente estava jogada em cima dele. Peter estava parado, com um sorriso, não tão grande como outros sorrisos dele, e ela estava com a mão e a cabeça apoiadas em seu ombro, com um sorriso de orelha a orelha, o que só me levou a achar que ela realmente o queria e que a minha hipótese podia não ser tão impossível.

Ela era um pouco mais alta que eu e do tamanho exato de Peter. Tinha um cabelo preto curto, na altura do ombro, totalmente liso. Seus olhos eram pretos e nas fotos ela estava com um vestido preto de tubinho, colado no corpo, que o destacava. Ela era linda. E pelo que a conhecia, ela queria que Peter notasse a sua beleza. Por que, afinal, quem usa vestido tubinho preto em plena luz do dia só para um passeio?

Senti-me uma idiota por estar pensando tanto nisso. No meu pouco tempo de intervalo, eu o gastava com uma crise de ciúmes de algo que nem é real. Tudo bem, que eu só estava preocupada porque Peter era meu amigo e não queria que ele se apaixonasse por uma pessoa errada, mas mesmo assim. A vida era dele. Ele podia fazer o que quisesse com ela. Podia namorar e ficar com quem quisesse.

Lembrei-me de que ele falou que tinha uma namorada. Será que era ela? Se não, será que ele a estava traindo? Não, Peter não faria algo assim, né?

Espera aí. É da minha conta, sim, se Peter está tendo algo com Nicole. Porque, afinal, ainda estamos noivos e publicamente. Se ele fizesse algo poderia muito bem sujar o meu nome. Entretanto Peter não faria isso... Faria?

Será que um dos motivos de Nicole estar tão grudada com ele assim era para me provocar? Não tinha como ela ou qualquer outra pessoa saberem que nós não íamos nos casar. Só se Peter tivesse contado a ela. Ele não faria isso, não é? Mesmo se estivesse interessado nela, né?

Meu alarme tocou, mostrando que o tempo de intervalo havia acabado. Peguei o livro de álgebra e o abri novamente na mesinha que tinha no canto do jardim. Talvez os números me distraíssem.

Eu não entendia como apenas algumas fotos tinham me deixado tão irritada. Cada vez que tentava fazer uma equação, os números pareciam diferentes e mais difíceis. Argh! Minha vontade foi de jogar o livro longe.

LETICIA, FOCA! VOCÊ PRECISA ESTUDAR! PRECISA ENTENDER ESSA MATÉRIA!

Abri outro livro. Talvez literatura fosse um pouco mais compreensível. Eu lia e relia os textos, mas sempre acabava voltando para as fotos. E eu detestava isso. Detestava não ter controle sobre a minha própria mente. Detestava estar com ciúmes.

Passei mais um tempo lendo e relendo os textos, achando que talvez eu conseguisse entender um pouco e fazer a pilha de exercícios que ainda que ainda me esperava.

— Princesa Leticia, a que eu devo a honra de te ver agora?

Virei um pouco assustada e vi um Noah sorridente se aproximando.

— Eu lhe pergunto o mesmo — disse, sorrindo para Noah, que se sentou ao meu lado.

— Aproveitei que eu estava com um tempinho livre e vim tentar compor. E que lugar melhor do que esse jardim lindo para fazer isso? — ele disse olhando em volta, admirando o jardim, e depois se virou para mim e continuou: — E você? O que faz aqui?

— Eu vim estudar. Adoro ler e ficar aqui. Os estudos acabam se tornando um pouco menos chatos. — Sorri discretamente e completei: — Mas se eu for te atrapalhar a compor eu posso sair.

— Você nunca atrapalharia. — Ele me encarou. — Se você quiser você pode me ajudar. Pelo o que eu sei, você é uma excelente escritora. Sabe, às vezes é bom distrair a mente um pouco.

Eu realmente precisava de uma distração, mas ainda tinha uma pilha de deveres para fazer e eu não sabia compor nada. Provavelmente, atrapalharia mais do que ajudaria.

— Quem te disse isso? — Eu ri. — Porque mentiu feiamente para você. Não sei escrever muito bem, provavelmente vou te atrapalhar mais do que te ajudar.

— Ninguém precisou dizer. Você é muito inteligente e pelo visto adora ler. É claro que deve escrever muito bem — ele disse sorrindo. — E é claro que não vai me atrapalhar. E pela sua carinha, estou vendo que precisa de uma distração. Muito dever?

— É... — respondi, sem graça. — E do que as suas músicas falam?

Ele me olhou com espanto. Parecia em choque com a minha pergunta.

— Como você não sabe o que eu toco? Vou tocar no seu casamento. Achei que você era uma grande fã. — Ele completou um pouco mais calmo: — Bom, foi isso que o seu pai disse.

— Ah... — falei, meio sem jeito. — Eu não vou mentir. Eu nunca escutei uma música sua. Até uma semana atrás, eu nem sabia que você existia.

Ele ficou pasmo.

— E em relação ao meu pai, bom... Ele escolheu tudo, até o meu noivo. — Tentei força uma risada, mas não fui muito vitoriosa.

"Que se continuar com a amiguinha dele daqui a pouco não vai ser mais meu noivo. E talvez você nem toque. Só se a Nicole gostar de você, o que provavelmente seja verdade", completei mentalmente.

— Nossa! — ele disse surpreso. — Vocês realmente não se conheciam? Sério? Eu achei que estavam brincando quando disseram isso. E pelos vídeos que eu vi na internet, vocês pareciam serem muito próximos, principalmente pelas trocas de olhares. — Eu corei e ele continuou: — Se não for incomodar, posso fazer uma pergunta?

— Claro — respondi, um pouco nervosa.

— Por que vocês vão se casar se nem se conhecem? Porque, por mais que estejam apaixonados agora, não tinha como saber isso antes. Então por que o casamento?

O que eu podia falar para ele? Nem eu mesmo sabia a resposta para esse questionamento.

— Desculpa — ele falou meio cabisbaixo, ao perceber que eu não sabia o que dizer. — Eu não deveria ter me intrometido. É só que é estranho. Não achei que casamento arranjado ainda existisse hoje em dia.

— Nós nunca tínhamos nos falado e mal sabíamos da existência um do outro. — Dei uma pausa e continuei: — Eu também não sei o porquê do casamento. Ainda tenho que descobrir isso. — Ele continuou me olhando, esperando uma resposta melhor. — Podemos mudar de assunto? Não quero mais falar sobre o Peter.

— Claro... — Noah ficou sem jeito por ter me deixado chateada e mudou assunto. — Qual é a sua música preferida?

— Hum... — Pensei por um breve momento, mas logo respondi: — Essa é difícil. Adoro música. Acho que é uma pergunta sem resposta concreta.

Ele riu.

— Você costuma escutar que estilo de música? — Noah perguntou.

— Músicas mais românticas. Geralmente pop.

— Então você é romântica? — Ele me encarou. — Legal.

— E o que você toca? — perguntei.

— Músicas românticas — ele respondeu, rindo. — Por isso achei que você me conhecia.

— Eu geralmente escuto só músicas de que eu gosto mais. E como estou muito atolada ultimamente, quando tenho tempo de escutar algo eu prefiro escutar as que eu sei que eu vou gostar.

— Esse é um bom plano — ele comentou. — Mas por que você está tão atolada? Muitas funções reais?

— Isso. Como estou no último ano do ensino médio, as matérias estão bem mais puxadas. E como vou ser rainha daqui a alguns meses, as matérias extras estão mais difíceis. Sem contar a pressão sobre mim. Às vezes acho que vou enlouquecer.

— Eu entendo. Posso não ser um príncipe prestes a governar, mas entendo o lado da pressão. Também sou bem pressionado para que minhas músicas façam sucesso e tenho que pensar em cada passo que eu vou dar para não prejudicar a minha imagem.

Ele tinha mais em comum comigo do que eu imaginava.

— Exatamente. Tenho que pensar em cada passo que dou, porque se eu falhar, além de me prejudicar vou prejudicar uma nação inteira.

— Nossa! Eu sempre fui o famoso no meu grupo de amigos e ninguém nunca entendeu a pressão. Agora estou conversando com uma pessoa que só não entende como também vive isso.

— Eu nunca pensei que pudéssemos ser tão parecidos, mesmo sendo tão diferentes — eu disse, com um sorriso involuntário no rosto. — Você entendeu o que eu quis dizer?

— Claro. E concordo plenamente.

Conversamos mais um pouco e Noah teve que voltar a trabalhar. Ele saiu, deixando-me sorrindo no jardim, sozinha. Fiquei impressionada em como ele era legal, como tinha gostado da companhia dele e como ele tinha me feito sorrir. Ele era muito interessante. Noah era encantador.

E por um breve minuto esqueci o turbilhão de pensamentos em minha cabeça. Quando olhei no relógio percebi que já estava quase na hora do jantar. Eu sabia que não conseguiria mais prestar atenção nas tarefas, então peguei as minhas coisas e fui para o meu quarto. Ainda tinha muito o que pensar e muitos questionamentos a fazer.

Capítulo 11

Depois do jantar, mais ou menos umas 19h, a ligação pela qual havia esperado o dia todo finalmente aconteceu. Mas lá não seria 2h? O que Peter ainda fazia acordado?

— Boa noite, senhorita Leticia.

Seu sorriso quase me fez esquecer que eu estava zangada com ele.

— Boa noite — respondi secamente.

— Tudo bem? — ele perguntou, preocupado.

— Aham. Por que você está me ligando às 2h manhã? Não conseguiu dormir?

Ele pareceu confuso, mas depois riu.

— Ah, eu esqueci de avisar. Aquele dia eu estava no norte do país, onde tem mais fuso horário, mas já voltei para o castelo. O fuso horário daqui é menor. Aqui ainda são 22h.

— Para o norte do país? Hum... Com alguém em especial?

Ele pareceu confuso.

— Não. Por quê?

Como ele podia ser tão sonso? Ele sabia que eu tinha visto os stories dele. Ele sabia que eu sabia da Nicole. Por que ele estava mentindo para mim? Fechei a cara.

— Tem certeza, Peter? — reforcei. — Certeza de que ninguém te acompanhou?

— A Nicole e alguns guardas foram com a gente. Mas por que você tá brava? Por acaso está com ciúmes?

— Não vem de piadinhas agora, Peter. Você está maluco de viajar com alguém que você nem conhece direito?

— Mas... Eu não estou te entendendo.

— Ah, claro. Agora você só entende a sua amiguinha.

— Quê? — Ele riu ironicamente. — Você definitivamente está com ciúmes. E eu não quero brigar. Vamos falar de outra coisa?

— Você realmente acha que o que você fizer aí não vai me afetar? Esqueceu que todo mundo acha que estamos noivos? Você realmente acha que sair assim com ela não vai sujar a minha imagem?

— Sujar a sua imagem? — Ele pareceu com raiva. — Você fala de mim, mas você também se esqueceu de que tem um visitante que pode sujar a minha imagem?

— Nem vem comparar, Peter! Não sou eu que estou postando "trocentas" fotos abraçadas com ele! E eu não tenho escolha, esqueceu?!

— E você acha que eu tenho?! Ela é legal, mas não estaria aqui com ela se eu pudesse. — Sua raiva foi diminuindo. — E sobre as fotos, o que você quer que eu faça? Obrigue-a a não postar?

Olhei para o lado ainda com raiva.

— Leticia. Olha para mim. — Olhei, ainda contrariada. — Meu pai pediu para que eu seja legal com ela por conta do acordo. É um acordo importante para o nosso país e você sabe como o pai dela é com ela. Se ela disser um não, ele automaticamente diz um não. Meu pai quer que tome conta dela, garanta o acordo, só isso.

— Mas eu a conheço Peter — disse, com um pouco menos de raiva. — Ela quer você. E vai fazer de tudo para tê-lo.

— Mas eu não a quero. — Ele sorriu.

— Eu sei, mas...

Ele me interrompeu.

— Relaxa, Leticia. Eu sei muito bem o que e quem eu quero. E eu não desisto das coisas que eu quero.

Sorri, mais relaxada.

— Tudo bem. Eu só queria te... te...

— Me proteger. Eu sei. — Sorri. — E esse tal de Noah? Eu preciso me preocupar?

Eu ri.

— Não. Ele é só um amigo.

— Amigo? — ele perguntou, com as sobrancelhas levantadas. — Já está nesse nível? — E cruzou os braços.

Sorri.

— Nesse que é o único nível que ele vai chegar.

Pensei em brincar com ele dizendo que ele estava sendo ciumento, mas lembrei que eu tinha acabado de surtar com ele por conta de ciúmes meu, então achei melhor brincar com ele depois.

— Aham. Assim espero.

Eu caí na gargalhada, e logo depois Peter também.

— Eu estava com saudades disso.

— Eu também.

Alguém bateu na porta do quarto dele. Peter pareceu surpreso.

— Se importa? — Ele apontou com a cabeça para a porta.

— Não, claro. Vai ver quem é.

Ele abriu a porta e ela entrou como se fosse seu próprio quarto.

— Nicole? — Peter parecia extremamente surpreso com a presença dela e olhou imediatamente para mim receoso com o que poderia acontecer.

Ela estava exatamente como postava em suas fotos com Peter: de vestido tubinho colado, cabelo feito e com uma maquiagem perfeita. Em seus pés um salto preto fino. Seu vestido dessa vez era azul marinho. Ela se sentou na cama dele, ainda não tinha me notado no celular de Peter.

— Oii! — ela disse sorrindo.

— Tudo bem? — Peter parecia confuso. Fechou a porta e se aproximou um pouco dela, mas não muito. Ficou quase um metro de distância dela

— Tudo. Melhor agora. — Ela se mexeu na cama. Certeza de que se Peter quisesse ele poderia facilmente ver a calcinha dela.

— Então... O que te traz aqui?

— Ah, claro. — Ela forçou um riso. Falsa! — Eu vim te chamar para aquela festa que eu te falei hoje cedo lembra?

— Aquela que eu disse que não ia?

— Ah, mas você tem que ir. — Ela se levantou da cama e se aproximou dele. — Vai tá todo mundo lá. Chamei vários príncipes e princesas para irem. Você tem que ir! — Ela se aproximou mais.

Peter se afastou um pouco, ficando totalmente de costa para o telefone. Provavelmente se esqueceu da ligação, porque tenho certeza de que em sã consciência ele nunca taparia a câmera sabendo do chilique que eu tinha acabado de dar.

— Eu realmente estou cansado. Acho melhor uma próxima. — Ele suspirou. — Talvez uma que a minha noiva possa ir.

— Argh! Vocês mal começam um relacionamento e já estão assim? Isso é toxidade, sabia? — Escutei passos. — Você agora obedece a sua namoradinha?

— Noiva! — Peter a repreendeu. — E não. Não é porque eu quero estar com ela que nosso relacionamento seja tóxico.

— Mas você tem que curtir um pouco antes de se casar não acha? — Mais alguns passos. — Você não precisa fingir para mim Peter. Sei que o casamento foi arranjado. Tudo bem se soltar um pouco. Liberar a frustação, sabe?

— E quem disse que eu estou frustrado? E, sim, o casamento foi arranjado, mas isso não quer dizer que eu não possa gostar dela ou que eu possa ser um babaca com ela.

Um suspiro de frustação veio dela.

— Você tem certeza? A festa vai ser muito boa.

— Tenho — ele respondeu rapidamente.

— Você é que perde.

— Vou te acompanhar até a porta — dizendo isso, ele saiu andando até a porta.

Tapei a câmera do telefone para Nicole não perceber que eu estava ouvindo tudo. Ela olhou para o telefone na mesa e achei que ela fosse me ver, mas graça a Deus ela não me viu. E foi atrás dele. Antes de sair tentou convencê-lo mais uma vez e ele recusou, como havia feito anteriormente.

Ele voltou para dentro do quarto cansado, passando a mão no cabelo. Destapei a câmera e ele levou um susto.

— Você ainda está aí?

— Sim — disse, sem jeito.

— Você ouviu tudo? — Ele se aproximou do telefone. Sua voz era uma mistura de preocupação e relaxamento ao mesmo tempo.

— Sim — falei, com um sorriso sem graça. — Desculpa por ter surtado com você agora pouco. Você sabe se cuidar.

Ele balançou a cabeça discretamente, com um sorriso contente se formando em seus lábios.

— Você também estava certa. E não tinha como saber de nada. E... — seu sorriso aumentou — ... eu gostei de te ver com ciúmes.

— Ciúmes?

— Se não foi ciúmes aquele showzinho foi o quê?

Fiquei quieta. O que eu poderia dizer?

— Você fica linda quando está brava, sabia?

Fiquei vermelha.

— Isso foi um elogio, senhor Peter?

— Está mais para um fato — ele disse naturalmente.

Sorri.

— Então é por isso que você me estressa?

Ele riu.

— Eu não vou revelar meus truques para você.

Sorri.

— Acho melhor a senhorita ir dormir. Está me desequilibrando hoje. Estou revelando mais coisas do que deveria — ele falou dando risada.

— Tudo bem. Vou ser boazinha com você hoje e vou desligar antes de colher mais informações. — Tentei fingir estar séria, mas acabei sorrindo.

— Muito obrigado pela sua generosidade, alteza.

Nós dois rimos juntos e nos despedimos. Mesmo depois que a ligação terminou continuei sorrindo. E fui dormir sorrindo. Eu sabia que estava igual uma boba indo dormir dessa maneira, mas não liguei. Pensar em Peter e na ligação me fazia sorrir e isso era única coisa que eu queria pensar naquele momento.

Capítulo 12

Acordei no dia seguinte ainda pensando na noite anterior. Por que era tão difícil tirar Peter da minha mente? Eu sabia que desenvolver qualquer minúsculo sentimento por ele me faria sofrer, afinal Peter tinha uma namorada. Uma namorada real. Uma que ele gostava. Tudo bem, ele era um cavaleiro comigo, mas fazia isso pela amizade que criamos. Ele sabia do meu sofrimento e por ser uma pessoa extremamente boa estava me ajudando, protegendo-me.

Ele era um dos príncipes mais cobiçados do mundo, não somente por sua beleza e gentileza, mas por seu reino ser um dos mais poderosos do mundo. Pelo o que eu entendia, o meu reino e o dele eram os mais bem armados e prontos para defesa caso precisasse. E apesar do meu pai detestar admitir, o país dele ficava uma pouco na nossa frente. Era óbvio que ele poderia ficar com quem quisesse. E diferentemente de mim, ele não precisava se casar para assumir a coroa, então provavelmente logo ele acabaria com o nosso casamento. Sabendo disso seria estupidez da minha parte sentir qualquer coisa por ele. Mas, então, por que ele não saía da minha cabeça?

Eu precisava me concentrar no amontado de deveres na minha mesa. Quem sabe isso não me distrairia de perguntas sem respostas?

Enquanto olhava os novos relatórios do Parlamento notei que Lady tinha sido promovida. Ela estava na posição de juíza, responsável por julgar os crimes menores, o maior cargo do Parlamento. Isso era estranho. Logan mal tinha acabado de pedir aposentadoria, o que ninguém esperava, porque ele sempre amou o trabalho e todos achavam que ele ficaria até não poder mais, e ela entra como substituta?

Essa promoção foi inesperada para mim. Achei que meu pai promoveria alguém em quem ele confiava mais. Alguém mais antigo. Alguém como o Marcos ou a Catharina. Ela não tinha nem três anos consecutivos no Parlamento. Entretanto perguntar para ele não faria diferença, porque sempre que ele achava que estava fazendo algum questionamento a ele, sua coroa reinava. Ele me lembrava quem era e que sabia o que estava fazendo.

Tudo estava me deixando maluca. Esse turbilhão de pensamentos e incógnitas que não seriam respondidas. Cada lado de meus pensamentos tinha dúvidas diferentes e todas sem resposta. O que eu devia fazer?

Desci e fui para o jardim. Talvez lá eu conseguisse relaxar um pouco. Passei por uma sala com um barulho diferente. Uma música. Aproximei-me e reparei que a porta estava entreaberta. Dentro da sala, Noah cantava letras enquanto dedilhava melodias em seu violão.

Sua voz era realmente linda. A letra da música também era muito bonita, encantadora, chocante. Ele não reparou que eu estava ali, então continuei observando-o. Seu cabelo caiu um pouco em seus olhos e ele passou a mão nele como nos filmes de Hollywood.

Noah parecia entretido com sua música, como se estivesse em seu próprio mundo. De repente, ele olhou para frente e me viu. Fiquei um pouco vermelha e entrei no quarto, provavelmente o que ele estava hospedado.

— Desculpa. Eu vi a porta aberta e escutei uma parte da música, e quis ver o que era.

— Tudo bem — ele disse sorrindo. — Pelo menos você gostou?

— Claro. É linda. Foi você que escreveu?

— Foi. — Ele deu um sorriso sem jeito e extremamente encantador. — Nunca a mostrei para ninguém.

Ah! Boa, Leticia. Tinha acabado de estragar o que quer que fosse.

— Desculpa, eu realmente não queria interromper ou estragar esse mistério.

— Relaxa, eu só nunca mostrei para ninguém porque não sei se é boa o suficiente para eles, sabe?

— Eles?

— O diretor e os meus fãs. Não quero decepcioná-los. — Ele deu um suspiro. — No começo era tudo tão mais fácil. Eu, sozinho, escrevendo as músicas no meu quarto sem nenhuma pressão. Não me entenda mal, eu amo os meus fãs, de verdade, mas... — Ele olhou para o chão. — Agora nem consigo mais compor sem o medo de não ser bom o suficiente, sem a preocupação de agradar às pessoas, de agradar aos meus fãs.

— Sinto muito.

Ele só deu um sorriso meio triste, mas logo levantou a cabeça.

— Vamos mudar de assunto. Não gosto muito dessa *vibe* deprê.

Eu sorri.

— Nem eu.

— O que você quer fazer? — Noah perguntou normalmente.

— Hã?

Ele riu.

— O que você quer fazer para se distrair um pouco?

— Eu não sei. — Lembrei da conversa que tive com Peter. — E não sei se a melhor opção agora é sairmos para fazer algo juntos.

— Por que não?

— Porque você sabe como são as pessoas. Elas não conseguem entender que um homem e uma mulher podem ser apenas amigos. E como Peter nem a sua namorada estão, elas podem acabar falando coisas erradas sobre nós.

— Ah, claro.

Achei que a conversa acabaria ali e que voltaríamos cada um para o seu lado. Já estava quase saindo do quarto quando Noah falou:

— Então por que não fazemos algo no sótão? Ninguém vai lá.

Isso parecia uma péssima ideia. Eu sabia disso, mas conversar com Noah me fazia esquecer dos meus problemas, pelo menos por alguns minutos. E eu realmente queria relaxar um pouco.

— Tudo bem.

— Isso! — ele disse sorrindo.

— E o que vamos fazer?

— O que acha de tocar?

— Mas eu não sei tocar nada.

— Ótimo. Eu te ensino.

— Tem certeza?

— Claro. Eu também preciso me distrair um pouco.

Pela maneira que falava parecia ter algo mais do que só a pressão para criar as suas músicas. Alguma briga com a namorada, talvez?

— Eu vou primeiro? Vou aproveitar para levar os instrumentos.

— Instrumentos? — perguntei, nervosa.

— Vamos ver qual você se adapta mais — ele disse rindo. — Pode ser?

— Claro.

Antes de eu sair, Noah perguntou:

— Posso te pedir um favor?

— Claro.

— Você tira uma foto comigo? — Ele ficou meio sem jeito, envergonhado. — Meu produtor disse que talvez seja bom para a minha imagem, sabe? Mas se não quiser não precisa.

O que fazer? Eu sabia que Peter ficaria revoltado se visse uma foto minha com o Noah, ainda mais com o leve chilique que eu dei, mas Noah realmente parecia querer a foto. E ele estava sendo tão legal comigo. O que me custava?

E Peter também estava tirando fotos com a Nicole. Por que eu não podia fazer o mesmo? Além do mais, as pessoas não iam falar nada, já que elas já esperavam por isso, um contato com Noah, não é? Afinal, como ele ia fazer uma música específica para o evento se não me conhecesse?

— Claro.

Ele se aproximou de mim e ergueu o telefone. Ele ficou ao meu lado e deu um belo sorriso. Ajeitei o cabelo e sorri também, um pouco mais sem jeito. Apesar de ser "famosa", eu não recebia esse tipo de pedido todos os dias, até porque quase nunca saía de casa.

— Ficou ótima! — ele disse contente. — Como você consegue ser tão fotogênica?

Sorri, um pouco envergonhada com o elogio, e olhei a foto. Ela realmente tinha ficado bonita. Noah estava com um sorriso enorme em seu rosto, seus olhos verdes brilhavam com a luz do telefone. Seu cabelo marrom-claro estava um pouco bagunçado, como de costume, mas dava um charme ao seu rosto de porcelana.

Eu estava ao seu lado um pouco mais envergonhada. Meu cabelo jogado um pouco para o lado e minha blusa rosa combinava um pouco com a camisa branca de Noah. E, sim, quando nós princesas estamos "sozinhas", sem um grande evento, podemos usar blusas, shorts, decentes obviamente, e calças, como uma pessoa normal.

— Vou publicar e te marcar, tá?

— Claro. — Dei um sorriso sem jeito. — Acho melhor eu ir para o meu quarto. Depois vou para lá.

— Ok.

Saí do quarto dele e fui para o meu pensando se aquilo tinha sido realmente uma boa ideia. Enquanto ia para o meu quarto, meu telefone apitou.

Noah havia postado a nossa foto em seus stories e me marcado. Além da foto, o que me chamou atenção foi o que estava escrito nela.

"Mais um dia de realização de sonhos. Está sendo incrível te conhecer, Alteza".

E agora? Repostar?

Se eu não repostasse, Noah provavelmente ficaria chateado, mas se eu repostasse, Peter ficaria com raiva. Mal ou bem, ele não repostava as coisas com a Nicole. Entrei no quarto e bloqueei o telefone enquanto pensava no que fazer. Antes que eu pudesse ter uma solução, meu telefone apitou de novo.

Era uma notificação da Ana.

"Meu Deus! Que papo é essa de te conhecer? Eu quero saber de tudooooooo".

Sorri.

"Mais tarde eu te conto. Também quero saber quem é esse garoto bonito com você na sua foto", respondi.

"Kkkkk. Longa história. Te ligo mais tarde, beijos".

Sorri ao imaginar qual seria sua longa história. Ana era cheia de histórias legais e engraçadas. Aposto que essa seria uma delas.

Outra notificação. Achei que fosse Ana me dando um *spoiler* da sua história maluca com o garoto desconhecido, mas me assustei ao desbloquear o telefone.

"Que merda é essa?".

A mensagem de Peter veio seguida de um *print* dos stories do Noah. Engoli em seco antes de responder. Eu já sabia que ele ficaria chateado, mas então por que estava tão tensa assim?

"Primeiramente, bom dia para você também".

"Você pode me explicar essa foto?".

O que eu devia escrever?

"Digitando", apareceu na tela, e logo depois se apagou.

"Ele pediu uma foto. Disse que o diretor achava que seria boa para a imagem dele. Fiquei sem jeito de dizer não".

Digitando.

"Ah, então depois daquele showzinho todo que você deu, você ficou sem graça dizer não? E a minha imagem? A sua imagem?".

"O que você queria que eu dissesse? E você está falando, mas pelo o que eu sei, a sua amiguinha continua postando fotos com você e você não faz nada".

"Ah, não. Você não vai reverter a situação assim!".

"Eu não estou revertendo nada. Só estou sendo realista. É você que está sendo um hipócrita. Está chateado comigo, mas está fazendo a mesma coisa que eu".

Digitando. Parou. Digitando. Eu sabia que dessa conversa nervosa nada sairia de bom, então resolvi adiá-la.

"Acho melhor conversarmos depois, quando estivermos mais calmos".

Peter visualizou e parou de digitar. Eu vou levar isso como um "sim".

"Tenho que ir. Me liga mais tarde?".

"Vai conversar com o seu amiguinho? Por isso não quer conversar agora?".

Eu sabia que a resposta mais inteligente era dizer que não, para que Peter ficasse um pouco mais calmo, mas eu não ia mentir.

"Vou. Tem algum problema? Eu conversaria com você tranquilamente se o clima não estivesse tão pesado e você sabe disso. Pelo menos ele não está nervoso e discutindo comigo. Neste momento preciso relaxar e não brigar".

"Ah, claro. Ele, como ótimo amigo que é, vai te consolar".

"Tchau, Peter. Falo com você mais tarde, quando você estiver um pouco mais tranquilo e parado de agir como um idiota".

Antes que ele pudesse responder saí do WhatsApp e bloqueei o telefone. Era só o que me faltava. Peter realmente estava sendo um completo idiota. E ele não reparou isso?

Nesse momento, eu realmente precisava me distrair e a ideia de passar a tarde me distraindo com Noah parecia uma ótima ideia.

Capítulo 13

A tarde com Noah foi melhor do que eu esperava. Passamos boa parte da tarde conversando e rindo de bobagens que dissemos um para o outro. O clima foi muito leve, relaxante. Desejei passar mais tardes assim.

Noah me ensinou a tocar diversos instrumentos. O que eu mais gostei foi a guitarra. Eu disse que queria comprar uma e ele se ofereceu para me dar aula.

No meio da minha tentativa de tocar meu novo instrumento favorito, ouvimos um telefone tocando. Peguei o meu e ele estava normal, sem nenhuma ligação.

— Acho que é o seu.

— Ah, claro — Ele disse, e foi pegá-lo.

— Alô — falou, com o telefone no ouvido. — Sim... Claro... Aham... Não, eu sei... Aham... Sim... Tudo bem, eu já estou indo. — Ele olhou para mim meio triste. — Tenho que ir. É o produtor. Ele disse que precisa fazer uns testes de vocal e essas coisas.

— Ah, claro — falei, um pouco frustrada do nosso momento já ter acabado.

— Mas eu gostei muito disso — ele disse olhando para o ambiente. — Vamos fazer mais vezes?

— Com certeza.

Nós dois sorrimos.

— Acho melhor eu ir.

— É. Eu também já vou.

Noah saiu e levou consigo os instrumentos. Peguei o telefone e percebi o porquê de o produtor querer vê-lo: já eram 18h. Em breve jantaríamos. E isso me fez lembrar que em breve teria uma conversa com Peter. Eu só esperava que a raiva dele já estivesse passado.

Lembrei que também conversaria com Ana logo depois do jantar e isso me animou. Eu estava louca para saber da história dela e contar como havia sido a minha tarde.

Fui para meu quarto, tomei um bom banho e desci para o jantar. Noah não estava lá. Será que estava trabalhando até tarde porque havia passado a tarde comigo?

Quando voltei para o quarto, vi que a ligação que tanto esperara ia acontecer. Atendi.

— Amigaaa! — gritou Ana quando atendi a sua ligação. — Eu quero saber tudo!

— Oi para você também — respondi, dando risada. — Ok, mas eu quero saber da sua história também.

— Tudo bem. Você primeiro.

Contei a Ana um pouco de tudo. Falei sobre a foto, sobre as mensagens de Peter e sobre a tarde maravilhosa que tinha tido com Noah.

— Que dia, hein! Mais alguma coisa?

— Acho que não.

E nós duas rimos.

— Mas o que eu faço com o Peter? Eu sei que ele tá chateado por conta da imagem dele, assim como eu fiquei, mas o Noah é realmente muito legal. Não quero me afastar dele. E o Peter tem namorada, então para ele não vai fazer diferença se afastar de Nicole, porque provavelmente a namorada dele deve ter pedido para ele fazer isso.

— Tá, vamos com calma — Ana disse rindo. — É óbvio que essa raiva dele é muito mais do que só pela imagem dele. Ele tá com ciúmes porque gosta de você. E você, no fundo, está com medo de se apaixonar pelo Peter, por isso se aproximou do Noah. Mas agora você percebeu que ele também é uma ótima pessoa e talvez esteja confusa sobre ele também?

— Acho que sim — admiti. — Mas Peter não gosta de mim. Não desse jeito. E Noah também tem namorada. Provavelmente, sou eu que estou confundindo as coisas e na verdade os dois só estão querendo ser meus amigos.

— Não tem como eu te dizer se é isso ou não porque eu não estou aí para saber, mas tenho certeza de que não é você que está confusa.

— E como você tem essa certeza? — eu perguntei.

— Intuição? — Nós duas rimos. — Mas também sei que os meninos não fazem isso se não estiverem interessados.

— Isso o quê? — Eu realmente estava perdida.

Meu telefone me mostrou que havia outra pessoa tentando me ligar. Vi que era Peter.

— Só um minuto. Peter está tentando me ligar. Vou só avisá-lo de que estou em outra ligação — comentei com Ana.

Ela sorriu e concordou com a cabeça.

"Oi. Já falo com você. Estou em outra ligação".

Mandei a mensagem para Peter e voltei a falar com Ana, sem nem esperar uma resposta dele.

— Voltei, pode falar.

Ana riu.

— Você perguntou o que era que eu estava falando e aí está o exemplo perfeito. Se Peter não gostasse de você, ele não iria fazer questão de te ligar todas as noites, ainda mais de chamada de vídeo, só para saber como você está. Ele não gritaria com os guardas pelo telefone, que nem são responsabilidades dele, só porque achou que você podia estar ferida. E se Noah não gostasse de você, ele não ficaria o dia inteiro te ensinando a tocar, ainda mais nos instrumentos dele. Você não sabe como ele é ciumento com os instrumentos dele. — Ela riu. Eu não sabia, mas concordei, só para não parecer totalmente perdida. — Ele não postaria uma foto com aquela legenda. Eles podem não ter percebido ainda, mas os dois estão apaixonados por você.

— Eu acho que não, Ana.

— Você acha que não ou só está com medo de isso ser real, os dois realmente gostarem de você, e você ter que escolher um dos dois? Ter que magoar um?

Parei para pensar. Eu não sabia o que dizer.

— Pode ser, mas acho que não. — Ana caiu na gargalhada ao perceber a confusão que fizera em minha cabeça. E, enfim, falei para ela: — Mas agora me conta a sua história.

— Eu adoraria, mas tem um bonitão te esperando e não vai ser eu quem vai estragar o seu romance.

— O quê?! — falei, completamente perplexa. — Você não vai me deixar curiosa assim, né? É até um pecado contra a humanidade você fazer algo assim.

— Para de ser dramática, Leticia. Amanhã você me liga, conta como foi a sua conversa com Peter e eu te conto a minha história, que eu tenho certeza de que é bem menos interessante do que as suas.

— Você me promete que vai contar tudo amanhã?

— Prometo. Agora vai lá falar com aquele homem lindo.

Eu ri.

— Até amanhã. Já tô com saudades.

— Eu também. Até amanhã.

Agora era a hora de enfrentar Peter cara a cara. As falas da Ana ainda estavam repercutindo em minha mente. Ele não podia realmente estar gostando de mim, podia?

Capítulo 14

Peter parecia um pouco aborrecido.

— Oi — disse, um pouco nervosa.

— Oi — ele respondeu friamente, sem nenhum sorriso.

Um silêncio desconfortável permaneceu no ambiente por alguns segundos. Peter só me olhava e isso me deixou maluca. Fui a primeira a quebrar o silêncio sufocante.

— Peter, fala logo o que está entalado na sua garganta e que você está enrolando para falar. Eu não aguento ficar vendo você me encarando assim, se falar nada.

— Você estava falando com ele? Por isso demorou para me atender?

— Quê? Quem? — perguntei rapidamente. As sobrancelhas de Peter arquearam e logo percebi de quem ele estava falando. — Não, eu não estava falando com o Noah. Estava falando com a Ana.

Ele pareceu um pouco aliviado, mas a tromba logo voltou. E com ela o silêncio incômodo.

— Peter, por favor, fala comigo.

— Falar o quê?

— O que está te incomodando.

Ele suspirou.

— Por que você postou aquela maldita foto? Por que o deixou postar aquilo? Logo depois de ter reclamado tanto da Nicole?

— Eu não entendo por que você ficou tão chateado. — Fui sincera. — Eu nem repostei. Fiz exatamente o que você faz com a Nicole.

— Lá vem você de novo falando dela. Eu já falei que não tenho nada com ela nem vou ter. — Ele suspirou. Um suspiro pesado, cansado. — Mas não posso dizer o mesmo que você e esse tal de Noah, né?

Ele estava com ciúmes?

— Eu não entendo por que você está assim. Eu e Noah somos apenas amigos — talvez, completei mentalmente — mas se tivermos algo a mais depois, qual o problema? Não iria manchar mais a sua imagem.

Peter ficou vermelho de raiva.

— Eu sabia! Eu sabia que esse cantorzinho está jogando charme para você. Só não esperava que você caísse, Leticia. Francamente.

— Eu não disse que caí no charme dele e você ainda não me respondeu. Por que você está dando tanta importância para isso, Peter?

— Parece que você que não está se importando o suficiente, Leticia!

— Se for por causa da sua imagem...

— Eu não estou nem aí para a minha imagem, Leticia! — Ele disse sério.

— Então por que você está assim?!

— Às vezes você nem parece que é tão inteligente — ele disse mais baixo, como um sussurro. — Eu estou preocupado com você. Eu não sei se ele é bom o suficiente para você. Se ele pode proporcionar a vida que você merece. Você é boa demais para ele, para o mundo dele. É por isso que estou com raiva. Não de você, mas dele, por aproveitar da sua fragilidade.

— Minha fragilidade?

— Não me entenda mal, Leticia, mas agora você está emocionalmente abalada. Para um idiota como ele, que só quer fama e dinheiro, essa oportunidade é perfeita.

— Então você acha que as pessoas só vão se interessar por mim por conta da minha fama e do meu dinheiro?

— Não. Eu não falei isso!

— E você falou o que exatamente, Peter? — perguntei com raiva. — Que eu vou ter que te apresentar cada pessoa que eu conhecer para você averiguar se é boa o suficiente para mim? Você acha que eu não se me cuidar?

— Não! Eu não disse isso. Nunca diria isso. — Ele suspirou. — É óbvio que você sabe se cuidar. Só que existem pessoas muito ruins, Leticia. Pessoas que nos cativam e depois nos deixam na pior. — Seu olhar estava triste. Perguntei-me mentalmente se Peter já tinha passado por algo parecido, mas não tive coragem de perguntar. — Só não quero que passe por isso.

— Peter, eu não quero mais brigar.

— Nem eu, princesa. — Ele sorriu.

A maioria das pessoas me chamavam assim, mas quando Peter disse essa palavra tão comum para mim, meu coração esquentou um pouco. E um sorriso involuntário surgiu em meu rosto.

— Princesa?

— Não é o seu título? — ele falou, rindo.

— É. Mas é estranho ouvi-lo falar assim.

— Quer que eu pare?

— Não. — Ele sorriu, satisfeito. — Peter, e a sua namorada? Como está?

— Você me parece ótima — ele respondeu, novamente sorrindo.

— Não... — Eu ri também. — Eu estou falando da sua verdadeira namorada.

— Ah, isso. Eu preciso te contar uma coisa.

— O quê?

E nesse momento o meu telefone desligou. Estava com zero por cento de bateria. Como eu não tinha visto que ele estava com pouca bateria antes?

O que Peter queria me dizer? O que ele falaria da namorada? Será que tinham terminado? Ou será que naquele momento ele ia me dizer que precisávamos acabar logo com a nossa farsa porque ela já estava ficando chateada? E se ele ia pedi-la em casamento e ia me avisar para pararmos logo de fingir? Pior! E se ele fosse pedi-la em casamento e pedisse para que eu o ajudasse com o pedido e essas coisas? Eu conseguiria suportar?

Capítulo 15

O dia seguinte foi bem mais normal do que eu achei que seria. Noah passou o dia inteiro no estúdio improvisado no castelo e Peter não falou mais nada comigo desde a noite anterior. Era estranho ter um dia tão agitado e do nada um completamente parado, mas a vida é assim. Ela sempre te pega no momento que você não está esperando e te solta quando você acha que mais precisa.

Achei que o dia seguinte viesse com respostas. As respostas que tanto precisava, mas lá estava eu, em cima de um livro de Física, extremamente desanimada, tentando saber qual foi a velocidade que o carro obteve em um tempo X, como nos velhos tempos. Como se toda a confusão não tivesse acontecido, como se minha cabeça não ansiasse por um milhão de respostas que eu não tinha ideia sequer de quais seriam.

Eu estava confusa, não só por não entender Física, mas com tudo que estava acontecendo em minha volta. Minha cabeça trabalhava a todo momento possível, querendo resolver mistérios que eu não conseguia resolver. Como o que Peter ia me contar na noite anterior ou o fato de ele ter falado com tristeza sobre pessoas mentirosas. Eu queria muito saber qual era a história dele e talvez bater em quem tinha o ferido assim. Ou o fato de Noah ter sido tão legal comigo no dia anterior, ou o simples fato de não conseguir focar em outra coisa que não envolvesse Peter ou Noah.

Fiz minhas lições enquanto esperava ansiosamente pela ligação de Ana. Pelo menos um mistério eu poderia desvendar. De tarde ela me ligou.

— Oi — disse animada.

— Oi — ela respondeu sorrindo. — Parece que a conversa de ontem foi boa.

— Não vamos falar disso agora. Você não vai me enrolar mais. Eu quero saber tudo do carinha com quem você postou foto.

— Tudo bem. Parece que eu não vou escapar de você hoje... — ela disse rindo. — Mas depois quero que me conte tudo.

— Ok. Pode começar — falei, ansiosa.

Ana fez um breve resumo da sua história. Ela estava em Londres e encontrou um cara muito bonito em uma das festas inglesas que ela foi, e ele foi muito fofo com ela. Eles meio que estava juntos, mas não como um casal, ela fez questão de acrescentar. Estavam apenas se conhecendo. E ela me mostrou a foto dele.

— Uau! Ele é bem bonito. Tem certeza que não vai dar em nada?

O garoto tinha cabelo escuro e olhos castanhos profundos. Seus óculos davam-lhe um charme de *nerd* bonito, sabe? Ele parecia ser muito mais alto do que ela. Entretanto Ana só tinha um 1,60 cm, então quase todo mundo parecia muito alto ao lado dela. Ele deveria ter 1,80 cm, mais ou menos a altura de Peter.

— Eu não disse que não estamos ficando. Só disse que não estamos namorando — ela disse, e uma mecha de seu lindo cabelo castanho-escuro caiu em seu rosto. Ana rapidamente ajeitou-a e voltou a falar. — Eu te conheço. Se eu não pontuar esse fato você vai achar que eu estou namorando ele.

— Até parece que você, bem lá no fundo, não quer namorá-lo. Eu te conheço, Ana. Sei que no fundo o seu sonho de namorar um cara legal e se casar com ele ainda existe.

— É claro que ainda existe — ela disse séria. — Não quero algo tão romântico e espalhafatoso como você, mas ainda quero me casar com alguém que eu ame e ter uma família com ele. Eu só não quero me desesperar, sabe? Não sei se ele é o cara para mim.

— Não estou dizendo que você tem que se casar com ele. Mas você já reparou que toda vez que você começa a gostar de alguém você se afasta? Com a desculpa boba de que não quer um compromisso agora porque ainda é muito nova?

— Eu sou a terapeuta da nossa amizade neste momento. Era para você estar falando da sua vida e eu te aconselhando e não ao contrário.

Eu ri.

— Você só está querendo fugir da reflexão que você sabe muito bem qual vai ser. Você não quer admitir que, assim como eu, tem medo de se relacionar.

Ela sorriu.

— Nós somos estranhas, né?

E nós duas rimos. Mesmos sendo tão diferentes fisicamente, éramos bem parecidas, por isso nos dávamos tão bem. Por isso era tão fácil conversar com ela sobre tudo.

— E qual é o nome dele mesmo? — perguntei.

— Lian — ela respondeu, um pouco sorridente. — Mas já contei tudo sobre ele. Agora eu quero saber o que aconteceu na noite passada. O que rolou entre você e Peter?

— Ah... A nossa conversa. — Eu não sabia o que dizer. — A gente brigou um pouco por conta da foto que Noah postou. — Um sorriso malicioso surgiu na boca da minha amiga, mas ignorei-o e continuei: — Ele estava bravo comigo por eu ter brigado com ele por estar saindo nas fotos da Nicole e ficou chateado quando viu que o Noah fez a mesma coisa que ela estava fazendo com ele. Hipocrisia, não? — Os olhos de Ana se arregalaram. Eu esqueci de falar sobre o meu surto de ciúmes para ela, né?

Mas continuei falando:

— Mas o que me chamou mais atenção foi depois disso. Falei que não queria mais brigar e a gente conversou um pouco. E aí eu perguntei para ele como estava a namorada dele e ele brincou e disse que eu estava bem. Provavelmente para descontrair o clima. Aí ele disse que precisava falar algo comigo sobre ela, só que o meu telefone desligou, a bateria acabou.

— O quê?! — Ana gritou. — Meu Deus! Calma, é muita coisa para assimilar.

— Né? — falei, rindo nervosamente.

— Ok. Que surto de ciúmes foi esse que você deu?

— Sério? De tudo você quer saber desse pequeno detalhe?

— Pequeno detalhe?! — ela falou abismada. — Leticia, você nunca teve surtos de ciúmes! Eu nunca te vi sequer a fim de um garoto para valer. Você só pensava em personagens de livros e seu futuro. Então é, sim, um grande passo ver que alguém realmente está destruindo um pouco das muralhas que você formou ao redor do seu coração.

Sorri um pouco nervosa com a possibilidade de isso ser real. Eu sabia que sentia algo por Peter, mesmo não querendo assumir, mas ver Ana, que me conhece tão bem, dizer que eu provavelmente estava... Não! Eu não podia estar me apaixonando.

Eu não podia estar me apaixonando por Peter Oslandy! Não mesmo! Apesar de...

— Leticia... — Ana disse, trazendo-me de volta para a realidade. — Tá tudo bem?

— Tá — respondi, ainda meio perdida. — Eu só preciso voltar a fazer os meus deveres. Sabe como é, né?

— Você tem certeza de que está bem?

Não. Eu não estava bem. Minha cabeça estava doendo. Meus pensamentos estavam confusos. Até aquele momento sempre achei que eu e Peter estávamos só sendo amigos, ou talvez fosse isso que eu quisesse acreditar. E se isso mesmo fosse verdade... Se eu estivesse... E se ele não estivesse...

— Leticia, você tem certeza de que está bem? — Ana pareceu preocupada,

— Tenho. — Forcei um sorriso. — Preciso ir. Tchau.

E desliguei o telefone.

Eu não estava bem. A possibilidade de estar apaixonada me assustou. Ainda mais quando o cara em questão está namorando e é meu amigo.

Eu adorava ler sobre romance, ver filmes sobre romance, mas isso era diferente. Essa possibilidade era assustadora. Pensar que um dos meus maiores sonhos podia estar prestes a dar errado era assustador. Lembrei a mim mesma de que isso era só uma suposição de Ana e que ela poderia estar errada. E claramente ela estava, não é? Eu saberia se estivesse me apaixonando. E conseguiria escolher a pessoa certa no momento o certo, não é?

Passei o restante do dia tentando estudar. Minhas emoções estavam um pouco desreguladas e uma coisa me fez ficar ainda mais distraída e preocupada. Faltavam apenas doze dias para Peter retornar para o meu castelo, como estava prevista o cronograma. Apenas doze dias para ele passar dois meses inteiros na minha casa. Isso só tinha duas opções: ou ia dar muito errado ou ia dar muito certo. E por algum motivo, algo dentro de mim, da mais profunda e obscura parte do meu ser, queria muito que fosse a segunda hipótese.

— Preciso de água — disse a mim mesma.

Enquanto descia a escada, uma das empregadas me abordou:

— Alteza, qual tipo de toalha a senhorita prefere para as mesas na festa de casamento?

— O quê? Como?

— As cores, alteza. Qual é a sua preferência? — E ela estendeu um bloco cheio de tipos de toalhas brancas diferentes, umas com bordados e outras sem.

Eu fiquei completamente perdida e surpresa. Engoli em seco.

— Eu não sei. Talvez essa? — apontei para a primeira que vi. À minha volta tudo rodava.

Isso realmente estava acontecendo? Eu realmente ia me casar?

— Ótima escolha, alteza.

Murmurei um "obrigada", mas foi tão baixo que nem sei se ela ouviu.

— Ah! — falou outra empregada, que, na verdade, nem percebi que estava ali. — O senhor Alexandro — o figurinista real — pediu para ver a senhorita amanhã, se for possível. Ele quer conversar sobre vestido.

— Ah... Ah... Tudo... Tudo bem... — respondi, ainda perdida.

— A senhorita está bem, alteza? Parece pálida.

— É. Podemos te levar na enfermaria ou pedir para o doutor ir ao seu quarto se achar melhor — falou a primeira empregada que tinha conversado comigo.

— Não. Não, está tudo bem.

A única doutora que eu precisava estava de férias, mais do que merecidas. A Dr. Fernanda, minha psicóloga, a mulher que me ouvia quase tanto quanto minha mãe e Ana. Eu sabia que poderia ligar para ela se precisasse, ela mesma tinha falado isso, mas não queria incomodá-la. Eu sabia que daria conta das minhas emoções de alguma maneira.

— Alteza?

Percebi que ainda estava parada na escada olhando para o meio do nada. Dei um sorriso discreto e continuei andando. Aonde eu ia mesmo? E fazer o quê?

Continuei andando e consegui buscar em minha memória o motivo da descida antes que outro empregado me abordasse para falar de preparativos para o casamento. A bem da verdade, é que depois que passei mal e Peter brigou com os guardas a fofoca se espalhou. Todos estavam tentando ter mais calma com os preparativos na minha frente. Desde daquele dia, meu pai cortou a parte de atividades físicas e fiquei só com uma hora de aula de dança. Mas as coisas já estavam voltando como eram antes. Já estavam começando a me parar de novo para perguntar coisas sobre o casamento e eu sempre agia assim: não sabia o que dizer, o que escolher, e um turbilhão de pensamentos invadiam a minha mente.

Fui à cozinha e tomei um copo de água. Já estava pronta para subir para o meu quarto e retomar as atividades quando algo me chamou atenção.

Uma mensagem!

Uma mensagem de Peter.

"Desculpa te incomodar agora, mas posso te ligar? Preciso muito falar com você".

Isso gelou e aqueceu o meu coração ao mesmo tempo. O que Peter queria que não podia esperara mais algumas horas para falar?

Meu Deus! Havia acontecido algo?

Peguei-me rezando baixinho para que ele não tivesse se machucado, que não fosse nada muito sério. Que fosse apenas... saudades?

Peguei o telefone tremendo um pouco e digitei: "Claro. Está tudo bem?".

A resposta veio: "Mais ou menos. Pode falar agora?".

"Espera só um minuto. Vou para o meu quarto para termos privacidade", respondi.

O que quer que fosse eu sabia que era algo sério. Eu o conhecia o suficiente para saber que o que ele queria me falar era muito mais complexo do que apenas uma novidade ou saudade. E foi isso o que mais me assustou.

Capítulo 16

Subi o mais rápido que pude para o meu quarto. Quando liguei e ele apareceu na tela, percebi que eu estava certa. Algo realmente estava errado. Peter tinha os olhos um pouco inchados de choro e o azul deles estava um pouco mais escuro. Ele estava com um olhar triste.

— Desculpa te ligar assim. Isso foi um erro. Desculpa.

— Não! — disse alto e séria. — Isso não foi um erro. Peter, por favor, confie em mim. — Ele pareceu pensar se devia desligar ou não. — Você já sabe tanto sobre mim. Já me ajudou tanto. Relacionamentos são pautados em confiança mútua, independentemente de qual tipo ele é. Confie em mim — supliquei.

Eu queria ajudá-lo. Queria muito. Queria ajudá-lo assim como ele tinha me ajudado e me ajudava. Eu queria aliviar um pouco do peso dos seus olhos. Queria que ele soubesse que podia contar comigo quando precisasse, assim como ele tinha deixado isso claro para mim. Queria que Peter confiasse em mim tanto quanto eu confiava nele.

— Mas não quero sobrecarregá-la. Sei que não está fácil para você.

— Peter, mais do que ninguém, você sabe sobre as minhas dores, mas eu dou conta. Sempre dei. E você sabe que precisa de ajuda. Deixa eu ajudar você assim como você me ajuda, por favor.

Ele sorriu, um sorriso triste.

— Eu... Eu estou com medo, Leticia. Muito medo para ser realista. — Ele engoliu em seco. — Eu vim para cá achando que eu ia aprender mais, porque o meu prazo está acabando. Falta menos de um mês para a minha coroação e eu ainda não sei de quase nada. — O pavor cresceu em seus olhos. — Não sou idiota, sei que o país está com algum problema, mas todas as vezes que pergunto ao meu pai o que é, ele simplesmente me ignora, diz que é para eu focar no meu casamento.

A naturalidade com que ele disse a palavra casamento fez meu peito se encher de nervosismo. Mas o ponto não era esse. Eu sabia muito bem o que ele estava passando.

— Não estou dizendo que é algo extremamente grave e que meu pai é um monstro. Só estou com medo. Medo de não dar conta. — E pela primeira vez desde que começamos aquela videochamada, ele olhou nos meus olhos. Era como se quisesse que eu os lesse, que eu percebesse que o medo dele era real. Mas eu já sabia dessa profundidade desde que ele abriu a câmera. — São muitas pessoas que contam comigo. Muitas famílias que dependem de mim. E se eu falhar... — Vi uma lágrima em seus olhos. — Se eu falhar, elas podem morrer. Qualquer descuido e tudo vai por água abaixo. — Outra lágrima.

— Peter... — falei suavemente — Você é incrível. — Ele olhou para mim surpreso. — Você é o cara mais inteligente, simpático, empático e organizado que conheço. Você nasceu para ser líder. Nasceu para liderar não só como qualquer outro rei, mas como o rei que eu tenho certeza de que você nasceu para ser. — Dei um sorriso fraco ao perceber que talvez minhas palavras estivessem tendo efeito. — Também não sei qual é essa mania que nossos pais têm de esconder as coisas da gente, mas a nossa parte estamos fazendo.

— E se eu não estiver fazendo o suficiente?

Sorri ao notar como éramos parecidos.

— Peter, só de fazer essa pergunta já sei que está fazendo o seu máximo. E confia em mim, isso vai ser muito mais que o suficiente. — Ele sorriu ao notar que já sabia qual seria a sua contestação e continuei: — Deus não ia te colocar na vida que você tem se ele soubesse que você não daria conta. Eu sei, é estranho eu falar isso depois do tanto que eu chorei aquele dia. — Fiz uma careta, mas Peter continuava sério. Prestando atenção em tudo, em cada palavra. — Mas não é porque aquele dia eu estava ruim, com pouca fé, que não sabia que tudo ia passar. No fundo, bem lá no fundo, eu sabia que de alguma maneira as coisas iam se ajeitar. Assim como você sabe. Você sabe que vai dar conta de tudo, mas é totalmente normal ficar preocupado e com medo porque somos humanos. Temos medo porque não conseguimos controlar a nossa vida como queremos, mas não precisamos de controle para sermos felizes e bem-sucedidos, precisamos de fé.

Fiz uma pausa e percebi que Peter analisava cada palavra que saía da minha boca. Até eu mesma precisava ouvir aquilo. E por algum motivo, continuei a falar aquilo que nós dois precisávamos ouvir.

— Essa pressão é ridiculamente grande, mas se não fôssemos capazes de aguentar não teríamos nascido para ela. Deus nos escolheu a dedo para cada missão. Cada vida. Ele não dá grandes batalhas para soldados fracos, mas para grandes guerreiros. — Esperei um segundo para que ele analisasse a minha fala e refletisse.

E continuei logo em seguida:

— Seja sincero comigo, Peter. — Ele me olhou no fundo dos meus olhos, como se estivesse dizendo que sempre era sincero comigo, e isso esquentou o meu coração. — Se hoje você pudesse escolher fazer qualquer coisa da sua vida, sem nenhuma obrigação de assumir nada, trabalhar em algo simples e viver uma vida simples, você seria feliz? Ou teria algo dentro de você que te angustiaria, porque você saberia que nasceu para fazer a diferença na vida das outras pessoas de uma maneira maior? Saberia que poderia levar o país a uma vida muito melhor, não só economicamente falando?

Ele me encarou por um momento e algo em seus olhos mudou. Um breve sorriso surgiu em sua boca e ele falou, com um sorriso não tão triste como os do início da conversa, então levei isso como um avanço:

— Talvez você tenha razão. Mas ainda assim... Sei que quero fazer as coisas certas, mas não sei se vou ser capaz de fazer isso sozinho, entende? Não sei se terei forças para bater de frente contra todo o Parlamento..— Assenti e continuei ouvindo. — Eles provavelmente vão ir contra as minhas novas ideias.

— Como você sabe disso?

— Toda vez que proponho algo diferente, eles me olham como se eu fosse um maluco e dizem que o que estamos fazendo já está gerando resultados. Dizem que não precisamos trocar o certo pelo duvidoso, que é arriscado. Eu sei disso, mas... — Seus olhos demonstravam compaixão, e mesmo que Peter tentasse não olhar nos meus olhos, era visível ver o seu desespero. — As vidas das pessoas não estão em condições muito boas, tirando a nobreza, é claro. Há muitas pessoas que estão passando fome e muitas atrocidades que eu não gosto nem de pensar. — Ele balançou a cabeça, como se quisesse afastar tais pensamentos. — Eu sei que a economia que temos hoje é a melhor que já tivemos, mas as vidas dessas pessoas também são importantes. Não sei como vou conseguir ajudá-las nem sei se vou conseguir isso. E... — Mais uma lágrima. — E... Essa ideia de saber que elas dependem de mim e qualquer deslize... Eu não quero ser o responsável... — Muitas lágrimas desceram de seus olhos. — Não me perdoaria por isso.

Eu queria que ele estivesse do meu lado para que eu pudesse abraçá-lo. Queria mostrar para ele o quão incrível ele era e o quão bonito e genuíno eram os seus pensamentos, mas sabia que ele acharia que falei isso só para consolá-lo, exatamente como eu acharia se fosse o contrário. Ver Peter frágil desse jeito dava vontade de guardá-lo em um potinho só para ter certeza de que ninguém o quebraria.

— Peter... — disse calmamente enquanto via que ele estava tentando esconder o choro. — Você não precisa fingir que não está chorando. Isso não te faz menos homem. Na verdade, mostra mais ainda o quão corajoso você é.

— E o que isso tem de corajoso?

— Uma das coisas para as quais mais precisamos de coragem é demonstrar os nossos sentimentos. Não é qualquer um que consegue isso. — Peter me olhou com um pequeno brilho em seus olhos. Ignorei o quanto estranho meu corpo reagiu a essa pequena mudança em seu olhar. — E sobre o que você disse antes... — dei uma pausa para ter certeza de que ele estava escutando — Primeiro de tudo, parabéns pela sua compaixão. E, segundo, você não está sozinho. Você tem a você mesmo, ao Jacob, ao Kyle, a mim e, principalmente, a Deus. E só essa última companhia é mais do que o suficiente. Mas se quiser e precisar, você sabe que pode contar comigo. — Ele sorriu. — E sobre não saber como mudar as coisas, bom, acho que ninguém sabe, mas você vai dar um jeito, eu sei que vai. Só mais uma coisa: a culpa dessas mortes não é sua nem serão. É óbvio que mesmo que você faça o seu melhor e que o seu país se desenvolva muito nesse quesito, ainda vão restar mortes e a culpa não vai ser sua, porque a sua parte você já vai ter feito. Você não tem que salvar o mundo todo dia, sabe? Deixa isso para o Superman.

E para a minha alegria, fui surpreendida com uma enorme gargalhada de Peter. Sorri ao notar que tinha ajudado de alguma maneira. Depois que terminou de rir, ele me olhou nos olhos e disse:

— Você é incrível, senhorita Leticia. Obrigado mesmo. Eu precisava ouvir isso.

— Eu só disse basicamente a mesma coisa que você disse para mim naquela noite. Só alterei algumas palavras.

— Você pode parar de tirar o seu mérito, por favor? — Sorri. — E eu vou contar com a sua ajuda, ok? Não pense que eu vou esquecer esse "Se quiser e precisar pode contar comigo" tão facilmente.

— Mas não é para você esquecer. Se precisar eu coloco essa frase como foto de bloqueio no seu celular — brinquei.

— Com uma foto sua?

— Claro.

— Então talvez eu aceite.

Sorri involuntariamente.

— Queria que estivesse aqui. — Deixei escapar sem querer.

Como o meu cérebro deixou isso escapar? Era para ser só um pensamento. Pior! Não era nem para eu estar pensando isso! Argh! Mas a reposta dele me surpreendeu:

— Eu também queria estar aí — ele disse, um pouco sonhador. — Talvez eu até ganhasse um abraço por piedade? — ele falou, sorrindo.

— Talvez. Mas teria que chorar mais um pouco.

— Ah, é?

— Sim. Eu precisaria ter certeza de que era um necessitado. E não um aproveitador.

Ele riu. Uma risada espontânea, alegre.

— A princesa não faria essa caridade para um meio necessitado?

— Eu poderia abrir uma exceção.

— Muito generoso da sua parte, princesa, abrir essa exceção para um homem tão necessitado como eu.

— Generosidade é o meu sobrenome. — Dei uma piscadinha para Peter e ele riu.

— E humildade também, né?

— Claro.

E nós rimos. Ele olhou para o telefone e disse.

— Já está ficando tarde. Não quero atrapalhar o seu jantar.

— E você precisa descansar.

Ele sorriu.

— Até amanhã, princesa.

— Até amanhã, Peter.

Conversar com Peter todas as noites já tinha ficado tão comum que nem estranhei o "Até amanhã" dito por Peter.

Desci para o jantar e achei estranho meu pai novamente não estar lá. Mais um dia trabalhando até tarde? Qual seria o problema que o estava fazendo até jantar no escritório?

— Oi. Parece que vamos ser só nós hoje.

Saí do meu devaneio e percebi a presença de um Noah sorridente ao meu lado, na porta de entrada para o salão de jantar.

— É. Parece.

— Você está bem?

— Claro. — Tentei parar de pensar em o quanto de coisas o meu pai estava escondendo de mim e sorri. — Vamos entrar?

— Claro. Primeiro as damas — e dizendo isso, fez um sinal com a mão para que eu entrasse.

Entrei e Noah veio logo depois. Como estávamos sozinhos, só tinham dois pratos na mesa. Meu pai teria comunicado cedo que ficaria trabalhando até tarde? Por que ele não me avisou se precisava de ajuda?

Noah sentou-se na minha frente. Seu cabelo estava um pouco bagunçado e seus olhos verdes refletiam felicidade. Sua blusa era de uma banda estranha para mim. Talvez alguma de rock?

— Você parece feliz. Alguma novidade boa? — perguntei.

— Na verdade tem sim — ele respondeu. — Eu estou conseguindo escrever uma música nova. Isso é muito bom, principalmente quando se está com um bloquei artístico.

— Ah, que legal! E fala sobre o quê?

— Ela fala sobre...

— Obrigada — disse ao empregado que estava me servindo.

Olhei para frente e Noah estava sorrindo.

— O que foi? — perguntei, sem a mínima ideia do que o fez sorrir daquela maneira.

— Você. — O sorriso dele aumentou. — Você agradece a cada ação que fazem para você.

Fiquei surpresa. Isso para mim era normal.

— Não me entenda mal — ele disse. — Isso é realmente legal. É que conheço pessoas muito menos famosas e poderosas que não dão à mínima para as pessoas que as servem. Veem isso como uma obrigação.

— Mas mesmo que seja uma obrigação, o que custa ser gentil? Agradecer a gentileza daquela pessoa de ter feito algo para você, mesmo que ela receba para isso.

Noah sorriu.

— Eu concordo. Só estou falando que isso não é uma prática muito comum, por mais que devesse ser.

— Então... Sobre o que é a sua nova música?

— É sobre romance. — Ele comeu um pouco e depois acrescentou. — Ah, falando nisso, eu preciso saber coisas sobre você e Peter e como é o relacionamento de vocês.

— Por quê? — perguntei assustada.

Voltei a comer enquanto esperava pela resposta dele.

— Para criar a música que vai tocar no casamento de vocês.

Engasguei-me

— Você está bem? — Noah perguntou preocupado, quase se levantando da cadeira.

Bebi um gole de água e fiz um sinal de que estava tudo bem.

— Está tudo ótimo. Mas o que é isso mesmo de música para o... o...

— Seu casamento? — Assenti e Noah falou um pouco desconfiado. — Eu estou aqui justamente para criar uma música que seja sobre vocês dois para ser a música principal do casamento. Criar a trilha sonora do casal. Achei que já tinha falado isso com você.

— Você deve ter falado e acho que me esqueci. Desculpa.

— Tudo bem.

Ele fez uma pausa e achei que o assunto tinha morrido, até ele voltar a falar.

— Você fala muito com ele? — Noah perguntou, olhando para o próprio prato.

Ele estava envergonhado?

— A gente se fala quase todo dia. — Percebi como isso soou errado, como se realmente tivéssemos algo. — Mas não falamos nada de mais.

Noah me olhou meio confuso e percebi o quão ridícula eu devo ter soado. O que eu estava fazendo? Mas quando olhei novamente para o garoto na minha frente, seu rosto exibia um sorriso largo de orelha a orelha.

— Nunca conheci alguém como você, alteza.

E essa pequena frase me fez ficar vermelha. Sorri discretamente para ele sem conseguir dizer mais nada. Depois de um tempo, Noah puxou outro assunto e conversamos mais um pouco, mas a frase ainda pairava nos meus pensamentos. Na verdade, não só aquela frase, mas o dia como um todo.

Capítulo 17

Faltavam apenas dez dias para Peter voltar. Não que eu estivesse contando, é claro. Todos ao meu redor faziam questão de me mostrar isso. Em meio a tantas escolhas de toalhas, bordados, velas, cortinas, flores etc., que tinham que ser feitas naquele momento para um casamento que não iria acontecer, peguei-me pensando na minha mãe. Ela amaria tudo isso. Ela amava casamentos.

Meus pensamentos, mesmo que contra a minha vontade, voltaram para um dos dias mais difíceis da minha vida: o enterro dela. Até aquele dia eu tentava fingir que aquilo tudo era mentira. Tentava fingir que ela iria chegar no meu quarto com um pote de sorvete, como fazíamos muitas vezes, e pipoca, para vermos um filme de romance bem clichê, como amávamos. Mas depois daquele dia meu pesadelo se tornou ainda mais real.

O enterro foi um pouco antes de Peter aparecer. Ele foi gravado normalmente, como sempre faziam, e apenas nós, da família, tínhamos o direito de chegar perto do caixão. Porém tinham pessoas ao redor de nós em todos os lugares, na igreja, no caminho e no cemitério real. Aquele dia desejei com todas as minhas forças não ser "famosa". Aquilo já era doloroso demais e ter que partilhar isso com pessoas que às vezes nem gostavam dela era demais para mim.

Lembro-me de chorar tanto de quase não conseguir andar. Dois guardas ficaram ao meu lado em todo o caminho e tiveram que me segurar para que eu não caísse umas três ou quatro vezes no cemitério. Meu corpo parecia pesado demais para se sustentar. Parecia que o oxigênio estava faltando.

Só de lembrar daquele momento meu corpo pesou.

— Alteza, você está bem? — Lucia perguntou, extremamente preocupada.

— Estou — menti.

— Tragam uma cadeira para ela! — ordenou Lucia.

E antes que eu pudesse assimilar algo, eu já estava sentada.

— Tragam um copo de água para ela, por favor.

— Aqui. — Uma das empregadas trouxe-me a água.

— Obrigada.

Minha cabeça girava e eu sentia lágrimas escorrerem dos meus olhos. Um peso tomou tanto conta do meu corpo, que até segurar o copo estava difícil. Estava difícil respirar.

— Alteza, você está pálida — disse uma voz preocupada.

Mas naquele ponto, com os olhos borrados e com a cabeça explodindo, eu já não conseguia reconhecer quem era.

— Eu já disse que estou bem. É só uma lembrança ruim. Só isso.

Tentei me levantar e minha pernas fraquejaram. Meu corpo caiu de volta na cadeira e percebi que o borrão de pessoas aumentou.

— Quer que eu ligue para a doutora Fernanda?

— Não precisa, eu estou bem. Dou conta sozinha. Não a incomodem com isso.

— Mas alteza...

— Isso é uma ordem.

Eu não gostava de usar minha hierarquia para esse tipo de coisa, mas foi necessário. Eu estava bem. Ou pelo menos ia ficar.

Depois de alguns minutos, que pareceram horas, consegui me levantar e sair daquele ambiente. Aquela sala estava me sufocando. Deixei para escolher o que quer que fosse do casamento para depois. Meu corpo ainda parecia pesado demais para suportar. O ar ainda parecia faltar, mas me forcei a andar até o meu quarto, ou pelo menos tentar.

Em determinado momento, esbarrei em alguém ou alguma coisa. Minha visão ainda estava borrada.

— Desculpa — sussurrei.

— Você está bem? — A pergunta de Noah veio acompanhada de uma mão em minha cintura como suporte. — O que aconteceu?

— Eu estou ótima! Por que todo mundo pergunta isso? — falei mais alto do que eu queria.

— Talvez porque você está aos prantos? — ele respondeu, com um pequeno sorriso no rosto.

Ficamos em silêncio por um tempo. Noah continuou com a mão na minha cintura, pronto para me pegar caso eu precisasse. Meu corpo reagiu de uma maneira estranha ao seu toque, mas como estava muito ocupada tentando respirar não tive tempo de tentar desvendar o que era.

— Parece que você precisa de uma distração. Eu vou ensaiar com a banda. O que acha de vir?

— Eu não sei.

— Ah, vamos lá. Só algumas horinhas. Que mal pode fazer?

Acho que não teria problema passar um tempinho com Noah para me distrair um pouco, teria?

— Pode ser...

Noah sorriu. Um sorriso enorme.

— Então vamos. Eles já estão esperando. Tenho certeza de que vão adorar você.

— Ir assim? Agora?

Noah riu.

— Aham, você está perfeita. Sempre está.

Esperava não ter ficado tão vermelha quanto eu achei que estava.

— Então tá bom.

Continuamos andando enquanto a mão de Noah permanecia na minha cintura. Eu tinha muitas coisas para pensar sem ser a minha mãe, qualquer coisa que pudesse tentar me distrair, mas minha mente parecia só focar na mão de Noah em minha cintura e como eu estava confortável com esse gesto. Como se pensar nisso fosse a única coisa forte o suficiente para me distrair. E talvez realmente fosse.

Ali, ao lado de Noah, vi o quanto bonito ele era. Seus olhos verdes estavam iluminados pelos raios de sol que entravam por uma das janelas do corredor e refletiam mais ainda a beleza dele. Sua roupa era uma simples calça jeans e uma blusa preta, mas nele ficavam incríveis. Suas mãos estavam segurando a minha cintura com tanta firmeza, mas ao mesmo tempo tão delicadamente, que parecia que já fazíamos isso há muito tempo. Seu cabelo castanho-claro caiu um pouco nos seus olhos e ele o jogou para o lado como um astro pop que ele era. Imaginei o quanto várias meninas estariam chorando para estar no meu lugar. E como, mesmo assim, meu corpo estava tenso e frágil. Imaginei que se fosse em uma circunstância normal isso me deixaria muito mais ansiosa e contente do que naquele momento.

Noah estava me guiando para a parte cima do castelo. Passamos a área dos quartos e subimos mais. Fazia muito tempo que eu não ia a essa parte do castelo. Passamos por vários empregados, que nos cumprimentaram, até que chegamos a uma sala onde guardávamos coisas diversas, como móveis antigos.

— Por que estão ensaiando aqui? Meu pai não cedeu uma sala melhor, não? — perguntei surpresa.

Noah riu.

— Ele cedeu sim, mas nós gostamos mais daqui. Essa bagunça organizada nos ajuda na composição. Esses moveis têm histórias e é legal pensar em quais são — ele falou, e os outros garotos da banda concordaram.

— Leticia, deixa eu te apresentar a eles. — Noah me levou mais próxima aos meninos. — Esse é o Rodrigo. — Ele apontou para o baterista, de olhos castanhos doces e cabelo preto, que me cumprimentou com um sorriso. — E esse é o Mateus. — Ele apontou para o baixista, um menino ruivo de olhos castanho-claros, que também me cumprimentou com um sorriso satisfeito no rosto.

— É impressão minha ou vocês têm nomes brasileiros? — eu perguntei. Por um momento consegui esquecer a grande e dolorosa tristeza que parecia querer habitar meu peito.

— Eu disse que ela ia perceber — Noah disse rindo. — Os dois são brasileiros. — Seu sorriso estava estonteante.

— Que legal! — Sorri. — Prazer, eu sou a Leticia. — Apertei a mão dos dois.

— O prazer é todo nosso — falou Rodrigo. — Nós temos que nos curvar ou algo assim? É a nossa primeira vez falando com uma princesa. — Ele acrescentou, um pouco sem jeito. Achei fofo da parte dele.

— De acordo com as regras reais, sim, mas eu não faço questão. Podem agir naturalmente.

— Rebelde — falou Mateus brincando. — Gostei.

Eu ri. Fiquei feliz por perceber que era uma risada verdadeira.

— Você é muito legal. Bem diferente que eu pensei que as princesas fossem — comentou Mateus.

Noah e Rodrigo o olharam com cara feia e eu ri novamente.

— E como você achou que as princesas fossem? — eu perguntei, ainda rindo um pouco.

— Sei lá. Metidas e antipáticas — ele respondeu naturalmente.

Eu ri. Noah e Rodrigo ficaram sem reação.

— Algumas são — comentei ainda rindo. — Mas fico feliz de ser diferente.

— Desculpa por isso — Noah falou, ainda olhando feio para o amigo. Mas percebi que no fundo estava feliz com o amigo por estar me distraindo do meu sofrimento.

Achei muito legal da parte de Noah me ajudar mesmo sem eu ter dito o que era que eu estava sentindo. Ele me ajudou mesmo vendo que eu não queria falar sobre o assunto e isso foi uma atitude realmente gentil e empática da parte dele.

— Não tem problema. Eu gostei da sinceridade dele — disse sinceramente.

— Tá vendo? E vocês me dizendo para tratar bem ela. Para ser educado. Ela gostou da minha sinceridade — ele falou aos amigos, que bateram a mão na testa completamente envergonhados.

Mais uma vez gargalhei de ver a cena. A cara de Noah e Rodrigo de desespero era muito engraçada. Nem parecia que apenas alguns minutos antes eu estava tão mal. É óbvio que uma parte de mim ainda queria chorar, uma parte que especialmente esse dia estava bem forte, mas assim como eu vinha fazendo, arrumar uma distração como Mateus era uma ajuda muito bem-vinda para distrair essa tristeza.

Tinha dias como esse que a tristeza era maior, mais difícil de esconder. Mas tinha dias que ela não doía tanto assim, eu conseguia passar algumas horas sem pensar nela. Voltei à realidade quando escutei Rodrigo dizer:

— Meu Deus! Você não dá uma dentro.

— Dá uma dentro? — Eu realmente não sabia o que isso significava.

Eu sabia de algumas gírias que Ana me ensinava, mas só. Como passava quase o tempo todo estudando ou cercada por pessoas que utilizavam linguagem mais culta no dia a dia era meio complicado entender todas as frases que eu escutava de pessoas da minha idade que não conviviam comigo. A minha sorte é que as músicas, filmes, livros e Ana deixavam com que meu vocabulário não fosse de uma mulher do século XVIII.

— É tipo... — Rodrigo tentou dizer. — Tipo... Noah, me ajuda.

— É tipo falar que ele não acerta uma. Ou seja... — Noah pensou mais um pouco e completou: — ...que ele só fala coisas erradas em momentos errados. — As sobrancelhas de Noah se juntaram. — Entendeu? Eu não sei explicar muito bem essas coisas.

— Acho que sim. — E um sorriso se formou em meus lábios.

— Acho melhor a gente ir ensaiar. — Noah olhou para o Mateus e disse: — A gente já falou coisa demais por hoje.

Eu me sentei em um sofá antigo e os observei se arrumando para o ensaio. Quando eles começaram a tocar eu fiquei realmente impressionada. A voz de Noah era incrível. A bateria e o baixo se encaixavam exatamente com a voz dele. Eles tocavam músicas românticas, mas não eram melancólicas. Muito pelo contrário, eram bem animadas e te faziam querer dançar. Algo como as músicas do Justin Bieber. Agora mais do que nunca eu tinha entendia o porquê de as pessoas gostarem tanto deles.

Noah tinha uma presença de palco impressionante. Mesmo no ensaio eu podia ver isso. Podia ver os olhos dele brilhando quando cantava e como parecia feliz ao lado dos amigos cantando e tocando. Noah, com certeza, nasceu para ser cantor. Ele brilhava.

Eu não conseguia tirar os olhos dele e não conseguia parar de me mexer no sofá. Aquelas músicas realmente eram incríveis. Percebi que Noah estava me olhando e sorria contente. Parecia feliz de eu ter gostado. E de alguma maneira ter me ajudado.

Entre uma música e outra, Noah me chamou para dançar ao lado dele.

— Quê? — eu perguntei, confusa.

— Vem dançar aqui do meu lado. Quero poder ver você direito.

— Mas eu não sei dançar esse tipo de música. Vocês vão rir da minha cara, tenho certeza.

— Eu duvido. E só estamos nós aqui. Prometemos que não vamos rir. — Ele olhou para os amigos. — Nós somos bem piores do que você. Isso eu posso afirmar — ele disse dando risada.

Olhei receosa para os garotos, que confirmaram com a cabeça.

— Vamos! — falou Noah, puxando-me para perto dele. — Por favor. — Ele fez biquinho e eu ri.

— Tá bom... — Eles comemoraram. — Mateus — ele olhou para mim —, eu confio em você. Se eu dançar muito mal você me fala?

— Claro — ele respondeu todo feliz.

— Eba! — Noah comemorou. — Vamos tocar a nossa mais animada — ele falou olhando para os garotos, que assentiram.

Então eles começaram a tocar e só pela batida eu soube que, com certeza, seria a minha música favorita deles. Eu comecei a dançar um pouco tímida de início, mas Noah começou a dançar comigo enquanto tocava a sua guitarra e cantava, e eu fui me soltando aos poucos. Ele me girava para um lado e depois para o outro. E não conseguia parar de rir.

Ficamos um tempo assim, dançando, cantando e rindo, até que uma pessoa bateu na porta.

— Pode entrar — disse Noah. Uma empregada entrou e disse:

— Desculpe incomodar, mas gostaria de avisar que já está na hora do almoço.

— Já? — Fiquei muito surpresa. — Meu pai vai almoçar no escritório de novo?

— Vai sim, vossa alteza.

Que estranho. Mais uma vez ele ficaria no escritório. Eu tive uma ideia um pouco maluca:

— Você pode trazer o nosso almoço aqui? — Todos pareceram surpresos com a pergunta.

— Claro, vossa alteza. Você deseja mais alguma coisa? — a empregada perguntou, surpresa com o pedido.

— Você tem certeza? — Noah me perguntou. — Tem certeza de que quer almoçar aqui? — Noah disse olhando ao redor.

— Sim. Se vocês não quiserem não tem problema. É só que aqui tá tão legal e eu não quero almoçar sozinha.

— É claro que não tem problema. Eu adoraria — Mateus disse e Rodrigo concordou.

— É óbvio que não tem problema. Nós adoraríamos ter a sua companhia no almoço. E se você não se importa em comer com a gente, então a gente pode comer todo mundo junto. — Eu não sei se deu para entender o que eu quis dizer... — Noah falou, com um sorriso enorme no rosto.

— Deu sim — eu respondi sorrindo. Virei-me para a empregada e falei: — Por favor, traga o nosso almoço para cá. E avise que não precisa arrumar a mesa porque eu não vou descer.

— Sim, vossa alteza — ela disse e se retirou.

— Você não acha isso chato? — Mateus perguntou. — Ser chamada de vossa alteza a cada palavra que é direcionada a você?

— Às vezes, mas já me acostumei. É o protocolo. E se eu disser para que não me chamem assim, eu descumprirei uma regra de conduta social que já existe no regulamento há muito tempo. Então eu me acostumei — eu disse. — E eu acho que mesmo que eu pedisse para pararem de me chamar assim, eles não parariam. E o Parlamento me mataria se soubessem. — completei, rindo.

— Eu tenho uma dúvida... — Rodrigo disse. — Você realmente tem um monte de regras para seguir como princesa?

— Sim. Porém as regras que eu tenho que seguir são as regras normais. Só que como eu sou a princesa, sou bem mais cobrada por elas.

— É verdade que você sabe de todas as regras de Alandy de cor? — Mateus perguntou.

— Não todas, mas uma boa parte — eu respondi, rindo da cara de assustados deles. — Desde pequena eu tive aula de política, nas quais aprendo as leis e as punições que devem ser tomadas. As leis de Alandy são as mais reforçadas, mas eu sei boa parte das leis mundiais e das mudanças que são feitas a cada dia. — Todos ficaram de olhos arregalados. E eu ri. — Não sei todas decoradas, só as mais importantes, as mais usadas.

— Nossa... — Noah comentou.

Bateram na porta e eu atendi.

— Obrigada — falei ao garçom que trouxe a nossa comida.

— De nada, vossa alteza.

Apoiamos a comida em uma mesa e a colocamos na frente do sofá. Todos nós nos sentamos nele e enquanto comíamos fomos conversando.

— Por que eu nunca vi vocês aqui antes?

— Nós chegamos ontem à noite — respondeu-me Rodrigo.

— É... — Mateus continuou. — Noah deixou que passamos um tempo com a nossa família antes, já que na turnê não deu para ver muito eles.

Olhei para Noah e sorri. Ele parecia sem graça pelo fato de os amigos terem tocado nesse assunto.

— Como vocês se conheceram? — eu perguntei curiosa, e para distrair um pouco o clima.

— Eu estava fazendo um dos meus primeiros shows no Brasil e os encontrei. — Noah respondeu. — Eu tinha feito uma audição para bateria e baixo porque os da minha banda não podiam ir e encontrei os melhores do mundo para substitui-los.

— Nós estávamos na cidade do Rio de Janeiro e vimos um cartaz de que o Noah precisava de músicos. Então nos inscrevemos e viramos amigos — Rodrigo disse com um sorriso nostálgico.

— É. Foi muito maneiro. Tocamos para um monte de gente. — Mateus continuou. — E conhecemos o Noah, que hoje em dia é nosso melhor amigo.

— Vocês já eram amigos antes de conhecerem o Noah?

— Sim. Eu morava em São Paulo e fui passar as férias na casa do Mateus, e a gente viu o anúncio — Rodrigo respondeu.

— Que legal. Mas como vocês se conheceram? — eu perguntei para o Rodrigo e para o Mateus.

— O Rodrigo morava no Rio e estudava comigo desde pequeno, mas ele precisou mudar para São Paulo e continuamos amigos. Uma época eu ia para São Paulo para visitá-lo e uma época ele ia para o Rio para me ver. E quando entramos para a banda do Noah nos aproximamos muito mais e ganhamos um novo melhor amigo. Nós somos praticamente irmãos. Sabemos tudo um do outro — Mateus disse sorrindo.

— Sim — Noah e Rodrigo responderam juntos, com sorrisos nos rostos.

— E o que você fez com os antigos músicos? — perguntei curiosa.

— Eles saíram da banda. Eles já estavam arrumando problemas bem antes. Nem sei o que fazem hoje em dia — Noah respondeu. — E você? Tem alguma amiga muito próxima? Uma melhor amiga?

— Sim. Eu tenho sim. O nome dela é Ana. E ela é fã de vocês, se eu não me engano.

— Sério? — Mateus perguntou surpreso. — Eu não imaginava que amigos de uma princesa gostassem da gente. Estamos mesmo bombando! — Ele deu sorriso enorme.

— Mateus, nós vamos tocar no casamento de uma princesa. Um casamento que vai ficar na história. Nós estamos almoçando com uma princesa. Você realmente só foi perceber que estamos famosos agora? — Rodrigo falou, meio impaciente.

— Ah... É mesmo... — Mateus pareceu se lembrar disso só nesse momento. Eu e Noah caímos na gargalhada.

— Como você conheceu a sua amiga? — Rodrigo perguntou.

— Quando eu era mais nova, eu fui um ano na escola e a conheci. Só depois que fui descobrir que ela era filha de um dos homens do Parlamento. Depois eu tive que sair, mas nós tínhamos criado um vínculo tão forte, e como vimos que tínhamos um elo em comum para conseguirmos manter o contato, mantivemos a amizade mesmo não estando tão juntas a maior parte do tempo — respondi, com uma pequena nostalgia.

— Por que você teve que sair da escola? — Mateus perguntou.

— Eu estudei em uma escola bem protegida e sempre andava com dois guardas reais ao meu lado, mas mesmo assim meus pais ficavam preocupados com as ameaças diárias que eles recebiam destinada a mim. Um dia — eu até me arrepiei de lembrar — um cara maluco conseguiu invadir a escola e mesmo com toda a proteção dos guardas ele conseguiu me pegar. A minha sorte foi que quando ele foi me levar para sei lá onde, meus pais chegaram para me fazer uma surpresa e viram a cena. Como eles sempre andaram com seguranças, eles ordenaram que me tirassem das mãos daquele maluco, e eles conseguiram, mas depois disso nunca mais voltei para a escola. Mesmo a escola tendo dobrado a supervisão, meus pais nunca mais confiaram. E eu entendi o motivo.

— Nossa... — Rodrigo deixou escapar.

— Não precisam ficar assim. Isso foi há muito tempo. E olhando pelo lado bom, depois disso eu aprendi a lutar. Hoje já sei me defender sozinha, por mais que prefira andar com guardas.

— Você sabe lutar? — Noah perguntou surpreso.

— Sim. Sou faixa preta em Muay thai. Mas, graças a Deus, nunca precisei usar.

— Eu tenho pena de quem entrar no seu caminho — Mateus comentou.

— Eu também — falei sorrindo.

— E o que aconteceu com os seus guardas? — Rodrigo perguntou.

— Eles não tiveram muita culpa. O maluco levou uns sete caras para lutar com eles enquanto me arrastava para fora, mas foram punidos, eu acho. Nada de mais. Eu tenho quase certeza, porque minha mãe intercedeu por eles. — Sorri ao lembrar dela. — Ela sempre tentava interceder pelas pessoas, principalmente quando via que a culpa não era totalmente delas.

— Quantos anos você tinha quando isso aconteceu? — Mateus perguntou.

— Sete, eu acho.

— Nossa! Sinto muito — Rodrigo disse.

— Tudo bem... — Forcei um sorriso. Toda vez que me lembrava dessa história minha garganta dava um nó. — Já passou.

Ficamos um pouco em silêncio, apenas terminando de comer. Noah foi o primeiro a quebrar o gelo e perguntou, brincando:

— Você tem mais algum dom que ninguém sabe? Além de saber artes maciais?

— Acho que não — respondi.

— Acha? —Rodrigo perguntou.

— Você realmente é uma caixinha de surpresas — Noah falou olhando para mim.

Uma tensão rolou entre nós. Nossos olhos não se desgrudavam e não conseguimos parar de sorrir. Ficamos um pouco assim, até que Matheus fingiu tossiu, tirando-nos do transe.

— Vocês estão bem? Querem que a gente saia? — ele perguntou com um sorriso malicioso no rosto, o que me fez automaticamente lembrar de Peter.

Joguei o pensamento fora. Eu estava ali com Noah. Eu tinha que aproveitar o momento com os meninos e não pensar nele.

— Parem de brincadeiras — Noah disse rindo. — Vamos voltar a ensaiar?

— Eu já vou avisando que eu detesto ficar de vela — comentou Rodrigo, dando risada.

— Eu também — Mateus concordou.

Noah pegou uma almofada e tacou neles, que revidaram. E em poucos minutos estávamos em uma guerra de almofadas. Passamos uns minutos nessa guerrinha. Eu estava me divertindo muito. Eles eram muito legais.

Só uma coisa não ficou claro para mim: como poderíamos deixá-los "de vela" — isso eu lembrei o que era, pois Ana havia me explicado que seria atrapalhar um casal —, se não erámos um casal e Noah namorava?

— Chega — Noah disse, ainda gargalhando. — Vamos voltar a ensaiar.

Deixei esse pensamento sair da minha cabeça. Era só uma brincadeira dos garotos. Não devia ser nada.

E passamos a tarde inteira assim: rindo e ensaiando. Enquanto Noah cantava, eu dançava de qualquer jeito ao lado dele, que de vez em quando me girava para um lado e para o outro.

Capítulo 18

Depois de passar a tarde inteira com os meninos, eu fui para o quarto para tomar outro banho, porque dancei tanto que estava extremamente suada. Apesar desse detalhe, eu adorei passar o dia com os garotos, fazia tempo que eu não me divertia tanto. Tomei um bom e demorado banho para relaxar e desci para o jantar.

Aos poucos aquela sensação ruim foi voltando. Tentei me distrair com qualquer coisa que viesse a minha mente e a primeira coisa em que pensei foi do dia em que Peter e eu nos conhecemos. Aqueles olhos azuis me encarando. Arrepiei-me só de lembrar.

Mas foi muito mais do que isso. O que me manteve um pouco distraída foi lembrar de quão atencioso ele tinha sido comigo. Um frio percorreu meu corpo, fazendo-me dar uma leve tremida. Peter tinha namorada. Eu tinha que me lembrar disso.

Não que isso interferisse em algo, já que eu não gostava dele, mas me peguei pensando na noite em que ele disse que precisava falar comigo sobre ela e o telefone acabou a bateria. Depois quis perguntar para ele o que era, entretanto nunca parecia a hora certa.

Será que ele realmente tinha? Porque os amigos dele disseram que eles tinham terminado naquele dia em que ele esteve aqui e que eu passei muita vergonha. Será que era isso que ele queria falar comigo naquela noite?

Isso não era da minha conta, mas por algum motivo eu realmente queria saber. Peter era um mistério. Um mistério que por algum motivo eu queria desvendar. Pelo menos esse mistério me distraiu o suficiente para eu chegar à sala para jantar.

Quando entrei na sala, deparei-me com o inesperado. Meu pai estava sentado ao lado de uma mulher e eles conversavam animadamente. Quando cheguei perto eles pararam de conversar e meu pai me apresentou a tal mulher.

— Leticia, que bom que você chegou — ele disse, extremamente animado. — Deixa eu te apresentar a Lady. Ela é a nova juíza do Parlamento.

— Oi, florzinha — a mulher disse toda sorridente.

Eu não sei por que, mas não gostei dela, não me simpatizei com ela, mas devia ser apenas ciúmes do meu pai ter mais intimidade com o novo membro do Parlamento do que comigo. Porém eu teria que deixar isso de lado. Apertei a mão que a tal Lady me estendeu.

— Oi. Prazer em conhecê-la. — Tentei ser o mais simpática possível, mas eu não consegui esconder a minha cara. Tenho certeza de que ela notou que eu não gostei dela, mas mesmo assim continuou sorrindo.

Sentei-me à mesa, ficando de frente para ela.

— Pai, cadê o Noah e os meninos da banda? Não vão jantar com a gente?

— Hoje não. Pedi para que ficasse em seus quartos. Queria que conhecesse melhor Lady, sabe? Sem intrusos para atrapalhar — ele respondeu sorridente.

Atrapalhar? Que eu a conhecesse melhor? Por que algo em mim dizia que essa confusão toda de casamento era culpa dela? Deixei esse incômodo de lado e tentei agir normalmente.

— Então... Há quanto tempo você está no Parlamento. Não me recordo muito de você, desculpe.

— Há um ano mais ou menos, né? — meu pai respondeu pela Lady e ela concordou. — Mas como ela tinha um desempenho maravilhoso foi logo promovida. Isso é para poucos.

Eu tinha que concordar. Um cargo desses para um membro com menos de um ano? Isso nunca havia acontecido antes. O mais estranho era que ela nunca teve muita importância no Parlamento, nunca estava nas reuniões, por isso não me lembrava dela. Então como ela tinha conseguido um cargo desse?

Esse cargo era o maior do Parlamento. Meu pai tinha que confiar muito em uma pessoa para torná-la juíza parlamentista. Esse cargo era quase o braço direito do rei. E ele não costumava dizer quem iria ganhá-lo. Na realidade, não costumava dizer quem iria ganhar nenhum cargo nem distribuir para qualquer um sem experiência.

Ele estava muito diferente desde a morte da minha mãe. Talvez fosse a forma dele de enfrentar o luto. Eu deveria estar o apoiando e não desconfiando dele. Que péssima filha eu era.

— É mesmo. Que bom que você o conseguiu. Esse é um cargo de muito prestígio — eu disse, forçando o meu melhor sorriso. Eu ainda não gostava dela.

— Não tanto quanto o seu — ela respondeu.

Isso era para ter sido uma brincadeira, mas ela não parecia estar brincando. Eu tinha que confiar que meu pai sabia o que estava fazendo. Eu tinha que confiar que se ela foi escolhida para fazer parte do Parlamento é porque ela realmente deveria ser boa. Um silêncio desconfortante pairou no ar enquanto jantávamos.

"Calma, Leticia. Ela só deve estar nervosa, nada de mais", eu disse a mim mesma. Mas minha intuição me dizia que eu não deveria confiar nela. Meu corpo, mesmo contra a minha vontade, estava em alerta.

— O que você fez hoje, Leticia? Eu soube que não almoçou aqui — meu pai me perguntou.

— Eu vi o ensaio do pessoal da banda e almocei com eles. Como eu soube que o senhor ia almoçar no escritório e eu não queria almoçar sozinha, eu pedi para almoçar com eles. Tem algum problema? — perguntei naturalmente.

— Você almoçou com o Noah e os amigos dele? — Meu pai quis saber.

— Sim. Aproveitei para conhecer as músicas deles, já que vão tocar no meu casamento e não os conhecia — respondi.

— Tudo bem. Só que da próxima vez almoce aqui, ok? — Eu assenti e ele continuou: — Você gostou das músicas deles?

Eu estava com uma vontade imensa de perguntar por que ele estava almoçando tanto no escritório, mas me contive. Algo me avisou para deixar isso para depois.

— Sim, são bem legais.

— Eu sabia que você ia gostar — Lady disse toda orgulhosa.

Olhei surpresa para o meu pai à procura de explicações.

— Ela me ajudou a escolher a banda para o seu casamento. Eu queria que fosse surpresa e ela disse que todos da sua idade gostavam deles e que provavelmente você iria gostar.

Ao ouvir isso algo em mim mudou. Meu desconforto virou raiva. E ver Lady tocando no braço do meu pai como se fossem superíntimos não diminuiu nem um pouco a raiva que estava surgindo dentro de mim. Quem ela achava que era?

— Por que você queria fazer surpresa? Não só da música, mas até mesmo do casamento? Ela também teve alguma coisa a ver com isso?

— Você não deveria reclamar. Peter é um ótimo partido — ela comentou.

Fiquei com raiva e me levantei da cadeira.

— E quem você acha que é para me dar lição de moral? — perguntei, incrédula com a audácia dela.

Ela também se levantou da cadeira e disse, com raiva:

— Eu sou alguém que não sou mimada como você. Alguém que não reclama tanto.

— Você não me conhece para dizer nada! — A raiva aumentando ainda mais. — Você não está passando por tudo que eu estou passando! Você não tem o direito de falar de mim! Você não tem o direito de se meter na minha vida!

— E o que você está passando? — ela me perguntou, zombando. — Está com dificuldade de escolher o próximo esmalte?

— Você não tem o direito de falar assim comigo! Exijo que abaixe o tom! Quem você acha que é? O que eu estou passando não é da sua conta! — respondi, encarando-a ferozmente. — Não sou tão fútil e sem valores como você. Entendo que a sua pequena cabeça não consiga compreender que as pessoas têm problemas reais.

— Fútil e sem valores? — Ela zombou.

— Diferentemente de você, eu não sou burra. Sei ver quando as pessoas se aproveitam da fragilidade dos outros para se dar bem, como você. — Ela me encarou chocada. Como se não estivesse entendendo. — Você acha mesmo que eu não reparei como você olha para o meu pai? Como você tenta pegar na mão dele? Você é uma pessoa horrível, que se aproveita dos outros. Agora ficou mais compreensível a minha fala ou você quer que eu desenhe? — Não deixei que ela respondesse e continuei. Talvez eu me arrependesse depois, mas precisava colocar para fora. — No seu lugar eu teria vergonha. E além de não prestar ainda é burra. Sendo sincera, uma das mais pessoas mais burras que eu já conheci. Arrumando confusão com a futura rainha.

— Você ainda não é rainha — ela disse com raiva.

— Novamente, vou ter que te explicar detalhadamente? — Bufei. — Isso é interpretação de texto. Você precisa de umas aulinhas. Não disse que sou a rainha, mas vou ser, por mais que você não queira. E não tem como você me impedir mesmo que coloque seu único e bem pequeno neurônio para pensar em alguma possibilidade.

Algo dentro de mim estava me repreendendo por estar sendo tão ruim com ela, mas quando eu ia parar, ia tentar diminuir minha raiva, ela falou:

— Isso é o que vamos ver.

Ri, achando graça de sua tentativa, e a parte que tentou me acalmar foi embora. Eu não gostava de ser rude, mas ela me tirou do sério.

— Você tem sorte de eu ser uma pessoa tão boa. Mas vou te avisar uma coisa: eu sou boazinha, mas não sou boba. E já vou deixar claro que seu cargo no Parlamento não vai continuar a partir da minha coroação. Então aproveite seus últimos dias aqui. E só um conselho: tenta dar uma estudadinha. Não vai ser qualquer emprego que vai te aceitar se precisar ficar explicando cada detalhe de cada frase.

— Chega, Leticia! — meu pai gritou, batendo na mesa e se levantando também.

Por um momento esqueci que ele estava ali. Eu olhei para ele abismada. Ele realmente estava defendendo aquela mulherzinha?

— Vá para o seu quarto, mocinha — ele falou friamente para mim.

— Para não ter mais que ver essa cena? — Apontei para eles dois.
— Eu vou com prazer. — falei, saindo.

Escutei meu pai dizer:

— Onde foi que você enfiou a sua educação?

— No mesmo lugar que você enfiou o seu bom senso — eu respondi,
já perto da porta.

Quando abri a porta e fui sair, meu pai gritou:

— Sua mãe estaria com muito desgosto de você agora!

Eu não consegui dizer nada. Saí da sala chorando. Ele pegou pesado
falando em minha mãe, afinal eu nem discuti com ele e, sim, com a incon-
veniente da Lady. O que será que ela tinha feito para ele a defender tanto?

Será que ele estava certo? Será que ela não se orgulharia de quem
eu estava me tornando? Por que ele sempre fazia isso? Por que sempre
colocava pessoas como prioridade e me deixava de lado? Por que eu era
tão insignificante na vida dele? O que eu tinha de errado? Por que ele não
me amava? Por que sempre me deixava em segundo plano? Mais lágrimas
e lágrimas saíam dos meus olhos.

Eu chorava tanto que não conseguia mais ver onde eu estava pisando.
Eu não conseguia ver os degraus da escada. Dei um passo em falso e quase
caí escada abaixo. A minha sorte é que alguém estava e me segurou.

— Você está bem? — A voz, que reconheci como a de Noah, estava
apavorada.

— Não. — Eu não queria mentir.

— Eu vou te levar para o seu quarto — ele disse, ainda me segurando.

— Obrigada, mas eu sei andar sozinha.

Quando tentei andar quase caí de novo.

— Deixa eu te ajudar.

— Tá bom — falei, já sem forças para brigar com outra pessoa.

— Você quer conversar? — Noah me perguntou enquanto me guiava
até o meu quarto.

— Não. Eu preciso ficar sozinha — respondi entre lágrimas.

— Você tem certeza? — Ele parecia preocupado.

— Sim.

Depois dessa discussão, os sentimos ruins voltaram com maior intensidade. O meu corpo se tornou bem mais pesado. O ar entrava com muito mais dificuldade. Minhas lágrimas não me deixavam enxergar. Minha cabeça girava. Eu estava fraca, não comi quase nada por conta da briga, nem estava com apetite para comer.

Andamos mais um pouco no silêncio, a não ser o meu choro, que tentava controlar ao máximo, mesmo assim ainda dava para escutar. Noah parecia preocupado de verdade. Provavelmente, nunca imaginou que veria uma princesa chorando duas vezes, ainda mais com a intensidade que estava. Quando chegamos à porta do meu quarto, Noah falou, com muita preocupação em sua voz, a única coisa que eu ainda consegui decifrar:

— Você tem certeza de que não quer que eu te faça companhia até você dormir?

— Tenho. — Saí dos braços dele e fui para a porta. Antes de abrir, virei-me para ele e falei: —Obrigada Noah. E por favor, não conta isso para ninguém. — E entrei sem nem mesmo esperar a resposta dele.

Percebi, pelo barulho de seus passos, que ele esperou um pouco e depois foi embora. Deve ter se perguntado se deveria entrar ou não. Fiquei feliz que ele respeitou o meu espaço. Por milagre, Lucia não estava no quarto, mas logo depois entrou.

— Você está bem? — Ela veio na minha direção.

— Não, mas não quero conversar. — Eu olhei sério para ela. — E não quero que peça para o Peter me ligar.

Eu conhecia os dois. Sabia que Peter dera seu número para Lucia para que ela o avisasse caso eu não ligasse para ele se precisasse. E eu sabia que era isso que ela ia fazer. Apesar de ser uma segunda mãe para mim, nós não tínhamos tanta intimidade, porque eu sempre tive uma mãe presente.

— Mas ele disse que se você precisasse... — O choque, por eu saber do seu suposto segredo, e a preocupação estampados em seu rosto.

— Eu sei o que ele disse, mas ele já me ajudou o suficiente. Não quero que o aporrinhe mais com coisas como essa. Entendido? — Ela assentiu, um pouco surpresa. — Os problemas são meus e eu vou resolvê-los.

— Sim, vossa alteza.

— Obrigada por entender. Você poderia me deixar sozinha? — disse para ela, exausta de tentar parar de conter as lágrimas.

— Você tem certeza? Não quer ligar nem para a Ana?

— Não. Eu já disse, o problema é meu e eu vou resolvê-lo. Não quero que ninguém mais se envolva nisso.

— Tudo bem — ela falou e saiu, mas antes de fechar a porta disse: — Se precisar me chama.

Eu assenti e ela saiu. Tentei dormir, mas os pensamentos ruins não saíam da minha mente. Imaginar que minha mãe não gostava de mim era pesado demais. Imaginar não ser um orgulho à pessoa que você mais ama e se espelhava não é algo fácil.

Em determinado momento, meu telefone tocou, como sempre naquele horário, mas eu não queria conversar com ele, nem com ninguém, então ignorei. O telefone tocou de novo. E de novo. Levantei da cama e mandei uma mensagem rápida para Peter, o mais rápido e correto que eu consegui com a visão embaçada.

"Oi. Desculpa, não estou muito a fim de conversar hoje. Podemos nos falar amanhã?".

A resposta chegou muito mais rápido do que eu esperava.

"Você está bem? Aconteceu algo?".

"Eu só estou cansada".

"Certeza?".

"Tenho. Vou tentar dormir. Tchau".

Não esperei por mais respostas dele. Simplesmente desliguei o celular. Não eram nem 20h, mas não havia nada que eu quisesse fazer naquele momento a não ser descansar. Mesmo que isso parecesse impossível no momento.

Capítulo 19

Fiquei horas chorando e pensando em tudo que estava acontecendo. Eu precisava dormir. Então chamei Lucia. Toquei o pequeno alarme que tinha no meu quarto que dava no quarto delas, torcendo para que ainda estivessem acordadas, qualquer uma das empregadas mais incríveis que eu tinha: Lucia, Maria ou Elise.

Lucia entrou correndo no quarto.

— O que foi, alteza? A senhorita precisa de ajuda? — Ela estava apavorada. E eu entendi o porquê. Primeiro, o choro, e então toquei o alarme, que eu quase nunca usava.

— Desculpa incomodar. — Sorri sem jeito. — É que eu preciso daquele remédio para dormir.

— Mas a senhorita tem certeza? Ele é tarja preta.

— Eu sei. — Olhei para o chão, ainda sem graça. — Mas não consigo dormir e eu preciso disso. Preciso silenciar meus pensamentos de alguma forma. E ele é a única coisa que me ajuda a dormir quando estou assim.

— Tudo bem, senhorita. — O seu tom preocupado me deu um chute no estômago. Não queria que ela me olhasse assim. Não queria que tivessem pena de mim.

Depois de alguns minutos ela voltou e me entregou o remédio. Agradeci e esperei que ele fizesse efeito enquanto mais lágrimas saíam de meus olhos. Depois de alguns minutos, que pareceram horas, meus olhos finalmente fecharam e eu pude, enfim, descansar.

Acordei com alguém batendo à minha porta. Fingi que não ouvi, porque não queria falar com ninguém. Provavelmente era a Lucia. A pessoa bateu novamente na porta. Que pessoa insistente! Ela não via que eu não queria falar com ninguém?

Mais uma batida na porta. Eu me levantei já disposta a brigar com ela, porque ela sabia que eu não queria falar com ninguém, mas tive uma surpresa ao abrir a porta. Não era a Lucia. Era a última pessoa que eu imaginava que pudesse ser.

— Peter?

Ele estava com uma calça jeans preta, uma blusa branca e um sobretudo preto. Ele parecia cansado, mas um sorriso lindo estava em seu rosto.

— Oi — ele disse.

— O que você está fazendo aqui? Você não estava em Nibrea? — perguntei, surpresa.

— Eu estava. Por que você não se arruma e nos encontramos no café? Aí te explico tudo.

— Tudo bem — falei, meio confusa.

— Ótimo. Te vejo daqui a pouco — ele disse, saindo e indo em direção ao quarto dele.

Como Peter estava ali? Aquilo era um outro sonho esquisito? Desde quando ele estava no castelo? Eram tantas perguntas. Enquanto eu ia em direção ao banheiro para tomar banho, olhei-me no espelho.

Meu Deus! Como Peter tinha me visto daquele jeito? Eu estava com a cara toda inchada de choro, com olheiras enormes e, para piorar, eu estava usando um *baby doll* preto. Que vergonha.

Tomei um bom banho e me troquei. Coloquei um vestido rosa, passei um corretivo só para esconder aquele roxo debaixo dos olhos, uma máscara de cílios e desci. Quando estava indo em direção à escada, senti alguém se aproximando. Só pelo delicioso perfume, que eu ainda não conseguia distinguir de que era, eu já sabia quem era.

— Oi, Peter — falei, já me virando.

— Ah... — Ele fez biquinho. — Eu nem consegui te dar um susto — ele disse rindo. — Como você soube que era eu?

— Pelo seu perfume — respondi naturalmente. O que eu estava fazendo?

Ele me encarou surpreso.

— Você já sabe até qual é o meu perfume?

Revirei os olhos sorrindo. Peter me estendeu o braço e eu passei o meu pelo dele. A sensação foi maravilhosa e estranhamente confortável. Ficamos tão à vontade com esse toque que parecia que tínhamos nascido para fazê-lo. E por algum motivo, o meu lado racional tentava me dizer que isso, nós, não éramos reais, que era apenas uma amizade e que eu iria me machucar caso criasse algum tipo de expectativa.

— Como você veio parar aqui? Quantos dias vai ficar? — perguntei curiosa.

Peter riu e falou:

— O que você quer que eu fale primeiro?

Pensei um pouco.

— A primeira pergunta. Como você veio parar aqui? — indaguei, olhando-o nos olhos.

Ele parou de andar e se posicionou na minha frente. Eu olhei para ele.

— Eu soube que você não estava bem. Fiquei muito preocupado com você. Ainda mais por saber que um certo alguém não queria me incomodar — Ele respondeu, encarando-me. — E esse certo alguém disse que o problema era dela e que ela resolveria. Sei que você é totalmente capaz de resolver essa confusão, mas eu queria que você me deixasse ajudar você.

— Mas você já ajuda. Não acredito que a Lucia falou com você.

— Não fica brava com ela. — Ele ergueu meu rosto para que eu olhasse em seus olhos. — Eu perguntei se você estava bem. Sabia que tinha algo errado quando você me respondeu ontem. E como eu disse, eu me importo com você. — Um sentimento ferveu em mim. — Eu me importo com os meus amigos. — O sentimento foi embora e meu lado racional gritou: "Eu te avisei!".

O que eu esperava? Que ele dissesse que me amava?

— Obrigada, por ser um ótimo amigo, Peter. — Ele sorriu e assentiu, parecia confuso, desconfortável com algo.

Nós voltamos a andar. Seu braço entrelaçado ao meu não parecia tão certo como estava alguns minutos antes.

— Se eu puder me intrometer, eu gostaria de saber o porquê de você ter ficado assim? — Eu olhei para baixo. — Se não quiser contar agora não tem problema. Podemos conversar depois sobre isso — ele falou, com seu lindo sorriso no rosto. Seus dentes eram tão branco e tão perfeitamente alinhados que podiam ser usados como propaganda de paste de dente.

— Quando você chegou? — perguntei, quando já estávamos nos aproximando do salão.

— Hoje, quando fui te acordar. — Ele olhou para mim. — Desculpa por isso. Eu realmente queria saber se você estava bem. Eu deveria ter presumido que você tinha dormido mal e ia querer dormir até mais tarde.

— Não tem problema — falei, meio envergonhada. — Mas como? Como chegou tão cedo se você só soube ontem à noite?

— Eu peguei o primeiro voo que eu vi — ele respondeu. — Quando li a mensagem da Lucia fiquei muito preocupado. Comprei a primeira passagem que eu vi e arrumei uma mochila com algumas roupas, já que até o jatinho voltar para o castelo demoraria muito. E, claro, pedi permissão para o meu pai, que depois de ouvir toda a minha explicação deixou, e eu vim correndo.

— Ele deixou? Sério?

— Sim. — Um sorriso malicioso surgiu em sua boca. — É claro que eu posso ter exagerado um pouquinho, mas eu precisava vir. Eu sabia que você precisa de mim. — Ele disse, olhando em meus olhos. — E no fundo eu precisava te ver pessoalmente. — Ele deu um sorriso sem graça. — Eu estava com saudades.

Eu sorri. E aquele sentimento, que eu achei que tinha morrido quando ele me chamou de amiga, voltou com força total. Apertei um pouco mais o braço de Peter. Eu precisava calar aqueles sentimentos e pensamentos confusos, então tentei focar na outra parte da fala dele e continuar o diálogo.

— Obrigada por ter mentido para o seu pai — eu falei dando risada. — Nunca achei que diria isso.

— De nada — Peter disse, retribuindo o sorriso.

Quando entramos no salão, todo o clima calmo e livre se foi. Sentados à mesa estavam meu pai e Lady. Quando a porta se abriu, os dois se viraram para ver quem era. Meu pai me olhou de cara feia e quando viu Peter ao meu lado ficou confuso. Não sabia para quem olhar ou o que dizer.

— Peter! — meu pai falou todo sorridente e veio abraçá-lo. — Que prazer te ver. O que te traz aqui? — ele perguntou.

— O prazer é meu. — Peter olhou para o meu pai e para mim, provavelmente percebendo o porquê de ele estar ali. — Vim ver a sua filha.

— Ah, claro. — Meu pai me olhou de relance e voltou a se concentrar em Peter. — Esses namoros adolescentes... — ele disse. — Não conseguiu esperar nem mais uns dias?

Peter apenas sorriu sem jeito e concordou. Meu pai se sentou e chamou Peter para se sentar com eles, me ignorando totalmente. Isso doeu. Doeu muito. Ser rejeitada desse jeito por conta de uma mulherzinha. Uma lágrima veio ao meu olho, mas limpei rapidamente, esperando que ninguém tivesse visto. Mesmo sem ser chamada, sentei-me ao lado de Peter.

Quando me sentei, ele apertou a minha mão embaixo da mesa e pude ver em seus olhos que ele estava do meu lado, que estava ali se eu precisasse. Apertei-a de volta. Eu realmente precisava dele ali.

— Peter, vou aproveitar a sua visita e te apresentar a Lady — meu pai falou, olhando para ela, que me lançava olhares vitoriosos, como se fizesse questão de me lembrar que meu pai preferiu apoiá-la na nossa discussão. — Esta é Lady, nosso novo membro do Parlamento.

— Prazer, Peter — ela falou, levantando-se e estendendo a mão para ele, que a apertou receoso.

— O prazer é meu — ele respondeu, meio desconfortável já em pé, mas logo se sentou ao meu lado. Eu já o conhecia o suficiente para saber que ele tinha quase certeza de que ela era uma das causas da minha tristeza.

— Vejo que só tem uma pessoa mal-educada nesta sala — ela disse olhando para mim com um sorriso falso.

Sério? Ela já ia começar? Olhei para meu pai, esperando uma atitude dele, mas ele apenas fingiu que não ouviu. Sorria para Peter como se nada tivesse acontecido.

— Ainda bem que você sabe reconhecer o seu posto — disse, olhando novamente com raiva para ela.

— Chega, Leticia! — Meu pai bateu na mesa e gritou. Eu levei um susto. — Até na frente do Peter você tem que agir assim? Ser tão deselegante assim?

— Pai...

— Eu disse chega! — ele gritou mais alto. — Sua mãe não soube te dar educação. Sempre falei para ela que você estava mimada demais. E olha o que você se tornou hoje — ele falou balançando a cabeça.

Nós estávamos na mesma realidade? Fui me levantar da mesa já com lágrimas prontas para descer, porém Peter me segurou. Suas mãos apertaram a minha delicadamente.

— Olha, Joshn, eu tenho muito respeito por você, mas você está equivocado. — Meu pai levou um susto com a fala de Peter. — A sua filha não é mimada. Ela é muito forte por passar pelo que ela está passando. Você deveria se envergonhar de como fala dela e agradecer a Deus pela a.educação que a mãe dela deu a ela.

Meu pai ia falar algo, mas Peter continuou:

— Deveria agradecer por ter uma filha tão linda e inteligente e não falar mal dela. Sei que você é um rei e faz de tudo pelo seu povo e admiro isso, mas antes de tudo você é um pai. E um pai não tem o discurso que você teve. Um pai não julga e joga a culpa em mãe alguma. Um pai de verdade sabe reconhecer o filho que tem e sabe valorizá-lo. Sabe ajudá-lo a crescer. Um pai de verdade dá apoio e ajuda e não critica. Um pai de verdade sabe amar o filho com todos os defeitos dele.

Ele olhou para mim e sorriu. Depois voltou a encarar meu pai dizendo:

— E sinceramente, até nisso você foi abençoado. Sua filha quase não tem defeito. E cada defeito dela é um charme. Você é um homem muito abençoado com a filha que teve e não sabe valorizá-la. Isso é idiotice. É como pegar uma joia perfeita e jogá-la fora porque tem uma pequena poeira nela.

— Você está dizendo que eu não sou um bom pai? Está dizendo que eu não amo a minha filha? — meu pai perguntou, incrédulo.

— Estou apenas dizendo que o senhor deveria valorizá-la mais e repensar as suas atitudes — Peter respondeu calmamente e firmemente ao mesmo tempo. Ele, de fato, parecia um rei.

— Eu não preciso dos seus conselhos, Peter, mas obrigado. — Meu pai estava com ódio de ser corrigido. E até sem palavras. Não esperava essa atitude de Peter. E para ser sincera, eu também não.

Era óbvio que por mais raiva que meu pai estivesse, ele não falaria nada para o Peter porque sabia o poder que o país do Peter tinha. E sabia que se respondesse podia perder o acordo do casamento, que eu ainda não tinha descoberto qual era, mas eu sabia que ele iria ganhar algo com isso. Ele não era burro de arriscar um acordo de tanto valor. E, obviamente, Peter se aproveitou desse fato, que eu notei que ele já tinha percebido desde a primeira resposta do meu pai, para continuar a me defender abertamente.

Peter deu um sorriso sarcástico e disse:

— Se realmente não precisasse eu não estaria aqui. — E virando para mim disse: — Vamos, Leticia. — Ele soltou a minha mão, levantou-se e estendeu a mão dele para mim. Depois me guiou para fora do salão.

Eu estava em choque. O que tinha acabado de acontecer? Peter tinha acabado de enfrentar o meu pai? Ele tinha acabado de me defender? Um misto de sentimentos estava no meu peito. Raiva, pelo meu pai, e confusão, pelo o que acabara de acontecer, mas, principalmente, feliz, por Peter ter feito isso por mim.

Percebi que enquanto saíamos da sala, meu pai e Lady nos olhavam perplexos, como todos os funcionários. Porém Peter não ficou com medo, ele saiu de cabeça erguida comigo ao seu lado. Quando finalmente saímos da sala, ele me perguntou, parado na minha frente, olhando-me nos olhos, parecendo verdadeiramente preocupado:

— Você está bem?

— Si... Sim — respondi, ainda meio desorientada. — Você foi muito corajoso.

— Fui mesmo, não fui? — ele disse rindo, mas surpreso com a própria atitude. — Foi a primeira vez que eu enfrentei um rei que não fosse o meu pai. Estou me sentindo revigorante. — Nós dois rimos.

— Vamos um pouco ao jardim? — Peter me perguntou, já estendendo o seu braço para que eu o pegasse.

— Claro. — Passei meu braço pelo dele e começamos a andar.

Andamos um pouco em silêncio e quando chegamos ao jardim eu disse enquanto me sentava no banco:

— Obrigada de novo, Peter. Por tudo. Você é um ótimo amigo.

— De nada — ele falou, sentando-se ao meu lado. E perguntou, sorrindo: — Qual é o programa para hoje?

— Programa?

— Sim. É a primeira vez que eu estou aqui sem ninguém saber. Achei que podíamos fazer alguma coisa.

— Falando nisso... Quanto tempo você vai ficar aqui?

— Já quer que eu vá embora? — ele perguntou brincando.

— Claro que não. Pelo contrário — respondi.

— Não sei. Pouco tempo. — Ele me olhou. — Vim ficar um pouco com você até você se sentir um pouco melhor. Depois vou voltar para Nibrea, e depois para cá de novo por conta do casamento e tal.

— Então eu acho que vou me sentir mal até o tempo que você tenha que ficar aqui definitivamente — disse, fingindo uma tosse.

Peter caiu na gargalhada e eu ri junto.

— Bem que você poderia... — ele falou.

— Por quê? Não gostou de Nibrea?

Ele me olhou e respondeu:

— Nibrea é um país lindo.

— Mas?

— Mas eu estava sentindo a falta de certo alguém. — Ele me olhou e eu sorri. — Então a viagem ficou um pouco chata.

Sorri. Ficamos novamente em silêncio e Peter aproveitou para fazer a pergunta de um milhão de dólares.

— O que aconteceu ontem? Eu adoro jogar conversa fora com você, mas eu quero realmente te ajudar e só vou conseguir fazer isso se você me contar.

— Eu tenho mesmo? A conversa está tão boa — falei, suplicando para que ele mudasse de assunto.

— Por favor, Leticia — ele disse sério. — Eu confiei em você e agora quero que confie em mim de novo. Como você mesmo disse, uma relação é baseada em confiança mútua.

— Eu sou bem sábia, né? — Forcei um sorriso, mas percebi que Peter estava sério, esperando a minha resposta. — Tá bom. Você venceu. — Assumi a minha derrota. — O que quer que eu conte? A parte que eu fiquei chateada ou o que fiz o dia todo?

— Pode ser o dia todo, mas quero saber detalhadamente a parte que te fez ficar triste.

— Eu acordei normalmente, mas a dor do luto ontem estava mais intensa do que nos dias normais. Comecei a chorar principalmente quando estava escolhendo umas toalhas para um dos jantares do casamento. — Peter assentiu, prestando atenção. E achei estranho como a palavra casamento soou tão natural. — Encontrei Noah e ele tentou me distrair um pouco. Ele me apresentou para o pessoal da banda dele — falei, e Peter fez uma cara estranha, mas continuei:

— Passei o dia inteiro com eles. Inclusive, almocei com eles, porque meu pai novamente ia almoçar no escritório. Depois de passar a tarde inteira assim, eu fui para o meu quarto, tomei banho e troquei de roupa. E quando desci, meu pai estava sentado ao lado daquela mulherzinha. — Eu fiz uma careta. — E a mulher começou a se meter em um assunto que estava tendo com o meu pai. Ela me chamou de mimada e muito mais. Foi horrível. Meu pai brigou comigo e esqueceu que foi ela quem começou. — Uma lágrima saiu dos meus olhos. — Ele disse que minha mãe teria desgosto de mim. E aí você já sabe o que aconteceu... Juntou o sentimento ruim de manhã com essa parte da noite e não consegui me conter.

Peter chegou mais perto e limpou a minha lágrima.

— Eu percebi que tinha algo a ver com eles hoje de manhã — ele disse com compaixão. — Quem é aquela mulher para ele fazer isso com você? — Agora Peter falou com raiva.

— Não sei. E não me importo. Só fiquei chateada porque ele sempre faz isso — respondi, chorando. — Ele sempre coloca as pessoas como prioridade em vez de mim. Sempre coloca o trabalho na minha frente. — Peter ouviu atentamente. — Sabe quando ele disse que me amava sinceramente? — Mais lágrimas. — Nunca. Ele não sabe nada a meu respeito. Ele não sabe o dia do meu aniversário, não sabe a minha cor favorita, não sabe qual é a minha matéria favorita, não sabe de nenhum sonho meu. Ele não sabe nada a meu respeito — eu falei, soluçando.

Respirei fundo e continuei falando:

— Tudo que ele sabe fazer é dizer que eu tenho que ser a melhor. A melhor aluna. A melhor dama. A melhor princesa. A melhor rainha. Mas sabe quando ele me perguntou se eu quero ser a melhor em tudo? Nunca.

Ele nunca me pergunta nada. Ele sempre faz as coisas e eu tenho que arcar com o prejuízo. Ele sempre disse para a imprensa, no dia do meu aniversário, que ele sempre foi lembrado pela minha mãe, que me ama, mas nunca demonstrou isso. Nunca. — Minha visão estava embaçada pelas lágrimas.

Peter me abraçou e me deixou chorar um pouco. Na verdade, por um bom tempo.

— Calma. Pode chorar — ele disse, fazendo carinho no meu cabelo. — Eu estou aqui. Calma.

Ficamos um tempo abraçados. Eu chorando e ele me consolando. Peter me afastou um pouco e colocou a mão no meu rosto, seus dedos acariciando minhas bochechas enquanto dizia:

— Sinto muito por dizer isso, mas o seu pai é um babaca. — Eu ri. — Sei que é muita coisa ao mesmo tempo, mas eu estou aqui por você. Nós estamos aqui um pelo outro, certo? — Eu assenti e ele sorriu. — Eu sei que dói, mas pensa. Você já passou 17 anos assim. Isso só prova que você é muito forte. Você não precisa dele nem da opinião dele.

— Eu sei, mas eu tinha a minha mãe.

— Sim, você tinha, mas agora tem outras pessoas para te apoiarem. E sua mãe te ajudava, mas quem realmente dava conta de todo sentimento era você. Sempre foi você. — Eu olhei para ele e ele sorriu. — Se não tivesse passado por isso você não seria como é hoje.

— Como você sabe tanto sobre isso? O que você passou? — Encarei-o enquanto fazia uma pergunta da qual eu queria a resposta há muito tempo.

— Estamos falando de você — ele respondeu.

— Mas eu quero saber sobre você — falei, tentando sorrir. — Você já sabe muito sobre mim, coisas que ninguém sabe. Nem a Ana. — Peter sorriu contente. — E eu não sei nada sobre você. — Olhei-o nos olhos, ainda em seus braços. Peter parecia confortável em me ter ali e eu estava me sentindo completamente segura e admirada, portanto não pretendia sair desse meu novo lugar favorito.

— Tá bom, eu falo... Quando eu era pequeno sempre fui muito ligado aos meus avós. Eles eram tipo a sua mãe para mim — ele disse. — Eu passava o dia todo com eles. E quando eu tinha uns 13 anos eles morreram. — Peter parecia relembrar as cenas em sua cabeça. — Foi muito difícil para mim.

Apesar de os meus pais me apoiarem, eu sentia um vazio, como se parte de mim tivesse ido embora. Nos primeiros dias as pessoas me apoiaram, mas depois de uma semana já estavam chateados com o meu luto. Adolescentes são ruins — ele falou, com um sorriso triste.

Ele focou em um ponto do jardim, como se estivesse revivendo a cena, e continuou:

— Eu estudava em uma escola, então todos começaram a me excluir porque eu estava está triste demais. Diziam que eu estava sem graça só porque eu estava triste. E nessa época era a época de namorinho. Todos começaram a me zoar porque eu não namorava ninguém. Então eu comecei a namorar uma menina. Eu nem gostava dela, só estava com ela para que parassem de me excluir. Eu me sentia pressionado pelos meus colegas para ter alguém. Só que ela não me trouxe a felicidade que eu esperava. Claro, eu não gostava dela. — Novamente, ele deu um sorriso triste. — Na época, só o Jacob e o Kily me apoiaram. Só eles ficaram comigo, mesmo eu sendo chato de tão melancólico. Por isso tenho tanta admiração por eles. Eu faria tudo por eles.

Ele olhou para mim e sorriu antes de continuar a falar.

— Sei que não é a mesma coisa, mas entendo um pouco do que você está vivendo. E eu quero te ajudar. Por isso sempre pergunto por que você chorou. Sei que é ruim falar, porque a gente acha que vão achar bobeira, mas desabafar faz bem. — Ele me encarou, fazendo com que eu o encarasse novamente. — Leticia, pode confiar em mim. Eu nunca faria mal para você. Nunca. Se você quiser, eu assino um papel que se eu fizer algo maldoso contra você intencionalmente, você pode ficar com o meu país inteiro para você. — Olhei surpresa para ele, que continuou:

— Se algum dia você me disser que não gosta de algo, eu não faço mais.

— Mas você me chama de senhorita Leticia — eu disse rindo, só para descontrair o clima, até porque eu mesma sabia que eu gostava dessa palavra quando dita por Peter.

— Porque sei que no fundo você gosta — ele falou, percebendo a minha brincadeira. — Apesar de você nunca querer admitir, nós dois sabemos que você adora ficar bravinha comigo. — E antes que eu pudesse contestar, ele acrescentou: — E eu gosto de te ver bravinha, então, relaxa, porque vou continuar fazendo isso por muito tempo. — Um pequeno sorriso malicioso estava estampado em sua boca. — E não adianta negar, sei muito bem que você gosta tanto de implicância que só lê sobre isso — ele acrescentou rindo e dando continuidade à minha tentativa de trocar de assunto.

— O quê? Como você sabe? — disse incrédula. Mesmo depois percebendo o quão estranha eu estava sendo, deveria ter dito que não, mas a essa altura, Peter já saberia que eu estava mentindo. — Você leu algum livro que eu li? — Peter riu da minha cara, ainda com os braços ao meu redor. — Mas *A seleção* nem tem implicância.

— Naquele dia em que eu vi você surtando no jardim por conta do livro que estava lendo, eu fiquei curioso. Então eu vi o nome do livro, procurei na internet e li, mesmo não achando que fosse o meu estilo — ele disse, como se fosse a coisa mais natural do mundo.

— E qual era o nome mesmo? — perguntei, só para ter certeza de que não estava imaginado nada.

— Francamente, Leticia. Gritar e rir tanto por conta de um livro e não lembrar o nome dele? — Encarei-o pronta para responder, mas ele foi mais rápido. — Eu sei que isso é só um teste. Não precisa me olhar assim.

— Assim como?

— Como se eu tivesse te insultado ou algo do tipo. Tá bom, princesa... Relaxa. — Ele me sacudiu um pouco. — *Boston boys*, não é isso? O nome do livro?

— Você leu realmente? — perguntei, ainda sem acreditar. — Por quê?

— Porque você estava tão doida naquele livro que eu quis saber do que se tratava. — Ele deu um sorrisinho de lado. — Até que você tem bom gosto. — Ele viu a minha cara e falou. — O que foi?

— Eu só estou surpresa.

— Surpresa por quê? Por que eu li um livro que você gostou?

— Porque eu não achei que você lesse esse tipo de livro. E ninguém nunca fez isso por mim — eu disse timidamente. — Aliás, nenhum amigo nunca fez nada que você está fazendo por mim.

Ele ficou um pouco tímido? Ele parecia contente e confuso. Então, assim como eu, que não conseguia lidar com o inesperado, ele mudou de assunto, revertendo-o em uma pergunta para mim, assim como eu faria.

— Mas você deu oportunidade? — ele me perguntou. — Deu oportunidade dos seus amigos te ajudarem?

Sorri. E novamente ele deu um sorrisinho de lado e disse:

— Você ainda vai se surpreender quando me conhecer totalmente, princesa.

— Sério? — Ele assentiu. — Então me mostra o porquê de eu ficar surpresa.

— Você realmente quer ver? Eu posso ser bem irresistível — ele falou, aproximando-se um pouco de mim.

Eu gelei por inteira. Seus olhos me encararam e Peter começou a chegar cada vez mais perto. Ele chegou tão perto que eu pude sentir a sua respiração. Seus olhos vidrados nos meus. Por um momento achei que ele ia me beijar de tão perto que ele estava. Eu não consegui me mexer. Seus olhos iam dos meus olhos para minha boca em um piscar de olhos. Então Peter chegou um pouco mais próximo e disse:

— Acho melhor você ir descobrindo aos poucos. — Sua voz em meu ouvido me fez estremecer.

Então ele se afastou e me soltou enquanto voltava a olhar para o céu. Eu deveria ter feito algo, falado algo, mas meu corpo não correspondia a nada. Nem uma fala sequer.

— Então... — Ele se virou para mim depois de um tempo e perguntou: — O que vamos fazer hoje?

Eu estava sem reação. Como? O que eu estava sentindo? Eu tinha que sair daquele transe rápido.

— Não sei — falei a primeira coisa que veio a minha cabeça. — O que acha de irmos à praia?

— No inverno? — ele perguntou, rindo.

— Mas não está frio e está até com sol. Olha. — Apontei para o céu. Ele me olhou de um jeito diferente.

— O que foi? — perguntei.

— Nada — ele respondeu. — Eu acho a praia uma ótima opção. Mas como iremos sem ninguém nos reconhecer?

— Essas são umas das vantagens de ser princesa — respondi sorrindo. — Nós temos uma praia particular. É o meu lugar preferido do reino.

— Eu achei que era este jardim — ele comentou.

— E é. O jardim é o meu preferido do castelo. Mas o mar é o mar. — Um sorriso brotou no meu rosto.

— Então você deve ir lá todo dia, né? — Peter perguntou curioso.

— Na verdade não — disse, agora olhando para ele. — Ando muito ocupada com tarefas e as obrigações do castelo, então quase não tenho tempo de ir lá.

— Entendo... — ele falou pensativo. Ele realmente devia entender. — Mas hoje nós estamos de folga.

— Que horas vamos lá?

— São que horas? — Peter perguntou olhando o relógio e levou um susto. — Já são meio-dia? Ficamos a manhã inteira conversando? — Ele parecia não acreditar nisso.

— Acho que sim — falei sorrindo.

— Acho que sim. — Ele retribuiu o sorriso. — Que tal irmos depois do almoço?

— Acho ótimo. — Virei-me e o encarei. — Você trouxe roupa de praia?

— Não — ele respondeu.

— Então vai entrar como?

— De cueca — ele respondeu dando risada e eu fiquei vermelha. — O que foi? Sunga e cueca não são a mesma coisa? — Seu sorriso foi aumentando ao notar o meu desconforto.

— Acho que são — falei desorientada.

— Então por que a cara de espanto? — ele disse rindo.

— Sei lá. É esquisito.

Peter riu e disse:

— Sei muito bem que você está doida para me ver de cueca.

Eu fiquei mais vermelha ainda.

— Vamos almoçar? — ele falou enquanto se levantava.

Eu o segui. Eu devia estar mais vermelha do que um pimentão. Sem brincadeira.

Capítulo 20

Almoçamos e novamente meu pai almoçou no escritório. Que bom. Não queria ter outra discussão com ele. Depois da última conversa com Peter, que eu descobri uma cor nova de vermelho, ele não parava de me encarar e sorrir. Nós conversamos mais, porém aquela última conversa no jardim não nos deixou em paz.

Como eu ia ficar de biquíni na frente dele? Tudo bem que meu corpo era bonito, mas mesmo assim. Como eu o veria de cueca? Meu Deus! Um lado de mim queria cancelar o passeio, mas o outro lado não queria. E advinha qual lado ganhou? Exatamente, o que queria ver o tanquinho de Peter. Meu Deus, esse corretor horrível! O lado que queria ir à praia.

Depois de almoçarmos fomos para os nossos quartos. Eu estava indo para o meu e Peter ia para o quarto em que ele tinha ficado hospedado. Estávamos conversando enquanto subíamos a escada e Noah apareceu.

— Oi. — Ele chegou perto de mim e perguntou: — Você está melhor? Fiquei preocupado com você ontem. — Ele parecia não ter notado a presença de Peter, que o olhava de cara feia.

— Oi — respondi sorrindo. — Estou melhor sim, obrigada por perguntar. — Olhei para Peter e disse: — Ele me ajudou bastante. Acho que vocês ainda não se conhecem.

Peter o encarava de cara feia e Noah, ao notar a presença de Peter, fez o mesmo. Eles estavam olhando um para o outro, esperando que alguém falasse alguma coisa primeiro.

— Ah... Noah esse é o Peter, meu...

— Seu noivo — ele falou olhando para Peter e estendendo a mão. Ele não parecia feliz.

— É — disse, confusa com o que estava acontecendo. — Peter esse é o Noah...

Antes que eu pudesse terminar, Peter falou:

— O cantor. — Peter estava sério, nem parecia que cinco minutos antes estava todo sorridente.

As sobrancelhas abaixadas e olhares frios vinham tanto de Peter quanto de Noah. O que estava acontecendo? Eu deveria fazer algo?

— Eu ouvi falar de você — Noah comentou, tentando forçar um sorriso.

— Eu não ouvi falarem nada de você — Peter disse ríspido, e Noah fechou ainda mais a cara.

Por que Peter estava sendo tão babaca com Noah? E por que ele estava mentindo? Ele mesmo ficou com raiva de Noah... Ah... Será que era ciúmes?

— Você não deveria estar aqui só daqui a uns dez dias?

— Sim, mas voltei mais cedo. Algum problema?

— Não. — Noah parecia estar mentindo. — Até quando vai ficar? Por muito tempo?

— Para a sua sorte não, mas relaxa que daqui a alguns dias eu estou de volta e para ficar. Já você eu não posso dizer o mesmo — Peter falou com um sorrisinho no rosto.

— Peter... — Corrigi-o e ele olhou para mim.

— O que foi, amor? Só estou falando a verdade. — Ele olhou para mim e sorriu.

Congelei. Do que ele tinha me chamado? Era impressão minha ou ele tinha me chamado de AMOR? Será que isso era algum tipo de sonho estranho? Eu estava pirando de vez?

— Bom, agora que já nos conhecemos, nós temos que ir, não é, amor? — Peter disse pegando a minha mão. — Tchau. — E me guiou escada acima.

Não podia ser outro sonho maluco. Peter realmente me chamou de AMOR? E por que ele fez isso? Um lado meu, um bem maluco, gostou de perceber que isso era ciúmes. Esse lado irracional gostou de saber que

Peter estava agindo assim por mim. Mas deixei que o meu lado racional comandasse a minha fala.

— O que foi isso? — perguntei, quando consegui recuperar a fala no tom mais chateado que pude. Soltei minha mão da dele, por mais que uma parte de mim gritasse para agarrá-la e nunca mais soltá-la.

— O quê? — Peter me olhou e falou com desdém: — Aquele cantorzinho achando que manda em mim e que sabe tudo? — Ele me olhou rapidamente nos olhos e perguntou, incrédulo: — Vocês ainda são amigos?

— Mais ou menos — respondi, meio desorientada. — Mas falei de você ter me chamado de amor. Por que fez isso?

— Ah. Isso. — Como ele se esquecia de uma coisa dessa? — Não é porque não estamos namorando de verdade que vou deixar minha reputação manchada. — Eu o encarei e ele continuou. — É óbvio que o cara tá a fim de você. E por mais que não namoremos de verdade, todos acham que estamos namorando. Então não ia deixar aquele menino dar em cima de você na minha frente. Além do mais, eu já te falei que ele não é a pessoa certa para você, mas você parece não querer ouvir. Se você não quer se afastar desse idiota, ele pelo menos tem que se afastar em quanto eu estiver aqui. E tenho certeza de que até lá você já retomou o juízo.

— Ele não está a fim de mim — disse rindo, mas de nervoso. — E você sabe muito bem que eu sei me cuidar sozinha, Peter. Já falamos sobre isso.

Ele ignorou a última parte da minha fala e disse:

— Leticia, você não é burra. — Pegando a minha mão e entrelaçando em seu braço, ele continuou: — Vamos mudar de assunto. Não gostei desse cara e não quero falar mais dele.

— O nome dele é Noah.

— Que seja. — Peter falou sem dar a menor importância. — Se troca e vamos para a praia, tá bom?

— Tá.

— Ok. — Ele sorriu e me levou até a porta do meu quarto, e depois seguiu para o dele como se nada tivesse acontecido.

O que tinha acabado de acontecer? Que rivalidade era essa? Eles nem se conheciam direito, então por que tanta raiva um do outro? Não podia ser ciúmes, né? Peter mesmo disse que erámos amigos e Noah não tinha motivos nenhum para ter ciúmes de mim. Então por que a briga?

Será que Peter estava certo? Será que Noah gostava de mim? Mas ele tinha namorada. Eu tinha que deixar isso para lá. Com certeza, Peter falou isso só para me irritar e para que eu me afastasse de Noah. Se Noah gostasse de mim como Peter falou eu teria notado, não é?

Coloquei o meu melhor biquíni. Ele era todo azul e tinha algumas partes brilhantes. Era um azul cor do oceano. Ele era lindo. Eu sempre o usava em ocasiões especiais. Ele era um dos meus biquínis preferidos. Eu me olhei no espelho e fiquei receosa. Será que ele estava muito pequeno? Meu corpo realmente estava bonito para usá-lo?

Deixei de lado essas preocupações e coloquei uma saída de praia. Fiz uma bolsa rápida com algumas coisas que eu ia levar, como canga, óculos escuros, toalha, protetor solar... E tive a ideia de fazer um piquenique. Então fui à cozinha e peguei algumas frutas, um bolo e um pouco de suco. Quando subi para pegar a minha bolsa, Peter estava na porta do meu quarto me esperando.

— O que é isso? — ele disse olhando para a cesta.

— Pensei em fazermos um piquenique na praia já que vamos ficar a tarde inteira lá. — Por que eu estava nervosa?

— Boa ideia! — Peter direcionou seu olhar a mim. — Você já está pronta?

— Sim, só vou pegar a minha bolsa — respondi, abrindo a porta do quarto.

Eu entrei e Peter ficou me olhando. Por que eu não conseguia andar direito? Peguei a bolsa rapidamente e fui para o corredor.

— O que tem aí? — Peter perguntou encarando a bolsa. — Ela está bem grande.

— Apenas coisas básicas, como protetor solar, toalha, óculos escuros... — Peter começou a rir. — Do que você está rindo?

— Para que tudo isso? — ele perguntou em meio à gargalhada. — Nem está com sol direito.

— Não sei. Sempre levo esse tipo de coisa para a praia — eu respondi confusa, e Peter continuou rindo como uma criança de 8 anos.

— Vamos logo — eu falei já impaciente, mas ele continuou rindo. — Por que você está rindo tanto? Nem é tão engraçado. — Eu o encarei enquanto andávamos.

— Claro que é. Você fica bravinha e isso é engraçado.

— Ah... Então o senhor gosta de me ver bravinha? — questionei, provocando-o e lembrando da nossa conversa de manhã.

— Sim, senhorita Leticia. — Um sorriso se estampou no rosto dele.

Revirei os olhos, mas eu não estava com raiva. Eu só não sabia o que dizer. Peter tinha esse efeito em mim, sempre me deixava sem fala ou me fazia falar ou fazer coisas idiotas, como ficar sorrindo o tempo todo. Mas por algum motivo, eu adorava a companhia dele. Ele realmente era um ótimo amigo.

— O que você está pensando?

— Nada. Só como eu tenho sorte de te ter como amigo. — Eu olhei para ele, que sorriu.

— Eu também acho que você tem muita sorte — ele falou com um sorriso brincalhão no rosto.

— Retiro o que eu disse — falei dando risada.

— Isso não vale. O que você falou já está falado — ele falou com um largo sorriso.

Caminhamos até a praia conversando e rindo. Quando cheguei lá toda tensão, que por um momento eu tinha esquecido, voltou. Todo o meu medo voltou. Meu corpo estava arrepiado. Eu nunca tinha ido em uma praia sozinha com um menino. Na verdade, nunca tinha saído com um menino antes.

Sempre achei que saberia o que dizer ou fazer, já que vivia aquilo todo dia nos livros, mas a vida real era diferente. Nos livros eu sabia que tudo ia dar certo e, se não desse, era só fechá-lo e ler outro, mas eu não podia fazer isso com a minha vida.

E se Peter me achasse gorda? E se ele reparasse detalhes que me incomodavam? Pior! E se ele ficasse me encarando? O que eu falaria? O que eu faria? E se eu ficasse muito focada no corpo dele e ele estranhasse? E se eu dissesse algo errado e estragasse tudo? E se... Meu Deus, eu estava pirando!

— Tudo bem? — Peter parecia ler meu pensamento.

— Tu... Tudo.

O que eu deveria ter dito? "Eu estava pensando em como nunca fiz isso antes" ou "Eu só estava pensando em como vou ficar com vergonha se você reparar no meu corpo". Com certeza, não podia dizer nada disso.

— O que foi, Leticia? Você sabe que pode me contar. — A preocupação e a curiosidade estampadas em seu rosto.

— Você vai me achar ridícula — eu disse envergonhada.

— Não vou não. Eu prometo. — Ele parecia sincero.

— Tá... É que eu... nunca tive muitos amigos, sabe? — Ele assentiu. — Então eu nunca saí muito. Ainda mais com meninos.

— Você nunca teve um encontro? — Peter perguntou espantado e rapidamente acrescentou:

— Não que isso seja um.

— Não, nunca — eu falei, envergonhada. — Eu disse que ia parecer ridículo.

— Não é ridículo. — Ele pensou um pouco e completou: — É só estranho.

— Por quê? Por que eu vou fazer 18 anos daqui um mês?

— Não — ele disse rapidamente e completou, falando naturalmente e olhando nos meus olhos: — Porque você é linda. E porque é muito fácil se apaixonar por você. Todos os príncipes gostam de você, comentam sobre você, e por isso é no mínimo estranho você nunca ter saído com alguém.

Tive que desviar meus olhos de seus olhos azuis. Fiquei vermelha e Peter riu.

— O que acha de mudarmos de assunto?

— Perfeito. Obrigada. — Graças a Deus o assunto morreu.

— Então... Vamos entrar? — Peter disse, apontando para a água.

— Sim, claro. Só vou estender a canga para deixar as roupas aqui — falei, já abrindo a bolsa.

— Quer ajuda?

— Não — respondi sorrindo, para ele ver que estava tudo bem. — Eu posso fazer sozinha. Pode ir lá aproveitar a água.

— Tá bom. Já que insiste... — ele falou, já tirando a roupa e indo para a água.

Fiquei hipnotizada. Aquele homem não era um homem e, sim, um Deus grego. Seu tanquinho era bonito, mas não era exagerado. Era o ponto certo. Seus braços eram fortes, mas não ao ponto de as veias serem muito aparentes. Novamente, no ponto certo. Ele estava usando uma cueca da Calvin Klein. Fiquei um pouco sem jeito de reparar isso, mas meu Deus, como ele ficava lindo com ela!

Não me julguem. Se vocês o vissem também estariam assim, pasmas, sem palavras, impressionadas... Eu não tinha nem vocabulário para descrevê-lo. Se ele já era lindo normalmente, agora, sim, tinha ficado ainda mais.

Como alguém podia ficar tão bonito assim? Quando ele se levantou depois de seu mergulho, notei-o ainda mais. Seu cabelo loiro estava molhado e meio bagunçado, totalmente diferente de sempre, mas eu gostei. Ele estava sorrindo. Seu sorriso era contagiante, e sem perceber eu estava sorrindo também. Seus olhos azuis eram da cor do mar e traziam uma paz que eu nunca senti. Só percebi que ele já tinha saído da água quando ele chegou ao meu lado e moveu seu cabelo, jogando água em mim.

— Ei! — eu falei, cobrindo o meu rosto com a mão.

— O que foi? — ele perguntou com um sorriso lindo no rosto. — Por que está demorando tanto?

— Eu não estou demorando.

— Está sim. Deixa eu te ajudar.

Ele tentou pegar a bolsa.

Imediatamente, retirei da mão dele.

— Você vai molhar a bolsa toda. Pode ir que eu já vou — eu disse, abrindo a bolsa.

— Não. Quero que você vá comigo. — Ele me olhava com um ar brincalhão. — A praia é privada, ninguém vai te roubar, então deixa as coisas aí na areia logo.

— Mas as roupas vão ficar cheias de areia.

— É claro que vão. Estamos em uma praia. — Seu lindo sorriso cresceu. — Anda, Leticia.

— Tá — falei, meio a contragosto. Mas como recusar o pedido dele assim? E eu também queria entrar na água. Esse, com certeza, foi o principal motivo de ter concordado. O segundo motivo, não o primeiro, é claro.

Ele ficou me olhando enquanto eu tirava a saída de praia. Eu estava extremamente nervosa. O que ele acharia do meu corpo? Será que era tão bonito quanto o dele? Mesmo com muitas perguntas na minha cabeça, eu tirei a saída de praia devagarinho. Reparei que assim como eu, ele não parou de me analisar em nenhum momento. Quando tirei a saída de praia inteira, olhei para ele para ver a sua reação. Percebi que ele estava com um sorrisinho torto. O que isso queria dizer?

— Esse biquíni é novo?

— Não, por quê?

— Nada... É que ele ficou lindo no seu corpo.

Espera. Isso era um elogio? Peter estava me elogiando? Elogiando o meu corpo?

— Vamos logo, Leticia. Para de enrolar.

— Eu não estou enrolan... — Antes que eu terminasse, Peter me jogou em seus ombros e me levou em direção ao mar. — Peter, me solta! — eu gritei.

Ele começou a me fazer cosquinha assim que me colocou no chão

— Para... Para... — eu falei em meio à gargalhada.

— Isso é por ficar demorando — ele disse enquanto me fazia mais cosquinhas.

Ele ficou fazendo cosquinhas em mim até eu não aguentar mais. Depois que ele me soltou, eu falei:

— Agora você vai ver. — Eu comecei a correr atrás dele, que começou a rir enquanto corria.

Claro, ele tinha muito mais fôlego do que eu, então parei de correr para respirar. Peter, que já estava lá na frente, quando voltou me perguntou se eu estava bem. Eu me atirei nele e tentei fazer cosquinha nele.

— Ah, é assim? — ele disse rindo.

— Sim.

— Então tá bom. — Ele fez um golpe, que não eu sei explicar como, e me prendeu em seus braços. Era como se estivéssemos abraçados, ele atrás de mim e suas mãos me prendendo, mas a única diferença era que essas mãos estavam me fazendo cosquinha em vez de ficarem paradas.

— Chega — disse, em meio a risos. — Trégua? — Falei, tentando olhar para ele.

— Tudo bem, mas não vou deixar você me enganar de novo

Ao dizer isso, ele me pegou no colo e me levou até a água. Mas agora eu não estava mais em seus ombros e, sim, em seus braços.

Seus braços eram fortes, ele não parecia ter problema nenhum em me carregar. Dessa vez eu não fiquei pedindo para ele me soltar. Eu só ri enquanto ele fazia caretas para mim. Eu só curti o momento. Eu não sabia que Peter podia ser tão divertido.

Ele entrou na água comigo em seus braços. Por sinal, a água estava bem gelada. Quando vi o que Peter ia fazer, gritei, tentando soar séria:

— Nem pense nisso, Peter!

Peter abriu ainda mais o sorriso e eu só consegui prender a respiração antes de ser jogada naquela água gelada. Quando subi, tremi um pouco e Peter continuou rindo. Mergulhei de novo e sai nadando, deixando Peter para trás. Bom, eu estava tentando nadar, porque não conseguia parar de rir.

Quando Peter viu que eu estava nadando, veio nadando atrás de mim. Claro, ele era muito mais rápido do que eu e me pegou. Eu continuei rindo e ele me acompanhou, parecendo feliz em saber que eu não estava zangada com ele.

Ficamos um bom tempo assim, eu tentando fugir do Peter e ele sempre me pegando, e risadas para todo lado. O tempo para mim pareceu minutos de tão rápido que passou, mas na verdade foram horas. Só soube disso porque meu estômago começou a roncar, assim como o do Peter.

— Acho melhor irmos comer — eu falei, já saindo da água.

— Para isso você não fica enrolando, né? — ele disse, dando risada.

Revirei os olhos rindo. Saí correndo e disse:

— Quem chegar por último é mulher do padre.

Peter, que ainda estava na água, saiu correndo, e ri mais ainda quando vi que ele quase caiu. Nem vi que ele estava tão perto de mim, até ele me segurar e dizer:

— Está rindo de mim?

— Isso não vale. Não pode me segurar.

— Ah, mas você pode falar que estamos disputando quase já chegando, sem nem me avisar antes, né?

— Sim, são as regras — respondi, rindo.

— E quem criou essas regras que eu nunca ouvi falar? — ele perguntou enquanto me olhava.

— Eu.

— Muito conveniente. — Eu ri e ele continuou: — Já que você criou essas regras, eu vou criar as minhas. Eu posso fazer cosquinhas em você e te prender se eu quiser para ganhar.

— Não, eu não aprovo — falei rindo das cosquinhas.

Ele fez mais cosquinhas e eu caí no chão de tanto rir. Fiquei deitada no chão e ele se deitou ao meu lado.

— Nunca pensei que veria esse seu lado — comentei, olhando para o céu.

— Que lado? — Peter perguntou, virando-se para mim.

Virei-me para ele também e disse:

— Esse lado engraçado. — Sorri e ele também sorriu. — Você é totalmente diferente do que eu imaginava.

— Isso é bom? — Peter indagou.

— Com certeza. — Sorri e continuei: — É claro que você ainda é arrogante e mimadinho, mas você é um ótimo amigo.

— É claro que você ainda é meio burrinha e meio pateta, mas gosto da sua amizade — ele disse e eu ri.

Voltei a olhar o céu e disse:

— Peter...

— Sim.

— Você tem medo do que pode acontecer? — Voltei-me para ele.

— Como assim?

— Você acha que vamos conseguir ajeitar isso? Quer dizer, o casamento.

Peter pensou e disse:

— Vai dar tudo certo, Leticia. O máximo que pode acontecer é você passar o resto da sua vida ao meu lado. — Peter sorriu. — Isso não seria tão ruim, seria?

— Não, não seria.

Eu sorri e Peter retribuiu o sorriso. Pensei em perguntar sobre a namorada dele, mas não quis estragar o momento com um balde de água fria. Ouvir Peter dizer o quanto a amava me destruiria.

— Eu tenho uma pergunta para você — Peter disse e eu assenti para que ele continuasse. — Quando vamos comer? Estou morrendo de fome.

Eu ri e saí correndo. Lembrei que a brincadeira ainda não tinha acabado. Peter deve ter pensado o mesmo, porque também veio correndo, mas por milagre eu consegui chegar primeiro.

Pensando bem, Peter não estava correndo tanto. Será que ele tinha me deixado ganhar?

— Quando vai ser seu casamento? — perguntei.

— O quê? — ele falou, confuso.

— Quando você vai casar com o padre, já que você perdeu.

Eu sabia que o estava provocando como uma criança, mas não me importei com isso.

Peter fez uma careta e perguntou:

— O que você trouxe para comermos?

Nem respondi. Comecei a tirar as coisas e vi a cara de impressionado dele. Coloquei a canga no chão e coloquei tudo em cima dela. Tirei um bolo de cenoura com chocolate, morangos, uvas, chocolates, manga e um suco de laranja. Peter parecia maravilhado.

— Pode agradecer aos cozinheiros — eu disse enquanto olhava Peter devorar um pedaço de bolo de cenoura com chocolate.

— Com certeza, eu vou agradecê-los — ele comentou ainda comendo e eu ri.

Provei o bolo e realmente estava maravilhoso. Ficamos um breve tempinho assim, apenas comendo.

— Como você sabia que morango é a minha fruta preferida?

— Eu não sabia. É que morango é a minha fruta preferida também.

Nós nos olhamos e rimos.

— Quero te fazer uma pergunta.

Peter assentiu para que eu continuasse.

— Por que você leu *A seleção* e anotou *Boston boys*? Você gosta de livros de romance?

Eu realmente estava curiosa e preferi saber esses pequenos detalhes do que perguntar o que eu realmente queria e acabar me decepcionando.

— Não muito — ele respondeu. — Eu li *A seleção* porque sempre ouvi falar muito bem desse livro, mas já foi há um bom tempo atrás. E em relação a *Boston boys*, eu li porque você estava fazendo tanto escândalo que eu queria ver o que tinha de tão incrível assim para te deixar daquele jeito.

— Quando você leu *Boston boys*?

— Eu comecei a ler logo depois que saí daqui. Comprei naquele dia que te vi da janela.

Então era isso que ele estava fazendo aquele dia. Quando eu estava lendo, ele estava me espionando e também estava mexendo no celular. Eu achei que estava conversando com a namorada dele, mas não. Ele estava comprando o livro porque queria me entender, queria entender o motivo da minha felicidade. Um sorriso se estampou no meu rosto. Peter era bem diferente do garoto que eu conheci dias antes, do garoto que eu achei que ele seria.

— E você gostou?

— Não é ruim.

— O quê?! — Eu fiquei espantada.

Peter riu e continuou a falar:

— Por que você gosta tanto de romance se quando tem oportunidade de vivê-lo você o ignora? — Ele parecia sério. Mais do que isso: curioso.

Bom, como eu ia explicar isso? Como eu ia explicar que eu me sentia muito mais segura com uma página escrita do que com uma pessoa real? Como explicar que nos livros eu sei que tudo vai dar certo e na vida real não? Como explicar o poder dos livros? Como explicar o quanto em casa eu me sinto nos livros, como se na realidade pertencesse a eles e não à vida real, como se eu conseguisse ser mais eu mesma nos livros do que na realidade?

— Como eu vou explicar isso? — Pensei no que dizer. — Você é leitor, então sabe a magia de um livro. — Peter assentiu. — Nos livros tudo é mais fácil. Eu sei que tudo vai dar certo e se não der certo, eu posso fechar o livro e começar outro. — Pensei um pouco e continuei: — Acho que eu tenho medo. Tenho medo do amor não ser tão bom quanto nos livros, medo de me decepcionar, medo de ser magoada. Nos livros eu tenho um porto seguro, sei que todos vão me amar lá. Sei que não vou ser rejeitada ou decepcionada. É como poder viver várias vidas, mas continuar com a minha real intacta, sem sofrer, sem medo de nada. É como ter lembranças e sentir que fiz as coisas, mas com segurança de que, no final, não me machuquei fisicamente nem mentalmente. É um paraíso. Tenho medo de sair dele e nunca mais conseguir voltar.

Peter assentiu. Ficamos um pouco em silêncio até que Peter falou:

— Mas isso você não teria que ter para saber? — Encarei-o confusa e ele explicou: — Você disse que nos livros, se as coisas não dão certo, é só fechar o livro. Mas a realidade também é assim. É só parar. Claro, é bem mais difícil mudar a sua vida do que fechar um livro, mas é a sua vida. Não estou dizendo para viver descuidadamente ou namorar todo mundo. Só estou dizendo que os livros são maravilhosos, mas a vida também é. Você tem uma vida, não pode só viver a vida dos outros. Porque é por isso que existem os livros, para viver uma vida diferente para variar, mas não para esquecer a sua vida.

Nunca tinha pensado nisso. Peter continuou:

— Sei que estou sendo chato, mas me preocupo realmente com você. Quero te ver feliz, e parte de ser feliz é viver. E viver não é só acordar, escovar os dentes, estudar etc. Viver é rir, é, infelizmente, sofrer, é se arrepender de algumas coisas, é se orgulhar de outras. Viver é não saber o que vai acontecer e, mesmo assim, fazer o melhor que você pode. — Ele olhou para mim para ver se eu estava prestando atenção. — É claro que você pode ler, e é até bom que leia, mas tem que ter um tempo para viver. Sei que você é o tipo de pessoa que prefere ficar em casa para terminar a leitura do que ir a uma festa e interagir.

Como ele sabia disso? Ana tinha contado para ele? Às vezes até eu mesma me assustava o quanto Peter me conhecia.

Ele continuou:

— Mas você não pode deixar de viver a sua vida para viver a de um personagem só porque você sabe que na vida dele tudo vai acabar bem. Você já parou para pensar que a sua vida é uma história? Que você que determina o seu futuro? Você já parou para analisar que se seus personagens favoritos só tivessem lido livros você não viveria todos os sentimentos que você viveu quando estava lendo?

Esperei que ele continuasse, e foi o que ele fez:

— Se a América só tivesse ficado lendo a seleção inteira e esquecesse de viver, o Maxon se apaixonaria por ela? — Neguei, ainda pensando sobre o assunto. — Exatamente. Se a Ronnie só ficasse lendo o tempo todo e se esquecesse de viver, o Mason se apaixonaria por ela?

— Não, mas todas gostavam de ler. — Nossa, que resposta estúpida. Peter riu.

— Sim, elas gostavam, mas elas também viveram. Apesar de todo caos na vida delas, elas continuarem vivendo, Continuaram sendo elas. Eu não estou dizendo para não ler, só estou dizendo para aproveitar mais as oportunidades que a vida te dá. Não sei se você me entendeu.

Era claro que eu tinha entendido. Peter estava dizendo que era para aproveitar mais a vida. Mas por quê? Por que ele queria isso? Ele queria que eu namorasse alguém?

— Você está dizendo para eu namorar alguém? — perguntei.

— Se você realmente gostar dessa pessoa, sim — ele respondeu.

— Mas como eu vou saber isso? Como vou saber se realmente gosto de alguém?

— Isso eu não sei. — Ele riu. — Mas você vai saber na hora certa. As pessoas costumam dizer que você sente paz em seu coração quando é a pessoa certa.

— As pessoas?

— Sim.

— Mas você nunca sentiu isso?

— Para ser sincero, eu não sei. Como eu disse, sou um pouco parecido com você, mesmo que eu me arrisque um pouco mais do que a senhorita.

Eu sorri e meu coração pareceu esquentar um pouquinho.

— Você é muito filósofo — eu comentei, dando risada.

— Eu sei. — Ele também riu. — Sou perfeito. Você não acha? — Ele brincou.

— Sim — respondi, mas para minha surpresa e a dele, a fala não saiu de forma sarcástica.

Capítulo 21

Depois da conversa filosófica que eu tive com Peter, nós só ficamos jogando papo fora, falando coisas aleatórias. Depois de comermos, voltamos para o mar e ficamos mais um bom tempo lá, só brincando e rindo. De vez em quando, Peter me pegava no colo e me colocava na água de novo. Só saímos da água para ver o pôr do sol, que já ia começar.

Colocamos a canga novamente no chão e nos sentamos nela lado a lado. O céu estava perfeito. Ele estava com um tom alaranjado misturado com um tom de roxo-escuro e um azul lindo. Fiquei encantada, nunca tinha visto algo tão lindo antes. As palmeiras ao nosso lado balançavam e o vento jogava meu cabelo para trás. Eu seguia o sol com o olhar e admirava cada detalhe daquela linda estrela brilhante que nos dá luz todos os dias, que é importante para todas as pessoas. Ficamos em silêncio admirando esse lindo momento. Percebi que de vez em quando Peter olhava para mim. Bom, ele não parava de olhar para mim.

— O que foi? — perguntei, meio encabulada.

— Nada — ele respondeu e voltou a olhar para o mar e para o céu incrível que nele parecia tocar.

— Essa vista é linda, não acha? — questionei, olhando o céu hipnotizada com a beleza dele.

— Acho. A mais linda que já vi.

Quando me virei para olhar para ele, vi que ele estava me olhando, e depois olhou rapidamente para o céu. O que ele estava tentando esconder? Será que aquele elogio era para mim? Com certeza não era. Seria sonhar de mais. Ele tecer um elogio ao céu olhando para mim não quer dizer que fosse para mim, não é?

Ficamos um tempo nos olhando e naturalmente nos inclinamos. Quando estávamos a poucos centímetros um do outro, senti uma gota cair no meu rosto. Olhei para o céu e me deparei com várias gotas caindo no meu rosto. Estava chovendo.

Levantamo-nos rapidamente e enquanto Peter correu para debaixo de um guarda-sol que lá estava, eu fiquei ali parada, só observando o céu, sentindo aquele doce toque da chuva, as gotículas de água caindo sobre o meu corpo. Comecei a girar de braços abertos, ainda olhando para o céu.

— O que você está fazendo? — Peter perguntou.

— Estou sentindo a chuva. — Olhei para ele. — Sabe aquilo que você falou sobre viver? — Peter assentiu com um sorriso. — Sempre tive vontade de dançar na chuva.

— Então vamos fazer isso — Peter disse pegando a minha mão.

— E se ficarmos doentes?

— Tomamos remédios — Peter respondeu. — Ia ser péssimo eu ter que ficar aqui com você por estar doente. — Ele fingiu uma tosse e eu ri. — Então vamos lá. Vamos dançar!

— E a música?

— Quem precisa de música? — Um sorriso travesso tomou conta de seus lábios.

Começamos a dançar na chuva. Peter me conduzia para um lado e para outro conforme a chuva caía. Ele me rodava e eu sentia cada vez mais a suavidade da chuva. Nesse momento nada me preocupou. Não estava preocupada com meu posto, com meu futuro, com o meu pai. Não estava pensando em nada, apenas sentindo o momento, toda a sua leveza, um misto de sentimentos. Queria ficar ali para sempre. Dançamos mais um pouco e Peter falou:

— Gostou?

— Amei. É melhor do que imaginava.

Um raio clareou todo o céu.

— Acho melhor irmos agora — Peter disse.

— Eu concordo.

Pegamos as coisas e saímos correndo em direção ao palácio.

— Peter... — falei antes de entramos:

— O quê?

— Nós precisamos vestir as roupas. Imagina entrarmos assim com todo mundo olhando?

— Apontei para nós, que estávamos seminus. Peter de cueca e eu de biquíni.

— É melhor mesmo — Ele disse e riu.

Antes de entrarmos, colocamos nossas roupas e fomos em direção à porta. Mas nos esquecemos de um pequeno detalhe: os guardas. Todos que estavam fazendo plantão na porta de entrada nos viram e não sei se deduziriam que estávamos na praia. Ou mesmo que fizessem isso, poderia ser ruim para a nossa imagem, principalmente a minha. Peter pareceu ler meu pensamento, porque logo disse:

— Fique aqui. — E foi até os guardas.

Consegui ouvir a conversa de onde eu estava, porque não estava tão longe deles. Peter disse: "Boa noite. Vou ser breve. O quer que estejam pensando, não aconteceu. Não que eu precise dar-lhes explicação, mas irei fazer isso. Eu e a princesa Leticia fomos à praia. E apesar de não ser nada demais, não quero que comentem com ninguém. Quero o total sigilo de vocês. Vocês entenderam?". Os guardas assentiram e Peter continuou: "Apesar de eu não ser seu rei, isso é uma ordem. Mesmo porque, futuramente, eu serei, então, se fosse vocês, não ousaria desrespeitar a minha ordem". Os guardas concordaram e perguntaram o que fariam se o rei lhes perguntasse algo. "O rei não vai perguntar se ninguém falar nada. Estamos entendidos?". Peter se virou para ir embora, mas voltou e acrescentou: "Não tente se fazer de espertos. Se a informação vazar saberei que foram vocês e eu não vou tolerar pessoas que não são da minha confiança no palácio, entenderam Pereira, Silva e Aragão?", Peter disse, lendo seus sobrenomes em seus uniformes. Os guardas responderam que sim e um deles disse que Peter podia contar com a lealdade deles. Peter, então, saiu e veio ao meu encontro. Ele realmente parecia um rei ao dar aquela ordem.

— Nossa. Isso foi incrível — eu disse admirada.

— Obrigado — ele respondeu, meio tímido.

Peter parecia realmente se importar com a minha opinião, porque depois que eu o elogiei ele pareceu mais feliz. E eu sabia que ele ouvia coisas desse tipo o tempo todo, como eu ouvia. Eu o entendia. Às vezes era bom ouvir elogios sinceros e não só porque você era uma princesa ou um príncipe. Entramos no palácio ensopados e rindo de uma piada sem graça que Peter tinha dito. Rapidamente, empregadas vieram com toalhas e perguntaram se estávamos bem. Só tinha uma pessoa que eu não esperava ali: meu pai.

— Onde vocês estavam? — ele perguntou furioso.

— A gente só saiu para ir à praia. — Peter disse calmamente, como se ver um rei bravo fosse rotina para ele.

Talvez fosse, mas mesmo assim. Eu fiquei sem reação. Meu pai pareceu perceber e Peter abaixou voz.

— Mas por que não me avisaram? Eu fiquei preocupado.

— Desde quando você se importa. — Eu não aguentava mais esse teatrinho.

— O quê?! — ele disse com raiva. Depois, olhou para Peter e voltou à voz normal, mas me fuzilando com os olhos. — Eu sempre me importei.

— Ah, tá, claro. Como esquecer uma coisa dessas — disse sarcasticamente.

Meu pai viu no que aquilo ia dar e mandou que todos os funcionários se retirassem do local. Então nos levou para o cômodo mais perto, o grande salão. Ele pediu para Peter se retirar. Peter me olhou e eu assenti, então ele subiu.

— O que ele é seu? Seu guarda? Por que ele fica igual um capacho atrás de você? E só recebe ordens suas? — meu pai perguntou enquanto fechava a porta.

— Ele é meu amigo. Ele não recebe ordens minhas nem é um capacho meu. Ele só gosta de mim, é diferente. Ele gosta de mim, mas você não sabe o que é esse sentimento, não é? Gostar é um verbo que não tem no seu dicionário. E nem valorizar. Porque é isso que pessoas que gostam fazem, cuidam umas das outras — eu respondi com raiva.

Eu poderia até me arrepender depois, mas não ia deixar que ele insultasse até o Peter. Quem ele pensava que era para falar aquilo do Peter. Primeiro me colocava para baixo e depois isso?

— Esse jovem não está te fazendo bem. Desde que você começou a conversar com ele você virou isso — ele disse com desdém.

Essa doeu.

— Isso o quê? Independente? Corajosa? E Peter não tem nada a ver com isso. Não culpe os outros pelos seus erros!

— Não — ele respondeu rindo, como forma de sarcasmo. — Você acha que é independente? Você é só uma garota mimada que está descontente com alguma coisa. É só uma pessoa fraca que não consegue fazer nada sozinha. Primeiro era grudada na sua mãe igual a um carrapato, e agora ele? Você se agarra à primeira pessoa que te dá oportunidade.

— Você está errado. Sempre esteve. Eu sou forte, sim, e se sou mimada como você disse, isso é culpa sua, porque é você que tinha o dever de me educar. Ah, claro, mas nem isso você fez, né? Sempre trabalho, trabalho e trabalho. Nunca eu.

— O povo precisava e precisa de mim.

— Eu também precisava! — gritei em meio do choro. — Eu também precisava de você! Eu precisava de um pai! Eu precisava do MEU PAI! — Mais lágrimas. — Você sabe o quanto era ruim saber dos programas que as pessoas faziam com seus pais e não poder dizer nada? Eu não podia dizer que o meu pai não me amava. E o pior, eu nem podia reclamar, porque todos diziam que eu tinha tudo.

— Você tinha e tem tudo! Não sei por que reclama tanto.

— Eu sempre tive tudo, é verdade, mas o que eu realmente precisava você não me deu. O amor que eu precisei, o carinho, a atenção. Você não sabe nada sobre mim. Você não sabe a minha cor favorita — falei chorando.

— Mas isso é irrelevante. Eu sempre fui um ótimo pai.

— Ah, claro! — disse com raiva. — Você nunca erra. Você é perfeito. É sempre o certo. E eu sempre a errada.

— Você leva tudo para o lado pessoal.

— E você leva tudo para o lado racional. — Ele continuou me olhando sem um pingo de arrependimento. — O que eu fiz de errado? O que eu fiz para você não me amar?

— Chega de palhaçada, Leticia.

— Meus sentimentos são palhaçada?

— Você sabe que eu não disse isso.

— Então o que você disse? — Ele não me respondeu. — Ótimo. Eu já tive a minha resposta.

Eu fui em direção à porta, mas ele voltou a falar:

— Eu ainda não acabei.

— Mas eu já. — Depois de dizer isso fui para o meu quarto.

Fui chorando para o quarto. Por que ele era assim? Por que fazia isso comigo? E pior, por que eu deixava ele fazer isso comigo? Eu já devia estar acostumada. Eu não devia sofrer tanto, não devia deixar que ele mexesse tanto comigo. E o pior era que no fundo eu queria que ele me amasse, queria que ele assumisse que eu estava errado e que ia mudar, mas pelo visto isso nunca ia acontecer. Isso fazia com que eu ficasse ainda pior. Saber que ele sabia que me fazia sofrer e continuava a fazer doía muito.

Quando cheguei no meu quarto vi que Peter já me esperava. Eu ia perguntar o que ele estava fazendo lá, mas era óbvio: ele sabia. Ele sabia que meu pai falaria algo que ia me machucar. Ele sabia que eu ia sofrer. Ele me conhecia.

— Vem aqui — ele disse, dando-me um abraço.

Eu não disse nada, só o abracei e chorei. Deixei a tristeza me levar. Aproveitei o momento e desabei. Peter não perguntou nada, só continuou me abraçando e fazendo carinho no meu cabelo. E de vez em quando dizia: "Eu estou aqui". Passamos um bom tempo assim. Quando percebi que meu quarto estava todo molhado comecei a rir e Peter me acompanhou.

— A chuva mais o seu choro fez uma piscina aqui — Peter falou dando risada.

— Ainda bem que já estávamos molhados — Eu disse rindo.

— Vamos fazer o seguinte. Vamos tomar um banho para não ficarmos resfriados e depois vemos um filme. O que você acha?

— Uma ótima ideia!

— Ótimo. Então vamos fazer assim: vou chamar as suas criadas e eu vou para o meu quarto, e daqui a pouco eu volto para cá.

— Ok.

— Ok. — Peter disse e saiu do quarto.

Dez minutos depois as minhas criadas entraram. Como sempre, foram muito discretas e eu amava isso nelas. Eu podia chorar à vontade que elas mostravam estarem preocupadas, mas nunca perguntavam o motivo. Só estavam ali caso eu precisasse delas.

Pedi para me fazerem um banho quente e elas o fizeram prontamente. Tomei um bom e demorado banho e pensei em tudo o que tinha acontecido. Eu queria esquecer aquela discussão com o meu pai, então foquei em Peter, em como tinha sido maravilhosa a companhia dele, em como eu podia ser eu mesma ao lado dele, em como ele sempre estava ali por mim.

Peter era aquele tipo de pessoa que você não sabia que precisava por perto, mas quando encontra nunca mais quer que ela saia do seu lado. Cada dia mais ele me mostrava ser uma pessoa melhor. Cada dia mais eu conhecia um lado dele que nunca achei que conheceria e que, sendo sincera, nunca achei que pudesse existir.

Pensei na nossa dança na chuva e em como foi maravilhoso. Não conseguia tirar os momentos na praia da minha cabeça. Aquela chuva, aquele pôr do sol, aquele mar, aquela areia, aquela canga, aquele pique-nique, tudo tinha sido perfeito. Era como um sonho. Melhor do que isso, eu me sentia a protagonista dos meus livros favoritos. E talvez Peter estivesse razão, talvez eu devesse aproveitar mais a minha vida, criar mais memórias como essas. Porque nesse dia, sim, eu me senti viva. E eu sabia que não ia esquecê-lo tão facilmente.

E era esse tipo de coisa que eu iria quer contar para os meus futuros filhos. Como a minha vida foi e não como a vida de um personagem foi, mas eu também daria lições de moral neles por conta dos livros. Quando eu fosse mãe faria meus filhos lerem todos os livros que eu gosto, para eles entenderem as minhas piadas e os meus comentários no dia a dia. E talvez até os meus sermões.

Saí do meu devaneio quando ouvi uma das criadas abrir a porta.

— Pode entrar, alteza.

Peter. Eu só conseguia pensar que era ele. Eu torcia para ser ele, porque às vezes elas chamavam meu pai assim. Era uma forma mais "informal", de acordo com o meu pai, para elas o chamarem quando ele raramente ele ia me ver.

— Boa noite, senhoritas. A Leticia está?

Fiquei feliz de ouvir a voz de Peter.

— Ela está tomando banho, vossa alteza — uma delas disse.

— Quer que avisemos a ela que o senhor está aqui? — outra perguntou.

— Não precisa. Deixem-na relaxar. Só queria pedir um favor.

— Sim — as três disseram juntas.

— Quando ela já estiver pronta, avise que eu passei aqui. Mas só quando ela estiver pronta. Não quero apressá-la, ok?

— Ok.

— Obrigado.

Depois disso a porta se fechou. Eu ouvi as criadas falando o quanto ele era lindo e o quanto formávamos um belo casal. "Será?", pensei. Terminei meu banho o mais rápido que pude depois disso. Quando voltei ao quarto, elas me receberam com sorrisos enormes.

— O senhor Peter esteve aqui — Elise disse.

— Ele pediu para só avisar que ele esteve aqui quando a senhorita saísse do banho. — A Lucia falou também com um sorriso enorme no rosto.

— Lucia, quantas vezes eu já te disse para não me chamar assim?

— Ele estava bem sorridente — comentou Maria.

Maria e Elise tinham a minha idade e Lucia era bem mais velha. Ela devia ter uns 35 anos. Ela não era velha, mas como sempre trabalhou no palácio desde que nasci e sempre ajudou a minha mãe a cuidar de mim, eu a considerava uma segunda mãe. Por isso não gostava que ela fosse tão formal comigo.

— Eu ouvi — eu disse meio encabulada.

— Então é por isso que terminou de tomar o banho rápido? — perguntou Elise entre risinhos.

— Elise... — corrigiu Lucia.

— Desculpa — Elise falou para Lucia.

Eu ri e falei:

— Tudo bem. Vocês podem avisar o príncipe Peter que eu já estou pronta? — Antes que elas fossem, eu perguntei: — Este pijama é bonito, não é?

Elas se entreolharam e deram risinhos antes de responder:

— Sim, ele é lindo.

— Agora podem ir — falei, meio receosa.

Alguns minutos depois, Peter apareceu no meu quarto.

— Boa noite, linda princesa.

Eu ri.

— Que apelido é esse?

— Não é apelido, são só duas verdades juntas em uma frase — ele respondeu, piscando para mim.

Eu tive que rir. Meu corpo estava estranho. Parecia que eu tinha algo no estômago. Era como se só de Peter ter chegado eu começasse a sentir calor e frio ao mesmo tempo.

As criadas, que estavam atrás dele, riram, e só então percebemos a presença das três.

— Vocês podem nos deixar a sós? — eu disse.

— Claro, vossa alteza — as três responderam, fazendo uma reverência para depois saírem.

— Elas parecem te adorar — Peter comentou enquanto entrava no quarto.

— Eu também as adoro.

Peter me olhou e sorriu.

Peter reparava em cada canto do meu quarto, como se há poucos minutos não estivesse estado nele. Ele parou em frente à estante de livro e ficou olhando, como se quisesse memorizá-la para pesquisar e ler depois todos os livros. O que não deveria ser, porque ele não era muito fã de romance, apesar de não ser contra.

— Vamos ver que filme? — perguntei a Peter.

— Não sei. O que você quer ver? Deixa eu adivinhar: romance?

— Eu adoro romance. Como você sabe disso? — eu respondi, rindo e entrando na brincadeira.

Liguei a televisão que ficava em frente à minha cama e esperei que a Netflix carregasse. Quando abriu, Peter sentou-se ao meu lado e disse:

— Que tal comédia romântica?

Olhei para ele em sinal de aprovação.

— Você gosta de romance e eu de comédia, então pensei nesse gênero.

— Então você gosta de comédia? — fingi anotar. — Mais um para a lista.

— Que lista? — Peter perguntou curioso.

— Lista de curiosidades que eu não sabia sobre Peter Oslandy — eu falei brincando.

— E o que tem aí? — ele questionou.

— Tudo. Eu nem sabia quem você era. Mas relaxa que só anoto coisas boas.

— Então quer dizer que você só pensa coisas boas sobre mim? — ele falou em tom de brincadeira, mas no fundo parecia querer saber a verdade.

— Claro, você não é tão ruim assim — brinquei e bati meu obro de leve no dele para que ele pudesse ver que era brincadeira.

Peter abriu um sorriso sincero. Eu gostava quando ele deixava a armadura de "o cara perfeito" cair e mostrava só o verdadeiro Peter, não o príncipe Peter, aquele que ia governar um país, mas o Peter que gostava de ser elogiado, que ajudava pessoas e que dançava na chuva com pessoas só porque elas nunca tiveram a oportunidade de fazer isso. Eu gostava da confiança que ele tinha em mim para realmente se abrir comigo e gostava mais ainda da confiança que eu tinha nele.

Colocamos um filme na tela e como estava um pouco frio sugeri que ficássemos debaixo da coberta. Nossas pernas se encontraram e eu senti algo. Uma energia. Eu não sabia se Peter também tinha sentido. O filme era bem engraçado, mas eu não conseguia prestar atenção, porque cada vez que nos encostávamos eu sentia uma energia e uma vontade de puxá-lo mais para mim.

Sei que parece loucura, mas eu não conseguia evitar. Peter também parecia não estar prestando muita atenção no filme porque toda hora que eu olhava para ele, ele já estava olhando para mim. E sorria para mim. Um sorriso verdadeiro e não um sorriso falso igual ao da maioria das fotos. Uma energia me dominava. Algo que eu nunca tinha sentido antes. E isso era bom.

Continuamos o filme e depois colocamos outro.

— Vamos ver o que agora? — perguntei antes de escolhermos.

— Outro? — Peter disse com um sorrisinho torto.

— Sim. Você não quer ver outro?

— Quero sim.

— Então o próximo vai ser de quê? — perguntei.

— Terror? — Peter sugeriu.

— De terror eu tenho medo.

Eu realmente tinha muito medo de filme de terror. Eu nunca nem tinha visto um porque só de olhar as imagens de cartazes eu já sentia medo.

— Sério? Você realmente tem medo?

— Sim. Você não?

— Não. — Peter riu. — Eu achei que as meninas inventavam isso de medo só para poderem ficar agarradas nos garotos — Peter comentou dando risada.

— Bom, pode ser que elas realmente inventem, mas eu tenho medo de verdade. Só de ver o cartaz eu já fico apavorada.

Peter riu.

— Se você quiser você pode me abraçar se tiver medo. — Ele ficou um pouco envergonhado de falar isso.

— Se você não se importar por mim não tem problema. — Eu também fiquei um pouco envergonhada.

— Ok. Vou colocar então. Já que você nunca viu um, eu posso escolher?

— Claro.

Peter então colocou o tal filme. Ele era aterrorizante e só pelo começo eu consegui perceber isso. Só a trilha sonora já me fez arrepiar e Peter riu.

— Você já está com medo? Mas nem começou o filme.

— Eu te disse que nunca vi um desses antes — falei olhando para a tela, em que apareceu um palhaço horroroso.

Eu dei um grito quando ele passou na tela. Sem perceber, agarrei-me em Peter. Segurei seu braço com força e coloquei meu rosto no seu peito. Peter riu, mas não me soltou. Ao contrário, ele me abraçou. Ficamos o filme inteiro assim, abraçados. De vez em quando eu olhava a tela, mas voltava a cabeça para o peito dele. Peter ria, mas não falava nada, só achava engraçado o fato de eu estar com tanto medo. De vez em quando ele dizia: "Agora você já pode olhar. Já passou a parte ruim". O filme era bem longo e como eu basicamente só fiquei com o rosto colado no peito de Peter, acabei pegando no sono antes do filme acabar.

Só fui perceber isso quando acordei no dia seguinte, sem me lembrar de quase nada do filme. Levei um susto quando vi que Peter tinha adormecido ao meu lado. Ele era tão bonito dormindo... Como ele conseguia ser bonito até dormindo? Pensei em como eu tinha dormido bem. Será que esse sono bom era fruto de Peter ter adormecido ao meu lado? Porque pelo pouco do filme que eu vi, eu já fiquei com medo, mas não tive pesadelo. Em meus sonhos me senti extremamente segura, mais segura até do que antes de ver o filme. Fiquei observando-o por um tempo, até que ele acordou.

A primeira coisa que ele fez foi sorrir. Seu sorriso era contagiante e sem perceber eu estava sorrindo também. Então ele acariciou o meu cabelo. Eu poderia acordar todos os dias assim... Acordar sorrindo e olhando para ele.

— Bom dia. Dormiu bem? — ele me perguntou sem nem se mover na cama.

Eu também não queria que ele movesse nem um músculo. E nem eu queria me mover.

— Bom dia — falei, retribuindo o sorriso. — Sim, muito bem.

— Que bom! — Peter se levantou e se sentou, olhando para mim como se quisesse que eu fizesse o mesmo, então eu o fiz. — Eu achei melhor dormir com você porque você pareceu estar com muito medo do filme ontem, mesmo não tendo assistido quase nada. — Eu ri e ele continuou: — Espero que não ache que eu quis me aproveitar de você ou nada desse tipo, porque eu nunca faria isso. — Ele disse essa última parte sério.

— Claro que não. Eu nunca pensaria isso. — Eu fui totalmente sincera e Peter pareceu contente com a minha resposta. — Obrigada.

— De nada — ele disse com um sorriso tímido.

Estávamos nos olhando e, como na praia, inclinamo-nos sem nem perceber. Chegamos bem perto, eu conseguia sentir a respiração dele. Ele não sabia se olhava para a minha boca ou para o meu rosto.

Será que ele ia me beijar? E se eu não beijasse bem? E se ficasse um clima tenso entre nós dois depois? Mas naquele momento ignorei tudo. Meu coração batia acelerado. Cheguei mais perto. E quando achei que íamos nos beijar, a porta foi aberta. Levamos um susto e pulamos um para cada lado da cama.

— Ai, meu Deus! Desculpe, eu não queria atrapalhar — Elise disse, parando na porta. — Eu não vi nada — ela falou, tapando os olhos e já saindo do quarto.

Eu e Peter começamos a rir. Acho que foi a adrenalina.

— Bom, eu acho melhor eu ir — ele falou, levantando-se.

— Tem certeza de que precisa?

Por que eu perguntei isso? Eu pareci uma boba falando isso. Por sorte, Peter apenas riu e disse:

— Receio que sim. Nos vemos no café da manhã?

— Claro.

Peter sorriu e abriu a porta.

— Bom dia, senhoritas — ele cumprimentou as criadas e saiu.

Elas entraram totalmente surpresas e eu fiquei vermelha. Elas estavam ouvindo atrás da porta?

— Não é nada disso que vocês estão pensando — falei enquanto elas fechavam a porta.

— Nós vimos um filme ontem e caímos no sono juntos. Foi só isso.

— Não falamos nada — Maria comentou dando risada.

— E a cena de vocês dois quase se beijando foi o quê? Parte do filme? — Elise perguntou, também dando risada.

Revirei o olho.

— Não aconteceu nada entre a gente.

— Mas ia acontecer se eu não tivesse entrado — Elise disse convicta.

Como eu não respondi nada, ela falou, ou melhor, gritou:

— Meu Deus! Meu Deus! Ia acontecer alguma coisa!

— Fala baixo! — eu disse rindo. — Não quero que ele ou ninguém escute. E, aliás, não falem sobre isso a ninguém, ok?

— Ok — as três responderam juntas.

— Vou tomar banho — falei, saindo da cama.

Escutei os gritinhos do banheiro e eu fiquei rindo.

— Você os viu juntos? — perguntou Maria.

— Sim! Eles estavam prestes a se beijar. O príncipe Peter estava olhando para ela com devoção, como se ela fosse uma deusa e como se ela fosse sumir assim que fechasse os olhos. — Elisa respondeu superanimada. — E ela estava olhando para ele com um olhar tão apaixonado... Como se ele fosse o príncipe encantado dela.

— Sério?

— Sim.

E elas continuaram conversando, mas eu só conseguia pensar nas palavras de Elise. Peter estava me olhando com devoção? Ele realmente estava me olhando daquele jeito? Mas eu não estava olhando para ele apaixonadamente, porque não estava apaixonada, então não tinha como olhá-lo assim. Então eu não conseguia acreditar em tudo que Elise disse.

E imediatamente tive uma dúvida: como agiríamos agora? Porque quase nos beijamos duas vezes. Isso tinha que dizer algo. Mas o que isso significava? Como eu tinha que agir? Perguntar a ele o que erámos? Não, isso seria vergonhoso demais. Porém eu não podia fingir que nada aconteceu. Quer dizer, que nada quase aconteceu duas vezes. O que eu faria? O que eu falaria? Como agir com ele? Eu teria que ser sua namorada? Mas ele já tinha namorada.

Meu Deus! Ele tinha namorada. O que estava acontecendo comigo? Eu sempre fui contra isso e agora eu tinha quase feito o mesmo. Eu quase participei de uma traição. E a pior parte, eu quase fui a outra. Credo. Isso não podia ficar assim. Peter não podia decidir que ele queria me beijar e se esquecer da namorada. Ele não podia me meter nessa encrenca.

Depois de me arrumar, saí do meu quarto decidida a falar com Peter. Ele não podia fazer o que bem quisesse. Não mesmo. Eu não seria uma bonequinha para ele usar e depois descartar quando não quisesse mais. Eu merecia muito mais do que isso. Quando o encontrei no café da manhã e vi seus lindos olhos percebi que seria muito mais difícil do que eu imaginava, mas eu ia conseguir.

Ele estava sentado na cadeira ao lado da minha. Por sorte, meu pai não estava lá. Sentei-me e nem dei bola para o sorriso lindo que ele me deu. Peter logo percebeu que havia algo errado.

— O que foi? O que eu fiz de errado?

Como eu falaria? Virei e fiquei de frente para ele.

— Peter, o que foi que quase aconteceu no meu quarto?

— Nós quase nos beijamos — ele respondeu sorrindo.

— Sim, mas você se esqueceu de que tem uma namorada? — eu quase gritei. — E o que eu sou para você? Você gosta de mim? Ou, sei lá, foi o momento?

— Eu não tenho namorada — ele disse, sério. — A gente terminou antes de eu vir para cá. Antes de eu te conhecer. No começo não falei do nosso término porque eu não conhecia você e eu achava que nós ainda íamos voltar. Mas eu tentei te falar depois.

— E por que não voltaram? — eu perguntei.

— Você quer mesmo saber?

— Sim.

— Ela queria que eu resolvesse essa história de casamento primeiro.

— Então você queria voltar com ela e ela te rejeitou?

— Sério? — Ele parecia chateado. Eu assenti e ele continuou: — Sim. Eu queria voltar e ela pediu um tempo. Tá bom? Mas por que você quer saber isso?

— Então eu estou sendo só um passatempo? Sua namorada não te quis e você tenta beijar a primeira idiota que aparece? Nesse caso, eu?

— Não! De onde você tirou isso?

— Então por que você tentou me beijar? — Eu estava com raiva.

— Não sei — ele disse no mesmo tom que eu. — Quer que eu seja sincero? Eu não sei. Eu não sei, Leticia. Eu só senti vontade e você também. O que você quer que eu diga? — Ele estava aborrecido.

— Eu quase tive o meu primeiro beijo porque você, sei lá, sentiu vontade? — falei baixo, mas Peter escutou.

— O quê? — ele perguntou, incrédulo. — Seu primeiro beijo?

— Você me perguntou o porquê de eu preferir ler livros de romance em vez de viver um. Pois bem, aqui está a sua resposta. — Olhei para ele, que me encarava surpreso. — Porque na realidade as coisas não são como nos livros. Tudo não passa de puro desejo, pois na vida real as pessoas não pensam nos outros.

— Eu não penso nos outros? — Peter ficou estressado. — Eu vim de Nibrea para te ver. Só para te ver. E eu não penso em você? Você já parou para pensar que talvez você que não pense em mim?

— Você quer que eu faça o quê? Te obrigue a voltar para Nibrea?

— Não! Não. Eu só quero que essa discussão acabe.

Como eu não respondi nada, ele continuou:

— Por que você queria me beijar?

— O quê? — perguntei, surpresa. — Você não vai reverter isso para mim.

— Eu não estou revertendo nada. Só estou perguntando. Se você queria uma resposta minha é porque já tem a sua formada, certo?

Não. Eu não tinha.

— Não sei.

— E você cobra de mim uma resposta que nem você tem? — Peter falou revoltado. Ficamos em silêncio por alguns minutos. Até que Peter voltou a falar:

— Como não sabemos o porquê de querermos nos beijar, eu acho melhor fingir que nada aconteceu. O que você acha? Assim tudo vai voltar ao normal. — Ele parecia que quisesse que eu dissesse não.

Sério? Fingir que nada aconteceu? Mas acho que era a melhor opção, mesmo não querendo admitir. Eu não queria fingir que nada aconteceu, mas também não sabia o que estava acontecendo. E Peter ia embora em alguns dias. Eu realmente queria aproveitar o momento com o meu AMIGO. Depois nós resolveríamos isso.

— Pode ser, mas só com uma condição. — Peter ouviu atentamente. — Você não pode tentar me beijar novamente até que isso — apontei para nós — seja resolvido.

— Ok. Podemos continuar como antes disso ter acontecido.

— Claro.

— Você precisa de um amigo como eu e eu preciso de uma amiga como você. — Ele disse sorrindo, mas parecia um sorriso forçado. Como se isso fosse me fazer esquecer aquela conversa e o clima tenso passar...

AMIGO. AMIGA. Era isso que nós erámos. Nada mais. Aquilo não passou de um impulso.

— Você disse que precisa de mim? — Eu perguntei, ainda meio confusa.

Peter riu e toda tensão entre nós foi embora. Bom, eu esperava que tivesse ido.

Capítulo 22

Como tínhamos poucos dias, talvez horas, até Peter voltar para Nibrea, resolvemos acertar tudo depois que ele fosse ficar no castelo definitivamente, os dois meses que ele iria morar conosco. Achei melhor manter desse jeito.

Apesar de eu ter pedido para que não nos beijássemos, eu não aguentava mais aquilo. Cada vez que ele me olhava ou sorria para mim meu coração dava um pulo. Só de ver a sua silhueta no corredor meu coração parava. Eu não sabia o porquê de isso estar acontecendo, só sabia que a cada minuto ficava mais difícil não ficar vermelha ou pedir para que ele me abraçasse.

Depois do café da manhã, Peter e eu fomos ao jardim conversar. Enquanto caminhávamos, vi guardas olhando para nós e rindo.

— O que foi? — Peter perguntou, parando ao meu lado e me olhando com cara de preocupado.

— Nada... — Olhei para Peter — Eu só fico meio sem graças com esses olhares e sorrisinhos destinados a nós.

— Não precisa ter vergonha. — Ele sorriu, mas não no sentido sarcástico. — Eles acham que estamos noivos, então é normal que nos olhem e que em seus rostos haja sorrisinhos contentes. Isso é normal, confie em mim.

Apesar de estar um pouco chateada com ele por conta da conversa que tivemos, só de ouvi-lo falar já me tranquilizava. Chegamos ao jardim e continuamos conversando sobre assuntos aleatórios, até que Noah apareceu.

— Leticia — ele me chamou. — Posso falar com você por um instante?

Peter, que até então estava sorrindo, fechou a cara quando viu o Noah.

— Ah... — Olhei para Peter depois para ele. — Claro. O que foi? — disse, aproximando-me dele.

Peter continuou sentado no banco me olhando.

— Bom, é que eu terminei a música e queria ver se você quer ouvi-la — ele falou, meio encabulado.

— Claro! Só que pode ser outro dia?

Noah olhou para Peter e algo mudou em sua expressão.

— Porque você tem coisas mais importantes para fazer agora, né? Coisas de princesa.

— Não é isso. — Eu não queria que ele ficasse chateado. — É que ele vai embora daqui a alguns dias. Mas se você quer que eu escute agora eu converso com ele. — Pensei um pouco e acrescentei. — Ou melhor, você pode mostrar a sua música nova para nós dois. O que acha?

— Não — Noah disse no automático. — Eu prefiro esperar.

— Você é quem sabe — respondi, um pouco confusa.

Noah se despediu de mim e saiu. Voltei ao banco e Peter perguntou:

— O que ele queria?

— Ele queria me mostrar a música nova que ele fez. Eu o ajudei a compor uma parte.

Peter fez uma careta.

— Eu até propus para que nós dois fôssemos ouvir, mas ele preferiu que eu ouça depois, sozinha.

— Por que será, né? — Peter disse com desdém.

Eu não entendi o porquê do desdém, mas resolvi mudar de assunto.

— Me conte mais sobre você, Peter.

Ele riu.

— O que você quer saber.

— Não sei. — Pensei um pouco. — Eu quero te conhecer de verdade. Você já sabe muita coisa sobre mim que mais ninguém sabe. Eu quero saber algo que ninguém sabe sobre você.

Peter pareceu pensar em uma boa resposta.

— Deixa eu ver... — Ele pensou e continuou: — Eu sempre quis ter um cachorro, mas como a minha mãe tem alergia ao pelo nunca consegui ter um. Mas acho que isso todo mundo sabe. — Ele disse rindo e completou. — Não sei algo que ninguém sabe sobre mim, mas posso tentar te contar algumas coisas que eu acho que poucas pessoas sabem.

— Por mim tudo bem.

— Hum... — Ele pensou e voltou a falar, mas agora rindo: — Uma vez a gente foi inventar de fazer um bolo — eu, Jacob e Kily —, só que nós nunca tínhamos ido à cozinha direito, então não sabíamos nada. Queríamos fazer um bolo sozinhos, então dispensamos ajuda. A massa ficou uma meleca — ele disse, rindo ainda mais. — Cheia de casca de ovos. Colocamos no forno e esquecemos. Quase queimamos o castelo inteiro e o bolo ainda ficou horrível. Ninguém teve coragem de provar. Claro que levamos uma bronca, mas foi muito divertido. Depois desse dia nunca mais pude entrar na cozinha desacompanhado de um empregado.

— O que mais? — eu perguntei, dando risada.

— Na escola eu sempre tive várias admiradoras. Um dia, quando eu era pequeno, resolvi abrir o meu armário da escola na frente dos meus amigos e caíram dezenas de cartas. Eu fiquei morto de vergonha, ainda mais quando vi que uma das cartas era de uma menina da minha sala. Depois disso me zoaram o resto do ano com ela. Ela era tão maluquinha por mim que no Dia dos Namorados, mesmo eu não gostando dela, ela me mandava flores, escrevia cartinhas para mim. Era um terror.

— Por quê? Por que ela gostava de você? — perguntei normalmente.

— Não. É porque nessa época eu tinha só 5 ou 6 anos de idade. Eu nem pensava em garotas. Era horrível porque ela achava que namorava comigo. Então vivia fazendo furdunço quando eu conversava com alguém.

Eu ri e falei:

— Então desde pequeno você já encantava corações?

Peter sorriu meio envergonhado.

— E você, Leticia? Conte-me mais sobre você.

— Você já sabe muita coisa sobre mim.

— Mas eu quero saber mais sobre você.

— Tá... — Pensei um pouco no que dizer. — Não tenho muita coisa para contar. Não fui muito à escola. Só estudei um ano em uma, o restante estudei em casa. Minha única amiga, a não ser as minhas criadas, é a Ana, então não tenho muitas aventuras. — Pensei um pouco e continuei: — Só tem uma coisa... — eu disse, rindo de vergonha.

— O quê? — Peter perguntou curioso.

— Quando eu estudei na escola, era como com você. Sempre recebia cartinhas e tal. Um dia, uma menina que eu não gostava muito ficou falando que eu queria namorar o namorado dela, sendo que ele não era o namorado dela. E eu só achava ele bonito, nunca tinha falado nada com ele, mas ela continuou me aborrecendo. A Ana sempre foi mais cabeça quente que eu e começou a discutir com a garota — Eu ri só de lembrar. — A tal menina deu um soco na Ana e antes que ela pudesse revidar, eu já estava socando a garota. — Peter ficou boquiaberto. — Eu sei, foi horrível, mas eu tinha que defender a minha amiga, então nem pensei direito. Os guardas logo vieram interferir e, claro, eu fiquei de castigo um tempão.

— Eu não consigo imaginar você fazendo isso — ele disse, impressionado.

Eu ri. Antes que pudesse continuar, um guarda apareceu.

— Altezas... — Ele fez uma reverência.

— Sim? — dissemos juntos e sorrimos pela coincidência.

— Isto aqui é para vocês — o guarda disse enquanto nos entregava um envelope.

— O que é isso? — Peter perguntou ao guarda.

— Não sei, senhor.

— Obrigado — Peter falou e o guarda que se retirou.

— O que é isso? — Peter me perguntou, porque eu estava com o envelope na mão.

— É um convite — falei incrédula. — Estão nos convidando para uma festa hoje. É da princesa Nicole, de Nibrea.

— O quê? — Peter perguntou. — Posso ver?

Entreguei o convite para ele, que o leu em voz alta.

— "Querido Peter, estou convidando você e sua namorada para a minha festa bombástica que ocorrerá hoje à noite. Não se preocupe, tem quarto para vocês dois. E mesmo se não tivesse não me importaria de dividir o meu com você. Ha ha ha. Brincadeirinha. Já conversei com o seu pai e com o pai dela e os dois deixaram. Vai ser a minha festa de aniversário e ela vai durar três dias. Espero que venham. Estou sentindo muitas saudades suas. Um grande beijo, Nicole" — Peter pareceu surpreso com o convite.

— Nossa, ela realmente gosta de você. — Tentei esconder ao máximo o meu ciúme.

— Mas eu não gosto dela dessa maneira, é claro. Ela é uma ótima pessoa. Só isso. — Ele olhou para mim. — Você quer ir?

— Não sei. Você quer ir?

— Acho que seria uma boa oportunidade para você se divertir, sair um pouco do seu castelo, mas você quem sabe. Para mim tanto faz.

—Acho melhor eu ir, mesmo só tendo sido chamada para que você fosse — falei, meio triste e com raiva, e nem eu sabia o porquê.

— Não é assim. — Peter sentou-se um pouco mais perto de mim e me fez encará-lo. — E mesmo que isso fosse verdade não importa. Ainda bem que ela teve a noção de convidar você, porque se ela não te chamasse eu não ia. — Eu sorri e ele continuou: — Pensa pelo lado positivo: é bom para você interagir. E outra, quem não gosta de uma festa?

Eu ri.

— Será que meu pai deixou de verdade?

— Deve ter deixado. Esses eventos são importantes. Mas posso perguntar se você pode mesmo ir no almoço. Se você quiser, é claro.

Como mágica, um guarda chegou e nos disse que era a hora do almoço. Meu pai estava lá, para a minha surpresa. Peter sentou-se à minha frente e logo perguntou:

— Majestade... — Meu pai olhou para ele. — Sua filha e eu fomos convidados pela Nicole, a princesa de Nibrea, para a sua festa de 18 anos. Como você sabe, essas festas são bem vistas pela imprensa, como uma comemoração de príncipes e princesas importantes. Eu acho que seria bom para a imagem da sua filha ir. Por isso queria pedir a sua permissão para levá-la e cuidar dela lá, já que minha família está lá e eu já conheço a cidade.

— E por que é você que está perguntando e não ela?

— Posso ir?

— Eu já tinha deixado — ele disse com um sorriso vitorioso. — Mas gostei de vê-la pedir. Dessa vez passa, vou fingir que você não deveria ficar de castigo, porque é um evento importante, como disse seu amigo, ou melhor, namorado.

Eu fiquei vermelha e com um pouco de raiva, e Peter também. Se fosse em outros tempos riríamos disso, de dizer que éramos namorados, mas depois de tudo que nos estava acontecendo isso realmente foi inesperado. Meu pai percebeu que nossas ações tinham mudado. Com certeza, ele esperava que disséssemos que nós não erámos namorados, mas mesmo não sendo parecia errado falar isso. Ele estranhou nossa atitude, mas não disse uma palavra a respeito.

Apesar de ser como todos os dias, o almoço pareceu mais demorado pareceu durar uma eternidade. Não sei se pela presença do meu pai ou se pela ansiedade que eu estava por causa da festa. Assim que meu pai saiu da sala, um alívio surgiu no ambiente. Não me levem a mal. Ele é meu pai, eu ainda o amava, mas não aguentava mais ver que ele me machucava de propósito. Eu lutava para perdoá-lo por tudo que tinha me feito, mas uma coisa é perdoar e outra bem diferente é fingir que nada aconteceu.

Peter cortou o silêncio.

— E aí? Ansiosa para a festa?

— Claro — respondi sorrindo. — Não me leve a mal, eu adoro festa, mas nessas festas geralmente as pessoas nem falam comigo. Então estou um pouco nervosa.

— O quê? Por quê?

— Não sei.

— Você deixa que as pessoas falem com você?

Eu o encarei sem entender a pergunta e Peter riu.

— Às vezes, as pessoas até querem falar com você, mas como você já chega se isolando, as pessoas têm medo de serem rejeitadas.

— Nunca tinha pensado nisso. Mas você vai estar lá, né? Para me salvar — eu disse, dando risada.

— Claro. Não que eu ache que você precise disso, mas vou estar ao seu lado. E você já tem dois amigos lá além de mim.

— Quem?

— O Jacob e o Kily — ele respondeu. — O pouco contato que tiveram com você já os fez te adorarem.

— Sério? — indaguei surpresa. — Mas eles são príncipes?

— São. Mas, seus países são pequenos e pouco conhecidos.

— Desculpa... — comentei envergonhada. — Vou pedir para a Amanda intensificar as minhas aulas de Geopolítica.

Peter riu e falou:

— Não tem problema. É costume perguntarem isso, porque além de serem de países pequenos, eles não falam muito que são príncipes. — Brincando, ele acrescentou: — E como você poderia conhecê-los se nem me conhecia?

— Convencido. — Eu e Peter rimos.

Era muito fácil conversar com Peter. Na verdade, era muito fácil estar ao lado dele. Saímos da sala de jantar e fomos pelo corredor conversando sobre várias coisas.

— Peter...

— Oi.

— Nós vamos ter que fingir que somos noivos?

Sei que a pergunta parecia besta, mas eu não consegui parar de me perguntar isso.

— Eu acho que sim — ele respondeu pensativo enquanto andávamos até o meu quarto de braços dados. — Não vai ser muito difícil. É só continuar como estamos fazendo agora. As pessoas aqui nem desconfiam — ele disse rindo, mas quando me olhou entendeu. Parou na minha frente, fazendo-me encará-lo. — Você não precisa ter medo. Eu não vou beijar você para as pessoas pensarem que somos namorados. — Ele parecia triste ao terminar a frase. — Achei que você confiava em mim.

— E eu confio. — Nossa eu era uma idiota por pensar isso por um minuto que fosse. — Desculpa. Eu nunca deveria ter pensado nessa possibilidade. Sei do seu caráter, mas tenho medo dessas pessoas. Apesar de eu ir em festas há anos, eu sempre fico mais de canto e sempre volto um pouco triste. Chegar ao seu lado vai chamar mais atenção ainda.

— O que aconteceu para você ficar tão traumatizada?

— Nada. É que por sempre ter aula em casa, eu não tenho muito convívio com a sociedade — menti, ou melhor, omiti o maior motivo para não gostar de ir nas festas dessas princesas. — E quando fui para escola, bom, eu não fui muito bem recebida. — Isso era real.

— O que aconteceu? — Peter perguntou, pegando meu braço novamente para que continuássemos a subir a escada para os nossos quartos.

— Vamos dizer que uma menina não era muito simpática comigo. Ela gostava de um garoto e só porque o garoto gostava de mim, ela fazia a sala inteira se voltar contra mim.

Ele me olhou como se perguntasse: "Foi a menina que você bateu?". E com o olhar respondi que sim antes de continuar a falar. Ele assentiu como se dissesse que o soco tinha sido merecido e eu, por um momento, sorri, e completei a história:

— Ela era manipuladora. Fazia com que as minhas amigas se afastassem de mim. Como princesa, eu nunca podia sair sozinha nem nada do tipo, e ela distanciava as pessoas de mim, falava coisas como: "Como você errou essa questão? Nossa, você é mesmo muito burra. E esse é o futuro do nosso país" e ria. Fazia com que eu me sentisse um lixo por não ser perfeita. — Uma dor adentrou meu peito enquanto eu relembrava desses momentos. — Por ser princesa sempre fui mais cobrada. Acho que é por isso que tento ser perfeita o tempo todo, porque além dos alunos da escola que me criticavam por não ser perfeita, meu pai e o Parlamento também criticavam. Ainda criticam.

— Mas você não disse que você só estudou com 6 anos na escola?

— Sim, é que eu ia e voltava. Meus pais não queriam que eu fosse, mas eu os convencia. Estudei na escola quando tinha 6 anos, durante seis meses; depois com 8 anos, quando fiquei dois meses; e com 13 anos fiquei um ano na escola, mas aí aconteceu aquela história que tentaram me sequestrar, e depois disso nunca mais voltei, mesmo com a escola reforçando a segurança e eu tentado convencer meus pais.

— Nossa...

— Não precisa fazer essa cara — eu disse rindo. — Eu sou e sempre fui uma pessoa feliz. É que no momento algumas coisas estão meio complicadas para mim, mas eu vou dar um jeito e tudo vai voltar ao normal daqui a pouco.

— Eu sei que vai — Peter comentou.

Continuamos andando até chegar à porta do meu quarto.

— Como é Nibrea? — perguntei para ele.

— É um país bem bonito — ele respondeu.

— Como é o clima de lá? Para eu poder escolher as minhas roupas.

— Ah, tá... — Peter pensou um pouco e falou: — Normal. Não é muito frio nem muito quente.

— Isso não me ajudou muito — eu falei.

— Quer que eu te ajude a escolher?

— Isso não vai te atrapalhar? — perguntei, meio confusa se queria que ele dissesse sim ou não.

— Não — ele respondeu.

Entramos no quarto e comecei a pegar algumas peças e mostrá-las a ele. O primeiro foi um vestido longo azul-claro cheio de babados. Peter achou melhor não levar esse. O segundo foi um vestido cor-de-rosa, que batia na altura do joelho, era esvoaçante e tinha um pouco de brilho. Peter pareceu adorá-lo, pelo tanto que ficou me olhando.

— Gostou desse? — perguntei, ainda com o vestido no corpo. — Você acha que é bom para a ocasião?

— É quase impossível não gostar de uma roupa em você. — Eu ri, mas quando olhei para ele vi que Peter estava sério. — Mas eu acho que esse vestido está bom para a festa. Só vou te lembrar que além da festa você vai sair comigo para conhecer uns lugares, então leve algumas opções de roupas a mais.

— O quê? Para onde você vai me levar?

— É surpresa — ele respondeu rindo. — Acho melhor eu ir, se não vou tirar a graça de só te ver pronta na hora. E já percebi que vou acabar estragando a surpresa se ficar aqui. Vejo você daqui a pouco. Não se esquece de que partiremos daqui a uma hora.

Depois de falar isso, ele saiu do quarto, deixando-me supercuriosa para saber onde iríamos. Escolhi outras roupas, mesmo sem saber o que iríamos fazer e se eram apropriadas. Segui meu instinto e pesquisei algumas festas anteriores dela e vi que eram realmente bem conhecidas.

Percebi que só em algumas o Peter estava, mas eram as mais antigas. A Nicole sempre aparecia ao lado dele, como se fossem namorados, e ele sempre parecia desconfortável. Na realidade, não sei se fui chamada para as outras ou não, porque geralmente eu nem ia às festas. Depois daquela que contei então, jogava os convites fora sem nem abri-los. Mas não me importei se não tinha sido chamada para algumas delas.

Coloquei umas 10 peças de roupas diferentes, porque não sabia onde Peter iria me levar e porque queria estar preparada para a festa caso uma roupa não ficasse tão boa quanto eu esperava. De sapato, coloquei um tênis, uma sandália e um salto lindo, cheio de brilho. Eu já tinha uma leve noção de que roupa usaria na festa, mas decidiria lá. Acrescentei uma bolsa de maquiagem, na verdade, uma maleta de maquiagem. Como a festa teria mais de um dia e à noite, eu queria fazer uma maquiagem bonita. Por último, vesti uma roupa mais confortável, um vestido amarelo que eu sempre usava em viagens longas. Além de ser confortável, ele era bem bonito. Quando estava colocando os sapatos, uma sandália, alguém bateu à minha porta.

— Pode entrar! — gritei, ainda ajeitando o sapato.

— Nossa... Você está linda — Peter disse, olhando-me com o corpo recostado na porta.

— Você não está nada mal também — eu falei, e Peter sorriu.

Ele estava com a sua calça preta jeans de costume, uma blusa preta de manga curta, de Adidas branco e com seus óculos escuros da Ray Ban. Como sempre, ele estava lindo, mas eu não ia dizer isso a ele.

— Vamos?

— Claro.

— O que é isso? — Peter perguntou, apontando para minha mala.

— Minhas roupas.

Peter caiu na gargalhada. Depois de alguns minutos rindo igual a uma criança, ele finalmente falou:

— Você sabe que nós vamos ficar apenas três dias, né?

— Sei... — falei naturalmente, não entendo a graça.

— Então o porquê disso tudo?

— Porque é necessário. Não sei onde você vai me levar nem como vai estar a festa, então preciso de mais opções.

— E quantas tem aí? Mil? — Peter disse, ainda rindo.

— Ha ha. Muito engraçado, Peter. — Olhei para ele de cara feia e ele riu mais ainda. — Vamos logo.

Ele me seguiu ainda dando risada. Não sei de quê, mas ele parecia não querer parar. Como não aguentava mais isso, perguntei:

— Peter, você é amigo da Nicole?

— Não. Por que a pergunta?

— Nada. — Fiquei um pouco vermelha. — É que eu vi algumas fotos antigas do aniversário dela em que você estava.

— Ela sempre convida todos os príncipes e princesas para as festas dela. Por que a pergunta? Você já foi convidada, né?

— Não sei. — Sorri e Peter pareceu confuso. — Eu geralmente jogo os convites fora antes mesmo de abrir.

— O quê? Por quê? — Peter disse, surpreso.

Dessa vez fui eu que comecei a rir igual a uma criança da cara de Peter. Ele estava muito surpreso e isso me fez rir como uma doida.

— Sei lá... Eu gosto de festas, sempre gostei, mas as princesas não são muito legais comigo e eu sempre fui meio tímida, então sempre preferi ficar em casa. E eu duvido que você adivinhe o que eu ficava fazendo — respondi.

— Isso é bem difícil... — Peter falou, entrando na brincadeira. — Deixa eu pensar... Hum... Lendo? — Ele falou a última parte rindo.

— Como você acertou? — Fingi cara de espanto e Peter riu ainda mais.

Continuamos a andar pelo castelo em silêncio, mas não estávamos desconfortáveis, muito pelo contrário. Eu gostava disso em Peter. Nós podíamos rir o dia inteiro ou ficar em silêncio que nunca ficávamos constrangidos. Era bom estar na companhia dele mesmo sem dizer uma palavra.

Olhando para ele percebi que ele estava com um pequeno sorriso no rosto e pensava em algo. Eu queria perguntar o que o estava fazendo sorrir daquela maneira, no que ele estava pensando, Mas não perguntei. Não queria ser intrometida. Não queria estragar o momento.

Enquanto andávamos notei que ele estava carregando a minha mala, mesmo sabendo que poderia deixar qualquer guarda, ou até mesmo eu, fazer isso. Mas ele a carregava sem nenhum esforço, era como se estivesse acostumado a fazer isso. Apesar de ser um fato simples, fiquei contente.

Olhei para ele, que me olhou também, e sorriu. Eu sorri de volta e olhei para outro lado. Notei que todos nos olhavam e cochichavam. Antigamente, eu ficaria nervosa e rezaria para pararem de olhar, não porque não estivesse acostumada com olhares, mas porque não estava costumada com olhares por conta de um "relacionamento". Porém dessa vez só sorri. Não sei o que havia mudado, mas o fato de Peter estar ao meu lado e as pessoas acharem que estávamos namorando não me incomodava mais. Eu podia até dizer que isso me deixava feliz.

Aproveitei o momento e pensei em nós dois, isso se existisse um nós dois. Bom, pensei em como as coisas estavam confusas e como, apesar de querer socar Peter por me fazer sentir assim, eu queria beijá-lo. Sei que fui eu quem disse para não fazermos isso até decidirmos o que queríamos, e ainda concordava com essa decisão, mas a cada momento ficava mais difícil encará-lo e não me aproximar. Quando via, já estamos quase lá, quase encostando nossos lábios. O pior é saber que ele também tinha dificuldade de cumprir o meu pedido, mas toda vez que se lembrava, afastava-se. Às vezes eu pedia mentalmente para ele me desobedecer, mas gostava de ver que ele me respeitava. Respeitava meu tempo.

Não me entenda mal. Eu queria beijá-lo e muito, mas era o meu primeiro beijo. Não queria que fosse de qualquer forma. Não queria que fosse com alguém que não entendia se gostava ou não de mim. Pior, com alguém que nem eu sei se gostava. Tinha medo de me arrepender. Se eu já tivesse beijado anteriormente, com certeza o beijaria, mas como eu nunca tinha feito isso, eu não queria.

Sei que vivemos na vida real e que o meu primeiro beijo não seria como os dos livros, mas queria que fosse especial. Queria saber que estava fazendo aquilo porque gostava da pessoa e ela de mim e não porque estava desesperada, porque eu não estava. Às vezes, ficava chateada por ser a única que conhecia a pensar assim e ser "BV", porém eu me conhecia o suficiente para saber que se fosse de qualquer maneira ou com qualquer um, eu me arrependeria eternamente.

Eu nunca contaria isso a Peter, mas um dos grandes motivos de eu ter me isolado e parado de ir às festas foi o fato de todos me zoarem por ainda não ter beijado ninguém. A maioria das meninas beijou pela primeira vez aos 13 anos e elas não aceitavam que eu não estava desesperada. Elas só sabiam falar de garotos e tentar arrumar garotos para mim. Nunca entendi por que eu nunca ter beijado as incomodasse tanto. Eu preferia ser diferente. E daí?

Era horrível. Todas as festas elas apareciam com vários príncipes e duques diferentes e diziam que eles beijavam bem e que era para eu beijá-los. Eu sempre recusava e elas ficavam rindo de mim. Eu me sentia péssima, porque elas diziam para eles que eu queria beijá-los mesmo sabendo que eu iria recusar, e os garotos ficavam tristes, achavam que eu estava brincando com eles porque, para eles, eu os chamava só para dar um fora neles.

A Nicole era sempre a primeira: a primeira a me zoar e a me excluir do grupo por ser diferente. Eu só fui a uma festa dela e já fazia muito tempo, eu tinha 13 anos. Elas já me excluíam, mas mesmo assim eu queria ir. Que boba eu fui. Quando cheguei lá, elas armaram para eu ficar com um garoto. Lembro-me de como todos riram.

Elas me levaram para a pista de dança, desligaram a música e falaram que eu ia beijar pela primeira vez um garoto, na frente de todo mundo. Elas me empurraram para perto dele enquanto eu estava tentando sair correndo. O garoto era primo da Nicole e quando disse que eu não queria, todos começaram a rir e ele, ferido por conta da minha rejeição, falou um monte de coisas sobre mim. Senti-me muito humilhada. Saí correndo da festa e nunca mais apareci em uma festa dela.

Nem sei se era convidada, porque só de ler seu nome eu já jogava o que recebia fora. Fui tão humilhada que mesmo depois de quase cinco anos, eles ainda me ridicularizavam quando eu ia às festas. Por isso preferia ficar em casa. Não era só porque eu gostava de ler, mas porque eu odiava a humilhação que passei. As únicas pessoas que sabiam disso eram a Ana e a minha mãe. Ah, como eu sinto saudade dela... Ela sabia de tudo e sempre me apoiava.

Percebi que estava quase chorando de me lembrar disso tudo, porque Peter me olhou e falou:

— Você está bem? — Eu o encarei. — Você está tremendo — ele disse, preocupado.

— Eu estou ótima. Só estou com um pouco de frio — menti.

Peter tirou o seu blazer, que ele colocara quando passamos na frente do quarto dele, e colocou em mim.

— Está melhor?

— Sim, obrigada.

Pela cara do Peter, ele sabia que tinha algo a mais, porém ele respeitou a minha vontade, como ele sempre fazia. Continuamos andando, de mão dadas, em direção ao jatinho que nos levaria para Nibrea.

Capítulo 23

Quando entramos no jatinho vimos que só íamos nós dois. Achei um milagre, já que meu pai sempre ia nesse tipo de coisa. Geralmente, todas as festas as pessoas convidavam os reis e as rainhas, e eles tinham uma festa separada para eles se os filhos não quisessem presença de adultos, o que acontecia frequentemente.

Sentei-me ao lado de Peter, que ainda estava sorrindo e pensando em algo. A minha curiosidade estava muito grande, então tive que perguntar.

— Peter: — Ele olhou para mim. — Sei que não deveria fazer esse tipo de pergunta... Posso estar sendo invasiva, mas... No que você tanto pensa e sorri?

— Ah! Quer dizer que você quer saber o motivo do meu sorriso? — Eu assenti. — Isso é só curiosidade ou é ciúmes? — ele perguntou rindo.

— Curiosidade. Por que eu teria ciúmes de você?

— Não sei. Me diz você — ele respondeu, e continuou antes que eu pudesse falar: — Mas vou matar a sua curiosidade. Eu estava pensando em uma pessoa. E em como eu a acho espetacular.

Ele me olhou. Achava que eu perguntaria quem, mas eu não queria dar esse gostinho a ele, então apenas disse:

— Ah, tá... — Tentei soar o mais indiferente possível.

Peter riu e falou:

— Você não vai perguntar quem é? Sei que está doida para saber.

Ele estava me provocando. Mas eu também sabia brincar.

— Na verdade, você quer que eu pergunte, não é? — Ele não disse nada, só continuou com um sorriso no rosto. — Quer que eu fique implorando. Mas mesmo que eu perguntasse, algo que não vou fazer, você não me responderia, certo?

— Não sei... — Ele estava gostando de brincar comigo. — Talvez sim. Talvez não. Você teria que perguntar. Mas como acabou de dizer que não vai, então não saberemos.

— Argh! Você é muito irritante, sabia?

— E você adora — ele disse sorrindo e virando-se para a janela.

Como ele sempre fazia isso? Como, até nas conversas pequenas, deixava-me sem palavras? Como ele tinha esse poder? Como ele era tão... tão... Nem sei o que ele era. Argh!

Essa instabilidade era horrível, mas boa ao mesmo tempo. Essa era a definição da minha relação com Peter: inexplicável. Ao mesmo tempo em que era boa, também era ruim. Ao mesmo tempo em que gostava dele, eu também o detestava. O pior era que eu não sabia por que eu gostava tanto dessa montanha-russa. Eu, que sempre gostei muito de estabilidade.

Olhei no relógio e eram 14h. A festa começaria às 19h. Tínhamos cinco horas para viajar, chegar lá e nos arrumar. Pelo que Peter havia me falado, o voo durava em média umas três horas. Com certeza, chegaríamos atrasados à festa, porque duas horas era muito pouco tempo para nos arrumarmos, mas não falei isso para Peter porque acho que ele riria e diria que duas horas dava até para dormir antes. Talvez para ele, que ia tomar um banho rápido e só trocar de roupa, mas não para mim, que tinha que tomar banho, trocar de roupa, fazer uma maquiagem e ainda fazer algo com o cabelo.

A festa da Nicole era uma boate para os príncipes e as princesas e a entrada estava sempre muito cheia de reportes. Então tínhamos que ir com uma roupa legal para dançar, mas também legal para sair no jornal. E eu queria ir bem arrumada, afinal, a última vez em que fui foi um desastre e eu queria tirar essa imagem da memória deles. E pelo fato de eu estar "noiva", as pessoas reparariam muito mais em mim. Talvez a Nicole ficasse ainda mais no meu pé, já que, pelo visto, ela gostava do Peter, e supostamente estávamos prestes a nos casar. Então era mais um motivo para tomar cuidado com ela.

Olhei para Peter, ele estava dormindo. Tinha tirados os óculos escuros e a posição em que estava deitado fazia com que seu cabelo loiro refletisse a luz do sol. Ele parecia em paz.

Pensei em como o julguei quando o conheci e como eu era grata a ele por tudo que ele já tinha feito e fazia por mim. Eu não falaria isso para ele nunca, mas ele era uma benção na minha vida. Ele apareceu logo quando eu precisava de um amigo. Eu me sentia segura ao lado dele, sentia que eu podia ser eu mesma. Pensei em como eu torcia para que quando ele se casasse com alguém, que pudéssemos continuar amigos. E pensei em como sua futura esposa seria sortuda.

Decidi imitá-lo e tentar dormir um pouco.

Eu estava na festa da Nicole e todos estavam rindo de mim. "Ah não, de novo não", pensei. As meninas estavam me empurrando para o centro da balada, como aconteceu quando eu tinha 13 anos. Eu tentei correr, mas eu não conseguia, e mais as pessoas riam. Eu escutava vários xingamentos e isso me fez chorar. Conforme fui chegando no centro da balada, vi de longe quem era a pessoa que estavam me obrigando a beijar. Comecei a gritar para que parassem. Aproximei-me ainda mais e a cada centímetro que me empurravam seu cabelo loiro ficavam mais aparente.

Cheguei ao centro da balada e Peter estava lá. Mas não parecia o Peter que eu conhecia. O Peter que estava lá estava rindo, e quando me empurraram para perto dele, ele disse:

— Sério? Justo essa pateta "BV"?

E todos riram, menos eu. Ele chegou perto de mim e eu não consegui correr. Eu queria correr, porém meus pés ficaram presos. Tentei puxá-los, mas nada aconteceu, eles não se moveram. E quando olhei, Peter estava muito próximo a mim. Eu lhe disse bem baixinho:

— Peter, por favor... — Ele me encarou enquanto eu tentava não chorar na frente dele. — Você sabe que eu quero te beijar, mas não dessa maneira. Você sabe o quanto importante isso é para mim, então por favor, para.

Nesse momento, eu escutei a voz do meu pai dizendo:

— Ela é mesmo uma covarde. Por isso eu nunca a considerei como filha. Que vergonha! Que vergonha ser chamado de pai por ter uma filha assim.

Eu comecei a chorar e todos começaram a rir, inclusive Peter.

Acordei suando frio e chorando. Eu estava tremendo. Peter acordou e ficou assustado quando me viu.

— O que aconteceu? Por que você está chorando? — Ele parecia preocupado.

Eu não consegui falar, as palavras não saíram. Cada vez que abria a boca, eu chorava ainda mais. Peter me abraçou e falou enquanto me abraçava e me olhava com preocupação:

— Calma. Calma, Leticia. Eu estou aqui. Não sei o que aconteceu, mas eu estou aqui do seu lado.

Peter ficou um tempo assim comigo, esperando que eu me acalmasse.

— Você quer que eu pegue um copo de água para você?

Não sei por que, mas o agarrei ainda mais. Ele entendeu e pediu à aeromoça para pegar um pouco de água com açúcar para mim. Ele continuou me abraçando enquanto eu tentava parar de chorar e a moça ia buscar a minha água. Quando a água com açúcar chegou, ele agradeceu e me estendeu o copo.

Ele me olhou beber a água com um olhar preocupado. Quando terminei de beber, ele perguntou:

— Está melhor? — Eu fiz que sim com a cabeça e ele falou: — O que aconteceu?

— Eu tive um pesadelo.

Ele me encarou, como se quisesse ler através dos meus olhos, para saber se era só isso mesmo.

— O que aconteceu no seu pesadelo? Eu posso saber?

Eu não queria que ele ficasse chateado comigo, mas eu não queria falar a respeito. Não naquele momento.

— Não quero que fique chateado comigo, mas prefiro não dizer — respondi.

— Tudo bem. — Ele pareceu um pouco magoado. — Mas se quiser conversar eu estou aqui. — Eu assenti e ele acrescentou: — Eu não sou burro, Leticia. Sei que tem algo a ver com a Nicole e a festa. — Gelei. — Desde que disse que ia vir você ficou um pouco estranha e sei que você não lia os seus convites para festa por algum motivo, não só porque você queria ler. Sei que algo aconteceu. — Ele olhou no fundo dos meus olhos e disse, com um sorriso um pouco triste: — Mas já que não quer me contar agora, eu respeito a sua escolha.

— Não é que eu não quero te contar... É só que... que... eu não me sinto preparada para falar disso. — Ele continuou prestando atenção. — Eu sempre fui mais na minha. Algumas coisas até a minha mãe, que eu sempre confiei muito, eu não contava para ela. Vou contar para você, mas depois. Eu prometo.

Ele sorriu e disse:

— Eu já reparei isso em você.

— Reparou o quê?

— Que não gosta de ser ajudada. Você não gosta de falar da sua vida porque acha que está incomodando as pessoas. E você tem muita dificuldade de confiar nas pessoas. Você é o típico tipo de pessoa que gosta de ajudar, mas não de ser ajudado.

— Como você sabe disso? — Ele riu. — Eu sou tão fácil de ler assim?

— Talvez para as outras pessoas não, mas eu te conheço. Talvez bem mais do que nós dois saibamos.

— Você me conhece porque é igual a mim. — Ele só sorriu. — Você me conhece tão facilmente porque também é assim. Você também prefere ajudar as pessoas a ser ajudado e você também tem medo de confiar nas pessoas e de se abrir demais e se machucar.

Ele sorriu.

— Viu como você tem as respostas que procura e como é inteligente? Sem muito esforço percebeu coisas que muitas pessoas que convivem comigo há anos nunca perceberam.

Eu sorri também.

— Se somos bem parecidos, como só você sabe coisas sobre mim? Eu só sei coisas legais suas. E você sabe basicamente tudo sobre mim — eu comentei.

— Porque nesse momento quem está precisando mais de ajuda é você. E eu não quero ficar falando um monte de coisas triste desnecessariamente. Mas te prometo que se precisar vou falar com você. Pode ser? — ele falou com um sorriso tão lindo que ninguém conseguiria resistir.

— Pode. — Eu sorri e ele retribuiu. — Como você sempre consegue falar as coisas certas nas horas certas?

— Eu não sei — ele respondeu dando risada. — Você também consegue. Você só não está vendo isso agora porque é com você que está acontecendo.

— Certo de novo.

Ele riu.

— Agora que está melhor, o que acha de voltarmos a dormir? — Na mesma hora pensei em meu pesadelo e devo ter feito uma cara feia, porque Peter riu. — Calma. Você não me esperou terminar de falar. Acho que você podia tentar dormir para descansar um pouco e porque ainda faltam — ele olhou o relógio — duas horas e meio de voo.

— O quê? Isso tudo? — falei surpresa. — Achei que faltavam uns cinco minutos para pousarmos.

— Quem dera! Se bem que ficar aqui com você basicamente dormindo, comendo e conversando, sem me preocupar com nada, é um paraíso.

— Não tinha pensado por esse lado — disse. — É melhor parar de falar em como é bom ficar aqui, senão não vou querer descer — falei brincando.

— Ok, senhorita Leticia. — Ele fingiu prestar uma continência e eu ri. — Agora, falando sério, acho melhor dormimos um pouco. E antes que faça aquele cara de desesperada de novo, eu tenho uma solução para você não ter mais pesadelo.

— Qual?

— Que tal combinarmos o seguinte? Você toma um remédio para relaxar e pode dormir segurando a minha mão. E se precisar, é só me acordar e a gente fica conversando até chegarmos. O que você acha?

— Pode ser. Mas por que você carrega um remédio para dormir na sua mochila? — perguntei curiosa.

— Porque, sabe, as garotas geralmente não conseguem dormir ao meu lado de tão impressionadas com a minha beleza, então tenho que que me prevenir e já trazer um calmante.

Eu ri e falei, entrando na brincadeira:

— Ah, claro. Obrigada, então, por ser tão bonito e por passar por essas situações.

— De nada. — Nós dois rimos e ele falou: — Na realidade, nem sei por que trago esse remédio, mas o carrego na bolsa porque foi uma das coisas que minha mãe me ensinou desde novinho, a sempre ter um calmante quando fosse viajar. Ela dizia que com a vida de príncipe e principalmente de rei, eu poderia precisar. Como temos que viajar muito, acabamos chegando já na hora nos lugares e ficamos sem tempo para descansar. Ela gostava de ter certeza de que eu relaxaria antes de tomar qualquer decisão.

— Que fofo. Me conta mais alguma coisa sobre você.

— Tá. Deixa eu pensar... — Ele pensou um pouco e falou: — Apesar de não parecer, eu sou a pessoa que cuida do grupo de amigos na festa.

— Você? — perguntei surpresa. — Achei que você fosse o primeiro a ficar enrolando as meninas para ficar apenas com uma e as outras continuarem se sentindo especiais e na próxima festa irem atrás de você de novo — falei rindo. — Nunca achei que fosse o pegador, porque acho que apesar de falar da sua beleza o tempo todo — ele riu —, você é uma pessoa reservada. Mas sempre achei que fosse o tipo de garoto que conversasse com várias ao mesmo tempo.

— Por que acha isso?

— Não sei. Eu só acho. Sempre fui boa para ter uma noção de como as pessoas são. Acho que consigo saber um pouco da personalidade da pessoa só por conhecê-la um pouco. Mas com você é ainda mais fácil. É estranho dizer, mas parece que eu te conheço há muito tempo.

— Sei o que quer dizer... Mas você não estava certa com a sua primeira impressão sobre mim. — Ele me encarou e levantou a sobrancelha. — Ou eu estou errado?

— Mais ou menos — respondi rindo enquanto ele me encarava confuso. — Eu errei quando achei que você era chato e insuportável. — Ele me encarou surpreso e eu ri mais. — Mas, acertei quando achei que você era um pouco mimadinho e que de alguma maneira você ia mudar a minha vida. Tudo bem que eu achei que fôssemos virar inimigos e acabou que viramos amigos, porém o que vale é a intenção.

— Ah, isso não conta não. — Eu ri e ele continuou, com aquela voz pretensiosa dele: — Então quer dizer que você me acha um mimadinho? E o mais importante, você acha que eu mudei a sua vida?

— Eu já respondi a sua pergunta. Eu não vou repetir.

— Ah, mas você vai sim.

Depois de dizer isso ele começou a fazer cosquinha em mim. Eu ri sem parar e ele riu da minha risada. Percebi que ele tinha feito isso de propósito. Ele tinha respondido a minha pergunta, mesmo dizendo que poderíamos conversar depois, só para me distrair do meu pesadelo. Quando ele parou de me fazer rir eu falei:

— Obrigada.

— Por quê? Pelas cosquinhas? — ele perguntou brincando. — Porque se quiser eu posso fazer mais — ele falou, aproximando-se para fazer mais cosquinhas em mim.

— Não! — gritei e coloquei a mão na barriga. Rimos junto da minha reação. — Obrigada pela distração. E por toda a ajuda.

— Que distração? — Ele fingiu não saber. Eu o encarei e ele cedeu. — Ok. Mas eu não falei com você só pela distração, ok? Realmente gostei de conversar com você.

— Eu sei. Todo mundo gosta. — Dessa vez fui eu a pretenciosa.

— Olha quem está se achando — ele falou brincando.

— Aprendi com um professor muito bom. Se quiser te passo o número dele.

— Ah, claro que eu quero — ele disse, entrando na brincadeira. — Qual é o nome dele?

— Eu acho que você já o conhece. O nome dele é Peter Oslandy, mas algumas pessoas o chamam de senhor Peter. — Fingi cochichar em seu ouvido: — Mas ele não gosta muito desse apelido, então só eu posso chamá-lo assim.

— Ah, é? — ele falou, provocando-me.

— É.

Peter olhou-me de um jeito diferente. Percebi que tanto eu quanto ele estávamos olhando muito um para o outro. Achei que ele me beijaria e acho que ele o teria feito se não tivesse se lembrado do que eu disse. Ele se inclinou, mas parou.

— Eu não posso fazer isso com você.

— Por mim tudo bem. Pode me beijar — falei sem pensar.

Ele me encarou confuso, mas depois pareceu recuperar a consciência e falou:

— Eu não vou fazer isso com você. — Eu o encarei. — Você está com vontade, eu também estou, mas vou respeitar a sua decisão de só me beijar quando as coisas estiverem esclarecidas. Porque sei que agora você está falando isso, mas te conheço para saber que se arrependerá se fizer isso agora e sem certeza alguma.

— Obrigada por me deixar chateada com você, mas por me respeitar.

Ele riu.

— Eu gosto muito de você e não quero que nada estrague o que temos.

— Eu também não. — Eu sorri e continuei: — Acho melhor dormir agora.

Ele me encarou com um sorriso lindo no rosto e disse:

— Claro. Estou às suas ordens, princesa. — Ele fingiu prestar uma continência e eu ri.

Peter pediu dois copos de água para a aeromoça, um para mim e outro para ele, e pegou os calmantes. Quando ela chegou, ele me entregou um copo e um comprimido e nós tomamos juntos o remédio. Antes de apagarmos Peter pegou a minha mão e apertou. Ele continuou de mão dadas comigo até não me lembrar mais de nada.

Não sei se pelo remédio ou pela mão de Peter, que ficou junto à minha o tempo todo, eu dormi como um neném. Acordamos ao mesmo tempo e reparei que nossas mãos ainda estavam juntas, mas eu não as separei. Percebi que ele também reparou, mas assim como eu, não soltou a dele da minha. Ele apenas perguntou:

— Dormiu bem dessa vez?

— Sim.

— Que bom.

A aeromoça avisou que já havíamos pousado e que os pais de Peter estavam esperando por nós no carro, já que havia várias pessoas do lado de fora nos esperando. Olhei para Peter e ele para mim. Notei que estávamos pensando a mesma coisa: como sabiam onde pousaríamos e a que horas pousaríamos?

A aeromoça voltou a falar das políticas de segurança que já estávamos acostumados a ouvir. Era sempre a mesma coisa: "Vocês não devem desgrudar dos seguranças de vocês. Vocês sabem o código para socorrermos vocês se precisarem. Evitem falar muito com as pessoas, porque existem pessoas boas que querem o bem de vocês, mas existem pessoa ruins que estão apenas esperando para tentar atacá-los. E por último, mas não menos importante, não falem com jornalistas, eles podem distorcer o que vocês falaram e isso pode manchar a imagem de vocês". Eu escutava esse tipo de coisa desde dos meus 2 anos, então já sabia tudo de cor e não prestei atenção.

Olhei pela janela enquanto a aeromoça continuava a citar as regras que devíamos seguir para nossa proteção. Reparei que haviam várias pessoas gritando nossos nomes. Crianças usavam coroas e camisas com nossas fotos estampadas. Várias pessoas estavam com caderno e caneta esperando por nossos autógrafos. Algumas tinham cartazes com escritos como: "Te amamos, princesa Leticia" ou a mesma coisa, mas com o nome de Peter.

Porém um cartaz específico me chamou muita atenção. Ele estava com uma criança e dizia: "Peter e Leticia, vocês são o melhor casal do mundo. Amo vocês". Achei muito fofo. Adolescentes gritavam nossos nomes e esperavam ansiosamente que saíssemos do jatinho para tirarem foto conosco e nos filmar. Eu adorava o carinho que as pessoas tinham comigo.

A aeromoça terminou de falar as regras e acrescentou:

— Vocês dois são realmente muito amado pelas pessoas.

Nós olhamos para ela, que continuou:

— Trabalho com diversos príncipes e princesas e nunca vi tantos fãs quanto vocês têm.

— Obrigado — Peter respondeu, perguntando logo depois: — Posso te fazer uma pergunta?

— Claro, alteza. — A moça ficou encantada por Peter falar com ela de maneira galanteadora, como sempre fazia com qualquer um. Eu podia apostar que era uma de suas fãs.

— Como as pessoas sabiam que iríamos pousar aqui? E a que horas pousaríamos.

Ela pareceu pensar e entrou no celular. E depois de um tempo ela disse:

— A princesa Nicole postou algo na rede social dela, dizendo que vocês já estavam chegando e que ela estava ansiosa para ver o casal do ano pousando em Nibrea. E disse algo sobre torcer para o trânsito estar legal, porque a rua principal era horrível a esta hora. — Peter ficou de cara feia. — E as pessoas não são burras. O único local de pouso que passa pela rua principal é aqui. E como ela colocou que vocês já estavam chegando, o povo veio correndo.

— Obrigado — Peter disse para a aeromoça.

Depois que ela se retirou, ele disse:

— Tinha que ser a Nicole.

— Pensa pelo lado positivo. — Ele me olhou intrigado. — Olha a quantidade de gente que veio nos receber.

— É! — Ele sorriu e disse: — Gosto que você sempre veja o lado bom das coisas.

— Eu tento — disse. — Às vezes é difícil, mas eu tento.

A aeromoça disse que já estava na hora de descermos.

— Vamos? — Peter falou, estendendo a mão.

— Claro.

Quando a porta se abriu, as pessoas começaram a gritar. Quando aparecemos na porta os gritos aumentaram. Eu comecei a rir quando escutei pessoas gritando um nome que nunca havia ouvido na vida: Pecia. Pelo que parecia, eles haviam dado um nome de casal para a gente. Peter nunca tinha ouvido também e começou a rir comigo.

— Quem será que teve essa ideia? — ele perguntou, dando risada.

— Não sei... Mas como fizeram isso? Foi tipo: a princesa Leticia e o príncipe Peter precisam de um nome de casal? E aí começaram a juntar os nossos nomes?

— Acho que foi exatamente assim — Peter falou, rindo como eu.

Descemos a escada e uma garota pediu o meu autógrafo. Eu me abaixei e perguntei:

— Qual é o seu nome, lindinha?

— Meu nome é Sofia — ela respondeu, toda nervosa.

Percebi que ela era uma das crianças que estava usando tiara de princesa e falei:

— Que linda tiara, princesa Sofia.

A menininha quase chorou de emoção por ser chamada de princesa por mim.

— Mas eu não sou uma princesa de verdade como você — ela disse um pouco triste.

— Claro que é. — Ela me encarou e eu continuei: — Ser princesa é muito mais do que ter um castelo ou ser casada com um príncipe. Ser princesa é ser inteligente, generosa, corajosa, ambiciosa, mas nem tanto. — Ela riu. — E o mais importante: ser você mesma. Ser princesa é acreditar na bondade dos outros, mesmo que todos digam ao contrário. E eu tenho certeza de que você, Sofia, tem todas essas qualidades, e por isso pode ser considerada uma princesa. — Ela sorriu. — Além disso você é filha do maior rei de todos.

— Quem? — ela indagou surpresa.

— Deus.

A mãe dela sorriu para mim.

Ela começou a chorar e eu a abracei. Depois de um tempo, ela soltou do meu abraço e pediu um autógrafo. Eu escrevi a seguinte frase para que ela nunca esquecesse: "Para a princesa Sofia. Para que ela nunca se esqueça do quanto importante ela é. De sua grande admiradora, princesa Leticia Sewit".

Quando terminei de escrever e levantei, ela pediu para falar com o Peter. Só então percebi que ele estava do meu lado o tempo todo. Ele abaixou para ouvi-la, mas ela falou alto o suficiente para que eu ouvisse.

— Eu não te conheço muito bem, mas queria te dizer que você tem muita sorte de ter a princesa Leticia como namorada.

Peter olhou para mim e depois para a menininha e disse:

— Eu sei. Ela é linda, não é? — ele tentou falar o mais baixo possível, mas eu ouvi.

A menina continuou:

— Sim. E também é bem legal. Ela realmente é uma princesa. — Eu sorri com o comentário. — Cuida bem dela, tá? Senão eu vou dar uma surra em você — Ela disse brava.

Peter riu e a mãe dela disse:

— O que você disse, Sofia? Desculpe, vossa alteza. Peça desculpas agora, Sofia.

Peter sorriu e falou:

— Não precisa se preocupar — ele falou à mãe da garotinha e, depois, à Sofia. — Pode deixar que eu vou cuidar dela muito bem. Agora temos que ir. Mas adorei te conhecer princesa Sofia.

E antes dele se levantar, ela pediu para que ele assinasse seu caderninho. Peter me olhou e olhou para a garotinha, e depois começou a escrever. Eu tentei ler e percebi que ele havia escrito algo que me surpreendeu muito. Ele escreveu: "Eu cuidarei dela da melhor maneira possível. Isso é uma promessa. E adorei te conhecer, princesa Sofia. De seu amigo, Peter Oslandy".

Depois disso Peter se levantou e começamos a andar. Dei outros autógrafos e tirei fotos com outras pessoas, mas Sofia me marcou, principalmente pela conversa que ela teve com Peter e o bilhete que ele lhe escreveu.

Quando estávamos terminando de passar pela multidão, Peter se aproximou e disse no meu ouvido:

— Você me surpreendeu. Nunca achei que alguém pudesse descumprir uma regra tão elegantemente, mas você me provou o contrário hoje.

Eu sorri. Sua respiração em meu ouvido me desconcentrou. Eu não consegui falar nada, só sorri. Percebi que cada passo que dávamos estava sendo filmado e fotos estava sendo tiradas. Peter continuou:

— Estou orgulhoso de você, senhorita Leticia.

— Obrigada, senhor Peter — respondi, encarando-o.

Peter tentou esconder o sorriso irresistível dele, mas dava para notar que estava sorrindo.

Ele pegou a minha mão e eu nem protestei, porque eu queria que ele segurasse a minha mão. Estava ficando tão natural segurar a mão de Peter que quando isso não acontecia parecia que algo estava errado, como se não fosse normal não segurar a mão dele ou estar ao seu lado. Continuamos andando até o carro.

Claro, os fãs eram maravilhosos, mas tinham outros que eram bem sem noção. Quando estávamos andando, vários adolescentes começaram a gritar para nos beijarmos. Gelei por um segundo, mas depois voltei ao normal. Peter percebeu o meu gelo e apertou a minha mão, como se dissesse: "Eu estou aqui e não vou deixar nada disso acontecer". Ele entendia que era bem mais do que um simples beijo, mas toda a emoção que aquilo ia ter para mim. E mostrou que estava ao meu lado, apoiando-me.

Quando chegamos no carro, encontramos os pais de Peter. Não íamos no mesmo carro, mas primeiro fomos ao carro deles para cumprimentá-los. Reparei que os dois eram loiros, mas que Peter tinha um loiro mais parecido com o do pai. Já seus olhos eram iguais aos de sua mãe. Agradeci mentalmente a ela por ter dado aqueles olhos azuis lindo a Peter.

— Pai, você já conhece a Leticia. — Peter olhou para mim e depois para o pai e completou: — Leticia, você já conhece o meu pai.

— Boa tarde, Leticia — o pai de Peter disse sorrindo.

— Boa tarde, majestade.

— Não precisamos de formalidades. Pode me chamar de Christofi.

— Tudo bem, Christofi.

Ele sorriu.

— Mãe, esta aqui é a Leticia. — Ele apontou para mim. E depois disse: — Leticia, esta a minha mãe.

— Você não sabe o prazer que é conhecer a pessoa de quem o Peter fala tanto — ela comentou sorrindo. Um sorriso lindo como o do filho.

— Mãe! — corrigiu-a Peter.

Eu ri.

— Mas é verdade, Peter. Você fala dela desde que a conheceu. — E virando-se para mim, continuou: — Só coisas boas. — Ela pareceu se lembrar de algo. — Ah! Quase que eu me esqueço de dizer meu nome. Prazer, meu nome é Carolina.

— O prazer é todo meu, majestade. — Olhei para Peter e depois para ela. — Ouvi muito sobre você também.

— Não precisamos de formalidade — ela falou, assim como o pai de Peter havia falado. — Pode me chamar de Carolina, Leticia. — Ela se aproximou e disse mais baixo, perto de mim, inclinando-se um pouco na janela. — Me conta, ele está te dando muito trabalho?

— Eu não dou trabalho a ninguém — protestou Peter.

Nós rimos.

— Até que não. Acho que eu é que estou dando trabalho para ele — respondi.

Peter riu e disse:

— Realmente. — Ele fingiu secar um suor da testa.

Dei um soquinho nele, que começou a rir.

— Mãe, pai, foi um prazer, mas temos que ir. Nos vemos no castelo.

— Espera aí! — Carolina puxou Peter pela janela e deu um beijo em seu rosto. Depois cochichou algo no ouvido dele, que o fez rir.

— Tá, mãe... Vou falar com ela. Agora temos que ir. Amo vocês.

Depois de dizer isso, ele me puxou e me levou para o carro. Não consegui nem dizer um tchau.

— Por que me puxou tão rápido? Nem me deixou me despedir.

— Porque eu já estava passando humilhação demais — ele disse rindo enquanto entrava no outro carro.

— O que sua mãe te disse? — perguntei depois de alguns minutos, já sentada no carro.

— Ela me disse que gostou muito de você.

— Fala sério. Eu não acredito nisso.

Peter riu.

— Ela disse que gostou de você e que vai te mostrar fotos minhas de criança. — Quando olhei para ele, ele já falou: — Pode ir tirando esse sorrisinho do rosto. — Eu ri mais ainda. — Não vou deixar ela fazer isso. É muito humilhante.

— Pois eu quero ver todas as suas fotos humilhantes. Eu tenho certeza de que mesmo criança você já usava óculos da Ray Ban.

Peter riu e falou:

— Só se eu puder ver as suas. Eu tenho certeza de que desde pequena você já lia e tem uma com um livro. E eu quero muito ver.

Nós dois rimos. Mas eu precisava perguntar algo a ele que estava me intrigando.

— Peter...

— Oi.

— Você promete ser sincero quando responder a minha próxima pergunta?

— Eu sou sempre sincero com você. Mas se você quer que eu prometa, eu prometo. O que foi?

— É meio estupida, mas eu realmente quero saber. — Ele assentiu, esperando que eu continuasse. — Os seus pais realmente gostaram de mim? Ou você falou isso para eu ficar feliz? — Sei que era esquisito perguntar isso, mas isso estava me incomodando.

— Claro que eles gostaram — ele respondeu de forma natural. — Quem não gosta de você? — E completou: — Mas porque a pergunta?

— Não sei. Só acho importante que eles gostem de mim. Mas também não entendo o porquê.

Peter riu e não perguntou mais nada. Chegamos ao castelo e ele era realmente muito bonito. Só não diria o mais bonito que já vi, pois estaria mentindo. Não querendo ser esnobe, mas o meu e o do Peter, pelo o que conhecia, eram bem mais bonitos.

Logo que saímos do carro, Nicole veio nos recepcionar.

Capítulo 24

— Vejo que tiveram um bom voo — ela falou olhando para o Peter, e depois se virou para mim e disse, apontando para o meu rosto: — Você nem tanto, não é, Leticia? Isso é uma olheira? — E antes que eu pudesse dizer algo, ela continuou: — Vocês não sabem como eu estou feliz por estarem aqui. Peter, cadê o meu abraço? — dizendo isso, ela se jogou nele.

Primeiro Peter ficou parado, enquanto ela o abraçava. Só depois de alguns segundos que ele a abraçou de volta. Mas ele não parecia muito confortável em abraçá-la. Depois de abraçá-lo, Nicole veio em minha direção.

— Quanto tempo eu não te vejo. — E me deu um rápido abraço. — Você não vem aqui desde quando você tinha 13 anos, não é? — ela disse rindo.

Sabia que ela ia entrar no assunto que eu não queria, então falei:

— Sim, mas agora eu estou aqui.

Ela riu.

— E o que fez você mudar de opinião e aparecer? Se arrependeu de alguma coisa? Porque se for o caso...

Antes que ela continuasse, eu a cortei:

— Peter! — Olhei-o e peguei a mão dele. — Peter me convenceu a vir.

Nicole percebeu nossas mãos e fez uma cara feia por um momento, mas depois fingiu que nada aconteceu e voltou com o seu sorriso falso no rosto. Ela entrou no meio de nós dois, separando nossas mãos, e disse:

— Vamos tenho que mostrar seus aposentos.

Então ela puxou Peter para frente, junto a ela, e me deixou para trás.

Peter parou e me esperou. Nicole olhou para ele de cara feia. Ele pegou a minha mão e disse:

— Vamos, linda. Você vai acabar se perdendo se ficar para trás o tempo todo.

Apesar de estarmos fingindo que íamos nos casar, ao me chamar de linda ele pareceu verdadeiro. Peter realmente sabia fazer com que as pessoas acreditassem que estávamos noivos. Ele fazia tudo parecer tão natural que se eu não soubesse da farsa eu mesma acreditaria em nosso teatro.

Eu sorri e respondi:

— Estou um pouco cansada. — Peter estava gostando de brincar, então também entrei na brincadeira. — Mas não vou me perder se você ficar ao meu lado, lindo.

Eu pude ver Peter se segurando para não rir. Se tivéssemos que fazer isso pelo resto dos dias ia ser fácil. Era fácil brincar de namorados com Peter. Percebi que a única que não estava contente era a Nicole, que quando percebeu que eu estava olhando para ela, disse:

— Já que você está tão cansada, Leticia, posso pedir para uma empregada te levar ao o seu quarto, porque eu realmente queria mostrar para o pessoal que vocês chegaram. E como você não está disposta, o Peter pode ir e representar vocês, não pode, Peter?

Ela era tão sínica. Peter me olhou. Notei que ele estava dividido, porque não queria me deixar sozinha, mas também queria ver seus amigos. Eu realmente não queria ver ninguém naquele momento, mas isso não significava que ele não podia ir vê-los.

— Sei que não precisa da minha permissão, mas por mim tudo bem se você quiser ir — falei para Peter.

— Tem certeza? — Ele me encarou para saber se, de fato, não tinha problema, ou se só havia falado por conta da Nicole.

Eu sorri para que ele soubesse que estava tudo bem e falei:

— Tenho. Vai lá curtir com os seus amigos.

— Você é a melhor. Vou avisar para o Kyle e para o Jacob que você chegou, porque tenho certeza que eles querem te conhecer. — Eu sorri.

Ele se aproximou e disse no meu ouvido: — Você é a melhor namorada de mentirinha que eu já tive.

Eu ri e ele se afastou de mim com um sorriso no rosto. Vi Nicole revirar os olhos antes de chamar a empregada para me levar ao meu quarto. Eles se foram antes que a empregada chegasse e me levasse até o quarto, então vi como Nicole se jogava para cima de Peter. E fiquei feliz de perceber que mesmo não sabendo que eu ainda conseguia os ver, Peter se mantinha fiel ao nosso namoro de mentirinha.

Pensei em quanto sortuda seria sua namorada, porque ele realmente era muito fiel, além das outras qualidades. Se mesmo sem namorar comigo de verdade ele era fiel e atencioso, nem conseguia imaginar como seria com uma namorada de verdade.

Enquanto ia para o aposento reservado para mim, tornei a pensar em Peter e seu futuro relacionamento. Será que ele voltaria com a ex-namorada dele? Ou arrumaria outra garota? Será que essa futura namorada de Peter deixaria que ele e eu fôssemos amigos? Ou será que ela sentiria ciúmes da nossa amizade?

Eu ri do meu próprio pensamento. Não tinha motivo algum para a futura namorada de Peter ter ciúmes da nossa amizade, mas parei para analisar que mesmo que eu não fosse, as pessoas sempre me considerariam a ex-namorada de Peter, e talvez sua futura namorada não gostasse disso. Eu acho que eu não gostaria. Será que Peter contaria que nós fingimos um relacionamento ou ele a deixaria pensar que realmente namoramos?

Eu estava ficando maluca, só podia ser. Cada hora uma coisa sem noção diferente me acontecia. Primeiro, importar-me se os pais de Peter gostavam de mim. Depois, dar importância ao que ele escreveu para uma criança. E agora isso? O que estava acontecendo comigo?

Achei melhor focar nos corredores que eu estava passando e tentar parar de pensar em Peter e tudo o que havia acontecido. Olhei aqueles corredores tão familiares. Desde minha última vez ali, eles não tinham mudado quase nada. Senti um nó na garganta, mas eu tinha que vencer o que quer fosse aquilo. Eu já tinha vencido muitas coisas e isso era apenas mais uma.

Durante anos fiquei pensando e me lamentando por coisas que eu podia ter dito ou feito para não passar por aquela humilhação, porém na época eu não estava preparada para aquilo e mesmo que esse medo ainda me aterrorizasse, eu criaria coragem para enfrentá-lo. Demorei quatro anos, quase cinco anos, para voltar, e eu não iria desistir. Não mesmo. Eu enfrentaria o meu medo, Nicole e todos do grupinho dela. Eu podia até demorar um pouco, mas eu faria isso, tanto pelo meu eu de então quanto, principalmente, pelo meu eu de 13 anos.

Continuei andando atrás da empregada. Andamos mais um pouco e chegamos à porta que do meu quarto.

— Obrigada — disse à moça.

E antes que eu abrisse a porta, ela falou, meio tímida:

— De nada. E alteza, eu sei que você não perguntou, mas caso queira saber, o quarto do Peter é aquele ali. — Ela apontou para uma porta no final do corredor. — Tentamos deixá-lo o mais próximo de você, mas a senhorita Nicole disse que ela queria que ele ficasse no quarto perto do dela.

Percebi que a não ser o quarto da melhor amiga de Nicole, o quarto de Peter era o mais próximo ao dela, e o meu o mais longe. Que conveniente.

— Obrigada pela gentileza. — Eu sorri. — Eu realmente gostei de saber essa informação. Muito obrigada de novo.

— De nada, alteza — ela respondeu, de cabeça baixa.

— Não precisa me chamar de alteza. Pode me chamar de Leticia.

Ela pareceu espantada com a minha fala. Claramente, nunca tinha ouvido isso antes.

— É muita gentileza sua, mas acho que a princesa Nicole me mataria se soubesse que não chamei alguém como as regras ordenam. É capaz de me demitir e eu realmente preciso do emprego.

— Claro, desculpa.

— Não precisa se desculpar. Achei bem legal da sua parte dizer isso. Suas empregadas são muito sortudas.

— Eu também sou bem sortuda por tê-las. Então eu diria que é uma troca justa.

Ela riu.

— Se precisar de algo pode me chamar. Meu nome é Mariana.

— Pode deixar. — Eu sorri, e antes que ela se fosse embora eu falei: — Bom trabalho, Mariana.

Ela pareceu confusa, como se nunca tivesse ouvido essas palavras de um príncipe ou de princesa antes. Não esperei pela resposta e fechei a porta. Eu nunca consegui entender como as pessoas podiam lidar de forma tão grosseira com pessoas que fazem de tudo por elas.

Tudo bem que era o trabalho dela, mas eu achava extremamente rude lidar com as empregadas como a Nicole lidava. Para mim, minhas empregadas eram como da família. Eu tinha Lucia como uma segunda mãe. Maria e Elise eram como irmãs para mim. Elas eram parte de mim. Eu sei que não tinha só elas como empregadas, mas mesmo não conhecendo muito as outras, eu nunca as destratei.

Meu pai sempre brigava comigo por eu pedir para não me chamarem de "alteza" o tempo todo. Sei que era quebrar o regulamento, mas nunca gostei de as pessoas que viviam ao meu redor falarem como se eu fosse superior a elas por conta de um título.

Reparei no quarto. Era como todos os quartos de visitas do meu castelo, com uma cama de casal, sempre feita e com a colcha com o símbolo do país bordado, uma pequena estante de livro, com exemplares sobre a cultura e a história do país e sobre pontos turísticos.

No centro do quarto, de frente para cama, uma televisão. Em um dos cantos do quarto tinha um guarda-roupa, igual aos dos outros quartos, de madeira rústica. Debaixo da pequena estante de livro havia uma pequena escrivaninha. Ao lado dela, uma pequena sacada e no outro canto do quarto, perto do guarda-roupa, ficava o banheiro. Nem precisei entrar para saber que tinha uma pia com um espelho enorme sobre ela, um vaso e uma banheira. Eu sabia de todos os detalhes sem prestar muita atenção.

Lembro-me de que antes daquele incidente na festa, quando eu era menor, Nicole ia no meu castelo direto e eu no dela. Lembro-me de um dia escutá-la pedindo ao pai para fazer um castelo parecido com o meu. Ela negaria se você perguntasse, mas me lembro que ela pedia para mandar foto das coisas e para avisar sempre que fizéssemos alguma mudança. Na época eu ficava triste, porque ela dizia que meu castelo era muito feio e antiquado. Quando ela deixou o dela igual ao meu e eu perguntei por que ela tinha feito aquilo se não gostava do meu castelo, ela disse que no dela tinha ficado muito melhor. Hoje em dia percebo que ela tinha inveja, mas na época eu fiquei triste e realmente achei que o dela era bem melhor que o meu.

Decidi ir tomar meu banho. Tentei fazer a banheira como Lucia, Maria e Elise sempre faziam para mim, mas obviamente não cheguei nem perto. Mesmo assim tentei relaxar um pouco e me preparar emocionalmente para o que estava por vir.

Não sabia por que, mas eu tinha certeza de que iriam fazer piadinhas comigo na frente do Peter e falariam para eu beijá-lo se realmente estávamos juntos. Porém achei melhor parar de pensar nisso e confiar que eu daria conta de tudo. E sendo sincera, era óbvio que eu não queria que meu primeiro beijo fosse na frente de todo mundo, ainda mais ser por conta da pressão social, mas eu estava tranquila porque sabia que podia confiar em Peter. E porque eu não teria muito problema em beijá-lo.

Ri do meu próprio pensamento. Decidi fazer o que sempre fazia para esquecer os meus problemas: pensar nos meus livros como se eu fosse a protagonista ou criar uma história em que tudo acontecia do jeito que eu queria. Nessa história tudo era perfeito. Eu sei que isso fazia com que eu me decepcionasse muito mais com a realidade depois, mas era viciante. Toda hora que percebia, eu já estava lá, criando histórias e fingindo que minha vida era perfeita e sem problemas.

Muitas pessoas chamam essas histórias de *fanfic*, mas eu prefiro chamar só de histórias. Essas histórias são como as pessoas desejam que suas vidas fossem e mesmo que façam de tudo para vivê-las, elas nunca acontecem, porque a vida não depende só delas

Você não pode imaginar um relacionamento perfeito, como nas *fanfics* e acreditar que ele irá acontecer daquela maneira, porque ninguém é perfeito. E não existe ninguém igual ao que você imagina. O máximo que você pode encontrar é alguém que te ama e que tente de tudo para te fazer feliz, e isso é que é importante para um relacionamento feliz e saudável.

A pessoa não precisa ser perfeita, ela só precisa ser a melhor pessoa que ela pode ser. E você também. O erro de muitas pessoas é achar que só as pessoas que elas gostam têm que se dedicar para fazê-las felizes, mas não é assim. Os dois lados têm que abrir mão de algumas coisas. Amar também é renunciar a algumas vontades pela felicidade da relação.

Amar não é deixar de ser você mesmo, nunca, mas é se importar com o outro e rever suas ações e comportamentos quando percebe que pode estar machucando a pessoa que gosta. Amar é respeitar, cuidar, admirar e demonstrar afeto. Mais do que abraçar e beijar, amar é se doar. É saber que às vezes você precisa deixar a pessoa amada ir porque ela será mais feliz longe de você. É entender que todos têm sonhos e que apesar de parecer assustador é preciso deixar a pessoa que você ama crescer, viver novas experiências e entender que ela, assim como você, precisa realizar os sonhos dela. Amar é desejar a felicidade do outro tanto quanto a sua, é desejar o crescimento do outro tanto quanto o seu.

Às vezes, as pessoas me perguntavam como eu sabia tanto sobre relacionamento se eu nuca tinha tido um, e eu sempre respondia a mesma coisa: eu podia nunca ter tido um relacionamento, mas gostava de estudar sobre isso.

Eu sempre gostei de ler, de ver filmes, escutar músicas e tudo mais que envolva romance. Apesar de não serem reais as histórias dos livros, elas sempre carregam emoções e ensinamentos que o autor quer passar para seus leitores. Muitas vezes, ele não escrevem o ensinamento, eles te fazem vivê-los através dos livros.

O escritor não consegue criar um personagem sem se basear um pouco na vida real. Ele não consegue escrever uma história sem se basear em outras histórias, sejam elas reais ou não, e em sua vida pessoal. Se juntarmos as peças veremos que mesmo que os livros sejam bem diferentes, eles sempre têm um ponto em comum: os ensinamentos que os escritores querem nos passar.

Saí do meu banho e então chegou a parte ruim. O que eu vestiria? Eu tinha que passar uma boa impressão. Tirei as roupas da mala. Quando olhei, achei que nada ficaria bom. Não naquele dia.

Eu nunca fui muito de me preocupar em ter dezenas de roupas, mas eu realmente achava que ter mais roupas naquele momento seria bom. Dali a pouco o Peter iria me buscar e eu tinha que, pelo menos, já ter trocado de roupa. Olhei todas as roupas e fui descartando algumas.

— Não! Simples demais — disse, enquanto jogava uma camisa e uma calça jeans em cima da cama.

— Não! Chique demais — falei, jogando um vestido longo preto e um roxo, que havia usado na noite do meu suposto noivado, na cama.

— Eu não tenho roupa! — gritei. — Eu tenho que achar uma solução e rápido.

Continuei olhando as minhas roupas, agora desanimadamente. Até que encontrei. Era perfeita para a ocasião.

Era o vestido rosa-bebê. Ele era lindo. A parte de cima era um rosa brilhante e a saia era esvoaçante, sem brilho, destacando ainda mais a parte de cima. A saia ia até os joelhos, então minhas pernas ficavam à mostra. A parte de cima do vestido era perfeita. Era toda com brilho, mas a alça do vestido combinava com a saia, sendo só um rosa-bebê. A alça era feita para ficar na parte do ombro.

Olhei-me no espelho e realmente gostei do que eu vi. Coloquei meu sapato de salto brilhante, que também era rosa-bebê, mas era mais claro do que o vestido. Na verdade, ele era quase bege coberto com brilho rose. Combinei com a bolsa que eu tinha levado, que era da mesma cor que o sapato, e também toda coberta por brilho rose.

A roupa estava pronta. Agora só faltava a maquiagem e o cabelo. Tirei a roupa para não amassar e tirei o salto, porque eu não precisava sofrer à toa antes da festa. Eu tinha certeza de que no meio da festa tiraria o sapato, mas o vestido pedia um salto e o evento também. Sem contar que qualquer roupa com salto fica mais bonita, mais elegante, apesar de eu achar que eles machucam muito. Mas como diz o ditado: "A beleza dói".

Corri e peguei minha maleta de maquiagem. Eu adorava me maquiar. Eu só não gostava de sair maquiada porque as pessoas acabavam me encarando muito e eu ficava sem graça. As pessoas sempre me encararam, porque eu sou naturalmente bonita e chamo a atenção, imagine maquiada. Mas mesmo não gostando de chamar a atenção, às vezes eu me maquiava para sair.

E gosto de pensar na ideia de que o que é bonito é para se mostrar. Se não fosse para ficar bonita e sair bonita eu não teria acesso às roupas que eu tenho e não teria o bom gosto que eu tenho. Aliás, se não fosse para sair bonita, eu nem teria nascido, porque uma coisa que eu sempre soube é que eu sou bonita. E não digo isso só porque as pessoas dizem, mas porque eu me acho bonita. Uma coisa que minha mãe me ensinou foi que se eu não me amasse, se eu não me achasse bonita, quem acharia?

Se você não acreditar em você, quem vai acreditar? Ela me ensinou que eu posso ser tudo aquilo que quero, basta acreditar e trabalhar para conquistar. Às vezes, queremos ser aquilo que já somos, só que nos cobramos tanto que não conseguimos enxergar. Comparamo-nos tanto com os outros que não conseguimos enxergar nossas qualidades. E se nós não as enxergarmos, quem as enxergará?

Corri para o banheiro e comecei a minha mágica. Não queria que as pessoas me achassem muito arrumada, mas também não queria ir desarrumada. Cheguei à conclusão de que no olho, onde eu gostava mais de chamar atenção, eu iria fazer só um delineado rosa e passar uma máscara de cílios. E a pele fiz como eu sempre fazia. Fiquei em dúvida em que cor de batom usar, mas optei pelo vermelho com brilho que eu sempre usava.

Agora só faltava o cabelo. O que eu faria nele? Enquanto pensava, alguém bateu na porta. Apertei mais o roupão e fui abri-la.

— O... oi — Peter disse enquanto eu abria a porta. — Você está linda.

— Obrigada — falei, sem jeito. — Você também não está nada mal.

Na verdade, ele estava lindo. Ele estava com uma calça social preta, uma blusa social azul-claro e um tênis da Adidas todo preto. Seu cabelo ainda estava um pouco molhado. Ele estava usando um bonito relógio dourado no braço direito.

Peter já era cheiroso, mas estava mais ainda. E o que mais me chamou atenção foi como os olhos azuis de Peter conseguiram ficar mais bonitos do que já eram. Não sei se era impressão minha, mas ele estava com um brilho diferente nos olhos. E por alguma razão isso fazia com que eu quisesse ficar olhando para eles a noite inteira.

Ele não deve ter reparado no meu roupão, porque perguntou:

— Você está pronta?

Ele não parava de olhar meus olhos e eu os dele. Demorei um pouco para raciocinar e, então, falei:

— Não. Ainda tenho que arrumar o meu cabelo e trocar de roupa.

Peter me olhou por inteira e pareceu perceber a minha roupa.

— Se eu fosse você eu ia assim. — Ele disse rindo e continuou: — Acho que iria arrasar.

— Muito engraçado, Peter. Estou morrendo de rir. — Olhei sério para ele, que riu mais ainda.

— Tudo bem. Mas anda logo, senão vamos ficar muito atrasados. — Ele olhou o relógio e perguntou: — Você acha que dez minutos está bom?

— Você está brincando?

— O quê? Não? — Ele parecia confuso. — É muito tempo?

— Claro que não. É o contrário. É muito pouco tempo, isso sim. Você nunca esperou uma mulher se arrumar?

— Na verdade, não. Geralmente, quando vou buscá-las, elas já estão prontas há muito tempo.

— Isso porque elas tiveram mais tempo para se arrumar. Entra e espera aqui dentro. Eu ainda vou demorar um pouco.

Peter fez o que eu disse. Como se todos os quartos não fossem iguais, ele entrou reparando tudo. Fui para o banheiro e coloquei o vestido. Meu cabelo era liso e para dar uma modificada eu usei meu *babyliss* para fazer pequenos cachos nas pontas dele. Enquanto fazia isso, pensei em como a fala de Peter tinha me deixado chateada. "Geralmente, quando vou buscá-las, elas já estão prontas há muito tempo". Elas. Sei que não tínhamos nada, porém a palavra elas me incomodou um pouco. Mas achei melhor deixar isso para lá.

Depois de finalizar o cabelo, eu coloquei os sapatos de salto, o vestido e peguei a bolsa. Por via das dúvidas, levei meu batom e o *gloss* brilhante que eu usei. Olhei-me mais uma vez no espelho antes de sair e gostei do resultado. Quando sai, Peter estava mexendo no celular e quando viu que eu havia saído do banheiro ele parou na mesma hora. Ele me olhou de cima a baixo. Eu posso jurar que vi a boca dele cair, mas, claro, ele a fechou rapidamente. Ele me encarava maravilhado. Fiquei feliz por essa encarada. Depois de alguns segundos, Peter recuperou a fala e disse:

— Nossa! Vo...Você está linda.

— Obrigada. — Sorri. Não é todo dia que se consegue deixar Peter Oslandy sem palavras. — Vamos?

— Claro — ele disse rapidamente.

Peter me estendeu seu braço e eu passei o meu pelo dele. Andamos até a porta e Peter disse:

— A demora realmente valeu a pena. — Ele olhou meus sapatos e falou: — Eles são lindos, mas não machucam, não?

— Machucam sim.

— Então por que você está usando. Por que vocês mulheres usam isso se machuca?

— Porque é bonito e deixa a roupa mais elegante.

Peter começou a rir.

— Isso é brincadeira, né? — Quando viu minha cara de confusa, ele comentou: — Sério? Vocês realmente sentem dor para ficarem mais chiques? Mas as pessoas nem reparam nisso. — Ele finalizou enquanto andávamos pelos corredores.

— Claro que reparam. Vocês homens podem não reparar, mas nós, mulheres, reparamos e muito. E você reparou.

Ele sorriu com o último comentário. Porém o ignorou quando tornou a falar, enquanto saíamos e nos encaminhávamos ao corredor:

— Por que se vocês mesmas sabem a dor disso? Não seria mais fácil decidir que um tênis é uma coisa chique? Assim poderiam andar chiques e confortáveis ao mesmo tempo.

— Realmente. Você tem um bom ponto.

— Claro que eu tenho. Eu sempre tenho um bom ponto.

Antigamente, eu o julgaria por ser convencido, mas agora percebo que essa é uma maneira que Peter encontrou de ser bem-humorado. E·se parar para pensar, ele nunca mentiu em nada que disse.

— Você é meio convencido, sabia?

— Sabia. — Ele me olhou e disse: — Você ainda não tinha notado isso? — Ele fingindo seriedade, completou: — Achei que você era mais inteligente.

— É claro que eu notei. Já no primeiro dia em que te vi.

— Você se esqueceu de completar que nesse mesmo dia você me achou irresistível e maravilhoso.

Comecei a rir e Peter me acompanhou.

— Onde é a festa dela? — perguntei.

— Ela reservou uma casa de veraneio para fazer a festa. — Ele olhou para mim. — Vamos de carro, não se preocupe. Seus pés não vão ter que cair andando de salto daqui até lá.

— Eu nem pensei nisso. Se eu tivesse que ir andando até essa casa com estes sapatos eu nem ia ir. Eu ia ficar aqui.

— E desperdiçar toda essa produção que você fez? Duvido muito.

— Realmente. Eu teria que ir, mas eu não iria a pé. E sei muito bem como eu iria. — Peter encarou-me, esperando que eu continuasse, e assim fiz: — Você iria me carregando. São só o quê? Quatro quilômetros?

Peter riu e continuou a brincadeira.

— Acho que eu iria adorar que você gastasse toda essa produção para ver um filme comigo. — Ele fingiu pensar um pouco e continuou: — Talvez eu até fosse generoso e deixasse você escolher um filme de romance.

— Nossa! — Fingi estar impressionada. — Que ser humano de bom coração. Que boa ação a sua fazer isso por mim.

— Obrigado. Eu gosto de fazer boas ações de vez em quando.

Começamos a rir e o carro chegou. Peter, como sempre, abriu a porta do carro para eu entrar e entrou no outro lado logo depois. Conversamos um pouco e enquanto conversávamos, uma das minhas músicas favoritas tocou.

— Eu adoro essa música.

— Sério? — Ele não parecia muito surpreso. — Motorista, você pode repetir a música?

— Claro, alteza — respondeu o motorista.

Enquanto o motorista mexia no som do carro, Peter falou:

— Agora quero ouvir você cantando.

— Não.

— Por que não? — ele perguntou com seu sorriso torto.

Aquele sorriso... Argh! Peter me encarou com cara de cachorro abandonado e eu comecei a rir.

— O que foi?

— Você, com essa cara.

— Não funcionou? — ele riu. — Por favor... Eu quero muito te ouvir cantando.

— Desde quando?

— Desde agora.

— Eu canto. — Peter sorriu. — Se você cantar comigo.

— Sério?

— Sim. Eu quero muito te ouvir cantar.

— Desde quando? — ele perguntou, já sabendo a minha resposta.

— Desde agora.

— Eu já sabia que você ia fazer essa piada. Só para deixar claro.

— E então?

Até que não seria ruim ouvir Peter cantando.

— Eu não sei cantar.

— Meu Deus! Eu descobri uma coisa que o Peter não sabe fazer. Vou até anotar. — Fingi anotar em um caderninho. O motorista riu, mas logo depois parou.

— Não teve graça.

— São dois contra um. Para der ser chato, Peter. Daqui a pouco a música vai começar. Você acha que eu realmente sei cantar?

— Não. Tá, eu canto. Só porque quero te ver cantar. Mas só sei o refrão.

— Ok.

O motorista, que estava esperando nossa "briguinha" acabar para colocar a música, colocou-a logo depois. A melodia da música *Perfect*, do One Direction começou a soar. A música começou e Peter me encarou, esperando-me começar. Comecei a cantar um pouco baixo e Peter começou a cantar comigo, porque viu que eu estava com vergonha. Mas depois que ele fez isso, eu fui aumentando o volume.

"I might never be your knight in shining armor
I might never be the one you take home to mother
And I might never be the one who brings you flowers
But I can be the one, be the one tonight".

Peter cantava olhando bem em meus olhos. Sua voz não era perfeita, mas era muito bonita.

"When I first saw you
From across the room
I could tell that you were curious (Oh, yeah)
Girl, I hope you're sure
What you're looking for
'Cause I'm not good at making promises".

Eu já conhecia essa música a e a cantava há muito tempo, mas ela nunca fez tanto sentido para mim como fez nesse momento.

"But if you like causing trouble up in hotel rooms
And if you like having secret little rendezvous
If you like to do the things
You know that we shouldn't do
Baby, I'm perfect
Baby, I'm perfect for you
And if you like midnight driving with the windows down
And if you like going places
We can't even pronounce
If you like to do whatever you've been dreaming about
Baby, you're perfect
Baby, you're perfect
So let's start right now",

Eu fiquei arrepiada. Era impressão minha ou Peter estava cantando a música e a dedicando para mim? Não. Com certeza não. Mas a maneira como ele cantava e me olhava ao mesmo tempo mostrava justamente isso.

Não sei explicar. Só sabia que essa letra combinava em partes com a gente, porém não íamos começar nada, certo? E não erámos perfeitos um para o outro. Ou erámos? Eu estava confusa. Seus olhos azuis tinham esse poder de me deixar assim.

Antes que a música terminasse, o motorista parou. Continuamos nos olhando e só depois de alguns segundos percebemos que havíamos chegado. O local estava repleto de repórteres. O motorista se ofereceu para abrir a porta para mim, mas antes de sair Peter disse que não precisava, que ele mesmo faria isso.

Sorri. Eu não falei nada, mas gostei de ter sido Peter e não o motorista. Peter saiu do carro e começaram os flashes. Ele acenou para alguns enquanto se direcionava para minha porta. As pessoas pareciam surpresas por Peter estar fazendo isso.

Quando ele abriu a porta para mim não consegui ver nada. Era muita luz no meu rosto. Alguns seguranças nos cercaram para nos proteger, mas mesmo assim as luzes estavam muito fortes. Por conta disso quase cai ao sair do carro. A minha sorte foi que Peter me segurou, e pelo jeito que os repórteres sorriram, pareceu que Peter estava me abraçando.

— Você acha que eles viram isso? — perguntei nervosa.

— Que você quase caiu... — ele disse com um sorrisinho ao completar — para que eu te segurasse?

— Não foi isso que aconteceu e você sabe disso.

— Claro. — Peter riu.

— Peter!

Ele riu ainda mais e falou:

— Calma. Eu só estou brincando. — Ele fechou a porta atrás de mim e continuou: — Eu acho que eles acharam que estávamos nos abraçando.

— Espero.

Peter estendeu seu braço e eu passei o meu ao redor do dele e seguimos em frente.

Tradução da música:

"Talvez nunca possa ser seu cavaleiro de armadura

Posso não ser o homem que você apresente a sua mãe

E talvez eu nunca seja o homem que te traz flores

Mas posso ser a pessoa certa, a pessoa certa esta noite.

Quando eu te vi pela primeira vez
Do outro lado da sala
Eu diria que você estava curiosa (oh yeah)
Garota, espero que você tenha certeza
Do que está procurando
Pois não sou bom em fazer promessas.

Mas se você gosta de causar problemas em quartos de hotel
E se você gosta de ter encontros secretos
Se você gosta de fazer coisas
Que sabe que não devemos fazer
Querida, sou perfeito
Querida, sou perfeito para você
Se você gosta de dirigir à meia-noite com as janelas abertas
E se você gosta de ir à lugares
Que nem mesmo conseguimos pronunciar
Se você gosta de fazer qualquer coisa com a qual sonha
Querida, você é perfeita
Querida, você é perfeita
Então vamos começar agora".

Capítulo 25

A tal casa era bem grande. Seguimos pelo tapete vermelho que cobria a entrada. Os repórteres gritavam e nos filmavam o tempo todo que levamos para chegar à porta da casa. Em algumas partes do caminho Peter teve que me esperar porque meus sapatos de salto não ajudavam

— Quer que eu te carregue para ir mais rápido? — ele perguntou dando risada.

— Ha ha. Engraçadinho. — Olhei para os meus pés e disse: — Até que não seria uma má ideia.

Peter começou a se abaixar.

— Você está doido? Eu estou brincando — falei, dando batidinhas no ombro dele.

— Você não acha que ia ficar engraçado as manchetes? — Ele começou a rir enquanto se levantava depois de fingir amarrar os sapatos para disfarçar. — "Príncipe Peter e princesa Leticia treinam a entrada da lua de mel na entrada da festa da princesa Nicole. Veja mais".

Comecei a rir.

— Você realmente tem jeito para isso. Se ser príncipe não der certo, você pode tentar ser repórter.

— Eu já tenho um plano. — Peter fingiu ficar sério e me encarou enquanto falava. — Se ser príncipe não der certo, eu viro cantor, porque, como você viu, eu tenho muito jeito. — Comecei a rir. — E se por acaso minha carreira de cantor não der certo, o que eu acho improvável, aí sim, virarei repórter.

— E se não der certo como princesa, eu serei sua empresária. E se cantor não der certo, eu serei sua assistente. E como você gosta muito de mim e é muito bondoso, você vai me dar 50% do seu salário e o meu inteiro todo mês.

— Nossa! Você quer que eu vá à falência? — ele falou enquanto abria a porta para entrarmos. Não que não tivesse alguém ali para fazer isso, mas Peter sempre fazia questão de abrir as portas para mim.

Antes que eu pudesse responder, uns amigos de Peter vieram falar com ele. Não eram Kyle e Jacob, porque eu os teria reconhecido. Notei que mesmo o tapete tendo um grande comprimento e meus saltos não colaborarem, fazendo-me andar devagar, pareceu-me que passamos muito rápido pela entrada. Eu reparei muito pouco na passagem pelo tapete pelo tempo que demoramos a entrar.

— Quem é ela? Sua namorada? — perguntou um dos amigos de Peter.

— Você não vê internet, não? — comentou o outro. — Ela é a noiva do Peter. — E ele continuou como se eu não estivesse ali. — E mesmo que não fosse a noiva dele, como você não sabe quem ela é? Ela é a princesa Leticia, considerada uma das mulheres mais bonitas do mundo. E na minha opinião, a mais bonita.

Eu sorri e Peter logo disse:

— Ei! Ela é minha noiva. Vai jogar o seu charme para outra pessoa.

Nós todos rimos.

— Já que Peter está sendo tão mal-educado e não está nos apresentando, eu mesmo farei isso — disse o amigo dele que me elogiou. — Prazer, eu sou Filipe. — Ele pegou a minha mão e a beijou.

— O prazer é meu, Felipe. — Sorri e esperei que ele levantasse a cabeça e falei: — Bom, eu acho que você já sabe o meu nome.

Ele me olhou e sorriu. Peter nos olhou com um olhar diferente. Era ciúmes?

— Além de linda, ainda é educada. Peter teve muita sorte — comentou Felipe.

— É, realmente eu tive — Peter falou, pegando a minha mão.

Mudei de assunto.

— E você. Quem é? — perguntei para o outro garoto.

— Prazer, meu nome é Davi.

— O prazer é meu, Davi. Meu nome é Leticia.

— Você não vem muito em festas, não é? Nunca te vi nas que eu vou.

— Eu geralmente fico mais em casa. Mas você sabe como o Peter é...
— Olhei para Peter ao continuar a frase. — Ele tem poder de te convencer.

— Obrigado. Mas você também queria vir. Eu só tive que dar uma forcinha.

— Isso não foi um elogio — comentei brincando.

— Tem certeza? — Ele me encarou. — Pela maneira que você falou pareceu um elogio. — Ele fingiu pensar um pouco e continuou: — Ou foi o seu jeito de apaixonada que me confundiu?

— Acho que foi o seu jeito de apaixonado que o fez entender da maneira que você queria — respondi com um sorriso no rosto.

— Então foi uma crítica? — Ele fingiu cara de triste.

— Não. Foi apenas um comentário sobre você. Mas se tivesse que escolher um lado, acho que ficaria mais como um elogio do que uma crítica.

— Então você está admitindo que eu estava certo? Desde quando isso é possível? — ele perguntou com seu famoso sorriso malicioso no rosto.

Antes que eu pudesse responder, Felipe falou para Davi:

— Vamos deixar o casal em paz. — Ele, virando para nós, disse: — Nos vemos daqui a pouco.

Continuamos andando em direção ao centro da festa. Peter não soltou a minha mão e eu também não soltei a dele. Percebi que Peter era bem conhecido, porque todos faziam questão de parar para falar com ele.

Demoramos uns vinte minutos para chegar ao centro da festa, mesmo não sendo tão grande. Se não tivéssemos parado para falar com todos que queriam nos cumprimentar, teríamos levado no máximo cinco minutos.

No meio do caminho avistei Jacob e Kyle. Eles também nos viram e vieram em nossa direção. Notei que estavam falando de nós enquanto chegavam. Aproveitei para prestar atenção na decoração.

O tema da festa era: O jardim mágico. Então para todos os lados que você olhava você via flores. A festa estava bem bonita. Os garçons serviam bebidas temáticas e o bar estava com flores no balcão. Eram muitas flores, mas não ao ponto de ser ruim de olhar. A festa contava com um DJ no centro, perto da pista de dança, que era feita de vidro com luzes nela e com o nome Nicole escrito no centro dela. Ela tinha montado um palco para o DJ e todos os cantores que ela havia contratado.

— Com licença... — Jacob disse para o garoto que conversava com Peter. — Posso pegar eles emprestado um instante? — Antes que o garoto respondesse, Jacob falou: — Obrigado. — E virando-se para Peter disse: — Peter! — E eles se abraçaram.

— Quanto tempo, não é? — Peter comentou, ainda o abraçando.

— Faz quanto tempo que não nos vemos pessoalmente? Um mês? — Jacob perguntou enquanto se afastava de Peter. Ele me viu e disse: — Então quer dizer que foi você que roubou o coração do Peter?

Fiquei sem graça.

— Ouvimos falar muito de você — falou Kyle.

Peter olhou sério para eles. Olhei para Peter confusa. Eu achava que eles sabiam da nossa farsa.

Peter disse:

— Vocês já podem parar de fingir. Ela sabe que vocês sabem.

Então abraçou Kyle.

— Mas quem está fingindo aqui? — Kyle falou dando risada.

Fiquei confusa. Eles sabiam que nós estávamos fingindo, então porque estavam agindo como se não soubessem?

— É um prazer conhecer você, Leticia — Jacob disse.

— O prazer é todo meu. Jacob, certo?

Ele assentiu e brincou, mas percebi que ele estava surpreso por eu saber o seu nome:

— Você se lembrou ou o Peter pediu para você gravar nossos nomes?

— Eu me lembrei. Como esqueceria os dois garotos que são amigos desse mimadinho aqui? — falei sorrindo ao mesmo tempo em que cutucava de leve o braço de Peter. — Não é uma missão para qualquer um.

Os meninos começaram a rir e Peter disse:

— Ei. Eu estou aqui. — Ele me olhou e continuou: — E você parece bem contente em fazer parte dessa missão. — E fez aspas ao falar a palavra missão.

— E quando eu disse que não estava feliz em fazer parte disso? — Ri da cara de Peter. — Você não me deixou terminar. — Peter me encarou esperando que eu continuasse. — As melhores coisas são sempre as mais difíceis.

— Então quer dizer que eu sou uma das melhores coisas da sua vida? — Peter disse com seu sorriso de lado.

— Eu não disse isso.

— Mas você também não disse que não.

Ele era tão convencido.

— Você é muito convencido, Peter.

Ele começou a rir.

— Adoro quando você fica assim, sem palavras, porque sabe que vai perder a discussão.

— Que discussão? Como vou perder uma coisa de que eu nem estou participando?

— Como vocês não se matam no dia a dia? — Kyle perguntou rindo.

— Acho que está mais para se matar de beijos — acrescentou Jacob.

Peter e eu nos olhamos e antes que disséssemos alguma coisa, Jacob completou:

— Vamos nos sentar ali. — Ele apontou para um sofá no canto da festa.

Nós o seguimos, Peter me puxando no meio da multidão. Chegamos no tal sofá e nos sentamos. Só estávamos nós lá. Eles me contaram animadamente como tinha sido a festa de 18 anos de Peter, que fez questão de acrescentar que só chamou os mais íntimos e que não me conhecia na época, como se eu não soubesse.

Era cada história engraçada e constrangedora que Peter tentava mudar de assunto toda hora, o que só fazia os meninos rirem e falarem ainda mais. Eles foram supersimpáticos e me trataram como se eu já pertencesse ao grupo deles, o que me deixou muito feliz. Em uma das suas tentativas de trocar de assunto, Peter disse:

— Vocês já viram a Nicole? — Todos negaram com a cabeça. — A festa é dela e até agora não a vi.

Antes que alguém pudesse falar mais alguma coisa, todas as luzes da festa foram apagadas e o DJ parou de tocar. Um segundo depois, um refletor iluminou a escada principal e o DJ colocou uma música de impacto e a Nicole apareceu na escada.

Ela vestia um vestido de flores quase transparente, bem colado, com uma fenda que ia de seus pés até o alto da coxa. A cada degrau que descia a fenda abria. Perguntei-me como a calcinha dela não tinha aparecido ainda.

Notei que enquanto descia ela procurava alguém. Até que ela achou. Olhei para ver quem era e não foi tão difícil descobrir, porque a pessoa estava ao meu lado. Exatamente, ela estava descendo encarando Peter.

Olhei para ele para ver sua reação. Ele olhava para o chão, como se o farelo que estava lá fosse a coisa mais fascinante do mundo. Quando notou que eu estava olhando para ele, ele me olhou e sorriu.

Nicole desceu toda a escada encarando Peter, ao passo que ele encarava o chão. Todos do salão perceberam seus olhos focados em Peter e começaram a cochichar. Fiquei um pouco desconfortável, mas eu não podia fazer nada. E Peter não tinha feito nada, nem olhado para ela. Quando Nicole chegou ao final da escada, ela pediu o microfone do DJ para falar. Senti algo estranho na mesma hora.

— Peter... — Ele me olhou. Falei baixo: — Estou com uma sensação ruim.

Peter apertou a minha mão e disse:

— Por quê? — Eu balancei a cabeça para dizer que não sabia. — Nada vai acontecer. Eu estou aqui.

Ainda assim, continuei com um pressentimento ruim.

— Bom, hoje é o meu aniversário de 18 anos. — Nicole disse e as pessoas bateram palmas e assoviaram. O pressentimento aumentou. Apertei ainda mais a mão de Peter. — Vocês todos sabem que eu gosto muito de manter as tradições do meu país que eu tanto amo. — Mais aplausos. — E como uma das tradições do meu país é a valsa no aniversário de 18 anos, eu resolvi fazer. Mas, como todos sabem, eu não tenho um namorado para ser meu par. Então eu pensei que talvez um amigo que eu gosto muito pudesse fazer esse favor para mim. — Ela fez uma cara de inocente e olhou para Peter.

Olhei para ele, que olhava tão apavorado quanto eu, para mim. E ela tornou a falar:

— Peter Oslandy, você me concederia essa dança? — Peter olhava para mim desesperado. As pessoas abriram espaço para que ele passasse e os refletores focaram nele. Como ele ficou parado e me olhando, Nicole continuou: — Sei que a Leticia não se importa, não é, Leticia?

Todos olharam para mim. O que eu ia dizer? Eu não podia dizer que não queria que Peter dançasse com ela. Ela se fez de vítima para que não pudéssemos dizer não. Se eu dissesse que não queria, todos diriam que eu era ruim, que não custava nada. Mas eu não confiava nela. Nem um pouco. Eu sabia que tinha que dizer que não me importava, mesmo eu me importando. Eu sabia que ela tinha alguma intenção a mais com isso. Nicole não era burra. Ela não se arriscaria se não quisesse algo. Algo que eu sentia em mim, que me machucaria.

— Por mim... — Um nó surgiu em minha garganta. Eu realmente ia entregá-lo para ela? Eu realmente iria contra os meus instintos? — Se Peter quiser ir, ele pode ir. — Forcei um sorriso. — Apesar de namorarmos, ele tem opinião própria para fazer o que quiser.

— É assim mesmo que se deve pensar, Leticia — Nicole disse com um sorriso enorme. — Peter, Agora é a sua vez.

— Eu... Eu não sei muito bem se quero ir. — Ele pareceu confuso com a minha resposta.

— Por favor, Peter... — Nicole implorou. — Eu queria dançar com você. O que custa? Você não estará dizendo que gosta de mim só por vir aqui.

Peter ainda estava meio confuso. Ele me olhou e eu abaixei a cabeça. Eu não podia dizer que sim, mas não podia dizer que não. Então não queria que ele visse o medo estampado em meu rosto.

Meio desorientado, Peter levantou-se e foi ao encontro dela. Nicole ficou toda feliz quando viu que tinha ganhado o que queria. A música começou e eu senti uma sensação horrível dentro de mim. A música era romântica. Nicole sorria de orelha a orelha e Peter olhava para mim para ver a minha reação.

— Fica tranquila. Ele gosta mesmo de você — Jacob disse e eu olhei grata para ele.

Grata pelo o quê? Nem eu mesma sabia. O clima estava estranho. Olhei para Peter, que não parava de me olhar para saber se eu estava bem, e sorri. Ele pareceu mais aliviado, mas mesmo assim não parou de me olhar nem por um minuto. O sorriso de Nicole havia sumido.

Ela tentava de tudo para chamar atenção de Peter mesmo na dança. Quando a dança estava quase terminando, eu comecei a relaxar um pouco. A parte final da coreografia foi bonita: Peter a jogou um pouco para baixo enquanto a segurava. Quando eles levantaram e eu achei que tudo havia acabado, Nicole se jogou para cima de Peter e o beijou. Beijou-o.

Vi que Peter terminou o quanto antes, mas me senti tão humilhada que saí correndo. Vi que Peter veio atrás de mim e eu corri ainda mais. Não sei como não caí correndo com aqueles saltos. Eu não conseguia ver nada, as lágrimas tapavam meus olhos. Saí correndo e só senti os flashes em meus olhos. Tapei o rosto e o motorista me ajudou a entrar no carro rapidamente.

— Não vamos esperar o senhor Peter? — Ele pareceu preocupado.

— Não. Vamos sem ele.

Quando o motorista saiu com o carro, Peter apareceu na porta. Ele estava desesperado. Jacob o puxou para dentro da festa na mesma hora em que viu os flashes.

— Para onde vamos, senhorita? — o motorista me perguntou, ainda meio assustado. — Para o castelo?

— Não. — Eu só não queria ir para o lugar mais óbvio do mundo. — Não sei. Qualquer lugar, menos lá.

O motorista ficou confuso, mas respeitou a minha vontade. Aproveitei que não estava mais na festa nem na frente dos *paparazzis* e desabei. Chorei. Chorei como nunca havia chorado antes. Nem sabia por que estava chorando, mas eu não conseguia parar. Aquela dor dentro de mim não parava. E o ponto mais ridículo era que nós não tínhamos nada, então eu não deveria estar sentindo isso tudo. Eu não deveria estar sofrendo. Eu não deveria estar chorando.

Mesmo sabendo de tudo isso, eu desabei. Chorei como criança. Eu sabia que não podia escolher o que sentir, mas eu não queria estar sofrendo como eu estava naquele momento. Eu só conseguia pensar em Peter beijando Nicole.

Eu deveria ter seguido o meu instinto desde o começo. Deveria ter me afastado de Peter antes que isso ficasse tão intenso.

Aquele era o pior momento possível para o meu estúpido coração inventar de se apegar a alguém. O pior momento para conhecê-lo. Era quase burrice minha achar que algo não daria errado. Achar que eu realmente poderia viver algo como nos livros que eu lia. Mesmo não querendo assumir, essa ideia ridícula passava pela minha cabeça quase toda vez que eu via Peter. E isso me fez chorar ainda mais.

Acho que o motorista entendeu o que eu estava sentindo e me levou para um lugar onde eu conseguia ver toda a cidade. Saí do carro e ele disse:

— Pensei que você gostaria daqui. Você pode ficar tranquila, quase ninguém conhece este lugar.

— E como você conhece?

— Eu e minha esposa descobrimos este lugar em uma caminhada — ele disse sorrindo. — Não se preocupe. Eu ficarei aqui dentro do carro para te dar privacidade. Se precisar de mim, me chame.

— Obrigada. — Ele apenas balançou a cabeça e fechou a janela do carro para me dar privacidade.

Sentei-me na grama e olhei a cidade toda iluminada. Olhei para aquela vista linda e comecei a chorar. Em quem eu poderia confiar agora? Minha mãe não estava mais aqui e Peter... Comecei a chorar ainda mais. Eu não sabia que gostava tanto dele.

Deixei que as lágrimas me consumissem enquanto olhava para a cidade. Eu odiava o fato de ser tão fraca. Odiava o fato de sofrer tanto por uma coisa como essa. Odiava aquele sentimento. Odiava Nicole. E odiava Peter. Odiava Peter por me fazer sofrer assim.

Meu telefone tocou. Vi que tinha mais de 50 chamadas perdidas de Peter e 10 de Ana. Ela já sabia. Todos já sabiam. Isso só piorou a minha dor. Peter tinha me mandado mais de 150 mensagens. Desliguei o meu celular. Eu não queria pensar naquilo naquele momento.

Se ela estivesse aqui tudo estaria melhor. Se ela estivesse do meu lado tudo seria mais fácil.

— Por que você não está aqui? — gritei aos prantos. — Por que você não está aqui, mãe? Eu preciso de você. Preciso... — Mais lágrimas. — Preciso do seu consolo. Preciso do seu abraço. Precis... Preciso que você me fale que vai ficar tudo bem. — Eu chorei ainda mais. — Eu preciso da minha mãe aqui.

A dor da perda mais a dor dessa noite se juntaram. Eu não sabia que eu podia sentir tanta dor junto. Não sabia que podia sofrer tanto assim.

Eu sabia que teria que aguentar, eu ia aguentar, isso tudo. Eu era forte e com uma boa terapia eu me curaria, mas me permitir ser o mais fraca possível naquela noite. Naquele momento eu não era a princesa Leticia, que tem que ser perfeita. Eu era apenas uma pessoa machucada. Uma pessoa que estava triste. Uma pessoa que precisava chorar e colocar toda a sua angústia para fora.

Capítulo 26

Não sei quanto tempo fiquei lá. Só sei que cheguei às 3h no castelo. Entrei fazendo o mínimo do barulho que eu podia. Meus saltos estavam em minha mão; logo que entrei no carro eu os tirei, e minha bolsa também. Quando entrei no corredor, agradeci a Deus por Peter não estar lá. Eu não queria falar com ele. Cheguei no quarto e tomei um bom banho. Depois do banho, eu arrumei minha mala e saí do quarto. Quando estava saindo do corredor encontrei Mariana.

— Tudo bem? — Ela parecia surpresa comigo ali àquela hora. Ela olhou a minha mala e falou: — Você já vai? Mas ainda tem dois dias de festa.

— Eu não estou me sentindo muito bem.

— Quer que eu te leve para a enfermaria? — Ela parecia preocupada.

— Não. — Forcei um sorriso. — Eu só queria te pedir um favor.

— Qualquer um — ela disse rapidamente.

— Não conte a ninguém que me viu saindo e muito menos a hora que eu saí. Tudo bem?

— Claro. Se a senhorita prefere assim.

— Obrigada. — Senti uma dor no peito ao escutar a palavra senhorita, mas tentei ignorá-la. Olhei para o relógio e disse: — Tenho que ir. Meu voo é daqui a alguns minutos. — Tentei forçar um sorriso. — Se cuida.

— O mesmo serve para você, senhorita.

Quase voltei a chorar ao ouvi-la me chamar de senhorita novamente. Lembrei-me logo de alguém que eu não queria lembrar. Dei um tchau para ela e continuei a andar. Eram 4h15. Eu queria partir antes que as pessoas acordassem e antes, principalmente, que ele acordasse. Não queria falar com ele naquele momento.

Entrei no carro e o motorista me levou para o jatinho que me levaria para casa. Quando liguei pedindo que me buscassem, pedi para que levassem um calmante bem forte para mim.

Entrei no jatinho e me despedi do motorista, que me ajudou na noite anterior e agora. Quando me sentei na poltrona, tudo voltou. Todas as lembranças de tudo que vivemos, como ele anotando no caderno da criancinha que sempre cuidaria de mim. Tomei o calmante o mais rápido possível, mas me lembro de chorar antes de apagar.

Acordei já no meu país, mas parecia que eu ainda estava lá. Parecia que ainda estava naquela festa. Quando saí do jatinho, entrei direito no carro que estava me esperando. Tentei não chorar até chegar em casa, mas foi bem mais difícil do que eu imaginei que seria. Todos estavam com a mesma cara, todos pareciam preocupados. Não falei nada até chegar em casa.

Saí do carro e entrei no castelo. Todos os funcionários, que me conheciam desde pequena, encaravam-me como se não me reconhecessem. Eu não podia culpá-los. Sempre fui uma pessoa alegre, sorridente, e naquele momento eu estava sendo tudo, menos feliz e sorridente. Enquanto andava, reparei em meu pai na ponta da escada, ainda de pijama.

— O que você está fazendo aqui?

— Hoje não, pai — disse totalmente derrotada. — Hoje eu não tenho forças para brigar com você. Por favor, deixe isso para depois.

Pela primeira vez na vida ele me obedeceu. Subi a escada e fui para o meu quarto. Lucia, Elise e Maria estavam lá e ficaram surpresas ao me verem. Elas iam perguntar algo, mas decidiram ficar quietas. Elas se entreolharam e rapidamente foram me atender. Sem precisar pedir, elas saíram logo depois de terminarem de me ajudar e eu fiquei agradecida por isso. Peguei mais um calmante e tomei. Quanto menos tempo ficasse acordada, menos tempo teria para pensar em tudo que estava acontecendo.

Acordei quase na hora do almoço. Antes de levantar ouvi barulhos e conversas. Em outros tempos tentaria ouvir, mas eu já estava tão cansada que deixei quieto. Levantei e fui tomar outro banho.

Minha lista de afazeres do dia era simples: dormir e tentar me distrair, o que talvez não fosse tão fácil, já que toda hora eu me lembrava de tudo, então toda hora eu me sentia pior. E eu me sentia burra por ter confiado tanto em Peter. Talvez ele tivesse programado com Nicole fazer aquilo. Talvez ele nem fosse aquilo tudo que pensei. Talvez eu tivesse criado um personagem para ele. Talvez eu tivesse me apaixonado pelo que eu inventei dele.

Sim, eu realmente tinha me apaixonado por ele, mas só percebi isso depois de tudo aquilo. O que eu mais tinha medo de acontecer, aconteceu. Sempre tive medo de me relacionar com alguém e me machucar. E mesmo sem ter realmente um relacionamento com Peter, eu me machuquei e muito. A cena dele e Nicole se beijando não saída da minha cabeça. Por que ela fez isso? Por que ela sempre fazia isso? Sempre que eu me sentia um pouco feliz, Nicole fazia questão de estragar. Por quê?

E o que eu esperava de Peter? Ele nem era meu namorado mesmo. Acho que ele nem gostava de mim. Talvez eu quisesse tanto viver um romance como os dos meus livros que aceitei migalhas achando que ele gostava de mim. Talvez eu fosse só mais uma que ele queria beijar. Talvez eu fosse só um passatempo divertido para ele.

Ou talvez ele só estivesse tentando me conquistar para ficar mais fácil casar comigo e poder governar dois grandes reinos. Mas ele estava muito enganado se achava que se casando comigo ele iria controlar os dois reinos sozinhos. Eu nunca deixaria um homem, ou qualquer um, governar me deixando apenas como enfeite. O reino era meu por direito e nem meu pai me passaria a perna.

Pensei em meu pai e tudo voltou. As dores voltaram. A vontade de chorar. Eu queria socar alguém. Eu queria poder me livrar da dor. Eu queria ser mais forte. Eu queria poder nunca sentir tristeza. Eu sabia que toda aquela dor não era só por conta de Peter. Eu sabia que eram feridas que ainda estavam abertas e que eu estava tentando esconder. Feridas, que com a nova, aumentaram.

Terminei de tomar meu banho e troquei de roupa. Desci a escada e desejei que pudesse ir direto para a sala da Dr. Fernanda, minha psicóloga. Mas ela estava de férias, viajando com a família e eu não queria incomodá-la. Vocês devem estar se perguntando: mas ela viu a notícia da sua mãe e agora isso e nem te ligou?

Na verdade, ela não viu notícia nenhuma. Ela é uma daquelas pessoas que sai e leva o telefone só para emergências. Ela e sua família tem o costume de levar apenas um celular antigo, daqueles que só fazem chamadas, só para chamadas de emergência. Dizem que querem aproveitar realmente a viagem, sem nenhuma tecnologia para atrapalhá-los. E como eu disse, eu não preciso ligar para ela, eu dou conta pelo menos até ela voltar.

Sei que se eu ligasse e contasse apenas um terço do que está acontecendo ela voltaria correndo para o castelo e deixaria de aproveitar as férias que ela tanto merece. Então essa era minha última opção.

Mesmo sem fome, fui almoçar. Passei por alguns corredores até chegar no grande salão. Sempre almoçávamos lá. Não sei porque era chamado de grande salão se tínhamos um maior, que era para festas. Porém como raramente usávamos, às vezes eu até esquecia que ele existia. Continue andando. Depois de tudo que tinha acontecido eu nem ousei tocar no meu telefone. Não queria saber que todas as pessoas estavam rindo da minha cara e não queria falar com Peter, então preferi nem ligar.

Notei que estava tentando me distrair de todas as maneiras possíveis. Eu olhava para as paredes e tentava achar algo de interessante para pensar sobre elas, como: quem as fez? Será que usaram um método diferente? Os azulejos eram importados? Quem os teria feito? Como tinham tanta precisão? Se fizessem algum errado a pessoa teria que fazer tudo de novo?

Eu pensava em coisas aleatórias para parar de pensar em tudo aquilo que estava acontecendo. Até comecei a criar histórias para me distrair da minha vida real. Sei que não deveria fazer isso, mas cada vez que eu refletia sobre os acontecimentos eu chorava e eu não aguentava mais chorar.

Então eu pensava em outras vidas, em outras histórias, nas quais eu sempre sabia o que fazer e eu podia controlar tudo. Saber que tudo daria certo. Isso era meio estranho, porque eu me distraía, mas depois ficava mais triste ainda por a minha vida não ser daquele jeito. Era como uma droga viciante. Depois que você começa a imaginar outra vida, uma em que você pode controlar tudo, fica difícil parar.

Cheguei para almoçar e meu pai não estava lá. Pensei de novo em como ele estava almoçando tanto no escritório, mas deixei para lá. Devia só ser trabalho mesmo.

O pior era que nem as minhas histórias estavam me distraindo cem por cento. Volta e meia eu pensava na festa e em Peter. Só de pensar nele meu corpo arrepiava, porque por mais que eu estivesse triste, eu ainda gostava dele. Tinha horas que eu achava que nunca mais olharia para a cara dele, mas em outras eu queria ligar para ele, pedir que ele ficasse comigo e dizer a ele que gostava dele, esperando que ele dissesse que gostava de mim também.

Eu estava confusa. Uma parte de mim tinha certeza de meus sentimentos por ele, mas outra achava que talvez eu nem gostasse dele e que esse sentimento era só carência. Eu o estava evitando mais porque eu estava confusa do que só por estar chateada e triste, porque, afinal, a culpa nem era tanto dele.

Eu detestava essa indecisão. Uma hora eu queria fingir que nada aconteceu e seguir a minha vida, e na outra eu queria chorar e colocar tudo para fora. Fiquei brincando com a comida porque eu não estava conseguindo comer. Era como se tivesse um nó na minha garganta. Tentei empurrar um pouco de comida, pois sabia que tinha que me alimentar. Nem os doces, que eu sou apaixonada, eu tinha vontade de comer.

Eu sempre fui uma pessoa muito ativa, então estava me sentindo angustiada de não fazer nada, mas eu não tinha vontade de fazer nada.

Nem animação para ler eu estava tendo. Porém, depois de tentar comer mais um pouco, no que falhei miseravelmente, subi e peguei um livro para ler. Se eu estava querendo esquecer tudo, o que seria melhor do que ler?

Peguei um livro de romance bem clichê, um dos meus favoritos, e desci para o jardim. E novamente pensei em como eu me sabotava. Ia ler um livro para me esquecer dos meus sofrimentos, mas como eu me conhecia, sofreria muito mais depois por comparar a minha vida com a da personagem, por comparar Peter com o mocinho dos livros. Mas isso eu cuidava depois, naquele momento eu só precisava me distrair.

Enquanto ia para o jardim, um membro do Parlamento parou para falar comigo.

— Princesa, o que você está fazendo aqui? — Antes que eu me desse o trabalho de responder, ele continuou: — Já que está aqui, pode aproveitar para participar da reunião que irá acontecer agora. Vamos.

— Obrigada, mas prefiro não ir à reunião hoje.

— Por quê? — Ele ficou surpreso com a minha rejeição.

Eu geralmente nunca faltava a essas reuniões. Mesmo que eu quisesse fazer outra coisa, eu sempre ia, porque era o meu dever aprender o máximo que pudesse para governar futuramente.

— Não estou me sentindo muito bem.

— Quer que eu te leve para a ala hospitalar? — ele perguntou preocupado.

— Não precisa, mas obrigada.

Voltei a andar, mas ele tornou a falar.

— Se você não precisa ir para a ala hospitalar é porque não está doente de verdade. Você sabe como é feio mentir.

Respirei fundo. Ele já estava me estressando.

— Você sabe que é seu dever ir a essas reuniões. Como vai aprender a governar lendo — ele leu o nome do livro que eu estava segurando e completou rindo — um livro de romance? Você tem que agir mais como uma rainha, Leticia, porque daqui a alguns meses você vai ser uma.

— Como eu devo agir ou não é problema meu. Eu não te devo explicações nenhuma da minha vida.

Ele ficou surpreso por eu responder a ele.

— Como você mesmo disse, serei a rainha daqui a alguns meses, você goste ou não, então você deveria agir com mais respeito quando vier falar comigo. Não sou sua amiga e muito menos a sua colega para você falar comigo dessa maneira. Antes de abrir a boca para falar esse tipo de besteira, lembre-se de sua posição na hierarquia e a minha.

Ele abriu a boca, mas a fechou rapidamente. Tentei controlar as lágrimas para continuar dizendo o que estava guardado há muito tempo dentro de mim.

— Se eu vou ou não à reunião é problema meu. Isso não cabe a você, entendeu? — Ele balançou a cabeça em sentindo positivo. Eu ia sair, mas voltei e completei: — Ah! Nunca se esqueça da sua posição e da minha. E avise os seus colegas sobre isso. Estou cansada de ser tratada como a pessoa que recebe ordens e não a pessoa que dá as ordens. Posso ainda não ter assumido o trono, mas logo vou assumir e não deixarei ninguém que eu não gosto em um cargo como o de vocês. Se vou ser uma rainha, quero ser tratada como uma. — Ele ficou branco igual uma vela. — Boa tarde. — E sai andando.

Apesar de ter falado o que ele merecia ouvir, senti-me mal. Eu não gostava de lidar com as pessoas assim, mas eu sabia que poderia passar a tarde inteira tentando explicar o porquê da minha falta que ele não ouviria. Ele tentaria me convencer de que sabia melhor do que eu o que era bom ou não para mim e eu já estava farta disso.

Ele continuou lá por alguns minutos, absorvendo tudo o que eu tinha dito. Se eu iria me tornar uma rainha dali a alguns meses eu tinha que agir como uma. Impor limites a serem respeitados, não é?

Minha mãe disse-me uma vez que as pessoas só veem o que você quer que elas vejam. E eu concordo com essa fala plenamente. Se você quer que as pessoas achem você bonita, por exemplo, você tem que se achar bonita e mostrar isso para elas. Você não precisa usar maquiagem ou fazer plástica para que as pessoas te achem bonita. Basta você se achar bonita e se colocar como uma pessoa bonita.

Se você quer que as pessoas te achem inteligente, basta você se achar inteligente e mostrar a elas a sua inteligência. A mesma coisa serve para mim. Se quero que as pessoas me achem capaz de governar, de ser uma boa rainha, eu tenho que primeiramente acreditar em mim e dar o meu melhor. Mas, além disso, se quero que eles saibam que estou pronta para governar, preciso me comportar como uma rainha.

Continuei a andar em direção ao jardim, agora um pouco mais feliz pela minha pequena conquista. Quando cheguei lá percebi que não era a única que queria ficar sozinha. Noah estava no jardim e escrevia alguma coisa. Eu chutaria que era uma letra nova de música. Eu ia voltar para o castelo para dar privacidade a ele, mas ele me viu e me chamou.

— Leticia! — ele disse vindo em minha direção. — Você já voltou? Você está bem? Quer conversar?

— Todo mundo já sabe, né? — Eu torci para que ele dissesse que não.

— Não. — Encarei-o séria e ele continuou: — Tudo bem. Todo mundo soube. Parece que alguém da festa filmou o beijo e postou. — Eu abaixei a cabeça e Noah a levantou. — Você está bem? Dentro do possível? — Ele estava preocupado.

— Eu vou ficar. — Forcei um sorriso. — Mas obrigada por se importar.

— Eu não sou o Peter, mas você pode falar comigo se você quiser.

Só de ouvir o nome dele meu coração doeu. Eu fiquei bem agradecida pela oferta de Noah, mas depois de tudo, eu não sabia se eu podia confiar em alguém tão rapidamente de novo.

— Obrigada. — Eu queria mudar de assunto. — O que você estava fazendo? — perguntei, olhando para o caderno em que Noah estava escrevendo quando cheguei.

— Só estou tentando escrever uma música.

— Falando em música... Eu quero ouvir a música que você tinha feito e que disse que ia me mostrar.

— Eu pensei melhor e acho que vou deixar como surpresa. Depois te mostro.

— O quê? — disse surpresa. — Você vai me deixar curiosa? É isso mesmo? — Ele sacudiu a cabeça em sinal de positivo e riu. — E se eu ordenar? — brinquei. — Você obedeceria?

— Não nesse caso — ele respondeu rindo. — Você tem alguma coisa para fazer agora?

— Não. Eu só ia ler. Por quê?

— Quer ver um filme? — ele perguntou um pouco envergonhado. — Podemos ver no meu celular.

— Claro.

Sentamo-nos no banco e Noah pegou seu telefone. Ele abriu na Netflix e perguntou:

— Que filme você quer ver?

— Não sei. Pode escolher.

— Que tal comédia?

Lembrei-me do Peter. Eu tinha que parar de fazer isso. Tinha que o esquecer.

— Claro.

O filme começou. Tentei me concentrar nele, mas minha mente sempre voltava para o mesmo pensamento: Peter. Não sei como ele fez isso comigo. Noah era incrível e eu pensando em Peter. Quanto mais rápido eu o esquecesse melhor.

Até que o filme era legal e eu consegui rir um pouco. Noah era extremamente agradável. Ele fazia piadas quando via que eu não estava prestando muita atenção. Quando o filme acabou, Noah falou que queria falar algo comigo.

— Pode falar.

— Eu nem sei por que eu quero falar isso com você, mas eu terminei com a Julia.

— Sério? — perguntei surpresa. — O que aconteceu?

Eu realmente não esperava por essa. Ele ficou meio sem graça, coçou a nuca de forma constrangida e falou:

— Não sei ao certo. Eu e ela já estávamos brigando muito e alguns fatores fizerem com que tivéssemos uma grande discussão. — Ele parou de encarar o chão e olhou para mim. — Então eu achei melhor terminar.

— Posso saber os motivos? — perguntei curiosa e feliz por um momento não estar pensando em tudo o que tinha acontecido comigo.

Eu sempre detestei quando as pessoas falavam as coisas pela metade. Se não quer que eu saiba tudo, nem toque no assunto. Eu sempre fui extremamente curiosa e quando as pessoas fazem isso eu fico muito chateada. Se a pessoa começou falar, ela tem que terminar.

— Claro — ele disse meio sem jeito. — A Julia sempre foi muito ciumenta. Todo dia brigávamos por conta do ciúme dela. E ter vindo para cá... Bom, vamos dizer que não ajudou muito.

— Vocês terminaram por minha causa?! — indaguei espantada.

— Não por sua causa. Como eu disse, já estávamos brigando muito. Mas você foi um dos motivos sim. Desculpa. Eu nem sei por que eu estou te falando isso. Não era para você se sentir culpada.

— Não tem problema — falei, ainda meio atordoada. — Mas você está bem?

— Até que eu estou. Acho que as brigas foram me cansando aos poucos. No fundo eu já sabia que não duraríamos muito. Mesmo antes de vir para cá eu já sabia, só não queria admitir.

— E por que você não terminou antes?

— Porque eu não conhecia uma certa pessoa. — Ele olhou para mim. — Ela me deu coragem.

Isso foi uma indireta? MEU DEUS! ISSO FOI UMA INDIRETA? Eu sempre fui boa para ajudar os outros em suas relações amorosas, mas quando era comigo, eu nunca sabia o que fazer. Nunca sabia se aquilo era real ou não. Eu não sabia flertar. E na verdade, eu nem sabia se eu queria fazer aquilo naquele momento. E com ele.

Antes que eu pudesse falar algo, uma pessoa falou:

— Noah! Cadê você? Já são 17h.

O moço, que eu acho que era o produtor, quando nos viu ficou sem graça.

— Desculpa, alteza. — Ele tentou fazer uma reverência. — Mas preciso do Noah agora, se não se importar.

— Claro que eu não me importo. — Olhei no relógio e completei: — Também tenho que ir. Na verdade, já estou atrasada.

Eu não tinha nada para fazer naquele momento, mas achei que ficaria muito estranho eu simplesmente ficar ali como se eu não tivesse nada para fazer, pois na maioria das vezes eu tenho, e teria, se quisesse estudar ou participar da reunião do Parlamento, e eu me senti estranha dizendo que não tinha nada para fazer. Senti-me inútil. Era como se eu fosse irresponsável por me dar algum descanso.

Fui andando até o meu quarto, ainda com o livro na mão. Talvez eu pudesse ler lá. Enquanto andava, pensei em como eu estava ansiosa para que a Dr. Fernanda voltasse para que eu pudesse fazer a minha terapia e, assim, conseguir entender um pouco os meus pensamentos e atitudes. Eu nem sabia por onde começar a falar quando ela chegasse. Provavelmente, ficaria umas duas horas com ela.

Lembrei-me da primeira vez que falei para a Ana sobre a minha terapia. Ela primeiro riu, achando que era brincadeira, mas depois que entendeu que era sério, ficou preocupada. Perguntou-me se eu estava ficando maluca para fazer uma coisa dessas. Como se terapia fosse coisa de maluco.

Nunca entendi essa ligação. Por que as pessoas pensam isso? Terapia é uma coisa normal. Quando estamos doentes fisicamente vamos ao médico. Então por que não podemos ir ao psicólogo quando nossa alma está doente?

O psicólogo é como se fosse um médico da alma. Então nunca entendi o porquê de tanto preconceito com a profissão. Acho, inclusive, que todas as pessoas deveriam fazer terapia, já que ninguém consegue se trabalhar cem por cento sozinho. Todos temos traumas e só os curamos com ajuda de profissionais.

É como uma doença normal. Quando estamos levemente doentes nós mesmos conseguimos nos medicar, ou seja, curar-nos, aliviar a nossa dor. Mas quando ficamos muito doentes procuramos um médico para que ele nos ajude a nos curar. A mesma coisa acontece com a psicologia. Quando ficamos "doentes" na alma, ou seja, não damos conta dos nossos próprios sofrimentos e nossas feridas emocionais sozinhos, devemos ir ao profissional especializado para receber ajuda.

E isso acontece com todo mundo. Assim como todo mundo já esteve gripado alguma vez na vida, todo mundo já teve sofrimentos e traumas, e cada um reagiu de uma maneira a isso. Alguns sofreram calados, evitando ajuda. Outros se fecharam para o mundo. Outros se vitimizaram. Outros ignoraram a dor, como se não pensar nela ajudasse a melhorar.

Todos de alguma maneira mudaram suas atitudes, às vezes mesmo sem querer, como se isso os livrasse de mais sofrimento. Muitas vezes, as atitudes que tomamos por conta da dor nos faz nos perdermos de nós mesmo e até afasta as pessoas que amamos.

São esses traumas, gerados na infância ou em qualquer época da vida, que nos fazem criar medos. Medo de não ser bom o suficiente. Medo de amar. Medo de se deixar ser amado. Medo de confiar. Medo de ser feio. Medo de não conseguir o que se tanto quer. Medo de ser excluído. Medo de ser você verdadeiramente, entre outros medos.

E esses medos, se não controlados, tornam-se âncoras em nossas vidas. Você não consegue seguir o propósito para o qual você nasceu para viver porque alguém que não conhece nem um pouquinho você, ou que te conhece e tem inveja do seu potencial, fez você acreditar que você não é capaz. E se você não acreditar na sua capacidade, ninguém vai.

Capítulo 27

Como eu esperava, a leitura não foi tão produtiva quanto eu queria. Eu não consegui me concentrar em uma palavra direito sequer. Toda hora meus pensamentos me dominavam. Um lado meu, o racional, dizia que era tudo bobagem, que era melhor ter sofrido antes de me envolver mais e me machucar mais com Peter. Mas o outro lado, aquele que sempre tento deixar de lado quando o assunto é Peter e nunca consigo, dizia que eu já tinha entendido que a culpa não era dele e que talvez ele sentisse algo por mim. Esse lado tentava me convencer a ligar para ele e esclarecer a história.

Mas como sempre, ouvi o lado racional. Decidi que já tinha chorado o suficiente e que iria pensar em outras coisas, talvez até em outras pessoas. Eu já tinha decidido. Esqueceria Peter. Ele não tinha feito nada de errado, mas me machucou.

Eu sei que nem tinha o direito de ficar brava, mas explica isso para o meu coração. Acharia um meio de terminar o suposto "casamento", o que eu devia ter feito logo no início, e depois veria a minha vida amorosa, já que eu tinha mais problemas agora do que só o meu coração.

Fechei o livro, que eu provavelmente teria que reler tudo porque não consegui prestar atenção em nada, e fui olhar a pilha de papelada em cima da minha escrivaninha. Como eu não tinha ido à reunião, eles mandaram dever de casa. "Típico", pensei. Entretanto para mim era bom. Se eu ficasse atolada em dever não pensaria na minha vida amorosa — ou a falta dela.

Sentei-me e comecei a ler os textos e cartas. Pelo o que eu entendi, o povo do sul do país estava organizando uma rebelião. Só não entendi o porquê. Vasculhei as folhas por respostas.

Como eu estava tão desatenta que não havia percebido que grande parte da população do sul estava passando fome? O que eu tinha na cabeça? Mas não me lembrava do meu pai me mostrando isso ou alguém do Parlamento. E pela a minha constatação, isso já fazia um mês.

A parte sul do país era a parte mais propensa à agricultura e, pelo visto, algo não estava dando muito certo e para eles a solução era uma rebelião. O que poderíamos fazer? O que faríamos? Como poderíamos melhorar a vida deles?

Alguém bateu em minha porta.

— Alteza, eu preciso de alguns documentos que deixei aqui por engano. — O senador ficou branco, mais do que já era, quando viu o papel que eu estava lendo. — Meu Deus! O rei vai me matar... — ele disse baixo, mais para si mesmo, mas escutei claramente. — Você não deveria ter lido esses papéis. Pode me entregar e fingir que não leu nada? — ele disse sem graça.

— Por que eu não sabia disso? — Encarei-o furiosa. — Por que eu não podia ler isso? — Ele ficou branco e vermelho ao mesmo tempo. — Anda, me diga. — Aproximei-me o mais assustadoramente possível.

— Foram ordens do seu pai, alteza — ele respondeu com a cabeça baixa.

— Onde ele está?

— Mas, alteza...

— Onde ele está?! — indaguei com firmeza.

— No escritório, alteza — ele respondeu olhando para o chão.

Passei por ele tão rápido que nem agradeci a informação. Estava tão irritada que acho que todos repararam, porque não pararam de me olhar perplexos.

Quando cheguei à porta do escritório, os guardas não queriam me deixar entrar.

— Me deixem entrar agora!

— Não podemos, alteza. O rei está em uma reunião particular — disse um deles.

Encarei-o com tanto ódio que por um momento achei até que ele abaixou a cabeça. Ficou claro o seu medo. Seu e do seu companheiro.

— Escuta bem, porque eu só irei falar uma vez, está bem? Eu sou a futura rainha, princesa de Alandy, filha do cara que está aí dentro. Eu tenho direito de entrar. Não importa quem diga que não. O meu assunto é sério e não vou sair daqui até que me deixem passar. — Li seus nomes. — Entenderam, Lopes e Aragão? — Dei um sorrisinho. — Não sou rancorosa e sei que estão fazendo o seu trabalho, mas lembrem-se de que daqui a algumas messes quem mandará aqui sou eu, então é bom me escutarem.

— Eu mandei que não deixasse ninguém entrar, Leticia. Eles obedecem a mim e não a você. Você será a rainha, mas por enquanto é só uma princesa, então abaixa o tom. — Meu pai precisava me humilhar na frente deles? Sério? Ele deu um sorriso cínico. — E qual é o problema sério? Quebrou a unha? — ele perguntou dando risada.

Um dos guardas riu. Olhei para ele tão feio que ele ficou quieto na mesma hora.

— Ah, como você é engraçado, papai — falei sarcasticamente. — Posso entrar agora ou vai fazer outro showzinho de humilhação na frente dos guardas?

— Olha como você fala comigo. Sou seu pai e seu soberano.

— Como me esquecer disso, vossa majestade? — Fiz uma reverência e os guardas riram.

Meu pai os fuzilou com o olhar e eles pararam.

— Entra logo, garota — meu pai disse, já irritado.

Passei pelos guardas e por ele e o esperei lá dentro. Quando entrei, vi a pessoa com quem ele estava fazendo a reunião. Ela deu um sorrisinho para mim e percebi a marca em seu pescoço.

— Fala logo o que você quer, Leticia — meu pai veio falando rispidamente. — Eu não tenho todo tempo do mundo. Não posso me dar ao luxo de não fazer nada só porque eu fiquei chateado com alguma coisa como certas pessoas — ele disse, posicionando-se atrás de sua mesa.

Tive que contar até três para não começar a discutir com ele. Meu propósito ali era outro.

— Por que eu não fui informada sobre o que está acontecendo no sul do país?

Ele ficou surpreso por eu saber, mas logo recuperou a compostura.

— Quem te contou isso?

— Responda-me primeiro!

— Você não foi informada porque não precisou ser informada. Simples.

— Como? — disse, já com raiva. — Você tem obrigação de me relatar esse tipo de coisa.

— Não tenho não. Não é culpa minha que por conta de sua frescura você faltou à reunião hoje.

— Você é muito sonso. Você sabe muito bem que isso já tem mais de um mês. E respondendo a sua outra resposta, você tem obrigação, sim, de me informar sobre tudo que está acontecendo. De acordo com a Lei n.º 3.233, parágrafo 9, o soberano tem que informar, principalmente durante os meses próximos à coroação do sucessor, tudo, sem qualquer esquecimento, sobre o que acontece no país.

— Uau! Você leu o manual — ele falou, rindo sarcasticamente.

— Diferentemente de você. Chega a ser hipocrisia da sua parte cobrar das pessoas respeito e cumprimento da lei sendo que o próprio rei não as respeitas e não as cumpre, não é mesmo, papai?

— Você deveria tomar cuidado como fala com ele. Ele pode ser seu pai, mas ainda é o rei — Lady disse.

Olhei para ela com raiva.

— Obrigada, mas eu não vou aceitar concelho de uma pessoa que para se dar bem na vida precisa deixar que as pessoas utilizem do seu corpo como você. Ah! Se eu fosse você, antes de sair do escritório do meu pai fechava o vestido melhor e jogava o cabelo para frente para esconder esse chupão ridículo no seu pescoço. — Ela tocou o chupão em seu pescoço. Virando-me para meu pai falei: — Não precisa nem se preparar para o sermão porque não vou ouvir. Só vou te avisar uma coisa antes de ir embora: me comunique imediatamente sobre tudo, porque se eu descobrir algo de que eu não for informada terei que tomar providências.

— Você está me ameaçando?

— Pense como quiser. Já estou farta de aturar tudo de cabeça baixa. É meu direito saber do que se passa em meu país.

— E se eu não fizer? Fará o quê? Eu sou o rei. O Exército segue a minha ordem e não a sua. Você se acha demais, garota. Lida com as pessoas como se fosse superior a elas.

— Acho que você está me confundido com você. Quem utiliza do poder para se dar bem aqui não sou eu. Não sou eu que utilizo a fala de que eu sou o rei e por isso devem me respeitar. Estou apenas exigindo o meu direito. Coisa que, pelo visto, se eu não lutar por ele não terei, porque a falta de bom senso do senhor é muito grande. Sobre a sua outra resposta, bom, de acordo com a lei que o seu próprio pai reforçou para o seu bem, se você ou qualquer pessoa do seu convívio tomar intencionalmente qualquer atitude que possa me prejudicar como rainha, eu tenho o direito de pegar o trono. E tenho certeza de que assim como eu, os nossos países aliados e inimigos também sabem dessa parte da nossa Constituição.

— Você se acha muito espertinha, não é? — Ele veio e ficou na minha frente, furioso. — Sabia que tramar contra o governo atual é crime? Eu posso te prender até pela maneira que você está falando comigo. — Ele olhou para a Lady e falou: — Posso te prender pela maneira como falou com ela. Isso se chama difamação, sabia?

— Primeiramente, eu não estou tramando contra governo nenhum, apenas disse que lutarei pelo meu direito existente por lei, e tanto a lei de Alandy quanto a lei internacional me protegem. E sobre a sua outra fala, bom, eu não a chamei de nada, mas se a carapuça serviu...

O rosto do meu pai ficou vermelho de raiva e pela primeira vez na minha vida levei um tapa na cara.

— Você tá maluco?! — gritei.

— Quem tem que me dizer isso é você! Olha como você está falando comigo!

— E depois sou eu que utilizo do meu poder desapropriadamente, não é?

Com raiva, ele me deu um soco que pegou bem no meu olho direito. Andei dois passos para trás. Ele estava me assustando. Ele nunca tinha feito isso antes.

— Eu sou seu pai e mereço respeito!

— Respeito se conquista e não se impõe! — Ele se aproximou mais de mim, pronto para me bater novamente. — Minha mãe, a vovó e vovô devem estar com muito desgostosos de você agora — falei chorando. — Só mais uma coisa antes que você comece a me espancar: uma das grandes virtudes de um rei é saber quando está errado e saber pedir desculpas. Na verdade, é uma das grandes virtudes do ser humano. Pensa nisso.

Virei-me e saí. Não escutei nada do que ele gritou, pois não queria escutar. Meu olho latejava e meu rosto ardia. As lágrimas não ajudavam muito. Sequei o mais rápido possível as lágrimas que caíam. Não queria que os funcionários me achassem fraca. Não queria que as pessoas concordassem com meu pai e achassem que eu não podia governar. Não queria parecer vulnerável.

Os funcionários olhavam assustados quando viam o meu rosto porque, provavelmente, meu olho devia estar roxo. Andei o mais rápido possível, não queria que sentissem pena de mim nem queria que me perguntassem o que tinha acontecido. Passei com a cabeça meio abaixada pelas pessoas e por isso acabei não vendo uma e trombei com ela.

— Desculpa — disse sem nem ver quem era.

— Sem problemas. — A pessoa percebeu quem eu era. — Leticia? — E levantou o meu rosto.

Noah. Ele ficou espantado.

— Quem fez isso com você? O que aconteceu? — Ele ficou desesperado. — Você tá bem? Posso fazer alguma coisa?

— Eu estou bem — respondi. — Obrigada por oferecer ajuda, mas você não pode fazer nada.

— Tem certeza?

— Tenho.

— Quer que eu te acompanhe até o seu quarto?

— Acho melhor não, mas obrigada mesmo assim.

Ele fez que sim com a cabeça e antes que fosse embora eu o chamei:

— Noah...

— Sim... — ele voltou todo preocupado.

— Não conta para ninguém que você me viu assim. Você pode fazer isso por mim?

— Cla... claro — ele falou meio confuso.

— Obrigada.

Depois disso, continuei andando o mais rápido possível até chegar ao meu quarto.

Ao chegar, as meninas estavam lá.

— O que aconteceu? — Elise perguntou.

— Quem fez isso? — Foi a vez de Maria.

— O que podemos fazer para ajudá-la? — disse Lucia.

— Vocês podem me preparar um banho relaxante? E me ajudar a cuidar desse machucado?

— Claro — as três disseram juntas.

Sentei-me na cadeira e Lucia começou a limpar o meu olho. Nossa, como ardeu! Eu sabia que todas elas queriam saber o que tinha acontecido, mas não sabia se estava preparada para contar naquele momento.

Pensei em ligar para Ana, entretanto não queria incomodá-la com esse tipo de coisa. Até porque eu a conhecia e sabia que ela ia querer tirar satisfação com meu pai e falar para todo mundo o que ele fez. E isso, além de prejudicá-la, prejudicaria o meu país. E por mais que eu não quisesse admitir, não queria que todos chamassem meu pai de coisas ruins, porque ele ainda era o meu pai. Além do que, se isso acontecesse todos me veriam como a pobre menina que apanhou do pai e não como uma pessoa capaz de governar um país.

— Alteza, seu banho está pronto — Maria disse.

— Obrigada.

Levantei-me e fui tomar meu banho, esperando que ele levasse todo sentimento ruim que eu estava sentindo. Mas não levou.

Capítulo 28

Quando voltei para minha cama que estava pronta para dormir, Lucia me falou:

— Alteza, tem uma pessoa querendo falar com você.

— Quem é?

Ela me entregou o telefone. Achei que fosse Ana e atendi, só que não era ela. Quase morri quando vi o rosto de Peter no telefone. Eu ia desligar, mas ele falou:

— Por favor, não desliga — ele falava em tom de súplica. — Eu te imploro. Sei que não quer falar comigo, mas queria ver como você está. Ainda mais depois disso. — Ele apontou para o meu olho. — Foi o seu pai não foi?

Eu não conseguia falar. Um lado meu queria desligar e dizer que não queria vê-lo nunca mais. Mas tinha outra parte que queria falar com ele, que queria que ele me consolasse. E aquela carinha bonita, aqueles olhos azuis e aquele cabelo molhado não faziam com que a escolha ficasse mais fácil. Eu só consegui dizer:

— Quem te falou?

— Importa?

— Claro que importa.

— O Noah.

— Eu pedi para ele não contar para ninguém — falei em tom baixo, mas ele ouviu.

— Eu sei, mas ele estava preocupado com você, assim como eu estou. — Ele olhou bem no fundo dos meus olhos. — Por favor, Leticia, confia em mim.

— Confiar em você?! — eu disse, rindo de nervoso e as lágrimas começando a pingar. — Da última vez que eu confiei em você, o que aconteceu mesmo?

— Não foi culpa minha. Eu não queria beijá-la. Você viu que eu me afastei dela. Não viu? — ele falou desesperado.

— O que eu sei é que não tem como uma pessoa beijar sozinha — respondi com raiva. — Nem sei por que eu estou te respondendo. Tchau.

— Não! Por favor, não. Eu imploro. Deixe-me explicar.

— Você já não fez isso antes?

— E você não quis ouvir. — Ele me olhou sério. — E se fosse com você? Se um príncipe se jogasse em cima de você e você, mesmo depois de ter se esquivado o quando pôde, a pessoa que você gosta não acreditasse em você. O que você faria?

— Não sei, mas entenda o meu lado. Não consigo confiar nas pessoas e quando confiam elas me machucam.

— Eu sei, porque eu também sou assim. Porque você acha que Kyle e o Jacob estão tão estranhos com você? Como se fosse realmente a minha noiva, mesmo eu contando toda a verdade de que estávamos só fingido? — Ele esperou um momento para eu absorver suas palavras. — Porque nunca me abri assim com ninguém. — Ele me olhou desesperado. — Você não sabe o que faria se estivesse no meu lugar nem eu sei o que fazer. Nunca tive que fazer isso antes.

— Você se abriu? — disse sarcasticamente. — Você só me ouviu falando o tempo todo. Eu sei que foi para me ajudar, mas isso me deixou na sua mão. Você sabe basicamente todas as minhas dores e defeitos e eu não sei nenhum seu.

— Você quer saber os meus defeitos? É isso? — ele disse meio surpreso.

Eu não respondi.

— Tá bom. Eu não consigo confiar em qualquer pessoa, eu internalizo tudo que dizem sobre mim, eu me preocupo muito com a opinião dos outros, eu não sei se serei um bom rei, tenho medo de falhar e pessoas morrerem por minha causa. — Ele olhou para mim conferindo se eu estava prestando atenção. — Tenho medo de não orgulhar meus pais, tenho medo das pessoas só se aproximarem de mim por conta da minha fama e do meu dinheiro. Tenho medo de falhar e, mais ainda — ele me olhou sério —, tenho medo de perder você.

— Eu sou o seu maior medo? — perguntei, confusa.

Ele riu, mas uma risada triste.

— Não medo de você, mas medo de perder você — ele falou sério. — Você não sabe o quão especial é para mim. — Ele suspirou e disse: — Eu não queria te falar assim por telefone nem agora, porque sei que está sofrendo, mas acho que é o momento certo para te dizer. Por favor, não se assuste ou se sinta obrigada a fazer ou dizer algo que você não quer, ou sinta, depois do que eu te disser. Tudo bem?

— Disser o quê? — falei nervosa com tanto suspense. Meu coração quase saindo pela boca.

— Leticia Swit, eu te amo. Desde o primeiro momento em que eu te vi.

Eu fiquei pasma. Não sabia o que dizer ou o que fazer. Eu não esperava isso dele. Não agora. Vendo que eu estava em choque, Peter completou:

— Sei que não esperava que eu dissesse isso agora, nem eu esperava, mas é a verdade. Não quero que se sinta pressionada a dizer que me ama ou algo do tipo. Só que eu não podia deixar de te falar isso. Peço apenas que reflita e me fale se meu amor é correspondido ou não. Se for, eu serei o homem mais feliz do mundo, mas se não for respeitarei a sua vontade. — Ele deu uma pausa e depois continuou: — Vou deixar você pensar, mas assim que tiver a resposta, por favor, avise-me. Dorme com Deus.

Depois disso ele desligou. DESLIGOU! Como ele joga uma bomba dessa no meu colo e desliga? Ele me amava? Ele disse isso ou era um sonho meu? Eu estava alucinando? E o mais importante: eu o amava?

Saber que eu gostava dele isso era fato, mas eu não sabia se era amor. E se ele me beijasse e parasse de me amar? Isso poderia acontecer?

Eu nunca tive um relacionamento, então não sabia como reagir. Eu tinha que falar com alguém sobre isso e sabia perfeitamente com quem falar.

— Por favor, me atende. — Eu estava desesperada.

O telefone tocou mais uma vez e quando achei que ela não ia atender, ela apareceu na tela.

— O que aconteceu com o seu olho? E o seu rosto? — Ana perguntou quase gritando.

Ops. Eu nem me lembrava disso.

— Nada demais. Te liguei para falar de outra coisa.

— Eu quero saber das duas. E como eu te conheço comece pela minha pergunta — ela disse séria.

— Você tem que prometer que não vai fazer nada, principalmente publicamente.

— Eu vou tentar.

— Eu quero que prometa.

— Tá. Tá. Eu prometo — ela falou emburrada.

— Eu discuti com o meu pai e como ele não tinha argumento ele me bateu e me deu um soco.

— Eu mato aquele desgraçado! — ela gritou furiosa.

— Você prometeu que não faria nada.

— Por que você está protegendo-o? Ele te bateu! Por que você não o denunciou? Ele pode ser preso, não pode? Ele pode ser tirado do cargo, não pode? Temos que dar um jeito dele ser preso.

— Ana, calma! — interrompi-a. — Eu não estou protegendo-o e, sim, a você e a mim. Se você fizer qualquer coisa eles podem até te matar. E se as pessoas souberem vão me ver como uma garotinha mimada que não vai conseguir governar um país. Até porque você conhece o meu pai, ele vai dar um jeito de se safar.

— Eu sei, mas isso é errado. Muito errado.

— Eu sei. Provavelmente ele vai inventar alguma mentira e vai dizer que fez aquilo para me impor limites. Ele não vai dizer que estava tentando me passar a perna.

— Te passar a perna? Como assim?

— Ele está escondendo informações de mim. Informações importantes de governo. Não sei por que, mas estou com mau pressentimento dele e daquela mulherzinha que ele está.

— A tal Lady?

— Essa mesma. Hoje ela quis me dar lição de moral e coloquei-a no lugar dela.

— Boa, garota. Conta mais.

Expliquei tudo que tinha acontecido no escritório e Ana ficou boquiaberta.

— Pelo menos você arrasou. — Ela mudou o tom de voz e falou: — Como você tá em relação a tudo? Seu pai? E, principalmente, o Peter?

— Você viu o vídeo?

— Vi. Não é querendo defender ele não, mas no vídeo que eu vi ele ficou menos de dois segundos encostado nela. Acho que aquilo não pode nem ser considerado um beijo, já que ele nem abriu a boca. E logo depois ele saiu correndo atrás de você. Mas eu te entendo.

— Então, eu te liguei para falar justamente sobre isso. — Ela esperou que eu continuasse. — Eu não sei o que fazer. Ele me ligou um pouquinho antes de eu te ligar e além de pedir desculpas disse que me ama. — Ela ficou de boca aberta. — Eu fiquei exatamente assim, como você. E ele disse que está esperando a minha resposta, que não queria me apressar, que se eu o amasse ele seria o homem mais feliz do mundo e seu eu não o amasse ele me entenderia.

— Meu Deus! Meu Deus! — Ela começou a gritar e pular de alegria. — Eu não acredito nisso! Você o ama?

— Eu não sei. — Fui sincera. — Gostar dele eu sei que eu gosto, mas não sei se o amo. Além disso, não sei se ele merece o meu perdão. Não sei o que fazer. Tenho medo de confundir amor com paixão e me casar e não ser feliz.

— Bom, eu não posso decidir isso por você porque, com certeza, eu me casaria com o bonitão — ela falou rindo e eu ri também. — Mas falando sério agora, sobre o fato de não saber se o ama, eu só posso dizer para esperar e avaliar. Com certeza, na hora certa você vai saber. E sobre o fato de não saber se o perdoa ou não, pensa bem. Você tem certeza de que ele não fez de propósito. Mesmo sem vocês namorarem de verdade, ele fez questão de correr atrás de você e pedir desculpas para você. Ele disse que te ama. Ele trata como uma princesa, não como todos os outros.

— Eu ri. — Eu acho que você deveria dar uma chance para ele. A Bíblia fala para perdoar os outros, lembra?

— Ele te pagou para você fazer propagando para ele? — eu perguntei rindo.

— Esquece o que eu disse — ela respondeu séria. — Vou cobrar primeiro, depois eu volto aqui. — Ela riu.

— É que parece muito bom para ser verdade. Estou com medo de vir coisa ruim por aí.

— Para de ser pessimista. Você mesmo não queria viver um romance clichê igual ao dos seus livros? E agora que pode vivê-lo você não quer?

— Não é que eu não queira, mas, como diz o ditado: "Quando a esmola é demais até o santo desconfia".

— Pelo amor de Deus, né, Leticia? Para de acreditar em ditados desse tipo. Você sabe muito bem o quanto você correu atrás de um romance assim. E apesar de eu não o conhecer como você, eu sei que ele não é perfeito. Assim como você, eu e todos que já existiram e existem. Então para de reclamar de uma coisa que você merece.

— Ok. Só uma dúvida. Como eu corri atrás de um romance assim?

Ela ficou brava.

— Sua autoestima hoje tá baixa, hein. Você nunca ficou com ninguém por quê? Você nunca deu chance para um monte de meninos por quê? Você nunca iludiu alguém por quê? Você sempre foi honesta com os garotos por quê? Você nunca deixou de ser você mesma para conquistar alguém por quê?

Ela deu uma pausa e voltou a falar:

— Sabe por quê? — Fiz que não com a cabeça. — Porque, no fundo, você sempre soube que encontraria alguém que te ama do jeito que você é. E você é extremamente romântica, então não seria em qualquer condição que você encontraria o amor. Por isso você sempre sofreu, mesmo assim sempre teve esperança. E não estou dizendo que o Peter é o amor da sua vida. Só estou dizendo que esse tipo de coisa vai acontecer com você e talvez não com outras pessoas, porque você não teve a vida das outras pessoas. Você não teve o comportamento delas, então não tem como ter um relacionamento como o delas. Você não tem as mesmas ideias que elas, então o seu relacionamento vai ser diferente dos delas. Isso é lógica. Não estou inferiorizando nenhum relacionamento, apenas dizendo a verdade. Até porque, o que talvez você ame em um relacionamento algumas pessoas odeiem.

— Nossa. Você é muito poética — brinquei.

— Eu sei. — Ela deu um sorriso satisfatório e falou: — Agora, conta a outra coisa que tá prendendo os seus pensamentos.

— Como você sabe?

— Eu sou sua melhor amiga. Você acha que eu não saberia?

— Verdade. — Dei um sorriso. — Então, eu acho que o Noah deu uma indireta para mim.

— Você é muito egoísta, sabia? Deixa um para mim — ela falou rindo. E voltou a ficar séria e perguntou: — O que ele falou?

— Ele disse que tinha terminado o namoro e perguntei o motivo. Você sabe que eu sou curiosa. — Ela assentiu. — Ele disse que já sabiam que eles iam acabar porque sempre brigavam, pois ela era muito ciumenta. Eu perguntei por que então ele não tinha se separado antes e ele disse que era porque agora ele tinha encontrado uma pessoa que deu coragem para ele. Só que o estranho foi ele falar "certa pessoa" e olhar para mim.

— Isso, com certeza, foi uma indireta — ela disse, pensativa, para depois brincar: — Você é time Noah ou time Peter?

— Eu gosto do Noah, mas acho que gosto mais do Peter. Não quero que o Noah confunda as coisas, mas também não quero falar isso com ele. Estou com medo de eu estar confundindo as ações dele e passar vergonha ou ele ficar chateado comigo.

— Mas você tem que fazer alguma coisa.

— Eu sei. Vou dar um jeito de falar que não sinto o mesmo por ele. — Dei uma pausa e disse: — E você senhorita? Como estão as coisas aí?

— Bom, nada tão empolgante como aí, mas bem divertido. Eu encontrei um garoto lindo no shopping hoje.

— E aquele Lian?

— Ih... — ela disse. — Tinha até esquecido dele. Ele era muito grudento. Depois do beijo achou que já estávamos namorando e ficou brigando comigo porque eu falei com um dos meus amigos. Você acredita? — Eu ri e balancei negativamente a cabeça. — Aí, eu tive que falar com ele que nós não tínhamos nada e que eu não queria mais nada com ele.

— Coitado... — comentei dando risada.

— Coitada de mim — ela disse séria, e eu ri. — Vê se eu tenho cara de babá para ficar aturando criança mimada e sem noção?

Eu e ela caímos na gargalhada.

— Como ele é? O garoto novo?

— Moreno de olhos verdes. Um gato. Eu não sou boba, né? Cheguei nele e pedi o Instagram dele. Ele sorriu, passou o nome da conta dele e ficamos conversando. Ele é um fofo. Estamos marcando de nos vermos amanhã.

— E depois diz que não tem nada para me contar, né? — Ela riu. — Como ele é? Quero saber de tudo!

— Tá bom...

E assim passamos a noite toda conversando sobre garotos, a viagem dela, nossos sentimentos, meu reino, bobagens etc.

Eu amava que erámos bem diferentes, mas nos respeitávamos e nos apoiávamos. Eu adorava saber que com ela eu podia ser tanto a Leticia futura rainha quanto a Leticia adolescente que fala bobagens. Isso era realmente uma amizade verdadeira.

Capítulo 29

Acordei meio sonolenta já que passei quase a noite inteira conversando com a Ana e depois que desligamos não consegui dormir, porque toda hora a imagem de Peter dizendo que me amava vinha em minha mente. Eu não sabia o que sentia por ele, mas não gostava de saber que ele estava esperando uma resposta e eu não sabia nem por onde começar a pensar.

Outro ponto importante era descobrir o que Noah sentia por mim e dizer que eu só queria uma amizade caso ele quisesse algo a mais. Mas como faria isso sem machucá-lo?

Como saber se faria a escolha certa? Não queria magoar Peter, não queria magoar Noah, mas também não queria me magoar.

Será que terei certeza de algo ou terei que me arriscar e lidar com as consequências? E se eu fizesse a escolha errada? E se algo acontece de errado por conta minha escolha? E se eu me arrependesse depois? Teria como voltar atrás? O mais importante: eu voltaria atrás?

Eram tantas perguntas que me rondavam que eu estava ficando tonta. Às vezes, queria ser mais como as outras meninas que se arriscavam tranquilamente. Quando era mais nova — ainda faço isso às vezes, não posso negar — pensava em como seria se eu me arriscasse como a Ana e as outras meninas, mas depois percebia que se eu fizesse isso eu iria me arrepender, porque não seria eu.

Para mim, esse último mês estavam sendo completamente diferente dos outros. Para começar perdi a minha mãe. Depois veio a história de casamento. E mais, descubro quem é realmente o meu pai. Minhas aulas e obrigações triplicaram e pela primeira vez estava tendo sentimentos por alguém que me conhece e que tem sentimentos por mim.

A Ana sempre foi a amiga que pedia conselhos e falava sobre homens, ia a festas e tudo mais que todas as garotas normais fazem. Eu sempre fui a quietinha, que preferia ler ao invés de me aproximar de alguém. Sempre fui a pessoa que nunca beijava ninguém nas festas. A Ana sempre disse que os meninos me davam confiança, mas nunca soube se era real ou não. Na verdade, nunca tive o interesse de perguntar. Sempre fui rotulada como "a santinha", "a nerd", "a certinha". Sempre fui a diferente.

Nunca tive um namorado ou um "peguete" sequer. Quando tinha uma pequena atração pela pessoa, nunca contava para ninguém, nem mesmo para a Ana. Na verdade, eu só contava para a minha mãe. Eu sabia que a Ana faria de tudo para que eu beijasse o garoto e eu não queria isso, não queria beijar alguém antes de conhecê-lo realmente, antes de, pelo menos, conversarmos um pouco. Eu sei, parece besteira, mas eu sou assim. Gosto de pensar que o romantismo ainda existe.

Quando eu percebia que tinha uma pequena atração pelo garoto, eu começava a prestar atenção nele, e depois de algumas messes descobria quem ele era de verdade. Infelizmente, sempre me decepcionava. Acho que é por isso que tenho tanto receio de ter algo com Peter, porque até agora eu não achei defeito monstruoso nenhum nele, pelo contrário, só achei qualidades. Não é que eu queira que Peter seja como os outros. Gosto dele justamente por ser diferente, mas é que ele parece bom demais para ser verdade.

Troquei de roupa e caminhei em direção à porta. Quando puxei a maçaneta, ela não abriu. Puxei novamente, mais forte, e nada. O que estava acontecendo?

— Alguém abre a porta para mim! Deve ter tido algum erro, porque ela está trancada! — gritei.

O soldado que às vezes ficava em minha porta, respondeu:

— Não tem erro nenhum, alteza. O rei mandou deixá-la no quarto.

— Trancada?! — perguntei incrédula.

— Foram ordens do rei, alteza.

Como ele podia fazer isso? Trancar-me no quarto? Por quê? Por que ele queria que eu ficasse no meu quarto trancada? Era um castigo? Um tapa e um soco no olho não tinham sido suficientes? Isso é contra lei, não é? Tem que ser. Eu tenho o direito de ter a minha liberdade. Ele acha que sou quem? A Rapunzel?

Isso era um absurdo. Bati na porta e gritei para o soldado abri-la, mas ele só se lamentou e disse que estava cumprindo ordens do rei. Comecei a andar desesperada pelo meu quarto. Sempre detestei ficar presa e, principalmente, não ter controle das coisas. Enquanto rodava o quarto igual uma louca, notei um papel em cima da escrivaninha. Mas eu não tinha escrito nada. O que seria?

Fui até a mesa e abri o envelope. Nele estava escrito:

"Querida alteza real,

É com muita e honra e muito orgulho que nós, do Instituto de Beleza Internacional (IBI), viemos por meio desta carta, anunciar-lhe que a vossa senhoria foi votada com a mulher mais bonita e inteligente deste ano. Nós, do Instituto, gostaríamos de dar-lhe os parabéns por mais um ano como a grande ganhadora. Gostaríamos também de parabenizá-la pelo noivado com o senhor Peter Oslandy, que se a vossa alteza pesquisar, verá que também foi votado como o homem mais bonito e inteligente do mundo. O casal mais amado ganhou em suas categorias. Parabéns para vocês dois.

Deixamos em anexo o seu certificado e gostaríamos de fazer-lhe um pedido um tanto quanto caridoso. Se a vossa alteza puder e quiser, gostaríamos que participasse do desfile de caridade, Os ganhadores que aceitarem a proposta desfilarão em um evento em que todo dinheiro arrecadado será destinado para a Constituição Internacional da Criança (CIDC). Caso queira nos ajudar, é só entrar em contato pelo número que está no cartão junto a essa simples carta.

Atenciosamente,

Instituto de Beleza Internacional".

Depois de ler a carta, eu abri o envelope e vi meu certificado e o tal cartão. Algumas pessoas podiam achar que isso era vaidade, mas eu gostava de ganhar esses prêmios. Gostava de ver que as pessoas se importavam comigo a ponto de me escolherem. Eu devia ter uns seis prêmios desse instituto, mesmo achando que não merecia tanto. Eu era bonita, eu sabia disso, mas nunca pensei que fosse tão bonita a esse ponto. Mas ficava grata pelo título.

Além da beleza, eles avaliavam as nossas respostas em reportagens, a maneira como nos comportávamos, e acho que, de alguma forma, tinham acesso ao nosso boletim escolar. Eles nos observavam como um todo, apesar de ser a população quem votava. E saber que eu me destacava e perceber o carinho das pessoas por mim era gratificante. Para mim, esse certificado era muito mais do que um concurso que eu havia ganhado. Era uma prova do amor e do carinho das pessoas por mim.

Não fiquei nem um pouco surpresa por saber que Peter tinha ganhado a votação pelo lado masculino. O povo o amava. Vou fazer uma confissão: eu votei nele umas três vezes, anonimamente, é claro. Ele merecia esse prêmio e fiquei feliz por ver que ele tinha ganhado.

Como eu nunca o tinha visto nos desfiles de caridade antes? Ele provavelmente havia ganhado outros concursos, como eu, então por que nunca o vi nesses desfiles?

Pensei sobre o desfile de caridade. Eu nunca tinha desfilado antes, isso era algo novo. Eu era sempre chamada para ver modelos de verdade desfilando por caridade e ia. Agora acho que aceitaria desfilar, apesar do medo de cair e tudo mais.

Não faria isso por promoção de imagem ou algo do tipo, mas pelas crianças que precisavam e que ficavam lá. Geralmente, algumas crianças necessitadas, de alguns países mais humildes, eram levadas para o evento para conhecer as pessoas que iriam ajudá-las. Essa era a melhor parte: tirar fotos, abraçá-las, ver a felicidade em seus olhos, o carinho e o amor delas.

Eu já tinha tomado a minha decisão e iria ao evento. O problema era convencer meu pai a me deixar ir, porque eu ainda era menor de idade. Se minha mãe estivesse aqui, com certeza ela seria a primeira a me incentivar a ir e iria comigo.

Não sei se por uma mistura de sentimentos reprimidos daquele mês ou por rebeldia, fiz o que achei que nunca faria, aceitei antes de comunicar o meu pai. Ele ficaria muito irritado, mas não podia me deixar em casa porque não seria bom para a imagem dele recusar a minha participação em um desfile de caridade.

Entrei em contato com o número de telefone no cartão, apresentei-me e aceitei a proposta. Pronto. Agora eu não podia voltar atrás.

Lembrei-me de que ainda estava presa no meu quarto e que eu não podia fazer nada. A coisa que eu mais odiava estava acontecendo: ver as coisas acontecendo e não poder fazer nada sobre isso. Odiava não ter controle sobre as coisas. Isso me angustiava e ele sabia disso. Meu pai sabia que isso seria insuportável para mim e usou isso como uma forma de punição à minha "rebeldia". Mas eu não ia deixá-lo conseguir o que queria.

Apesar de toda a angústia, tentei ler um livro. O problema era que eu não conseguia ler um livro estando tão nervosa e ansiosa, mas eu me obrigaria. Não daria esse gostinho a ele.

Enquanto lia, distrai-me pensando em tudo que estava acontecendo. Pensei em meus sentimentos por Peter, que eu não sabia o que eram. Pensei em quantas coisas meu pai estava me escondendo em relação ao reino e sua vida pessoal. Pensei em minha mãe. Pensei em Noah e em como as coisas estavam ficando estranhas. Pensei em como as minhas matérias estavam sendo puxadas. Pensei em como as pessoas estavam me cobrando uma postura de rainha, mas, o mais importante, não estavam me deixando ter.

Eles não estavam me deixando ajudar. Não estavam me deixando ser uma rainha. Pensei no meu povo. Pensei em como eu sou sua única esperança deles. Pensei em todas as pessoas que estavam torcendo para que eu falhasse e as que queriam a minha morte. Pensei em todas as pessoas que contavam comigo e tinham admiração por mim. Pensei em como eu tinha muita coisa para fazer sendo apenas uma adolescente.

Pensar em tudo isso me deixou ansiosa, com medo. Eu seria capaz de tudo isso?

Eu teria que ser. Pensei em como a minha mãe sempre teve certeza de que eu seria uma rainha espetacular e que ajudaria muita gente. Eu tinha que acreditar nela. Tinha que dar o meu melhor por mim e por ela.

Percebi que se continuasse com esses pensamentos ia acabar ficando desesperada e chorando. Então fechei o livro, porque vi que não estava conseguindo ler por causa da mente a mil como a minha estava e comecei a dançar. Coloquei uma *playlist* qualquer e comecei a dançar igual uma louca. Música sempre me animou.

Fiquei dançando e cantando, mesmo sem saber fazer nenhum dos dois. O guarda em minha porta deve ter ficado assustado, mas nem liguei. Quando vi, eu já estava rindo da minha própria dança e da minha cantoria. Eu estava feliz. Naquele momento eu não era a Leticia Swit, a futura rainha com vários problemas. Eu era só uma garota comum dançando descontroladamente no quarto. Abri a sacada e deixei a brisa gostosa do mar entrar. Sentir aquele vento no meu cabelo me fez me sentir a protagonista de um filme.

Coloquei um dos meus vestidos de baile e imaginei que estava em um baile em que eu podia ser eu mesma. Imaginei-me sendo cortejada pelos garotos. Imaginei-me dançando como uma louca. Imaginei-me dançando com um homem lindo, rodopiando pelo salão inteiro. Nossos olhares conectados. O único problema era que eu não sabia quem era. O rosto oscilava, uma hora parecia Peter e na outra Noah. Voltei a dançar até que caí na cama rindo de mim mesma.

A música seguinte que tocou foi *Perfect*, do One Direction, e lembrei-me de Peter. Lembrei-me de como ele cantou me encarando. Lembrei-me de seus amigos dando a deduzir que Peter falava muito de mim e o quanto ele ficou sem graça quando eles falaram isso. Peguei-me sorrindo. Mas depois lembrei da festa, do beijo e de todo o sofrimento.

— Você não sabe ficar um momento sem pensar nesse tipo de coisa, Leticia? — falei para mim mesma.

Escutei um barulho e me levantei da cama. A porta foi aberta, porém foi fechada rapidamente, antes que eu pudesse sair. Olhei para o chão e vi um prato de comida, um suco e um pequeno pedaço de chocolate.

— O que é isso? — gritei para que o guarda em minha porta me respondesse.

— Seu pai, o rei, mandou entregar-lhe as refeições no quarto — ele respondeu.

— Quer dizer que eu vou ficar o dia inteiro aqui? Presa?! — gritei irritada.

— Receio que sim, alteza — ele respondeu e um pouco depois completou: — Sinto muito.

Quem meu pai achava que era? Eu tinha o direito de ser livre. Mesmo que a minha liberdade fosse perigosa para os seus planos, quaisquer que fossem, eu tinha o direito de ir aonde eu quiser e fazer o que eu quisesse. Eu tinha o direito do livre-arbítrio. E isso ele não podia tirar de mim.

Escutei uma conversa na porta do meu quarto.

— Eu quero falar com a princesa Leticia.

Era o Noah?

— Sinto muito, mas a princesa está impossibilitada de sair.

— Ela não quer me ver? — Noah perguntou, parecendo confuso.

— Não, senhor. Foram ordens do rei. Ninguém entra e ninguém sai do quarto da princesa.

— Então pode chamá-la, por favor?

— Você não entendeu — o guarda paciente repetiu. — Ninguém entra e ninguém sai do quarto da princesa, incluindo ela.

— Como? — Noah perguntou. — Ela está presa aí?

Silêncio.

— Isso é um absurdo!

— Vou ter que pedir para que você se retire, senhor. O rei deu ordens claras para que as pessoas não incomodassem a sua filha e que não houvesse escândalo. Sinto muito, mas se deixar você ficar aqui por mais tempo eu posso perder o meu emprego.

— Tudo bem. — Noah pareceu meio desorientado.

E ele foi embora. Peguei a bandeja com a comida e levei para cama. Já que eu estava presa lá ia fazer uma coisa que eu nunca podia fazer, mas às vezes eu fazia escondido, comer na cama assistindo série. Coloquei a série que eu estava vendo naquele momento, que era *Bridgerton*.

Eu já estava na segunda temporada, não pela demora de liberdade, mas porque eu a estava vendo fazia um tempinho, e cá entre nós, era melhor do que a primeira. Estava comendo e vendo o Anthony e a Kate brigarem quando meu telefone tocou.

— Peter?! — perguntei surpresa.

— Boa tarde. Como você está? — ele disse sorridente.

— Se estiver querendo uma resposta... Eu ainda não tenho nenhuma.

— Bom saber — ele brincou. — Mas não te liguei para isso. Primeiro eu te liguei para ver como você está e ver se o que me falaram e verdade.

— O que te falaram?

— Que seu pai te prendeu no seu quarto. Isso é verdade?

— Como... Como você sabe disso? — perguntei perplexa.

— Noah.

— Noah?

— É. Ele me falou e perguntou se eu podia fazer algo.

— Vocês conversam?

— Não! — ele disse irritado. — Ainda acho que ele gosta de você e que é um homem sem caráter por te dar confiança quando publicamente estamos noivos. — Ele conferiu a minha reação. — Você não é burra e já percebeu que ele tem interesse em você, não percebeu?

— Sim...

O que eu podia dizer?

— Ele já se declarou? Você sente algo por ele? — Ele estava nervoso.

— Não, ele não se declarou. — Ele continuou aflito. — Bom, mas quase. E para o seu alívio, eu só gosto dele como um amigo.

— Certeza? — Ele me examinava.

— Acho que sim. — Seu olhar me deixou nervosa. — Até agora não entendi por que ele te ligou se vocês não se gostam. — Mudei de assunto.

— Porque ele quer conversar com você, Leticia.

— Ele te falou isso?

— Não, mas é óbvio. — Ele estava incomodado em conversar sobre Noah. Eu podia ver isso pelo olhar dele. — Eu vou resolver isso.

— Espera! Resolver o quê?

Ele desligou antes de me responder.

Voltei a ver a série e a comer o meu chocolate. Uns dez minutos depois, a porta do meu quarto foi aberta, mas não foi fechada como da última vez. Olhei para o guarda e perguntei:

— O que aconteceu?

— O rei mandou abrir a porta.

— Eu estou livre do castigo?

— Parece que sim, alteza.

— Você sabe o que aconteceu para ele mudar de ideia?

— Não, alteza.

— Obrigada pelas informações.

— Acho que não pude te ajudar muito, mas de nada.

Dei um sorriso para ele como se dissesse: "Obrigada mesmo assim".

O que será que havia acontecido? Meu pai nunca mudava de ideia. Peter?

Meu telefone tocou e eu atendi.

— Oi, princesa — Peter disse com um sorriso orgulhoso.

— Oi. — Tentei retribuir o sorriso.

— Você já está liberada do castigo? — ele perguntou com semblante sério.

— Sim... — Pensei um pouco. — Como você sabe?

Peter deu um sorriso, lindo, orgulhoso de si mesmo.

— O que você fez, Peter? — perguntei.

— Vamos dizer que eu o coloquei no lugar dele.

— Eu não sei o que você fez, mas obrigada.

— De nada, minha flor.

— Minha flor? — perguntei rindo.

— Eu estou tentando criar apelidos para você. Gostou?

— Meio sem graça, mas porque você quer criar apelidos para mim?

— Sem graça? — Ele pensou. — Ah, é verdade. Você é a senhorita Leticia. Esse é o seu apelido.

— Ah não! — falei, tentando fazer cara de brava. — Eu detesto esse apelido. Prefiro minha flor. — Ele riu. — Mas você ainda não me respondeu. Por que eu preciso de um apelido?

— Adivinha — Peter falou.

— Você não vai me falar? — Ele riu. — Vou achar um para você então. Ah é, você já tem.

— Tenho?

— Mimadinho, playboizinho... Mais qual?

— Verdade. Você também tem patricinha. Mais qual?

— Gata, perfeita, maravilhosa, incrível. Quer mais? — falei rindo.

— Mas isso são elogios e não apelidos, mesmo sendo verdadeiros. — Eu fiquei sem graça. — Ah, tem princesa, estrela...

— Estrela?

— Estou tentando achar apelidos de acordo com os elogios que você se deu. Ah! Eu sei um perfeito. Sisi.

— Sisi? Por quê?

— Nunca ouviu essa música? — ele perguntou espantado. — Ela é muito conhecida.

— Não. Qual música?

— Eu vou cantar para você. Cuidado para não ficar completamente apaixonada.

— Você vai cantar? Vou tirar os espelhos do quarto. Espera aí.

Nós dois rimos.

— É assim: "O nome dela é Sisi, Sisi, se sentido, se achando. O nome dela é Sisi, Sisi, se adorando, se amando. Ela se acha a última Coca-Cola do deserto". Eu não sei o restante — ele falou rindo.

— Essa é a sua música. Não minha — disse dando risada.

— Tá bom. Tá bom. É uma música que define nós dois. Tudo bem, assim?

— Tá. Só porque você foi muito legal hoje — brinquei.

— A conversa está ótima, mas eu vou ter que ir. Mas antes de desligar eu só quero te pedir uma coisa.

— Fala.

— Quando algo acontecer com você me liga. Mesmo que você ache que é algo bobo. Por favor.

— Ok.

— Promete? — ele tornou a falar. — Não quero saber das coisas pela boca dos outros. Quero que você me conte.

— Prometo. — Ele sorriu. — Obrigada, meu príncipe.

Ele pareceu surpreso, mas logo ficou feliz.

— Gostei desse apelido. — Ele sorriu. — Mais tarde te ligo de novo.

— Tá bom.

— Até mais tarde, minha princesa.

— Até mais tarde, meu príncipe.

Ele sorriu e desligou. Quando percebi, eu também estava sorrindo.

Apesar da preguiça fui ir estudar, porque o que adianta ser bonita e ser burra? Além disso, se eu não estudasse como cuidaria do meu país?

Eu sempre ficava com preguiça de começar a estudar, mas eu gostava de estudar. Sempre gostei, na realidade. Gostava mais de algumas matérias e menos de outras.

Enquanto estudava políticas internacional e nacional, pensei em como ter mais informações sobre a situação das revoltas do sul. Então mandei uma mensagem para Peter e perguntei se ele tinha alguma informação, porque eu o conhecia. Ele era do tipo que estudava tudo sobre seus aliados e seus inimigos. Se alguém teria as informações de que o meu pai estava tentando me privar seria ele.

Continuei a estudar as matérias que minha tutora tinha deixado na minha lista diária. Eram, em média, seis matérias escolares por dia. Eu não tinha prova comum como as de Ana. Eu tinha cerca de três provas de cada matéria. Uma escrita, geralmente uma redação, uma prova em forma de debate, em que eu debatia com a professora, e uma prática, em que eu tinha que mostrar que minhas teorias eram boas e que tinham eficiência. Essa era base da educação dos príncipes e princesas.

Alguns tinham um pouco menos de cobrança, mas não era o caso de países como o meu e do Peter. Não era o caso de países de primeiro mundo, países competitivos. E apesar de me cansar mais, eu ficava grata de ter mais educação e conhecimento, já que para mim conhecimento é poder.

Depois de algumas horas, Peter me mandou tudo que sabia. E eu estava certa, ele sabia bem mais do que eu.

Olhando seus arquivos, vi que o povo do norte também parecia querer criar uma rebelião. O povo não estava satisfeito com o governo do meu pai. Então um dos motivos do casamento era distrair a população até acharem uma solução para evitarem essas rebeliões. Mas qual era o outro motivo? O que meu pai tanto queria? Por que ele não me contou? Eu precisava de mais informações e sabia que só quem as teria seria o meu pai. Antes de voltar a estudar agradeci Peter.

Capítulo 30

Passei a tarde inteira estudando e nem reparei que já estava na hora do jantar. Quando fui descer, notei que ainda estava com um dos meus vestidos de baile e ri. Coloquei-o no cesto de roupa para lavar, algo que eu tinha pedido que adicionassem no meu quarto, coloquei uma roupa menos formal e desci.

Quando entrei na sala me surpreendi. A grande majestade, o meu rei, digo pai, estava a mesa. Ele já estava jantando e quando viu que eu entrei me olhou furioso. O que eu havia feito dessa vez?

Sentei-me à mesa e não troquei uma palavra com ele, apenas comi. Porém ele falou:

— Não vai me cumprimentar? Ainda sou seu pai, sabia? E seu rei.

— Como esquecer, vossa majestade?

— Você está zombando de mim? — ele disse furioso.

— Não, vossa majestade.

— Por que está sendo tão formal?

— Porque é assim que se deve conversar com um rei, algo que você faz questão de me dizer toda hora que é, vossa majestade.

Ele se levantou e bateu na mesa.

— Pare agora! Eu ordeno!

— Sim, senhor, meu rei.

— Você tem que me respeitar. Eu sou seu pai!

— Não se esqueça de acrescentar que é meu rei também. Acho que ainda não gravei isso.

Ele veio furioso na minha direção.

— Você... — ele disse bufando na minha frente. — Você...

Levantei e o encarei.

— O que você quer? Fala logo — disse, encarando-o. — Não estou com tempo para adivinhar. Qual a bronca que você vai me dar agora? Qual castigo será o próximo? Qual vai ser a crítica? Fala logo. — Ele só me encarou furioso. Estava com medo, mas não ia demonstrar isso a ele. — Vai me bater novamente?

— Eu deveria.

— Então por que não faz? Você já fez antes.

— Você sabe muito bem o porquê. — Eu não sabia, mas não falei nada. — E se eu fosse você mandava o seu amiguinho Peter tomar cuidado com as ameaças que ele faz.

O Peter o ameaçou? Com o quê?

— Bom, ele sabe se cuidar e quem deveria tomar cuidado pelo visto é você que cedeu à ameaça.

— Sua pirralha. Você não sabe nada sobre a vida, nada sobre negócios e sobre o reino.

— É para isso que serve um pai, mas se você não faz o seu papel direito não é problema meu.

Ele segurou meu braço tão forte que eu achei que ele ia quebrá-lo. Já que ele já estava com raiva e pelo visto não me bateria, graças ao Peter, resolvi falar sobre eu ter aceitado o convite do desfile.

— Ah! Esqueci de avisar. Não que você se importe, mas eu ganhei mais uma vez o prêmio do IBI e eles me convidaram para participar de um desfile de caridade com os outros que ganharam em primeiro, segundo e terceiro lugar em suas categorias. E eu aceitei.

— Como? Como você já aceitou sem a minha permissão? Eu sou o seu responsável. Você é menor de idade.

— Eu sei, mas sempre participei desse desfile e não é agora que eu vou parar.

— Eu ia até deixar você ir, mas por conta da sua rebeldia você não vai mais.

— E o que você vai explicar para a imprensa? O que vai dizer para não me deixar ir? O convite foi direcionado a mim e não a você.

— Mas eu sou o seu responsável. E por ser menor de idade eu falo se você vai ou não. Não é você quem escolhe. Sou eu! — ele gritou.

— Ao contrário de você, eu sei reconhecer quando eu errei. Peço desculpas, mas faria tudo novamente. E você sabe muito bem que esses eventos levantam a minha imagem e a imagem do reino, então por mais furioso que você esteja, eu sei que não vai tomar uma decisão tão tola me negando isso, não é mesmo, papai? — Encarei-o furiosa.

— Quando você se tornou isso? — ele falou.

— Eu sempre fui assim, mas você estava tão focado em você que esqueceu de reparar em mim.

— Não mesmo. Se fosse assim antes eu tinha reparado. Isso é por conta do luto? Porque se for, acorda. Eu também estou sofrendo, mas ao contrário de você eu não me tornei uma pessoa respondona e sem educação.

— Eu estou vendo como você está sofrendo. A Lady pode afirmar isso, né? — Continuei depois de uma pausa. — A verdade é que nunca nos conhecemos realmente. Ela amenizava a nossa relação. Porque nunca pensei que o homem que eu conhecia como pai me bateria um dia. Nunca pensei que o meu pai, o homem que ela tanto amava, a trairia e ainda traria a sua amante publicamente logo depois da sua morte.

— O que você está falando? — A surpresa foi tanta que ele soltou o meu braço.

— Você acha que eu sou burra? — Encarei-o com os olhos marejados de raiva. — Você pensa que eu não sei que a Lady era a sua amante? Você acha mesmo que ela não sabia? — respirei fundo. — Eu pude demorar para perceber, mas ela sabia. Ela sabia de tudo. De todas as reuniões tarde da noite que você tinha que ir. Todas as reuniões que você fazia o favor de excluí-la porque, teoricamente, você não queria que ela ficasse preocupada sem necessidade. — Vi a surpresa em seus olhos. — Você acha que ela era burra? Ela sabia de tudo.

— Então por que ela não fez nada?

— Porque ela te amava! — gritei. — Diferentemente de você.

Saí, mas ele puxou o meu braço.

— Eu não terminei.

— Mas eu já.

Soltei-me da mão dele que agarrava o meu braço. Saí de lá com muito ódio dele. Eu não tinha certeza sobre Lady, mas a surpresa em seus olhos quando eu disse o nome dela revelou tudo.

Por quê? Por que ele a traiu? Por que ele fez isso? Ela fazia de tudo por ele. Ela o amava. E em troca ele fez o quê? Ele a traiu? Era por esse tipo de coisa que eu pensava que o amor não existia realmente, que o amor era algo que só acontecia em livros. Era por coisas como essa que eu tinha tanto medo de amar alguém.

Continuei andando em direção ao meu quarto. Ele não ia estragar o meu dia. Não ia dar esse gostinho a ele. Tentei pensar em outra coisa. A vida era feita de pontos de vista e eu só tinha que enxergar o ponto positivo, ainda que eu não tivesse nem noção de qual era.

Quando voltei para o quarto tomei outro banho e liguei a televisão. Coloquei a série que eu estava assistindo e fiquei vendo um pouco para me distrair. Para esquecer o meu pai por um momento. Porque, sinceramente, cada vez que pensava em suas atitudes a minha raiva aumentava e por mais que parecesse impossível no momento eu teria que perdoá-lo, porque é isso que nós devemos fazer mesmo que nos doa, então estimular a raiva só deixaria as coisas piores e mais sofridas.

Um pouco depois Peter me ligou.

— Oi, minha princesa. — Ele deu aquele sorriso lindo, branco e perfeito igual de comercial de pasta de dente.

Ele reparou no meu rosto meio inchado. Deu para ver pelo olhar dele.

— Oi, meu príncipe. — Tentei retribuir o sorriso.

— O que você está fazendo?

Ele não ia perguntar o que aconteceu. E eu fiquei grata por isso. Eu confiava nele, mas não queria nem pensar no que havia acontecido, ainda mais falar sobre isso naquele momento.

— Só estou vendo um pouco de série. E você?

— Você tem tempo de ver série? — ele perguntou. — Estava pensando em ver um filme, mas queria falar com você antes.

— Você tem tempo de ver filme? — perguntei, entrando na brincadeira.

— É bem raro, mas hoje eu estou com sorte.

— Eu ia até te convidar a ver a série comigo, mas você não vai entender nada.

— Que série que você está vendo?

— Bridgerton. Você já viu?

Ele riu.

— Não, mas você pode resumir para mim o que aconteceu até agora.

— Certeza? — falei surpresa. — Eu estava brincando.

— Sim — ele respondeu sorrindo. — Em qual episódio você está? Vou colocar aqui.

Olhei na televisão e respondi:

— Episódio 3 da segunda temporada.

— Enquanto a televisão está ligando você pode ir me contando.

Resumi tudo que eu tinha visto até aquele momento desde a primeira temporada e Peter ouviu atentamente. Ele fez até algumas perguntas. E o que mais reparei era seu olhar no meu e o sorriso que ele estava dando. Eu sabia que Peter preferia comédia a romance, mas ele ouvia como se eu estivesse falando da coisa mais importante do mundo.

Peter era assim. Toda vez que eu falava algo com ele, ele me ouvia como se fosse a coisa mais importante do mundo.

Depois que terminei de contar tudo, falei:

— Desculpa se eu me excedi um pouco. Eu gosto muito de falar sobre livros, filmes e séries.

— Não, tudo bem. Eu gosto de te ouvir falar. — Ele deu um sorriso. — Podemos começar?

— Espera aí, eu vou voltar o pouquinho que eu vi para começar o episódio junto com você. — Voltei os quinze minutos que eu tinha visto. — Pronto.

Começamos a ver o episódio por chamada de vídeo.

Passaram-se horas até que Peter falou:

— Princesa...

— Oi.

— Acho melhor pararmos. Já é meia-noite.

— Já? — falei assustada e parei o filme.

— Já — ele respondeu sorrindo. — A gente pode terminar amanhã. O que você acha?

— Você quer continuar vendo comigo?

— Claro. Tudo bem que eu sou bem mais interessante e bonito que o Anthony, mas a série é legal.

— Você se acha muito.

— Porque eu posso.

Eu ri.

— Não veja a série sem mim, ok? — ele disse.

— Tá bom.

— Boa noite, Kate — ele disse rindo.

— Boa Noite, Anthony — respondi rindo também.

Ele desligou e eu fui dormir. Bom, eu fui tentar dormir. Um pensamento rápido veio em minha cabeça: faltavam apenas quatro dias para Peter retornar. E esse pensamento rápido, mas não irrelevante, fez-me ficar um pouco ansiosa, desejando que a semana acabasse logo.

Acordei no dia seguinte ainda feliz pela série. Sempre que eu lia um livro ou via um filme, eu me sentia a personagem, então ficava feliz e triste dependendo do que eu tinha visto. Às vezes, eu passava o meu tempo livre inteiro pensando em o que aconteceria com os personagens, como eles continuariam suas vidas, e se eles existissem, como eles seriam. Perguntava-me se se eles existissem, se iriam gostar de mim.

Ainda com preguiça, levantei-me da cama e fui tomar banho. Lembrei-me de que tinha prova. Às 16h um debate sobre investimentos aeronáuticos com a minha professora e se eu ganhasse o debate tiraria nota máxima; se eu empatasse, seria uma nota razoavelmente boa; e se eu perdesse, tiraria nota baixa. Ou seja, se eu ganhasse eu tirava 10; se empatasse, dependendo de como fosse o empate, eu tirava 9 ou 8; se eu perdesse, mas ela visse que eu tinha estudado, tiraria um 7 ou 6; e se eu perdesse feio, seria de 5 para baixo.

A média oficial da maioria das escolas de prestígio era 7, mas a minha média era 8. Ou seja, eu tinha que ganhar ou empatar. Dei um suspiro de frustração. Sempre odiei provas.

Eu queria tentar ler um pouco, mas, pelo visto, eu passaria o dia inteiro estudando sobre investimentos aeronáuticos, criando defesas e acusações. O que me deixava mais nervosa era que ela filmava todos os debates para que meu pai visse como eu estava me saindo. Porém, como ele tinha muitos assuntos "importantes", eu duvidava que ele assistisse.

Troquei de roupa e desci para tomar café. Para o meu alívio, meu pai não estava lá. Melhor era assim. Não queria outro problema com ele. Vi Noah passando e o chamei.

— Noah!

Ele procurou a voz e quando me encontrou deu um sorriso e veio na minha direção.

— Oi. Você está melhor?

— Estou sim. Já tomou café?

— Na verdade não.

— Toma café comigo. Senta-se aí.

— Se você insiste — ele disse rindo.

— Eu nem te agradeci. Obrigada por ligar para o Peter, mesmo que eu tenha pedido para não contar a ninguém. Sei que vocês dois não se dão muito bem.

— Ah, não tem problema não. — Ele ficou meio sem graça. — Ele resolveu a situação, não resolveu? Eu queria poder fazer mais por você, mas não tenho o poder que ele tem.

— Mas você já faz muito por mim. E eu sou grata por isso — falei sorrindo. — Como estão as músicas?

— Estão saindo — ele respondeu. — Estou bem inspirado ultimamente.

— Que bom! — brinquei. — É bom saber que eu estou contribuindo para o seu próximo álbum.

Ele riu e falou:

— O que você vai fazer hoje? Pensei que você podia me ajudar a escrever algumas músicas e ver o ensaio da banda. Os meninos estão sentindo a sua falta.

— Eu adoraria, mas tenho que passar a tarde inteira estudando. — Ele ficou um pouco triste. — Não fica assim. Eu estou falando sério. Tenho um debate hoje com a minha professora sobre investimentos em aeronáutica.

Ele pareceu confuso.

— Desculpa a minha ignorância, mas o que seria isso basicamente? Tem a ver com o militarismo ou foguetes e naves que vão para o espaço?

— Os dois. A aeronáutica é uma ciência e/ou prática de navegação aérea, ou seja, qualquer coisa que tem a ver com a navegação aérea.

— Ah, tá. Eu não sabia disso. — Ele deu um sorriso envergonhado. — Mas por que você tem debate como prova?

— A realeza acredita que para que eu seja uma boa rainha, mais do que saber a matéria eu tenho que saber convencer as pessoas a fazerem o que eu quero. Eu tenho que saber mostrar o meu ponto de vista e fazer com que as pessoas colaborem comigo só com o meu poder de fala. O maior poder do ser humano é o poder do convencimento e eu tenho que tê-lo bem preparado para a minha profissão.

— Mas, então, você não tem prova normal?

— Prova escrita?

Ele assentiu.

— Eu tenho uma prova de redação. Conta?

Ele riu.

— Quantas provas você tem?

— Três por matéria. Uma em forma de redação, outra em forma de debate e outra em forma prática.

— Prática? Como você faz uma prova prática de História, por exemplo?

— Eu tenho que comprovar algo. Em matérias tipo História, ela me dá um tema e eu tenho que questionar alguma coisa na história e mostrar com fatos o porquê de aquilo ser verdade ou não. E quando eu consigo, tenho que mostrar de forma prática se a minha teoria está certa ou não.

— Meu Deus... — ele disse boquiaberto. — Eu não serviria para isso não. — Ele riu. — Como você consegue?

— Às vezes nem eu sei — brinquei, mas era verdade. — Faço isso desde pequena, então virou um hábito. Como você tem o hábito de fazer prova respondendo questões diretas, eu tenho o hábito de fazer essas provas.

— Se eu já reclamava de fazer uma prova normal, imagina fazer as suas. — Eu ri e ele continuou: — Todos os príncipes e princesas têm esse método de estudo? Ou só você?

— Todos têm esse método, mas alguns cobram menos e outros mais. Os países mais desenvolvidos cobram bem mais do que os países não desenvolvidos.

— Por quê? Não deveria ser o contrário?

— Os países desenvolvidos têm mais ambição de crescimento, então cobram mais de seus futuros reis e rainhas para que eles tenham capacidade de elevar ainda mais o país. Já os países subdesenvolvidos, além não terem tantos recursos econômicos, eles geralmente não têm tanto essa visão de crescimento.

— Mas não deveria ser o contrário?

— Provavelmente, porém a prática nem sempre segue a lógica. — Sorri.

— Nunca pensei por esse lado. — Ele olhou o relógio no seu pulso e continuou: — Eu tenho que ir para o ensaio agora. Te vejo mais tarde?

— Claro.

Antes de ele sair, ele voltou e perguntou:

— Que horas é o seu debate?

— Às 16h. Por quê?

— Eu posso ver?

— Sério? — perguntei surpresa.

— Sim. — Ele sorriu. — Posso ou não?

— Acho que pode. Nunca ninguém pediu para ver um debate meu, então não sei.

— Ótimo. Onde vai ser?

— No salão principal, provavelmente.

— Estarei lá. Até mais.

— Até.

E ele saiu. Ri comigo mesma. Por que ele queria ver o meu debate? Era cada coisa que estava me acontecendo que chegava a ser piada.

Se eu contasse, quem ia acreditar que Noah, o cantor mais famoso do momento, estava empolgado para ver um debate entre mim e a minha professora sobre investimentos em espaço, naves e coisas assim?

Voltei para o meu quarto e levei comigo um cacho de uva e uma garrafinha de água para comer e beber enquanto eu estudava. Era uma boa distração ou recompensa às vezes, principalmente quando a matéria não era uma das minhas preferidas, como era o caso. Sério, por que eu precisava saber uma coisa dessas?

Enquanto caminhava, pensei em quanto pouco tempo faltava para o meu aniversário. Eu faria 18 anos em menos de um mês e com isso tomaria a posse do reino depois do casamento, que seria em menos de dois meses. Ou seja, em menos de dois meses eu completaria 18 anos, casaria e assumiria o reino. Analisando isso, notei que em menos de uma semana Peter estaria de volta; para ser mais específica, ele voltaria em três dias.

Eu não sabia se estava preparada. Conversar com ele pelo telefone era uma coisa, mas vê-lo pessoalmente era outra. Eu não sabia se conseguiria vê-lo sem me lembrar do beijo dele com a Nicole. Eu não sabia se o amava. Eu nem sabia se o tinha perdoado.

Minha cabeça estava confusa com tudo isso. Eu não sabia o que sentia por ele, não sabia se sentia raiva dele ou se gostava dele. Eu não sabia de nada naquele momento. E eu detestava isso.

Pensar em Peter me trazia um misto de sensações: raiva, medo, felicidade, segurança, pavor, esperança. Eu sei, era maluquice, porque os sentimentos eram opostos, mas eu não sabia explicar, só sabia que ele me deixava assim. Ele me deixava doida.

Pensar nele era estranho, porque ao mesmo tempo em que eu queria beijá-lo, eu também queria esganá-lo. Quando conversava com ele parecia que todos os sentimentos ruins sumiam, mas logo depois eles voltavam. Quando conversávamos, eu só me lembrava do Peter bom, que me trazia segurança e felicidade, mas quando eu terminava a conversa todas as lembranças ruins e inseguranças voltavam.

Eu tinha medo de me apaixonar por ele e depois de casada descobrir que ele era igual ao meu pai, mas também tinha medo de olhar para trás e me arrepender das minhas escolhas.

Quando entrei no quarto, vi uma caixa grande embrulhada em cima da minha cama. Olhei para os lados, mas não tinha ninguém ali. Vi um cartão e o abri.

"Querida princesa, sei que as coisas estão meio complicadas e que você gosta muito de saber tudo sobre algo que você gosta até os mínimos detalhes. Então tomei a liberdade de te dar um dos seus presentes de aniversário adiantado. Com carinho, seu príncipe".

Um dos meus presentes? Gosto de saber tudo sobre algo? Do Peter?

Puxei o laço vermelho e abri a caixa. Dentro dela estava TODOS os livros da coleção Bridgerton. Como ele... Por que ele fez isso?

Abri a coleção e cheirei um por um. Por que cheirar livro era tão bom? Só de sentir as páginas e o cheiro do livro eu já senti a felicidade que me esperava nele. Já estava ansiosa por ler todos. Eu tinha plena convicção de que toda vez que olhasse para aqueles livros eu lembraria de Peter e eu não sabia se isso era bom ou ruim.

Por que eu estava sorrindo que nem uma boba?

— Concentre-se, Leticia — disse a mim mesma. Achei um canto bem especial na estante e os coloquei lá. Logo em seguida fui estudar, mesmo que um lado meu quisesse ler todos os livros naquele exato momento. Mas antes disso mandei uma mensagem para agradecer: "Obrigada pelo presente. Eu realmente amei. Só não entendi uma coisa: como assim um dos presentes?".

E antes que eu começasse a estudar, a resposta dele veio: "O estranho seria você achar que eu só te daria isso de presente. Pessoas especiais como você merecem muito mais do que se pode comprar ou imaginar. Pense em meus presentes como uma pequena demonstração de carinho, já que se fosse ser do seu valor, eu poderia comprar o planeta inteiro, ou o próprio universo, que ainda não faria jus a ele".

Mais uma vez Peter me fez sentir especial. Meu sorriso estava largo, de orelha a orelha. Eu não sabia o que dizer, então apenas curti a mensagem dele esperando que ele entendesse como eu tinha ficado feliz e lisonjeada com todo o carinho e toda a admiração que ele tinha por mim.

Capítulo 31

Chegou o tão esperado momento: a minha prova. Apesar de fazer isso desde criança, eu continuava nervosa. Sempre achei estranho termos uma única avaliação para determinar o meu conhecimento sobre aquele conteúdo.

Para mim, só as participações, as dúvidas que você tira e fazer o que os professores pediam já estavam de bom tamanho, mas o que eu poderia fazer? Esse método era ultrapassado, mas funcionava. Ou, pelo menos, tentavam nos fazer acreditar nisso.

Quando cheguei ao salão principal, Noah já estava lá esperando por mim, junto à minha professora. Eu achei que era brincadeira, porém ele realmente tinha ido. Meu pânico aumentou.

Já era ruim falar sobre um tema que eu não tinha muito domínio com a minha professora. Pior ainda era ver que alguém estava me vendo falar sobre aquilo. E se eu passasse vergonha na frente dele?

— Oi — ele disse.

— Oi — falei envergonhada. — Achei que você não viria.

— Por quê?

— Nada não.

Minha professora falou:

— Ele disse que você o autorizou a ver a sua prova. É verdade?

— Sim. — Mas queria ter dito que não.

— Tudo bem então. — Ela olhou para ele e completou: — Você pode assistir, mas tem que ficar em completo silêncio. Qualquer barulho e você sai. Entendido?

— Sim, senhora.

— Muito bem então. Vamos começar.

Entramos e eu me sentei na cadeira da mesa em frente a ela. Ela pegou uma moeda e disse:

— Cara ou coroa?

— Cara.

Ela jogou a moeda e viu a face da moeda que tinha caído. Deu cara.

— Você quer defender o tema ou acusar?

O que era melhor? Defender ou acusar? O que eu devia escolher?

— Eu quero defender.

"Seja o que Deus quiser", pensei.

— Quer começar?

— Não. Pode começar.

Assim, eu poderia ouvir os argumentos dela e não ficar completamente perdida.

— O aumento na atividade espacial levou ao acúmulo de detritos espaciais produzidos pelo homem em órbita ao redor do planeta. Ou seja, além do alto custo com naves e satélites, eles mesmo estão colaborando para a destruição do nosso planeta. Atualmente, a IAI (Indústria Aeronáutica Internacional) contabilizou cerca de mais de 25.000 objetos feitos pelo homem na órbita espacial. Dos 25.000, cerca de 8.000 são projéteis não controlados, que representam uma ameaça para missões espaciais atuais e futuras.

— Contudo a maioria dos fabricantes de satélites está ciente das ameaças representadas por seus satélites e têm tomado medidas para garantir que esses objetos não colidam com outros satélites ou espaçonaves em órbita. Essas medidas incluem aumentar o armazenamento de satélites em órbita ou de volta para a Terra, onde são destruídos ao reentrarem na atmosfera da Terra. Sobre o alto custo, já foi comprovado cientificamente pela própria

IAI que a maior parte desses investimentos são feitos por empresas privadas e a tendência é a diminuição de custos do governo a cada dia — rebati.

Ela continuou:

— Se formos olhar pelo lado racional e crítico, investir milhões, dependendo do trabalho, bilhões, em pesquisas sobre outros planetas ou viagens espaciais é desnecessário. Poderíamos somente educar a nossa população para preservar o que temos e esse dinheiro poderia ser investido na população necessitada.

O que eu poderia falar? Eu meio que concordava com ela, mas eu tinha que responder.

— A sua informação está em certa parte correta. — Ele arregalou os olhos. — Sobre educar mais as pessoas, o seu posicionamento está correto, mas o investimento em buscas espaciais não é, de certo modo, desnecessário. Utilizamos do GPS, que nos localiza por meio de satélites que vieram e vêm de investimentos espaciais. Hoje em dia conseguimos rastrear as pessoas e objetos perdidos com o uso dos satélites.

Fiz uma breve pausa e continuei:

— Sobre a sua outra colocação, a respeito de investimentos em busca de vida em outro planeta, devo dizer que não está completamente certa. Temos um alto custo por isso? Sim, não podemos negar. Entretanto conhecer mais do ambiente em que você vive é necessário. Temos que ter noção do que está acontecendo a nossa volta até para nos prevenir. Por exemplo, hoje em dia, se um meteoro, como aquele da época dos dinossauros, se aproximasse do planeta, todos nós saberíamos onde ele cairia e, assim, tentaríamos utilizar de nossos conhecimentos e tecnologias para evitar uma destruição em massa como no passado. Mais do que procurar um novo lugar para viver, nós estamos protegendo a raça humana mediante esses investimentos.

Ela deu um sorrisinho e anotou algo antes de voltar a fazer algumas outros apontamentos que, sinceramente, nem escutei direito de tão nervosa, então não saberia dizer agora quais foram.

Ao final do debate ela estava com sua expressão comum: incompreensível. Ela estava surpresa? Feliz? Irritada? Decepcionada? Uma mistura disso tudo? Eu não sabia dizer.

— Muito bem. Finalizamos por aqui.

— E como eu fui? — perguntei apreensiva.

— Você conseguiu me convencer. — Abri um sorriso. — Você gabaritou a prova. Só temos que trabalhar um pouco mais o seu nervosismo. Isso pode deixar a deduzir que não tem confiança no que está propondo e pode acabar, futuramente, arruinando um acordo. — Assenti e ela concluiu a sua fala: — Mas estou impressionada com a sua evolução. Parabéns.

Depois disso ela saiu da sala. Eu estava escutando bem? Minha professora tinha me elogiado? Isso era um evento bem raro.

Fui até Noah.

— Você tá bem? — perguntei rindo.

— Tô... Tô. Eu sou só estou muito impressionado com o debate.

— Por quê?

Ele me olhou como se eu fosse maluca.

— Você tá brincando? Você foi incrível!

— Obrigada.

— Agora você tá livre?

— Acho que sim. O que você propõe?

— O que você acha de me ajudar a escrever músicas?

— Eu não sei escrever muito bem, principalmente música, mas eu topo.

— Vamos?

— Para onde?

— É uma surpresa — ele disse sorrindo.

Fiquei curiosa e com medo ao mesmo tempo. O que poderia ser a surpresa? Aonde do castelo ele me levaria que eu já não conhecesse?

Ele pegou a minha mão e me guiou. Ele começou a correr e a me puxar. Corri junto, mas não tive tanto fôlego quanto ele, então precisei parar várias vezes.

— Você está bem?

— Est... Estou. A gente pode andar um pouco? — falei já sem ar.

Reparei que já estávamos no segundo andar, a ala dos quartos. Que lugar daquela ala eu não conhecia? Sempre passei a maior parte da minha vida nesse andar. Então o que seria uma surpresa para mim ali?

— Claro — ele disse todo cuidadoso. — Não entendo como você, sendo uma princesa, não tem que fazer atividade física.

— Eu nunca gostei muito de fazer atividade física, mas eu realmente estou precisando. — Tentei dar um sorriso.

Era tão claro que eu não fazia academia ou atividade física? Olhei para o meu corpo rapidamente. Será que eu estava muito gorda ou ele só falou isso pela minha falta de ar? "Deixa para lá", pensei, mas por algum motivo a fala de Noah me incomodou.

Continuamos subindo e eu tentei focar em outras coisas para esconder o sentimento de incômodo que eu tinha sentido com a fala dele. Eu sabia que não tinha sido de propósito, então não tinha necessidade de mostrar para ele que eu estava chateada ou que aquilo tinha me incomodado.

— Já estamos chegando?

— Quase — ele disse sorrindo, enquanto me guiava pelo corredor adentro.

Ele parou em frente a uma porta, abriu e disse:

— Bem-vinda ao meu quarto.

Eu continuei parada.

— O que foi? — ele perguntou.

— Noah... — Olhei para ele. — Eu acho melhor eu não entrar.

— Por quê?

— Porque eu tenho uma reputação a zelar. Sei que suas intenções são as mais puras possíveis, mas se alguém me ver entrando no seu quarto, ainda mais sozinha, podem deduzir outra coisa. Sinto muito, não posso fazer isso.

Ele pareceu ter um choque de realidade.

— Desculpa! — ele disse desesperado. — Não pensei por esse lado. Só queria que você me conhecesse um pouco mais. Desculpa mesmo.

— Não tem problema não — respondi sem graça.

— Desculpa mesmo — ele disse todo envergonhado.

— Não tem problema. O que acha de fazermos isso no jardim?

— Claro. Eu só vou ter que pegar algumas coisas. Se quiser já ir descendo.

— Ok. Te encontro lá.

— Ok.

O clima ficou desconfortável. Sabia que Noah tinha boas intenções, mas não podia correr o risco de manchar a minha imagem. E manchar a imagem de Peter, porque, para as pessoas, nós ainda estávamos noivos. Só de ficar sozinha com Noah já era perigoso para a minha imagem. Imagina se eu entrasse no quarto dele e as pessoas comentassem algo?

Eu sabia que estava certa, mas pensar que eu deixei Noah desconfortável me apertou o coração. Eu não gostava de incomodar os outros ou fazer eles se sentirem desconfortáveis com algo.

Cheguei no jardim e esperei por Noah. Depois de alguns minutos, ele apareceu com o seu violão, um caderno e um lápis.

— Pronta? — ele perguntou, sentando-se ao meu lado no banco nò jardim.

— Acho que sim.

Ele riu.

— Então vamos começar. — Ele me deu caderno em uma página toda escrita. — Eu escrevi isso e queria que você lesse primeiro.

— Primeiro?

— Depois eu vou cantar para você para ver se a melodia encaixa.

— Ok, mas eu não sei nada de música. Vou simplesmente dizer se eu gostei ou não.

Ele sorriu e disse:

— É exatamente o que eu quero.

Ele me entregou o caderno e eu li a letra. Era muito boa e muito romântica. Mas, espera aí... Era para mim? Aquela música era para mim?

Terminei de ler tendo certeza de que sim.

— Então, o que achou? — ele indagou, empolgado.

— A letra é linda.

— Posso começar a tocar para você?

— Pode — respondi, ainda receosa.

Será que eu vou me arrepender disso? — pensei.

Ele começou a tocar a melodia no violão e eu senti algo estranho. Um nó na garganta. Ele olhou para mim e começou a cantar.

— Se um dia me dissessem que hoje eu estaria aqui ao seu lado apaixonado, sem saber como agir, diria que eram loucos, que nunca iria acontecer, mas agora olha eu aqui, olhando para você... — Sua voz era doce e suave.

Seu olhar estava focado em mim. E nesse momento eu entendi o porquê de as meninas tanto gostarem dele.

— Menina, você é diferente de todas que eu conheci. Você especial. Você é sensacional. — Ele continuou a cantar. — Não sei como me expressar, falar tudo que eu sinto sem te assustar. Sem te assustaaar.

Meu coração começou a acelerar.

— Como dizer que eu só penso em você desde o amanhecer? Como dizer que eu só penso em você desde o amanhecer?

Ele se aproximou um pouco mais, ainda cantando.

— Sei que não sou um príncipe e que não tenho chance com você, mas gostaria de tentar ao menos me aproximar e te falar tudo que eu sinto.

Ele se aproximou um pouco mais.

— Como dizer que eu só penso em você desde o amanhecer? — Ele, então, terminou em um tom um pouco mais baixo. — Como dizer que eu só penso em você desde o amanhecer?

Quando percebi, estávamos apenas centímetro de distância, mas por algum motivo eu não consegui me mover. Na verdade, eu não queria me mover.

— Gostou? — ele perguntou

Seu olhar alternava dos meus olhos para a minha boca.

— É muito bonita.

— Eu fiz para uma pessoa muito especial.

— E eu posso saber quem é?

— Eu acho que você já sabe. — Ele deu um sorrisinho e se aproximou um pouco mais.

Eu conseguia sentir a respiração dele. O que estava acontecendo?

Noah se aproximou um pouco mais e eu o parei. Ele me olhou surpreso e falou:

— O que foi?

— Eu não posso.

— Não pode o quê?

— Te beijar. — Olhei-o envergonhada.

— Por quê? — Ele estava com raiva. — Por que eu não sou um príncipe?

— Não! — falei rapidamente. — Claro que não.

— Por que então?

— Eu não tenho certeza sobre os meus sentimentos e não quero magoar ninguém. — Ele ainda estava chateado. — E tem o fato de eu ainda estar noiva de Peter.

— Tinha que ser ele — ele disse irritado. — É sempre ele.

— Não é ele. Sou eu. Eu disse que estou confusa sobre os meus sentimentos e você só considerou a parte que eu citei o Peter?

— Desculpa. É que é sempre ele. — Ele por fim me olhou. — Você o ama?

— Eu não sei.

— Eu me declarei para você agora através de uma música e é isso que eu tenho de resposta? Um "eu não sei"? Eu terminei meu namoro por você.

— Você quer que eu diga o quê? Eu não sei o que eu estou sentindo. Não tenho uma resposta exata para os meus sentimentos — continuei. — Você tem que tentar me entender, Noah. Eu estou passando por muita coisa agora. Meus sentimentos estão confusos. A minha cabeça está confusa.

— O problema é que eu nem sei o que você está passando porque você não quis me contar nada. Como você quer que eu acredite que eu tenho chance se ele sabe muito mais coisas sobre você do que eu? Se ele te conhece bem mais do que eu? Essa competição não é justa.

— Eu sei. Desculpa.

Ele olhou para mim

— O que você quer que eu faça?

— Eu quero que me dê mais oportunidades de conhecer você. — Ele se sentou de novo no banco e continuou: — Quero que nós possamos nos conhecer mais.

— Eu prometo que vou tentar.

Ele sorriu.

— Mas você tem que entender que algumas coisas eu não vou querer falar com ninguém. E que em alguns momentos eu vou querer ficar sozinha.

Ele concordou.

— Eu tenho dificuldades em confiar nas pessoas. Então talvez eu demore um pouco para conversar com você sobre certas coisas. E não quero que você me pressione. Vou tentar me abrir, mas é bem provável que não vou conseguir me abrir totalmente.

— Tudo bem — ele disse sorrindo.

— Só vou pedir uma coisa.

— O que quiser.

— Quero que respeite o meu espaço. Estou confusa e você já sabe disso. E ainda mais agora que Peter vai voltar daqui a três dias, eu vou precisar de um tempo sozinha para pensar, porque eu só tenho dois meses para decidir e lidar com tudo. E mais uma coisa. Você também tem que entender e respeitar que em alguns momentos eu vou ficar a sós com Peter.

— Tudo bem — ele disse meio emburrado.

Ficamos um tempo em silêncio. Um silêncio um pouco desconfortável. Eu tinha que dizer para Peter o que aconteceu? Eu tinha que dizer para Noah que Peter disse que me amava? O que eu tinha que fazer? O que eu tinha que falar? Como eu devia agir?

Será que Peter ia notar que algo havia acontecido quando me ligasse? Ele ia me ligar? Será que meus sentimentos tinham mudado? Será que eu era capaz de perdoar Peter ou eu já o tinha perdoado? Será que eu gostava de Noah ou era só uma atração? E se eu fizesse a escolha errada? E se eu só me arrependesse da minha escolha quando fosse tarde demais?

— Você está bem? — Noah perguntou preocupado.

— Sim. — Olhei para ele e forcei um sorriso. — Só estou pensando.

— Quer ficar um pouco sozinha?

— Se você não se incomodar.

— Claro que não.

Ele se levantou e percebi que ele não sabia o que fazer. Ele não sabia como se despedir. Noah fez um movimento de se aproximar, mas parou antes de continuar e recuou.

— Desculpa. Eu não sei como fazer isso — ele disse sorrindo.

— Tudo bem. Nem eu sei — falei sorrindo também.

Ele apenas me deu um tchauzinho e saiu. E eu fiquei lá, confusa e perdida, com todos os meus sentimentos, sem saber o que fazer. Às vezes, eu tinha vontade de fingir que não sentia nada por ninguém, mas era idiotice porque eu sempre retornava àquela confusão de sentimentos em algum momento.

Depois do jantar, quando voltei para o quarto, todo medo voltou. Peter geralmente me ligava nesse horário para conversar e, agora, ver a nossa série. Fiquei receosa do que poderia acontecer, das perguntas que ele me faria. Eu estava com medo de magoá-lo. Estava com medo de que ele ficasse bravo comigo.

Depois de tudo que aconteceu no jardim, eu e Noah não nos encontramos mais. E eu tinha que admitir, estava grata por isso.

Subi as escadas, ouvi passos e me escondi. Noah passou conversando com os amigos da banda. Não me levem a mal, mas o que eu menos queria naquele momento era ter um encontro estranho na frente dos amigos dele. Depois eu falaria com ele e tentaria cumprir a minha promessa.

Quando vi que eles já tinham descido, voltei a caminhar em direção ao meu quarto. Cheguei e dei de cara com os livros que Peter tinha me dado, já que, para aliviar o estresse, eu tinha começado a lê-los (mesmo tendo vários na estante que eu ainda não tinha lido). Guardei-os ainda nervosa.

Fiz minha rotina normalmente. Troquei de roupa, deitei-me, liguei a televisão e peguei o computador. Logo depois ele me ligou.

— Oi. Como você está? — ele me perguntou todo animado.

— Oi. — Sorri. — Por que tanta animação?

— Faltam três dias para você me ver. Você está animada? — ele disse sorrindo.

Só três dias? Meu Deus!

— Mas eu já estou te vendo — brinquei.

— Ha ha. Muito engraçado. — Ele fez careta e eu ri. — Tá tudo bem? Você está meio estranha.

Fiquei nervosa.

— Está tudo ótimo. Por que não estaria? — falei rápido demais.

— Então tá... — ele disse desconfiado. — Vamos ver a série?

— Vamos. — Lembrei-me dos livros. — Obrigada, novamente, pela coleção de livros. Eu adorei. Já comecei a ler hoje.

— Sério? — Ele deu um sorriso de orelha a orelha — Que bom que você gostou. E aí? É muito diferente do filme? Melhor ou pior?

— Eu li pouco, mas claro que é melhor.

Ele riu.

— Mas não vou te contar, porque é da primeira temporada e você ainda não viu a primeira temporada.

— Se quiser me contar não tem problema.

— Só para não ter que ver a primeira temporada, né? Espertinho.

Ele deu risada e falou, com um sorrisinho torto:

— Eu vejo a primeira temporada e revejo a segunda, mas só com uma condição.

O que seria?

— Qual a condição?

— Que você veja comigo todos os episódios.

— Todos? Mas são muitos — falei rindo.

— Eu queria que tivessem mais se isso significasse passar mais tempo ao seu lado.

Fiquei sem graça e ele riu.

— Você não sabe ouvir cantadas e isso é muito fofo — ele disse.

— Você está rindo da minha cara? — Fingi choque.

— Nunca, minha flor.

— Lá vem você e seus apelidos.

— Você fala isso, mas eu sei que você os adora.

Eu dei um sorrisinho e ele continuou:

— O melhor de todos os apelidos você ainda não ouviu. Mas esse eu deixo para depois.

— Ah, não vale. Você sabe que eu sou curiosa.

— Não. Esse é surpresa. Agora, vamos ver a série?

— Tá bom... — Fiz biquinho na expectativa de que ele cedesse e me falasse.

— Não adianta fazer biquinho. Eu não vou falar nada — ele falou e riu.

Começamos a ver a série e só terminamos na hora de dormir.

Capítulo 32

Os três dias passaram voando. Logo Peter chegaria ao castelo. Para resumir, depois daquele dia eu conversei umas duas vezes com o Noah e umas três vezes com o Peter. Mesmo tendo esse contato com os dois, eu ainda me sentia insegura em relação a eles.

Quando abri o computador, vi que Peter estava dando uma reportagem antes de entrar no avião.

— A Leticia já te perdoou?

Gelei. O que ele falaria?

Ele ficou meio sem graça com a pergunta e respondeu:

— Sinceramente, eu não sei. — Ele sorriu envergonhado. — Mas espero que sim.

— Então o casamento pode não acontecer? — a repórter perguntou.

A multidão se calou esperando a resposta dele.

— Não vou mentir e dizer que isso não pode acontecer. Por mim, o casamento está de pé, mas se a Leticia não quiser mais se casar comigo, eu irei entender. — Ele deu um sorrisinho triste.

— Você não acha que isso é muito drama? — perguntou a jornalista.

— Perdão?

— Você não acha que a Leticia, depois da morte da mãe, ficou muito dramática? Você já se explicou e todos vimos que o senhor não queria beijar a Nicole. Então por que tanto drama?

Peter ficou com raiva.

— Eu acho que você não sabe de nada da vida dela para sair palpitando esse tipo de coisa. — A jornalista ficou sem graça.

— Não foi...

— Eu ainda não terminei. — Ele a cortou. — Eu acho que mesmo se ela estivesse sendo dramática, coisa que não está, isso só deveria incomodar a mim. E bom, isso não me incomoda. Eu acho que em vez de falarem mal dela como vocês estão fazendo, vocês deveriam se colocar no lugar dela. Imagina: do dia para a noite sua mãe morre, suas responsabilidades triplicam, você fica noiva mesmo sem ter namorado a pessoa e você tem que se tornar a rainha, isso tudo em três meses. Eu aposto que metade de quem está falando mal dela não daria conta. — Ele encarou a multidão. — Vocês dizem que gostam dela, então deem apoio a ela neste momento em vez de julgá-la.

— Você está dizendo que o casamento foi arranjado? — perguntou a jornalista.

— Mas isso não está óbvio? — Ele riu. — Vocês acham mesmo que se nós namorássemos antes vocês já não saberiam disso? Não teria surgido essa informação em tudo quanto é site?

Ele se esqueceu de acrescentar que nossos pais disseram que iríamos nos conhecer no próprio anúncio do casamento, então era óbvio que nós não nos conhecíamos antes.

— Então vocês não vão se casar por amor? — gritou uma menina na multidão.

Peter olhou para ela e disse:

— Eu nunca disse isso. — Ele deu um sorriso e continuou: — Eu nunca me casaria com alguém sem amar a pessoa. E, principalmente, nunca me casaria com alguém tão especial como a Leticia se não a amasse.

— Então você a ama? — a menina perguntou.

Peter se aproximou da grade onde estava a menina. Ele pareceu reconhecê-la. Ele a reconheceu, porque eu também a reconheci. Era a garotinha do aeroporto em Nibrea. A garotinha a quem ele tinha prometido que cuidaria de mim.

Peter se abaixou, ficando do tamanho dela, e falou:

— Tudo bem, princesa Sofia?

A garota se assustou ao perceber que Peter tinha se lembrado dela.

— Você se lembra de mim? — ela perguntou, surpresa.

Peter sorriu e disse:

— Como eu não me lembraria da menina que disse que ia dar uma surra em mim se eu não cuidasse bem da princesa Leticia?

— Isso ainda está valendo — ela falou tentando fazer cara de brava e Peter riu.

— Claro que está. Minha promessa ainda está de pé.

— Mas você ainda não me respondeu. Você a ama?

Peter ficou sem graça, mas disse:

— Claro que eu a amo.

Meu coração parecia não lembrar mais de como bater. Meus pulmões pareciam não mais fazer sua função corretamente.

— Ah, que fofo! — alguém na multidão gritou.

— Mas se ela me ama, aí você tem que perguntar para ela. E se você conseguir essa resposta me avisa porque eu também quero saber. — Ele brincou em um tom mais baixo para que só a garotinha pudesse ouvir, mas fiz leitura labial e meu coração parou.

— Mas isso tá óbvio. — Peter encarou a garotinha sem graça. E novamente eu só consegui saber por leitura labial. — Ela pode até não ter se dado conta disso ainda, mas ela te ama com certeza.

Peter sorriu e disse:

— Espero que você esteja certa.

Ela balançou a cabeça dizendo que tinha certeza de que estava certa.

— E se nos casarmos eu faço questão da sua presença. — Seu tom de voz ainda era como um sussurro, como se só a garotinha, em meio a milhões de jornalistas, importasse.

— Da minha presença? — A garota estava quase chorando.

— Claro. E tenho certeza de que a Leticia concordará comigo.

— Eu posso te dar um abraço? — a menina perguntou chorando.

— Claro.

Depois disso, Peter se levantou e a pegou pela grade. Ela a abraçou chorando de felicidade enquanto ele sorria e falava algo em seu ouvido.

Quando ele a devolveu para mãe dela, a mulher disse:

— Não sei como agradecer tanta gentileza. Com certeza a vossa alteza será um ótimo pai.

— Assim espero — ele disse sorrindo. — E é claro que o convite do casamento é extenso para você e sua família.

Ela quase chorou.

— Eu não tenho palavras para expressar a minha gratidão.

— Só de ter a presença de vocês lá eu já estarei feliz.

Sofia disse à mãe:

— Mãe, dá o nosso endereço. Como o convite vai chegar se ele não tiver o nosso endereço?

Peter riu e disse:

— Você é muito esperta. — Ele olhou para a mãe dela e perguntou: — Você tem algum papel para anotar?

Ela rapidamente pegou um papel e anotou o endereço. E depois entregou o papel para ele.

— Agora eu tenho que ir, mas foi um prazer rever vocês. — E antes de ir, ele completou, dando uma piscadinha para a Sofia: — Espero por vocês se der certo.

Depois disso ele deu um tchauzinho para a multidão e entrou no avião. A jornalista voltou a falar, mas desliguei logo em seguida. O que eu queria ver eu já tinha visto.

Eu não conseguia acreditar que ele tinha dito tudo aquilo em rede internacional. Peter era reservado em relação aos seus sentimentos, entretanto falou abertamente sobre eles na televisão.

Isso era uma prova de amor? Mostrar para mim que me amava tanto, que estava aberto a dizer isso publicamente mesmo sem saber se era recíproco? Não sabia qual era a intenção de Peter, mas confesso que gostei. Gostei de saber que mesmo com toda crítica e tudo mais, ele continuou me defendendo e ainda assumiu seu amor por mim.

Coloquei minha *playlist* de músicas e fui me arrumar para reencontrá-lo. Não era porque eu estava confusa que eu não queria que ele me visse linda. Depois de tomar o meu banho, eu peguei um vestido azul, o azul mais próximo dos olhos dele, e coloquei. Peguei um salto, não muito alto, branco, e calcei. Chamei a Lucia e as meninas para que me ajudassem com o cabelo.

— Você está linda — Lucia disse quando entrou.

— Isso tudo é para o Peter? — perguntou Elise.

— Você viu que ele se declarou abertamente na televisão hoje? — indagou Maria suspirando.

— Vi sim.

E sem perceber eu estava sorrindo.

— Você também o ama? — Maria perguntou.

— Maria! — corrigiu Lucia.

— Tudo bem — falei para Lucia enquanto elas prendiam o meu cabelo. — Eu não sei. Não sei o que sinto por ele.

— Quem era aquela criancinha? — perguntou Elise.

— É uma longa história. — Sorri ao me lembrar de Sofia e Peter em Nibrea.

— A gente não pode ouvir?

— Elise! — Lucia corrigiu novamente.

— O que foi? — Elise perguntou frustrada.

— Quantas vezes eu vou ter que dizer que a princesa não gosta de contar determinadas coisas e que vocês têm de respeitá-la. Se ela não nos contou até agora é por algum motivo e devemos respeitá-lo. — Olhando para mim disse: — Desculpa.

— Não precisa se desculpar, Lucia — falei sorrindo.

A verdade é que a Lucia estava certa. Às vezes, as meninas queriam que eu contasse coisas que eu não me sentia confortável naquele momento para dizer. O que Elise me perguntou eu até podia falar, mas não quis tirar a autoridade de Lucia. Se eu dissesse que eu podia contar elas não escutariam mais a Lucia, que era a chefe delas.

Quando terminaram, eu olhei para o meu cabelo e fiquei encantada. Elas fizeram um coque aberto e um pouco solto. Ficou lindo.

— O que você achou? — perguntou Lucia.

— Lindo. — Virei-me e as agradeci: — Obrigadas, meninas. Vocês são incríveis.

— De nada — todas responderam.

— O que acha de um colar? — perguntou Maria.

— E um brinco para combinar? — acrescentou Elise.

— Acho que ele pensaria que eu me produzi toda para ele — eu falei rindo.

— É só você lembrá-lo de que vão ter mil câmeras filmando vocês e é por isso dessa arrumação toda. Ou tem outro motivo? — questionou Maria rindo.

— Câmeras? — Fingi me lembrar. — Verdade! É por causa delas que eu estou me arrumando.

Todas riram e eu disse:

— Peguem os colares.

Elas saíram rindo em busca dos colares e eu fui atrás.

Eu tinha vários colares chamativos e caros, mas eu queria algo mais simples, algo que pudesse ter uma representatividade para o Peter. Enquanto procurava, achei um colar perfeito. Ele era simples e bonito. Era em prata com um coração abeto no meio. Coloquei.

— Ficou lindo — Lucia disse.

— Ficou mesmo — completou Maria.

— O que acha desses brincos? — Elise me mostrou dois brincos pratas discretos da mesma coleção que o colar.

— Perfeitos! — disse enquanto pegava os brincos.

— Você está linda. Agora só falta um batom e um *gloss* bem brilhante para o Peter ficar com vontade de te dar um belo beijo.

Elas começaram a rir e eu me arrepiei. E passei o batom e o *gloss*.

Eu estava nervosa e eu não sabia o porquê.

— Acho que já está na hora de você descer — comentou Lucia.

— Já? Mas Peter entrou no avião agora pouco.

— Acho que você viu errado. O vídeo foi postado há duas horas e meia. Ele já deve estar chegando.

— Sério?

— Sim — todas responderam.

— Então eu tenho que descer logo. — Levantei-me da cadeira e fui em direção à porta, mas voltei e perguntei: — Que horas são?

— Oito e meia.

— Ele começou a voar às 6h? Por quê? Ele não gosta de acordar cedo.

— Não sei — Maria respondeu. — Pergunta isso a ele.

— Vou perguntar. Obrigada, gente. Agora eu vou descer.

— De nada. Vai logo, menina! — Elise disse.

Desci o mais rápido possível. Não queria perder a chegada dele. Quando terminei de descer a escada, Noah veio ao meu encontro.

— Nossa, você está linda! — ele falou, estendendo a mão para mim.

— Obrigada.

Ele me acompanhou até um canto.

— Esse vestido ficou lindo em você.

— Obrigada. Você também está muito bonito.

Ele estava realmente muito bonito. Estava com uma blusa preta e uma calça preta. Usava uma correntinha prata e o cabelo estava meio molhado. Estava de tênis também preto. Seus olhos verdes se destacavam com aquela roupa. E seu cabelo molhado ressaltava a beleza do seu rosto.

— Espero que as coisas não fiquem estranhas com ele aqui — Noah disse mais para si mesmo do que para mim.

— Mais estranhas do que estão? Impossível — brinquei.

Noah riu.

— Você viu entrevista dele?

— Vi — respondi, olhando para porta.

— Você acha que ele fez aquilo por marketing?

Olhei para ele confusa.

— Não me leve a mal, mas muita gente faz esse tipo de coisa para se passar pela vítima.

Forcei um sorriso e falei:

— Eu conheço Peter e sei que ele nunca faria isso.

— Às vezes, as pessoas mudam.

Olhei para Noah.

— O que você quer dizer com isso?

Onde ele queria chegar?

— Não precisa ficar brava. Só estou dizendo que talvez...

Interrompi-o.

— Eu o conheço. E não quero mais falar nesse assunto.

— Tudo bem. Só estou dizendo que...

— Noah.

— Tudo bem. Tudo bem.

Olhei novamente para a porta. Por que Peter estava demorando tanto?

— Eu estava pensando em um nome para a minha nova música. O que você acha de "Como dizer que eu só penso em você?'

— Eu achei ótimo. — Sorri e olhei para ele.

Ele sorriu de volta.

— Os meninos estão sentindo a sua falta. Você tem que...

Ele chegou. Peter tinha chegado.

— Você está me ouvindo? — Ouvi a voz de Noah bem abafada.

Noah se virou e viu quem tinha chegado. Ele suspirou e parou de falar, provavelmente aborrecido por eu não estar dando atenção para ele.

Peter entrou pela porta do palácio e era impossível não notá-lo. Ele usava uma camisa social branca com uma gravata azul que realçavam seus lindos olhos. Seu blazer preto estava em suas mãos. Sua calça era preta, como de costume. Seu sapato era um preto básico. Seu cabelo, perfeitamente loiro e arrumado. Seus olhos azuis como piscina rodavam os espaços à procura dos meus. E quando os encontraram, ele abriu um lindo sorriso. Eu me aproximei dele calmamente, sem nem mesmo perceber.

Primeiro, ele cumprimentou meu pai, por conta da hierarquia, mas eu sabia que ele estava detestando isso. Quando chegou a minha vez, como o protocolo pedia, curvamo-nos. Como na primeira vez, aproveitamos para examinar o outro enquanto fazíamos a reverência.

— Bom dia — ele disse sorrindo

Ele pegou a minha mão e a beijou.

— Bom dia. — Retribui o sorriso.

Ele me estendeu o braço e eu passei meu braço pelo dele e fomos andando.

— Belo vestido. Um azul um tanto quanto familiar.

— É a mesma cor da sua gravata. Que coincidência.

— É o mesmo azul dos meus olhos, não é?

Gelei e ele sorriu.

— Eu adorei. Obrigado — Peter sussurrou ao meu ouvido.

Eu fiquei vermelha. Eu tinha que mudar de assunto.

— Você não está usando o seu Adidas.

— Você reparou! — ele comentou, surpreso.

— Claro que eu reparei.

— Eu achei que não combinava. O que você acha?

Aproveitei para olhá-lo dos pés à cabeça novamente.

— Eu acho que você foi bem sábio.

— Obrigado. É um grande elogio vindo de você.

— Isso foi um tom irônico? — disse, brincando.

— Claro que não. Eu sou treinado para nunca mentir.

— Então vamos ver se isso é verdade. — Encarei-o. — Eu estou bonita?

— Não. — Ele me olhou da cabeça aos pés e completou: — Você está deslumbrante. Perfeita.

Sorri envergonhada.

— Por que você voou às 6h se você não gosta de acordar cedo?

— Porque queria estar perto de você o mais rápido possível. Não aguentava ficar mais um dia sequer longe de você. — Ele sorriu para as câmeras que nos filmavam e falou baixo enquanto andávamos: — Eu deveria mandar prendê-la.

Ele vai dizer "Porque você roubou o meu coração"?

— Por quê?

— Porque você roubou cada espaço da minha mente. — Ele me encarou. — Roubou parte de mim. Roubou a minha felicidade. Roubou meus pensamentos. Roubou meus sentimentos. Roubou o meu coração. — Ele desviou o olhar. — Eu realmente deveria te prender. O roubo que você fez foi um dos piores e melhores presentes da minha vida.

— E qual seria o meu castigo, alteza?

— Viver ao meu lado para sempre. Mas não sei se isso pode ser considerado um castigo. Provavelmente não.

— Concordo, alteza. O senhor é um homem muito bondoso.

— Eu sei que eu sou — ele respondeu com um sorriso no rosto.

— Agora que vocês já tiveram o seu momento de reencontro, podemos tomar café? — Meu pai disse em tom de piada por conta das câmeras.

— Claro — Peter disse ao meu pai e perguntou para mim: — Vamos?

— Sim.

Conforme eu passava com Peter, Noah ficou de cara feia. Ele estava chateado, eu o entendia, mas o que eu podia fazer?

— O que aconteceu entre você e Noah? — Peter perguntou discretamente.

Eu parei. Não sabia o que fazer. Demorei alguns segundos para voltar à realidade.

— Como? Como...

— Como eu sei que algo aconteceu? — Ele me olhou. — Eu te conheço, Leticia. E eu estou acostumado a observar as pessoas. Aprendi naturalmente a ler linguagem corporal.

— Como você aprendeu isso?

— Muitas festas e rodas de amigos. E não tente me enganar. Diga-me o que aconteceu, por favor. Acho que tenho o direito de saber se estou sendo idiota ou não.

— Não aconteceu nada. — Eu não sabia como terminar a frase. — Ele só meio que se declarou para mim.

Foi a vez de Peter parar, mas logo depois continuou a caminhar em direção ao salão comigo.

— E o que aconteceu depois disso?

Ele não me olhou, mas eu podia ouvir o medo em sua voz.

— Ele tentou me beijar, mas nada aconteceu.

— Você gosta dele? — Ele me olhou como se quisesse ler a verdade por trás dos meus olhos.

— Não sei.

Peter ficou quieto até entrarmos na sala de jantar, onde tomaríamos o café. Eu não sabia o que fazer. Ver Peter quieto me deixava incomodada. E ver Noah de cara feia do outro lado da sala não estava me ajudando. O clima estava pesado. E eu sabia que todos — meu pai, as câmeras e as pessoas atrás das câmeras — tinham percebido isso.

— Então, Peter, você teve muito trabalho em Nibrea? — Meu pai tentou amenizar o clima.

— Sim, majestade.

Peter voltou a comer depois disso. Eu sabia que meu pai era a última pessoa com quem ele queria conversar naquele momento.

— Peter, a gente pode conversar depois daqui? — perguntei baixinho.

— Não sei. Eu estou muito cansado. Talvez seja melhor eu ir dormir. Acho melhor você aproveitar a oportunidade e ir conversar com o Noah. — E voltou a olhar para o prato de comida.

— Peter, Por favor: — Olhei para ele, que continuava com a cabeça baixa.

— É melhor não conversarmos agora. As câmeras estão filmando tudo — ele disse sério, ainda sem olhar para mim.

Acho que eu estava errada. A última pessoa com quem Peter queria conversar era eu. Eu entendia o lado dele. Mas o que fazer? Eu não sabia. Quanto mais tentava não machucar as pessoas mais eu as machucava.

O café acabou e as câmeras foram desligadas. Eu acho que elas iam até filmar um pouco mais eu e Peter, mas como o clima não estava bom resolveram deixar para depois. Assim que as câmeras foram desligadas Peter levantou e saiu. Vi que não tinha comido quase nada, tinha apenas brincado com as frutas em seu prato.

Fui atrás dele e chamei:

— Peter!

Ele continuou.

— Peter! — chamei-o, agora na metade da escada.

— O que foi? — ele disse, virando-se a contragosto.

— Não fica bravo comigo, por favor.

— Por que eu ficaria bravo? Afinal, nós não temos nada, não é?

— Peter, por favor... — supliquei.

— O que você quer que eu faça? — Ele disse, descendo os degraus e ficando na minha frente. — Se coloca no meu lugar, Leticia. Você me ignorou por dias por conta do tal beijo, mesmo sabendo que ela se jogou em mim e quando eu pude eu a empurrei. Saí da festa correndo atrás de você. Briguei com quase todo mundo da festa para te defender. Escutei as pessoas rindo da minha cara, mas não liguei porque estava mais preocupado com você. Nem fui aos outros dias da última festa que eu tive como príncipe. Passei uma semana me culpando por algo que eu nem tive culpa. Passei uma semana me achando um babaca.

— Peter...

Ele me olhou, seus olhos estavam marejados.

— Passei uma semana pensando que tinha arruinado a sua vida. Mesmo odiando me expor em rede aberta, eu me expus. Disse que te amava para que todos pudessem ouvir. Nem dormi direito pensando no que eu teria que fazer para ganhar a sua confiança novamente. Passei uma semana só pensando em você e no que eu podia fazer para te reconquistar. Aí, eu chego aqui e vejo que enquanto eu estava me odiando por conta de tudo que aconteceu, você estava escutando outro cara se declarar para você. E quando eu te pergunto se você gosta dele, você diz que não sabe?

— Peter, eu... — As lágrimas desciam.

— Você falou tanto sobre confiança que me traiu. Você me atraiu quando sabia dos meus sentimentos e sequer se importou com eles quando começou a conversar com o Noah. Você me traiu quando nem pensar na minha imagem você pensou. Apesar de não ser real para você, nós ainda estamos noivos. — Ele estava com raiva e triste ao mesmo tampo. Não dava para distinguir. — Você sabe que os empregados comentam.

— Peter, eu não queria magoar ninguém. Está difícil para mim.

— E você acha que não está difícil para mim? — Ele respirou fundo e voltou a falar. — Não é só você que tem que se casar por conta da coroa. Meus pais estão me pressionando porque já adiei demais o meu casamento. Minhas responsabilidades também triplicaram. Depois do que eu disse hoje em rede internacional, provavelmente vou ficar como o príncipe rejeitado. Eu amo uma pessoa que nem sabe se nutri um pequeno sentimento por mim. Eu me cobro todo dia que eu tenho que me concentrar mais no meu trabalho e deixar esse sentimento de lado, mas isso me corroí. Não consigo focar outra coisa a não ser você, Leticia. E você acha que isso está sendo fácil para mim?

— Eu não queria...

— Eu preciso de um tempo sozinho. — Ele se virou, mas voltou e completou: — Provavelmente irei te perdoar, porque é isso que as pessoas que amam fazem, mas não sei quanto tempo eu vou levar para isso. Afinal, você não é a única que tem problemas em confiar nas pessoas.

Depois disso ele se virou, continuou o seu caminho e me deixou ali, sozinha, chorando.

Capítulo 33

Passei o resto do dia no quarto me sentindo culpada. Eu sabia que Peter estava certo, mas o que eu devia fazer? O que será que ele estava pensando? Será que estava me odiando? Eu gostava de quem? Eu amava Peter ou só não queria vê-lo chateado? Argh!

Eram tantas perguntas para as quais eu não tinha a resposta. Eram tantos sentimentos que eu nem sabia mais o que era amor e o que era raiva. Eu estava completamente perdida. Meu mundo estava de cabeça para baixo e cada vez que eu tentava colocá-lo na direção certa ele caía ainda mais.

Meu telefone tocou.

— Ana?

— Leticia do céu. Você viu o vídeo? Meu Deus! Ele foi... — Ela me olhou assustada. — O que foi? Por que você está chorando?

— Longa história.

— Pode começar. Eu tenho a noite inteira.

— Eu não — falei rindo.

— Por isso mesmo é melhor você começar agora.

— Eu te contei até a parte que ele tinha dito que me amava, né?

— Sim.

— Então, depois disso a gente conversou normalmente e até vimos uma série juntos.

— Ah! Que fofo! Mas cadê o problema?

— Calma. Tem mais coisa. — Ela fez sinal para que eu continuasse. — Há três dias o Noah se declarou para mim através de uma música.

— Quê?! O Noah?! Vocês estavam conversando?

— Só como amigos, mas parece que para ele não era só isso. E eu não sei mais.

— Calma. Vai com calma. Me conta tudo detalhado — ela falou séria.

— Ele se declarou para mim com uma música e a gente quase se beijou. — Ela arregalou os olhos. — Eu sei. É estranho. Não sei o que aconteceu, mas tinha um clima.

— Mas por que você não o beijou então?

— Porque algo não me deixou fazer isso. Na hora eu me lembrei do Peter dizendo que me amava e eu não consegui.

— Continua.

— Depois disso eu disse que estava confusa com os meus sentimentos para o Noah. Como eu fiz com o Peter. E ele me deu realmente um tempo. Achei que Noah faria o mesmo, mas ele começou a me pressionar, disse que Peter tinha mais vantagem do que ele e que eu tinha que me abrir com ele como eu me abria com Peter.

— Babaca — ela comentou irritada. — Continua.

— O Noah começou a querer que eu estivesse mais presente e disse até que largou a namorada por minha causa. Eu o entendo, mas ele não foi muito justo.

Ana revirou os olhos.

— O que foi?

— Só acho que esse Noah é muito mimado. Mas continua a história. Vou dar a minha opinião depois.

— Tá bom... Peter chegou hoje e eu fui falar com ele. Estávamos conversando e enquanto isso Noah estava de cara feia, mas achei que Peter não tinha percebido. Só que ele perguntou o que tinha acontecido entre Noah e eu. Na hora gelei. Não sabia o que fazer e falei a verdade. E depois disso

Peter ficou distante. — Lembrei-me da briga na escada. — Eu fui falar com ele e a gente brigou. Ele disse que o trai, que com certeza me perdoará, mas...

— Mas?

— Mas deixou a entender que talvez não queira mais ficar comigo.

Lágrimas caíram.

— Pera aí. Deixe-me ver se eu entendi. Tem um cara perfeito correndo atrás de você. Um que te respeita, que te trata como a princesa que você é e que te defende em rede aberta sem medo de ser julgado. E tem um cara que você nem conhece direito que não respeita o sem tempo, é extremamente ciumento e a fim de você. E você ainda está em dúvida? — ela perguntou indignada.

— Eu estou falando sério.

— Eu também — ela falou. — Esse é o mal do ser humano. Adora sofrer e ser maltratado.

— Ei! Você está falando de mim.

— Eu sei... — Ela continuou: — Vamos analisar a situação de uma maneira racional, tá bom?

— Tá.

— Quem você tem mais medo de perder?

— Quê?

— Quem você acha que te faria mais falta? Com quem você tem mais amizade? Com quem você sente borboletas no estômago? Quem te deixa desorientada? Quem você poderia ouvir por horas que você não enjoaria? Com quem você consegue ser você mesma?

— Eu não sei: — Pensei e continuei: — Acho que sentiria mais falta do Peter, porque tenho mais intimidade com ele. Mas Noah também me faria falta. Peter me deixa confusa. Não sei o que eu sinto quando estou perto dele, mas é uma confusão boa. Já Noah me traz estabilidade. Eu poderia ouvir Peter falar por horas sem enjoar, mas poderia ouvir Noah cantando por horas. Eu consigo ser eu mesma com Peter, entretanto nunca dei a oportunidade a Noah de me conhecer.

Ana bateu a mão na testa.

— Eu estou confusa, Ana! — disse desesperada.

— Vamos mais devagar. A lógica é: um você gosta para namorar e o outro você gosta por conta da amizade. Você só tem que descobrir isso — falou Ana.

— E como eu faço isso?

— Calma. Estamos chegando lá. Se formos analisar racionalmente, você, na verdade, sabe de quem você gosta, mas quer acreditar que está confusa para não magoar nenhum dos dois, o que, na realidade, não está funcionando, porque vocês três estão se machucando com essa confusão.

Olhei confusa e ela continuou.

— Leticia, eu sei que você é muito empática. Sei que você se coloca muito no lugar do outro e detesta ver as pessoas sofrerem por conta de uma atitude sua. Mas por um momento esquece que você vai ter que dizer não para alguém. Esquece que alguém vai se magoar e se pergunta: o que eu quero? Neste momento, pensa em você, em seus sentimentos. Faz uma listinha de prós e contras dos dois. Esquece título, o que as pessoas vão pensar, se o outro vai ficar chateado. Esquece tudo e foca você. Porque quando você diz sim para todo mundo, você acaba dizendo não para você mesma.

— Mas eu estou com medo. E se eu me arrepender depois da escolha que eu fizer?

— Você não vai se arrepender se fizer a escolha baseando-se no você realmente quer. Se você fizer uma escolha por conta da opinião das pessoas, aí sim você vai se arrepender. Se você seguir o seu coração e der errado, você vai poder olhar para si e reconhecer que você é humana e que você fez o que achou que seria o certo e isso vai bastar.

— Mas e se amar alguém me der mais problemas do que eu já tenho? E se ele for igual ao meu pai? E se eu tomar uma decisão porque eu estou carente e não porque eu amo alguém?

— Isso é um risco que você tem que correr, mas, sinceramente, nenhum dos dois vai ser igual ao seu pai, ainda mais quem eu estou torcendo. — Ela deu um sorrisinho. — Você tem que pensar assim: e se eu realmente amar alguém e o medo me fazer perder essa oportunidade?

— Eu sei. Mas é mais difícil fazer do que falar.

— E você acha que eu não sei? — Ela disse rindo. — Mas a gente vive o que a gente faz e não o que a gente fala.

— Verdade... Pode deixar que eu vou falar para o Peter que você está torcendo para ele. Isso se ele quiser me ouvir.

— É claro que ele vai te ouvir. Mas quer um conselho? — Fiz que sim com a cabeça e ela continuou: — Não fica forçando nada. Foca primeiro em descobrir os seus sentimentos para depois falar com ele já com uma resposta. Não força nada com nenhum dos dois. Tenta usar esse tempo para pensar. — Então ela deu um sorrisinho e completou: — Aí, quando você disser que você sempre gostou do Peter, eu vou poder dizer: "Eu sempre soube".

— Eu só não entendo uma coisa. Você é fã do Noah, por que você só torce para o Peter?

— Porque uma coisa é ser fã da pessoa, outra bem diferente é achar que ela é a pessoa ideal para a sua melhor amiga. E eu também sou fã do Peter. Tornei-me mais fã dele ainda quando vocês começaram a conversar. — Ela deu uma piscadinha e continuou: — Leticia, apesar de eu torcer para o Peter, não estou te dizendo para você escolhê-lo. Estou te falando para você pensar com calma.

— Eu sei. Agora vamos falar de você. Quais são os babados?

Ela riu.

— Bom, eu estou conversando com um cara.

— Quem? Me conta? Aquele que você me falou da outra vez?

— Não. Aquele lá era um babaca. — E continuou: — Você não vai acreditar quem é.

— Quem? Eu estou curiosa? Me conta tudo! — falei, eufórica.

— O Jacob — ela disse dando risada.

— O amigo do Peter? — perguntei, surpresa.

Ela confirmou. Fiquei de boca aberta.

— Meu Deus! — Eu não estava acreditando. — Ele é tão fofinho! Eu super apoio. Meu Deus!

Ana só ficou rindo.

— Calma, Leticia — ela disse em meio a risadas. — A gente só começou a conversar.

— Como isso aconteceu? Quem puxou assunto? Vocês já se conheceram pessoalmente? Me conta. Me conta tudooo!!

Ana só ria da minha cara.

— Tá... — Ela deu um sorrisinho e continuou: — Lembra que você filmou o Peter e os amigos dele em Nibrea e depois colocou no *stories*?

Assenti empolgada.

— Então... Você o marcou e eu fui na página dele. Achei ele bem bonito e comecei a segui-lo e ele me seguiu de volta. Mas até então nada demais tinha acontecido, por isso não falei nada.

— Continua...

— Há uns dois dias curti um *stories* dele porque ele estava realmente muito gato. E ele começou a puxar assunto comigo. E é isso.

— Eu preciso de mais informações. Eu sou leitora. Preciso imaginar a cena.

— Que mais informações? — ela perguntou rindo. — É só isso.

— Como ele é com você? Fofo? Romântico? Engraçado? Ah... Vocês vão ficar tão lindos juntos. Quando vocês vão se encontrar pessoalmente?

— Não sei.

— Eu sou incrível! Vou pedir para o Peter convidá-lo para vir para cá e aí vocês podem se conhecer.

— Você está louca? Eu não quero que ele ache que eu gosto dele. Seria humilhante.

Foi a minha vez de rir.

— E outra, eu só chego uma semana antes do seu aniversário. Quero passar essa semana com você.

— Pode ficar tranquila que eu o chamei.

Ela deu um grande sorriso.

— Eu nem pensei nisso.

— Você não sabe mentir — falei rindo.

— Não quero criar expectativas. Sempre me decepciono quando faço isso.

— Mas se você não se arriscar nunca vai viver o romance que você quer. Ele pode ser a pessoa certa.

— Mas também pode não ser — ela comentou, cética.

— Uma pessoa muito sabia uma vez me disse: "Porque se você seguir o seu coração e der errado, você vai poder olhar para você e reconhecer que você é humana. E que você fez o que achou que seria o certo e isso vai bastar".

Ela riu.

— Se você não se arriscar você nunca vai saber — eu completei.

— Essa pessoa e você são muito sábias.

Eu ri.

— Tenho que concordar com você — brinquei. — Já estou imaginando você e ele dançando pelo salão como antigamente. — E, de repente, dei-me conta: — Você vai ser uma princesa!

— Que papo é esse de dança igual a antigamente?

— Você não soube? O tema da minha festa de 18 anos será "bailes de antigamente" — falei, toda empolgada.

— Vamos ter que usar vestido de baile e tudo mais?

— Claro! Igual aos meus livros! O melhor tema que eu já escolhi.

— Meu Deus! Que cafona — ela comentou morrendo de rir.

— Pode parar que eu sei que você também adorou o tema.

Ela riu e falou:

— Tenho que ir. Vamos jantar agora.

— Tá bom. Eu também vou jantar.

— Lembra do que eu te falei, tá bom?

— Tá. Obrigada.

— Sempre que precisar. — Ela deu uma piscadinha e desligou.

Agora eu tinha que voltar para a minha vida normal e encarar a realidade. Ainda com a roupa de manhã cedo, desci e fui jantar.

Quando cheguei, Peter já estava lá. E diferentemente de mim, ele estava com o cabelo molhado e com outra roupa. Sentei-me ao seu lado e me surpreendi com a fala dele.

— Você realmente gosta dessa cor — disse, com um pequeno sorriso.

— Sim. Ela me lembra alguém especial.

— É mesmo?

— Sim.

Ele riu e falou:

— Desculpa... — Ele me olhou e continuou: — Não estou arrependido do que eu disse e, sim, da maneira como eu disse. Sei que fui grosso e você não merecia isso. Então desculpa.

— Quem deveria pedir desculpas sou eu. Sei que você está certo. E estou fazendo o possível para sair dessa confusão. Sinto muito se o machuquei. Você vai ser o primeiro a saber a minha decisão final. Eu prometo.

— Obrigado — ele falou com um sorrisinho tímido.

— Posso falar com você depois do jantar?

Ele pensou um pouco e depois respondeu:

— Pode. — Mas ele pareceu se questionar se estava realmente fazendo a escolha certa.

— Obrigada.

Ele voltou a comer em silêncio. Mas pelo menos agora eu poderia conversar com ele. Eu não sabia muito bem o que eu falar, porém só a oportunidade de poder falar com ele já me deixou aliviada.

Capítulo 34

Depois que terminei de jantar fui para o jardim e Peter me seguiu. Parei e fiquei de frente para ele, olhando-o. Ele estava de bermuda azul e uma blusa preta. O cabelo meio molhado, o que o deixou esquisitamente atraente. Sua camisa era um poco mais colada, marcando um pouco o seu tanquinho e eu me lembrei na mesma hora do dia em que fomos à praia e sorri.

Peter pigarreou e disse meio cabisbaixo, sem olhar para mim:

— Você queria falar algo comigo?

Voltei para a realidade.

— Queria sim. O problema é que eu não sei por onde começar.

Peter sorriu e disse:

— É muita coisa, né?

Fiz cara de confusa e ele me esclareceu.

— São tantas coisas que precisamos conversar que nem sabemos o que falar.

— Exatamente.

— Então começa pelo o que mais está te incomodando.

— Eu estava conversando com a Ana e eu cheguei a uma conclusão.

Seus olhos se concentraram em mim por um segundo e isso me deixou arrepiada, mas logo depois ele voltou a olhar para o chão.

— A conclusão é que eu gosto só de uma pessoa e que eu estou confusa porque não quero magoar ninguém.

Ele sorriu.

— Bem a sua cara.

Ele estava distante, não só fisicamente. Eu queria que ele chegasse mais perto. Queria que ele eliminasse aqueles metros de distância e ficasse o mais próximo possível de mim. Aproximei-me um pouco dele.

— Eu não quero te machucar. Nunca quis. Me perdoa, por favor.

— Eu sei, Leticia. Sei que não fez de propósito.

— Então por que você está tão distante? — Aproximei-me um pouco mais e ele recuou um pouco. — Por que nem olha direito para mim?

— Eu não estou distante.

— Você está mentindo para mim? Eu não sou burra. Sei quando uma pessoa fica desconfortável com a minha presença.

— Você quer realmente saber? — ele perguntou irritado.

— Quero.

— Eu achei que conseguiria. — Ele me encarou. — Achei que conseguiria ficar do seu lado como apenas um amigo, mas não consigo. Não consigo olhar para você e não desejar que você se aproxime. Eu não consigo ficar ao seu lado e não desejar que você me beije. Não consigo pensar em você e não desejar você. Não consigo imaginar você com outro cara. Estou tentando me prevenir, porque se você o escolher ou escolher qualquer outro, eu terei que lidar com essa dor horrível dentro de mim todos os dias — ele disse com certa raiva. — Você quer saber por que eu estou frio? Porque eu estou com medo me apaixonar mais por você e essa dor aumentar caso eu não seja o escolhido. — Ele se aproximou de mim. — Então, por favor, não me julgue por tentar proteger o meu coração.

Estávamos muito próximos um do outro agora. Eu conseguia sentir sua respiração rápida.

— Eu não sei o que dizer... — falei com dificuldade.

— Não posso pedir que diga que me ama, mas também não saber a sua decisão está me matando — ele disse, também com dificuldade, aproximando-se um pouco mais.

Ele endireitou uma mecha do meu cabelo e eu me arrepiei toda.

— Peter... — disse baixinho.

— Sim... — ele falou, fazendo carinho no meu rosto com o dedão.

— Me beija.

Peter arregalou os olhos.

— Quê?

— Me beija.

— Não estou querendo te forçar uma escolha, Leticia. Sei que o primeiro beijo é algo importante para você.

— Não estou sendo forçada. Eu quero que você me beije.

— Tem certeza?

— Tenho.

Peter olhou-me mais uma vez e eu confirmei novamente a minha escolha. Peter se aproximou um pouco mais e seus lábios tocaram os meus delicadamente. Seus lábios eram quentes e a sua língua dançava em minha boca. Seus dedos acariciavam minha nuca enquanto sua outra mão segurava a minha cintura.

Eu não tinha experiência para comparar, mas ele beijava muito bem. Senti que estava voando. Ele me beijava com admiração, como se eu fosse a única pessoa da Terra. Beijava-me como se eu fosse única.

Ele parou e se afastou devagarinho. Ele estava sorrindo.

— Como foi?

— Incrível. — Ele riu. — Agora sei por que vocês gostam tanto de fazer isso.

Ele continuou rindo.

— Peter, seja sincero. Como eu fui? — perguntei, apreensiva.

— Bom... — Ele analisou. — Podia ter sido pior.

Eu arregalei os olhos e ele caiu na gargalhada.

— Eu estou brincando — ele disse ainda rindo. Depois parou de rir e completou: — Foi ótimo. Tem certeza de que nunca fez isso antes?

— Você está falando sério?

— Não sei. Tenho que provar de novo para saber.

Eu ri e ele me beijou novamente. E novamente me senti especial. Senti-me como uma deusa. Era um misto de sentimentos. Como a segunda vez podia ser melhor do que a primeira?

Peter se afastou e falou sorrindo:

— Definitivamente. Eu estava certo.

Encarei-o.

— Você beija muito bem.

Eu ri.

— E o que acontece depois?

— O que quisermos que aconteça — ele respondeu.

— E o que você fez com as outras? — Corrigi-me rapidamente. — Deixa para lá. Eu não quero saber.

Peter riu, mas depois disse sério.

— Vou parecer um idiota pedindo isso. Talvez eu realmente esteja sendo um idiota, mas eu tenho que te pedir isso.

— Tudo bem — disse, nervosa.

— Eu sinto que vou me arrepender... — Ele respirou, como se fosse difícil para ele pedir. — Mas beija o Noah antes de tomar a sua decisão.

— O quê? — indaguei, surpresa.

— Eu quero que você tenha uma experiência nova. Quero que saiba realmente se é isso que você quer.

— Tá bom — falei, ainda meio confusa.

— Você vai participar do desfile de caridade?

— Vou. Você vai?

Peter quis mudar de assunto e eu é que não ia ficar falando sobre algo desconfortável para nós dois só para manter o assunto.

— Vou. Provavelmente vamos desfilar juntos. — Sorri e ele continuou: — Já vou avisando: não quero desfilar de roupinha de casal não.

Eu ri e perguntei:

— O que seria roupinha de casal, Peter?

— Aqueles pijamas de bichos estranhos.

— Eu comecei a rir ao imaginá-lo vestido de unicórnio.

— Eu tenho que manter a minha pose de *bad boy*.

Cai na gargalhada.

— Não sei por que você está rindo — ele falou, sério.

E isso só fez com que eu risse mais.

— Já estou imaginando você desfilando de unicórnio — falei em meio à gargalhada.

— Deus me livre! Saio de lá na hora.

— Vou falar com a agência que você só vai desfilar se for vestido de unicórnio cor-de-rosa.

— Você está achando muito engraçado, né?

— Sim.

— Eu tenho cara de palhaço?

— Sim — respondi rindo.

— Ah é?

Peter veio fazer cosquinhas em mim, mas eu saí correndo e ele veio atrás. Como na praia, Peter correu atrás de mim para fazer cosquinhas e quanto mais rápido eu tentei correr, mais rápido ele me alcançou.

Peter me segurou por trás e continuou com as cosquinhas.

— Peter, para, por favor — pedi em meio aos risos.

— Eu ainda tenho cara de palhaço?

Eu continuei rindo.

— Hein?

— Deixa eu analisar...

Ele parou de fazer as cosquinhas e me virou, ainda segurando a minha cintura.

— Até que desse ângulo você parece mais um príncipe. Mas só desse ângulo.

— Eu pareço um príncipe?

Ele puxou-me um pouco mais para si. Acariciei seu rosto e quando percebi meus lábios já estavam nos dele. E minhas mãos percorriam seu cabelo molhado. Peter passou uma de suas mãos pela minha nuca e a outra continuou na minha cintura. Sentimos um pingo de chuva e olhamos para cima. Estava começando a chover. Olhei para Peter e ele sorriu. Voltamos a nos beijar mesmo na chuva.

Quando a chuva apertou muito tivemos que parar e procurar um canto para ficar. Saímos rindo e continuamos rindo depois de chegar a uma área coberta do jardim.

— Acho melhor subirmos.

— Ah... — disse fazendo biquinho.

— Você tem que tomar banho se não vai ficar doente.

— E você não? Você também não tem que tomar banho?

— Tenho.

— Então por que só se referiu a mim?

— Porque eu me viro. Mas não quero que você fique doente.

— Ah! Você está muito romântico para um *bad boy* — falei, dando risada.

— Verdade. Não conta para ninguém, tá? — ele disse brincando.

— Tá bom, *golden boy*.

Ele riu.

— Vamos logo, Leticia.

Subimos a escada e fomos cada um para o seu quarto. Eu não conseguia parar sorrir.

O que éramos agora? Como agiríamos agora? O que falaríamos um com outro? Era normal comentar sobre um beijo com a pessoa que você beijou?

Não sei, mas deixei para pensar nisso no dia seguinte, porque naquele momento eu ia aproveitar aquele sentimento incrível que eu estava sentindo.

Capítulo 35

Acordei me sentindo muito feliz. As emoções ainda estavam bem fortes em mim. Mas tinha uma pergunta que não queria calar: o que aconteceria agora?

Tomei coragem, arrumei-me e desci pronta para enfrentar tudo que estava por vir. Quando desci tive que respirar firme para abrir a porta e me deparar com Peter e Noah em uma mesma sala. Abri porta e entrei. Peter sorriu ao me ver e retribui o sorriso automaticamente.

Todos — meu pai, Noah e os empregados — na sala olharam admirados pela troca de sorrisos. Na noite passada mal nos olhávamos e agora estávamos sorrindo igual bobos um para o outro. Era óbvio que iriam reparar que algo tinha acontecido. Sentei-me ao lado de Peter e ele disse:

— Dormiu bem?

— Melhor do que nunca — falei sorrindo. — E você?

— Eu também.

Olhei para Noah do outro lado da mesa. Ele estava triste. Agora era ele quem não queria falar comigo. Ele tomou o café sem olhar direito para mim.

— Vai falar com ele.

— Quê? — perguntei, surpresa com a fala de Peter.

— Eu já estive no lugar dele. Bom, ainda estou. — Ele forçou um sorrisinho. — Sei como é ruim achar que perdeu todas as suas chances, ainda mais se você gosta mesmo da pessoa. E, a meu ver, ele parece gostar realmente de você.

— Tem certeza?

— Não me faça mudar de ideia.

Dei um sorrisinho tímido e me levantei logo depois de terminar o café. Fui conversar com Noah, que já tinha se levantado da mesa e saído.

— Noah! — gritei

Ele parou, mas depois continuou andando. Era como se ele estivesse em dúvida se devia me escutar ou não. E pelo visto ele preferia não me escutar.

— Noah! Por favor! — gritei mais uma vez.

Ele finalmente parou e consegui falar com ele.

— O que foi?

— Eu só queria saber por que você está assim — falei, sem graça.

— Assim como?

— Grosso. Frio.

Ele me encarou.

— O que aconteceu ontem entre você e o Peter?

— Nós nos beijamos — respondi, um pouco vermelha.

— Então você já fez a sua escolha? Preferiu o príncipe? Eu sabia.

— O quê? — falei. — Não. Eu não escolhi ninguém ainda. E sinceramente me dói muito ver que você me acha tão fútil. Achar que eu escolheria Peter só por conta do título dele.

— E não escolheria?

— Sério, Noah? Você realmente me acha tão sem personalidade assim? Se eu realmente só ligasse para títulos eu nem estaria aqui dando satisfações para você, primeiramente.

— Desculpa. — Ele suspirou. — Eu só fiquei um pouco chateado.

— Tudo bem — falei depois de um tempo. — Acha que podemos nos encontrar hoje?

— Claro — ele disse sorrindo, um sorriso triste, devo acrescentar. — Que horas?

— Pode ser depois do jantar? Tenho que fazer algumas coisas hoje.

— Claro.

— Até o jantar então — falei.

— Até o jantar.

Depois disso, saí e fui para o meu quarto.

Quando olhei para o meu quadro de deveres notei que o desfile que eu participaria seria na semana seguinte, no Canadá, o país de Peter. Eu só tinha estado lá quando criança. Seria legal rever o lugar com outra perspectiva.

Alguém bateu na porta e eu pedi que entrasse achando que era a Lucia, a Maria ou a Elise. Continuei olhando fotos do país (era impressionante a quantidade de fotos que aparecia do Peter quando você procurava Canadá no Google) e cliquei em uma foto em que Peter estava.

Ele estava com sua roupa de príncipe — terno e calça azuis — e com suas medalhas de honra. Seu cabelo estava um pouco bagunçado e seu sorriso era o mais verdadeiro possível. Era uma foto espontânea. Ele estava lindo. Era inauguração de alguma coisa, por isso ele estava lá.

Fiquei curiosa. O que será que tinham dito para ele estar rindo daquela maneira? Quem será que tinha dito? Era criança que estava perto dele? Ou algum adulto? Alguma mulher? Mas por que eu estava me importando tanto?

— Depois diz que não é minha fã. — Uma voz soou em meu ouvido. Não precisei nem virar para saber quem era. Só de ouvi-la eu me arrepiei toda.

Virei-me e o encarei. Ele estava sorrindo.

— O que você está fazendo aqui?

— Vim falar com você, mas parece que você está ocupada.

— Eu estava vendo o país em que vai ser o desfile.

— E ele é loiro, de olhos azuis e lindo?

— E um pouco metido e esnobe também.

— Entendi. Parece que você gostou bastante dele.

— Ele ainda está em avaliação. Mas não parece tão ruim.

— Hã? Não parece tão ruim?

— É — respondi dando risada. — Mas o que você veio falar comigo?

— Ah, claro. Eu vim te dar um presente que eu comprei para você em Nibrea. Eu comprei e esqueci de te entregar aquela vez em que eu estive aqui. E depois teve aquela festa e tudo mais... Bom, espero que goste.

— Não precisava.

Ele me entregou uma caixinha. Fiquei assustada.

— Relaxa. Não é um anel de casamento — Ele comentou rindo.

Fiquei aliviada e triste ao mesmo tempo por ouvir isso, mas logo ignorei e abri o presente. Era um lindo colar. Era um colar simples e tinha um livro com a capa toda dourada com a fala "Nenhuma história é melhor do que a sua própria vida".

— Eu amei. Obrigada. — Abracei-o e algo ficou diferente, como na noite anterior. Brinquei para descontrair o clima logo depois que nos soltamos do longo abraço. — Só não concordo muito com essa frase. ·

— Por quê?

— Porque as dos meus livros são bem mais fáceis — falei rindo, já sabendo que ele contestaria com algo que facilmente poderia ser considerado filosófico.

— Mais fácil, mas não melhor do que a sua vida. A vida é uma história que se você não gostar do rumo, você pode mudar. Mudar o que te incomoda sem precisar parar de viver... É um livro em branco que você escreve todo dia com as suas ações.

— Verdade. Você deveria escrever um livro. — E isso era a mais pura verdade.

— Quem sabe um dia? — ele disse sorrindo.

— Pode colocar o colar para mim?

— Claro.

Ele pegou o colar e eu me virei. Joguei o cabelo para frente, mas uma mexa caiu e ele ajeitou. Com toda delicadeza, ele colocou o colar. Virei-me para e ele e perguntei:

— O que achou?

— Lindo. Linda.

— Obrigada. — Olhei-me no espelho e completei: — Eu adorei. Obrigada mesmo.

— Adorou o presente ou a pessoa que o deu?

— Os dois.

— Que bom. — Depois de um tempo, ele completou: — O que vai fazer hoje?

— Não sei. Quer dizer... — Eu não sabia como dizer para ele sobre Noah. — Eu segui o seu conselho e... e...

— E?

— Marquei de ver o Noah hoje — falei o mais rápido que eu consegui.

— Ah, isso...

— Desculpa. Eu não deveria ter falado, mas como foi você que falou... Bom, deixa para lá.

— Não, tudo bem. Fico feliz que não me esconda as coisas. Quero saber o que está acontecendo até para não me sentir um idiota. — Ele deu um sorriso triste. — Eu só estou com um pouco de ciúmes.

— Você admitiu que está com ciúmes?! Meu Deus! É um milagre! — brinquei.

Ele riu e disse:

— Você faz acontecer milagres na minha vida.

Eu não sabia nem o que dizer. Eu realmente não esperava por isso.

— Bom, você vai fazer alguma coisa agora?

— Não — respondi, um pouco surpresa com a fala dele. A verdade era que eu tinha um monte de coisas para estudar, mas eu poderia fazer isso depois, não é? — O que você planejou, *milord*.

— Um passeio de barco, *milady*. O que acha?

Eu adorava quando Peter entrava nas minhas brincadeiras de apelidos estranhos, ou de filmes, que nunca eram usados na realidade, ou no dia a dia. Se eu o chamasse de rei ele provavelmente me chamaria de rainha como se fosse a coisa mais normal do mundo.

— Perfeito.

— Que bom. Então se troca que vamos daqui a meia hora. Vamos passar o dia lá. Tudo bem?

— Tudo ótimo! Tenho que ir de biquíni, né?

Ele abriu um sorriso malicioso e disse:

— Algo que possa molhar.

— Ué, mas que roupa eu iria se não fosse de biquíni?

O sorriso dele aumentou.

— Eu não sei se coloco minha sunga ou se te dou o prazer de me ver novamente de cueca.

Fiquei vermelha, pior do que um tomate, e ele riu.

— Eu vou me arrumar. Esteja pronta daqui a quinze minutos.

— Mas não era meia hora?

— Sim, mas temos que estar indo daqui a meia hora e eu sei que você vai demorar para se arrumar. — Ele deu uma piscadinha e foi em direção à porta, mas antes de sair totalmente ele se virou e falou. — Não precisa levar nada para comer desta vez. Eu já planejei tudo.

— Você planejou isso quando?

— Ontem à noite. Depois da nossa conversa — ele respondeu sorrindo.

— E conseguiu fazer tudo tão rápido?

— Essa é uma das vantagens de ser um príncipe. — Ele deu uma piscadinha e foi embora.

Como as coisas eram tão fáceis com Peter? Como ele pegava um dia comum e transformava em um dia especial?

Fui me arrumar. Peguei um biquíni rosa lindo que eu tinha e o coloquei. Por cima dele, vesti uma saída de praia branca e calcei um chinelo branco. Peguei uma bolsa e coloquei uma toalha, protetor solar e a minha carteira. Coloquei um óculo escuro, porque esse dia sim, estava com sol, e me lembrei de colocar um lacinho de cabelo na bolsa.

Quando vi o relógio percebi que já estava quase na hora marcada e desci. Chegando lá notei que Peter já estava me esperando. Ele estava todo de preto enquanto eu estava toda de branco. Ele estava de bermuda, camiseta e chinelo preto.

Ele começou a rir quando me aproximei. E comecei a olhar para a minha roupa. Será que havia algo de errado? A roupa estava manchada?

— O que foi? — perguntei quando cheguei perto dele. Olhei para a minha roupa e completei. — Tem algo de errado?

— Não. Não. Só achei engraçado o nosso contraste. Você toda de branco e eu todo de preto.

— Estamos no estilo clássico — falei dando risada.

— Verdade. Parece até que foi combinado.

— Sim, mas você só errou uma coisa.

— O quê? — ele indagou confuso.

— Eu não estou toda de branco. — Ele me olhou confuso e eu completei, tirando o colar debaixo da saída de praia: — Este lindo colar é dourado.

— Verdade. Eu bem que queria ter olhar raio X — ele disse me olhando de cima a baixo e finalizou: — Para não cometer esse erro novamente.

Eu fiquei muito sem graça.

O carro chegou e nos dirigimos para ele. Peter passou na minha frente e abriu a porta do carro para mim. Eu entrei e ele fechou a porta, entrando logo em seguida pelo outro lado.

— Peter, por que o carro se a praia que vamos é ali na frente? — Apontei para a praia particular do castelo.

— E quem disse que vamos para lá? — Seu sorriso perfeito novamente apareceu.

— Vamos para onde então?

— Você vai ver quando chegarmos lá.

— Você não vai me contar?

— Não.

— Por quê?

— Porque eu quero que seja surpresa.

— Por que você gosta tanto de fazer surpresas?

— É mais divertido. E mais real também. — Ele me olhou e continuou. — Quando você faz uma surpresa a alguém você a pega desprevenida, então a sua reação é realmente verdadeira. Quando você avisa alguém das suas intenções, a pessoa pode se programar para ter uma reação só para te deixar feliz e eu não gosto disso. Gosto que as pessoas sejam verdadeiras comigo. Detesto pessoas falsas.

— Nisso eu estou de acordo. É bom saber os seus gostos. Me conta mais. O que você gosta e o que você não gosta?

— Deixa eu ver... — Ele pensou um pouco e depois respondeu: —
Eu gosto de fruta, chocolate, mas não os amargos. Por que tem nome de
chocolate se não é doce? — Eu ri e ele continuou: — Ah! Eu adoro salmão
e churrasco, e detesto alcaparra. Eu gosto muito de sorvete, mas nunca
tive vontade de provar açaí...

Antes que ele continuasse, interrompi-o.

— Como assim você nunca comeu açaí?

— Você gosta?

— Eu adoro! Você tem que comer!

Peter riu da minha empolgação.

— Hoje. Vou fazer você experimentar açaí hoje.

— Ah, vai? — ele perguntou.

— Vou. E depois disso você ainda vai me agradecer por ter te mostrado esse paraíso.

Peter riu e o motorista falou:

— Chegamos.

— Obrigado, Alfredi. Nos vemos às 18h.

— Às 18h em ponto estarei aqui.

— Às 18h? Mas ainda são 10h.

— Eu tenho certeza de que você vai gostar.

Alfredi se levantou para abrir a minha porta, mas escutei Peter
lhe dizendo:

— Não. Eu faço questão de abri-la.

Então Peter abriu a porta do carro e eu saí. Logo que começamos
a andar em direção à praia, um monte de fãs nos cercaram e logo em
seguida chegaram os *paparazzis*.

Peter me puxou enquanto um turbilhão de flashes me cegava. As
pessoas gritavam como loucas e se jogavam para tentar encostar em nós.

— Princesa! Então é oficial? Vocês vão realmente se casar? — gritou
uma jornalista.

— Princesa! Princesa! — gritou outro.

Minha cabeça estava girando. Eu estava ficando sem ar com todas aquelas pessoas ali. Agarrei mais a mão de Peter e ele me olhou. Viu meu desespero e tentou andar mais rápido.

— Peter, eu te amo! — gritou uma menina.

— Peter, casa comigo?! — gritou outra garota.

Que povo sem noção! Tudo bem que não éramos um casal de verdade, mas as pessoas não sabiam disso ainda, então como ousavam fazer isso na minha frente? Cadê o respeito? A minha vontade foi voltar e perguntar onde estava a vergonha na cara delas.

— Princesa Leticia, casa comigo?! — gritou um garoto.

— Ótimo! Mais um para a concorrência — Peter brincou baixinho, só para que eu ouvisse, mas ainda continuava com o rosto sério.

Câmeras e mais câmeras nos filmavam e nos fotografavam.

— Peter, estamos chegando? — perguntei baixo em seu ouvido.

— Estamos quase lá. — Ele me olhou rapidamente e voltou a me guiar enquanto apertava a minha mão. — Desculpa por isso. Não imaginei que teria tanta gente em um percurso tão pequeno. Foquei tanto em coisas que íamos fazer que me esqueci desse detalhe.

— Tudo bem.

Uma pessoa puxou a minha bolsa e ela quase caiu. Peter olhou de cara feia. Estava prestes a brigar com alguém, mas eu o contive e pedi para que continuasse. Depois, alguém puxou a minha saída de praia e Peter parou furioso.

— Peter... — Tentei fazer com que seus olhos focassem os meus. E eu consegui por um minuto. — Por favor, só continua seguindo, tá?

— Mas...

— Por mim.

Ele me encarou e depois olhou para a multidão.

Parecia pensar se me ouvia ou não. Então ele se virou e começou a me puxar muito rápido. Ele estava indo muito rápido.

— Você vai acabar machucando alguém — falei enquanto ele me puxava.

— Não ligo. Você prefere que eu volte a andar normal e dê um soco em alguém?

— Não.

— Ótimo. Então pare de reclamar que eu estou andando rápido.

Continuei seguindo-o enquanto pensava em Peter brigando com alguém. Ele era muito forte e rápido, mas não sei se ganharia a briga. Ele podia só estar blefando, mas o conhecendo como eu o conhecia, sabia que com a raiva que ele estava brigaria com qualquer um que lhe desse a oportunidade.

Chegamos à praia. Os seguranças que nos esperavam em frente ao barco vieram correndo quando viram o tumulto. Depois que eles abriram caminho, Peter basicamente correu comigo até o barco.

Depois que entramos, para amenizar o clima, falei:

— Você faz luta?

— Faço.

— Sério? — Eu disse impressionada.

— Sério. — Ele me olhou e perguntou: — Você está bem? Desculpa, eu não...

— Tudo bem. Eu sei que você não se atinou para essa parte. — Sorri. Comecei a olhar o barco e completei: — Nossa! Como você consegui esse barco?

O barco era lindo. Por fora era todo branco e por dentro era todo chique. Peter contratou dois garçons e mais o piloto. Eu não sabia se isso já estava incluído no aluguel do barco ou não, porque eu nunca tinha andado em um desses antes.

— Esse é um barco comum, Leticia. Não precisa fingir surpresa para me agradar.

— E quem disse que eu estou fazendo isso para te agradar? — Encarei-o. — Eu nunca faria isso. Eu nunca estive em um desses antes.

Peter me observou atentamente.

— Na verdade, nunca andei de barco antes.

— Sério?

— Sério. Meus pais nunca foram muito de viajar, apesar de eu amar viajar. Por isso não conheço quase nada. Já fui a diversos países, mas sempre a negócios. Não conheço quase nenhum ponto turístico.

— Meus pais também não gostam muito de viajar. Eu sempre ia aos lugares com os meus avós. Eles eram mais animados — ele disse sorrindo. — Quando era criança passava a maior parte do tempo com eles. Eles praticamente foram os responsáveis pela minha criação. Sou muito grato a eles.

— E vocês não se falam mais hoje em dia?

Ele deu um sorriso triste e me respondeu:

— Eles morreram quando eu tinha 13 anos.

Peter já tinha comentado isso comigo não tinha? Argh! Como eu pude esquecer de uma coisa dessas?!

— Sinto muito — falei, sentindo-me culpada por fazê-lo se lembrar de algo tão doloroso.

— Eles gostariam muito de você.

Sorri ao ouvir isso.

— Você é um pouco parecida com a minha vó — ele comentou sorrindo. — Inteligente, bem-humorada, gentil, teimosa e um pouco mandona.

Sorri novamente.

— Se não for muito chato, eu posso te fazer uma pergunta?

— Claro. Fala.

— Como eles... Como eles... — Como eu podia completar a frase?

— Morreram? — Assenti e ele contou: — Foi em um acidente de carro. Eles estavam voltando de um evento real e começaram a ser seguidos por *paparazzis*. Meus avós não aguentavam mais dar entrevistas naquele dia, então pediram para o motorista ir mais rápido. Só que conforme o motorista aumentava a velocidade, os *paparazzis* também aumentavam a deles. E isso se seguiu por um tempo, até o motorista, por conta da alta velocidade, perder o controle do carro e eles capotarem. — Ele olhou para um ponto distante, parecia se lembrar da cena. — Na época eu soube da notícia pelos *paparazzis* que os perseguiam. Vi em tempo real quando o carro começou a queimar. Lembro-me de chorar e gritar o nome deles. Foi horrível. Tive pesadelos por um mês com aquela cena.

— Eu sinto muito... — disse tocando levemente seu braço.

— Vamos falar de coisas mais positivas?

— Claro!

— Vem. Vou te mostrar a melhor parte. — Ele pegou a minha mão e me guiou.

Ele me guiou por uma sala cujo chão era todo de vidro e eu conseguia ver os peixes, as algas e mais um monte de coisas. Mas Peter continuou andando. Então essa não era a melhor parte?

Subimos um andar e saímos em uma parte aberta do barco. Ela era gigante. Tinha uma piscina enorme e uma vista incrível. Uma parte um pouco embaixo da piscina, no primeiro andar, dava direto para o mar. Além da piscina havia uma área com cadeiras de praia e guarda-sóis. Em outro canto tinha um sofá imenso com uma pequena mesinha ao centro.

— Essa é a minha parte preferida, mas quero te mostrar o resto do barco.

Então ele pegou a minha mão e me guiou novamente. Peter me mostrou uma sala de boliche, uma de cinema, uma de videogame, um salão de festas e uma área de lazer. Passamos de novo pela área da piscina e subimos mais um andar, onde havia uma pista de pouso para helicópteros.

— Nossa! Aqui é tão... Uau! — Foi só isso que eu consegui dizer.

— Fico feliz que tenha gostado. — Ele exibia um sorriso orgulho de ter me impressionado. — Só não vou te mostrar os quartos e a cozinha porque serão os únicos aposentos que não usaremos. Estou errado?

— Não — disse rapidamente. — E onde fica o banheiro?

— Tem um na área da piscina, um neste andar e dois no primeiro andar. Quer que eu te mostre onde ficam?

— Não precisa não. Só perguntei por força do hábito.

Peter riu.

— E o que vai querer fazer agora, princesa Leticia?

— Você não tem um cronograma? Pensei que já tivesse planejado tudo — brinquei.

— A parte da diversão deixei você escolher — ele disse sorrindo. — Não precisa ter pressa. Temos o dia todo com o barco todo à nossa disposição.

— Piscina?

— Pensei que diria isso — ele falou.

Descemos para o segundo andar. Coloquei a bolsa em uma das mesas perto da piscina. Peter tirou a blusa preta, revelando seu lindo tanquinho. Um sorriso malicioso surgiu em seu rosto quando notou o meu olhar, mas não falou nada. Peter então tirou a bermuda, ficando com uma sunga azul. Rapidamente desviei o olhar. Peter riu. Então tirei a saída de praia e foi a minha vez de ser observada.

Entramos na piscina sem falar nada, mas os dois com um sorriso no rosto. Assim que entramos percebemos que a água estava um pouco gelada. Imediatamente, o garçom surgiu.

— Gostariam de alguma coisa? Champanhe? Vinho? Toalha? Querem que eu ligue o aquecedor e as luzes da piscina? — ele perguntou rapidamente.

Olhei para Peter completamente confusa. Peter apenas respondeu ao garçom:

— Liga o aquecedor, mas deixa no mínimo. — O garçom assentiu. — Não precisa ligar as luzes da piscina não. — E ele completou, rindo da minha cara de espanto: — Pode trazer duas latas de Coca-Cola.

— O champanhe fica para depois? — o garçom perguntou.

— Sem champanhe. Ela é menor de idade. Só tem 17 anos.

— Como quiser, senhor.

E, então, retirou-se.

— Eu sou menor de idade? E você também não é não?

— Na verdade não — ele respondeu com um sorriso satisfatório no rosto. — Fiz 18 anos em maio.

Revirei os olhos. Eu tinha me esquecido desse detalhe.

— Como você sabia que eu iria querer Coca-Cola?

— Palpite?

— Peter....

— Ok... Você não é a única que pesquisa sobre as pessoas na internet.

— E o que você encontrou sobre mim lá?

— Algumas coisas eu já sabia. Algumas coisas muito óbvias. E algumas coisas interessantes.

— Por exemplo?

— Encontrei a sua idade e coisas básicas que aparecem nas primeiras páginas. Encontrei pessoas te elogiando, dizendo que você é bonita etc. E encontrei coisas como: seu refrigerante favorito e algumas fotos suas pequena.

— Você é um *stalker* — falei, rindo.

— Não. Sou apenas bem-informado. Fazer uma pequena pesquisa sobre uma pessoa não é ser *stalker* e, sim, prevenido.

— E por que saber meu refrigerante favorito é uma informação relevante?

Ele riu.

— Tudo bem. Mas você tem que entender que você é famosa, então não é preciso muito trabalho para descobrir coisas suas.

— Eu sei... — disse rindo por ter deixado Peter sem graça.

— Pode parar de rir porque você também pesquisou sobre mim.

— Pesquisei mesmo. Sempre ouvi boatos de que você era pegador. Tive que pesquisar para chegar às minhas próprias conclusões.

— Eu pegador? — ele perguntou surpreso. — Quem disse isso?

— A internet e as poucas pessoas que eu conhecia que te conheciam. Mas por que você está tão surpreso? Quando a pessoa fica com um monte de gente ela ganha o apelido de pegador.

— E quem disse que eu fiquei com um monte de gente?

— Não ficou?

— Não! Sempre fui a festas e tal, mas nunca fiquei com um monte de gente. — Ele parou para pensar. — Eu não considero um monte de gente. Recusei muito mais do que aceitei.

— Quantas?

— Quantas o quê?

— Você já ficou.

— Ah, não! Eu não sou burro. A maioria das brigas começa assim. Eu é que não vou cair nisso.

— Por favor. Agora eu estou curiosa.

Peter ficou pensativo, receoso.

— Por favor, Peter. Eu prometo que não vou ficar chateada.

— Eu sei que eu vou me arrepender disso, mas como dizer não para você? — Ele respirou fundo e voltou a falar. — Bom, você tem que entender que eu comecei a beijar com 12 anos. — Encarei-o surpresa. — E que eu era solteiro em boa parte do tempo.

— Peter, fala logo! — falei impaciente.

Peter riu de nervoso.

— Umas quinze?

— Quinze?!

— Você acha muito?

— E você acha pouco?

— Não é isso... É só que... Bom, eu estava em uma fase... Eu recusei bem mais. — Ele me encarou. — Você está bem?

— Estou. Por que eu não estaria?

— Tá vendo. Era por isso que eu não queria falar.

— Não, eu só... Uau... Quinze!

— Não é tanto. Não é pouco, mas não é tanto.

— Você namorou quantas garotas?

— Sério, Leticia? A gente pode só seguir a vida como se essa conversa não tivesse existido?

— Não. — Encarei-o. — Sei que você não quer falar, mas prefiro que você me conte do que descobrir por outras pessoas.

— Mas por que você quer saber disso? Só saber que eu gosto de você não basta?

Meu corpo se arrepiou todinho. Ele gostava de mim. Tudo bem, eu já sabia disso, mas era bom ouvi-lo falando isso.

Foca, Leticia! Você não pode deixá-lo escapar assim.

— Peter, por favor. Não quero amanhã ou depois me deparar com uma ex sua e ser pega de surpresa.

Peter coçou a nuca, claramente desconfortável.

— Três. Eu tive três namoradas. — Ele me olhou, chateado por ter que dizer isso. — Stefani, Eloisa e Alice. Tá bom agora?

— Stefani? A princesa de Skotiland? — Ele assentiu. — Eloisa eu não conheço...

— Era uma menina da minha escola — falou ele impacientemente. — A gente pode mudar de assunto, por favor?

— Mas foi a Stefani que me disse que você era pegador...

— O quê? Quando isso?

— Uns dois anos atrás.

— Ah, tá, claro. Quando eu terminei com ela.

— Peter, posso te fazer só mais uma pergunta? Eu prometo que acabou.

— Tá.

— Você já teve algo com a Nicole?

Só de falar o nome dela senti calafrio.

— Para ser sincero, eu e ela ficamos uma ou duas vezes, mas nada de mais. — Ele me encarou. Queria mostrar que estava falando sério. — Mas aí ela começou a ficar pegajosa, achou que eu era o namorado dela, e logo que percebi que ela tinha sentimentos por mim eu parei de ficar com ela. Mas ela nunca me deixou em paz depois disso. Achei que com o anúncio do noivado ela ia se tocar.

Só de imaginar Peter beijando Nicole outra vez eu senti vontade de vomitar. Eu sabia que ia me arrepender quando fiz a pergunta, entretanto eu precisava saber a verdade. Saber por que ela era tão fissurada nele.

— Isso já tem mais de anos. — Peter me trouxe para realidade. — Isso aconteceu quando eu tinha 14 para 15 anos.

— E até hoje ela não superou? — perguntei indignada.

— Parece que não. Mas eu não me importo e você também não deveria. — Peter chegou mais perto e ajeitou uma mexa do meu cabelo molhado. — Você sabe o que eu sinto por você.

— Mas a imagem de vocês se beijando não sai da minha cabeça — admiti.

Peter se aproximou um pouco mais.

— Esquece isso... — Ele sorriu. — Em vez de pensar nisso pensa no nosso beijo.

Sorri.

— É melhor ter algo mais físico junto, sabe? Para manter a mente ocupada.

Agora foi Peter quem sorriu.

— Eu me voluntario para te beijar toda vez que você precisar.

— Tem certeza? É um trabalho árduo... — brinquei.

— Eu gosto desse trabalho árduo.

Depois disso, Peter encostou seus lábios nos meus e me beijou. Peter fazia carinho com o dedo em minha nuca enquanto me beijava. Puxei-o um pouco mais para perto de mim. Ele correspondeu, puxando-me para um pouco mais perto também. Estávamos grudados um no outro, mas parecia que precisávamos estar mais perto.

— Com licença... O refrigerante já está na mesa, caso queiram consumi-lo — o garçom nos disse.

Peter olhou com raiva para o garçom por ele ter atrapalhado o momento e eu só ri.

— Obrigado.

O garçom continuou parado. Peter ficou olhando para ele, esperando que ele fosse embora.

— Mais alguma coisa? — Peter perguntou.

— Não — o garçom respondeu.

Saí da piscina e peguei as Cocas. O garçom me encarou por um breve segundo.

— Já pode ir então — Peter disse na mesma hora.

— Ah, claro. Desculpa — o garçom disse sem graça e se retirou.

Eu comecei a rir enquanto me sentava na borda da piscina. Peter estava furioso.

— O que foi? — perguntei enquanto entregava a lata de Coca e um copo para ele.

— Esse cara é muito sem noção — ele disse chateado. — Primeiro atrapalha o nosso beijo e depois fica dando em cima de você?

— Dando em cima de mim?

— Claro. Você não o viu olhando para você quando você saiu da piscina?

— Não reparei.

— Como não reparou? O cara te analisou de cima a baixo umas três vezes.

Eu ri.

— Eu estava ocupada.

— Você fica rindo... Claro que você viu ele te olhando. Até um cego veria.

— Não reparei muito, porque eu estava ocupada olhando para você e sua cara de ciumento.

Peter tentou disfarçar o sorriso. Depois de um longo gole do refrigerante, Peter falou:

— Como você quer que eu me controle e não te beije falando coisas assim?

— E quem disse que eu quero que você se controle?

— Não quer?

— Não.

Peter, então, tirou meu copo de refrigerante da minha mão e me pegou em seu colo. Minhas pernas presas em sua cintura e a minha boca presa a sua. Depois do beijo, Peter me jogou na água.

— Ei! — gritei.

E depois disso começamos a brincar como duas crianças na piscina.

Capítulo 36

Depois de um tempo o garçom — outro, não o que nos atrapalhou — apareceu novamente.

— Desculpe incomodar, mas queria saber a que horas o almoço deve ser servido.

— Que horas são? — perguntei.

— Meio-dia, princesa.

— Já?! — perguntei surpresa.

— Sim — o garçom me respondeu.

— Eu não estou com muita fome. Você está? — Peter perguntou.

— Só um pouco.

— Pode ser daqui uma meia hora? — Peter me perguntou.

— Por mim pode.

— Ótimo. — E virando-se para o garçom disse: — Pode trazer a comida daqui a meia hora?

— Claro.

— Obrigado.

Depois disso, o garçom se retirou. Peter comentou logo depois que o garçom sumiu de vista.

— Gostei mais desse.

Continuamos brincando como duas crianças na piscina. Fizemos guerra de água, competição de natação, mais guerra de água, brincamos de Marcopolo e de pega-pega. De tudo que a gente podia brincar a gente brincou.

Em meio às brincadeiras e risos, um telefone tocou.

— De quem é? — perguntei.

— Não sei. Vou ver. Espera aí.

Peter saiu da piscina e pegou o celular.

— É o seu.

— Quem é?

— A Ana.

— Pode me dar uma toalha, por favor?

— Claro. — Ele pegou uma toalha e eu sequei a minha mão mesmo dentro da piscina. — Você realmente acha isso uma boa ideia? — Peter perguntou.

— Melhor não, né?

Saí da piscina e Peter entrou nela. Cobri-me com uma toalha, porque fora da piscina estava frio, e peguei o celular.

— Oi! — disse sorrindo e reparei que Peter estava me olhando.

— Oi! Como você está?

— Estou bem. E você?

Tentei me concentrar em Ana, mas com Peter me olhando daquele jeito estava quase impossível.

— Eu estou ótima. Bom, mas vamos falar de uma coisa que interessa. — Fiquei preocupada. Ana adorava falar de Peter e ele estava bem ali, rindo da minha cara de preocupação. — Por que você está com essa cara? O gato do Peter ainda tá te evitando? — O sorriso de Peter aumentou ao ouvir aquilo.

— Ana! Não fala esse tipo de coisa. — Ela ficou confusa. — E não, o Peter voltou a falar comigo.

— Que tipo de coisa? Que ele é um gato? Mas desde quando a gente não pode falar mais assim dele? Não estou te entendendo, Leticia. Você mesmo disse que ele um gato. — Minhas bochechas estavam queimando de vergonha e o sorriso de Peter só aumentava.

— Vamos trocar de assunto?

— Por quê? Você adora falar dele.

— Ana!

— Tá bom, tá bom. Parei. — Depois ela disse: — Onde você está?

— Eu estou em um barco.

— Que milagre é esse? Leticia Swit em um barco em pleno dia de semana? Sem tarefas para fazer ou lendo um livro? Quem foi esse ser sublime que conseguiu te tirar de casa em pleno dia de semana?

— Eu — Peter respondeu, rindo atrás de mim. Como ele conseguiu sair da piscina tão rápido? Eu nem o vi saindo.

Ana ficou branca igual a uma vela, mas conseguiu se recompor.

— Ana, esse é o Peter, e Peter, essa é a Ana — falei, completamente envergonhada, esquecendo que já os tinha apresentado uma vez.

— É um prazer te conhecer de novo, Ana — Peter disse sorrindo.

— O prazer é meu — ela respondeu sem graça. Seu olhar foi em mim e depois voltou para Peter. — Você ouviu tudo, né?

— Sim — ele respondeu com um imenso sorriso. — Obrigado por me deixar saber que a Leticia me acha um gato e que adora comentar sobre mim. — Eu não achei que fosse possível ficar mais vermelha, mas eu fiquei. — Se dependesse dela, eu nunca saberia o quanto ela me acha bonito.

— Porque você não precisa saber. — Encarei-o. — Agora você vai ficar se achando. Obrigada, Ana — falei, olhando para ela com um pouco de raiva.

— Desculpa... — ela disse sem jeito.

— Eu não acredito que eu não tinha te conhecido, realmente, antes. Aquele dia nós quase não nos falamos. — Ana riu sem graça, lembrando--se, provavelmente, da vergonha que passou no dia em que o conheceu. Mas Peter parecia não se lembrar de constrangimento algum, ele apenas sorria como se faz para um amigo que você não vê há anos. — Já ouvi tanto sobre você que parece que nos conhecemos há muito tempo — Peter comentou, ainda com um leve sorriso por conta da minha vermelhidão.

— Sério? A Leticia fala muito de mim?

— Não só ela.

Ana ficou pior do que um tomate quando entendeu a quem Peter estava se referindo.

— O quê? Você acha que só vocês, garotas, conversam sobre isso? — Peter riu. — Eu vou no banheiro — falou para mim mais baixo antes de se retirar.

— Ok.

Mas antes de ir, ele se virou e completou:

— Ah! Caso você fale com o Jacob hoje, pede para ele me ligar, por favor. Faz um tempão que quero falar com ele, mas pelo visto ele anda muito ocupado. — Deu uma piscadinha e foi embora.

Ana me olhou pasma. Esperamos Peter sair totalmente da área para voltarmos a falar.

— O que ele está fazendo aí? Por quê? Como?

— É uma história complicada. Aconteceu muita coisa desde a última vez que conversamos.

— Então me conta o que aconteceu.

— Tá. — Olhei em direção à porta para ter certeza de que Peter não tinha voltado. — Eu te contei que estávamos brigados e tal, certo?

— Sim. Aí eu te falei para deixá-lo quieto.

— Mas eu não deixei. — Dei um sorrisinho sem graça. — Pedi para conversar com ele depois do jantar e...

— E?

— Nós nos beijamos.

— O quê?!! — ela gritou.

— Fala baixo. Ele pode ouvir. — Conferi novamente se ele não estava por perto.

— Como? Quê? Me conta tudo! — ela falou eufórica.

— A gente estava conversando e ele se declarou para mim novamente e eu não resisti. Pedi para ele me beijar. E foi igual nos filmes. — Ela ouvia atentamente, suspirando. — Nos beijamos de novo e começou a chover, e nos beijamos na chuva.

— Quando isso aconteceu?

— Ontem à noite.

— E como foi? Ele beija bem?

— Foi muito bom. Claro, eu nunca fiquei com ninguém sem ser ele, então não tenho muita experiência, mas foi incrível.

— Ahhh... Que tudo! — ela falou com um tom mais baixo. — Então você já escolheu?

— Acho que sim.

O sorriso de Ana se iluminou.

— Mas ele me pediu uma coisa estranha.

— O quê? — ela perguntou apreensiva.

— Pediu para que eu beijei o Noah. — Ela ficou surpresa. — Disse que quer que eu tenha uma comparação, digamos assim. Quer que eu escolha não por ter sido o meu primeiro beijo, mas porque realmente gosto dele.

— Ele é um fofo. Nunca pensei que Peter fosse tão romântico.

— Nem eu — falei sorrindo. Mas meu sorriso sumiu quando me lembrei que tinha outra coisa para falar. — Eu vou sair com o Noah hoje à noite.

— Por quê? — ela perguntou, um pouco frustrada.

— Porque Noah ficou muito chateado quando soube sobre meu beijo e de Peter.

— Você contou?

— Eu tive que contar. Ele reparou que algo havia acontecido entre eu e Peter. E eu não queria mentir para ele. E acho melhor acabar com essa história de uma vez.

— Então quer dizer que você já tomou a sua decisão?

— Eu acho que eu já tinha tomado essa decisão há muito tempo. Eu é que estava tentando me enganar.

— Estou adorando essa nova Leticia. Continua. — ela falou empolgada.

— Vou beijar Noah hoje e tenho quase certeza de que vou tomar a minha decisão final logo depois.

— Então ele me disse isso. Você acredita?

Olhei confusa para ela. Ana então olhou para trás de mim e para mim de novo e entendi que Peter estava se aproximando.

— Ah, mas você adorou isso. Eu aposto.

— Tá. Eu gostei, mas fiquei muito surpresa com o convite para sair.

Fiquei surpresa. Jacob a tinha chamado para sair?

— Quando isso aconteceu? Quando vocês vão sair?

— Ontem. — Ela sorriu. — E hoje.

Peter chegou atrás de mim.

— Oi. O que estão falando aí? — perguntou para mim e para Ana.

— Nada — disse rapidamente.

— Sobre mim? — Ele deu um sorrisinho malicioso.

— Nem tudo é sobre você, Peter — falei com um sorriso para ele entender que era brincadeira.

— Pela sua resposta posso apostar que era sobre mim. Mas não vou exigir que me diga o que é, porque eu já sei — ele disse sorrindo.

— E o que é? — perguntei nervosa.

Será que ele tinha ouvido a conversa?

— Da minha beleza e de todas as minhas outras qualidades — ele respondeu com uma piscadinha.

— Você é uma figura — Eu ri.

— Só aceito esse elogio se for a mais brilhante e rara do álbum.

Caí na gargalhada e Ana também. Peter sorriu satisfeito e disse:

— Vou pedir para que tragam a nossa comida. Pode ser?

— Claro.

— Eu já volto então.

Então Peter saiu novamente.

— Você ganhou na loteria, garota — Ana disse rindo.

— Também acho. — Aproveitei que Peter não estava mais ali e perguntei. — Você vai mesmo sair com Jacob hoje?

— Vou sim — ela disse com um sorriso vitorioso no rosto.

— Estou muito feliz por você.

— Obrigada — ela respondeu sorrindo, mas seu sorriso sumiu depois de um tempo ao completar: — Meu único problema é que eu não sei se quero virar princesa. Não que esteja pensando em algo sério, mas e se ele quiser algo sério?

— Ana, relaxa. Se ele quiser algo sério com você e você também quiser algo mais sério as coisas vão fluir naturalmente. E não precisa se preocupar. Se seu desespero é o fato da coroa, você vai arrasar. E você pode contar sempre comigo.

— Eu sei. Mas ainda fico um pouco nervosa com isso. Eu não sou você, Leticia.

— Que bom, porque eu não teria a paciência que você tem me aturando. E a doutora Fernanda também agradece — brinquei.

— Para — ela disse rindo. — Você sabe que não é sacrifício nenhum conversar com você.

— Eu sei. Só estou tentando te acalmar. Não precisa se apavorar. Tudo vai dar certo, relaxa.

Ela respirou fundo e eu completei:

— Você gosta mesmo dele, né?

— Acho que sim — ela respondeu com um sorriso triste. — Eu estou com medo de me machucar de novo, Leticia.

— Mas isso não vai acontecer. Jacob não é o Mateus.

— Espero... — Ela suspirou.

Peter voltou trazendo a comida.

— Por que não pediu para o garçom maluco? — falei brincando ao vê-lo, pelo reflexo do celular, trazendo nos dois braços dois pratos, dois copos e mais dois refrigerantes.

Peter riu e eu me levantei para ajudá-lo. Enquanto eu colocava um dos pratos na mesa, Peter falou no meu ouvido, o que me fez arrepiar.

— Obrigado, princesa. E sobre a sua pergunta, eu não queria que o garçom sem noção aproveitasse a oportunidade de fazer o que eu estou fazendo.

— E o que oportunidade seria essa?

— Sentir o seu cheiro, te deixar toda arrepiada e te olhar.

Eu não estava olhando para ele, mas sabia que um belo sorriso estava estampado em seu rosto.

Virei e o encarei. Estamos muito perto um do outro.

— E quem disse que eu estou arrepiada?

Ele pegou o meu braço e sorriu satisfeito.

— Não está?

— Não. Isso é só frio.

Nem eu acreditei nessa mentira.

Peter riu. Colocou a mão na minha cintura após colocar a comida na mesa e me puxou um pouco mais para perto.

— Deixa eu te ajudar então. Sabia que o calor humano esquenta?

Ana pigarreou. Virei-me e a encarei sem graça. Eu tinha esquecido que ainda estávamos em chamada de vídeo.

— Eu vou deixar os pombinhos a sós. Depois eu te ligo, Leticia. E foi um prazer rever você, Peter.

— O prazer foi meu, Ana — ele disse ainda me segurando.

— Me liga antes de ir. Você vai que horas?

— Às 21h.

— Vou te ligar depois do jantar então.

— Ok. Combinado. — Um sorriso maldoso surgiu no rosto de Ana. — Divirtam-se, mas não muito.

— Pode deixar — Peter respondeu por mim. — Não se esquece de falar para o Jacob me ligar hoje.

— Pode deixar — ela respondeu um pouco vermelha e desligou.

Depois disso, Peter e eu almoçamos e passamos o resto do dia rindo e brincando.

Capítulo 37

O dia passou voando e foi incrível. Depois do almoço, usamos as salas de boliche e de cinema, e depois voltamos para a piscina. Não percebi que a hora passou tão rápido até Alfredi ligar para Peter e avisar que já estava chegando.

Fomos na sauna um pouco antes de voltarmos para a piscina e foi hilário notar que Peter nunca tinha ido em uma.

— Vamos na sauna? Quero hidratar um pouco o meu cabelo — disse, pegando um creme que tinha como cortesia do barco.

Não sabia se o creme era bom, mas meu cabelo estava uma palha e eu precisava ao menos tentar consertá-lo. Peter pareceu confuso, mas respondeu sorrindo:

— Claro.

Ele começou a olhar em várias direções, como se procurasse algo.

— O que você está procurando — perguntei, já com o creme na mão.

— A sauna. Cadê o corredor que nos levará até ela?

— A sauna é aqui — comentei rindo enquanto abria a porta de vidro de frente para nós.

— Ah, claro, que cabeça a minha — ele disse sem graça.

Entrei e um vapor quente me atingiu. Fui direto para o chuveiro me molhar. Peter começou a tossir.

— Você está bem? — perguntei enquanto olhava para ele.

— Eu estou ótimo.

— Peter, você nunca esteve em uma sauna antes, esteve?

— Bom, para ser sincero não. Dá para notar?

— Bom, um pouco — respondi sorrindo.

— Eu só não entendo o porquê de vocês mulheres gostarem tanto de ficar neste forno. Estou me sentindo um frango assado aqui dentro — ele disse enquanto observava o local.

Desatei a rir. Não consegui segurar a gargalhada. Saí do chuveiro e o indiquei com a cabeça.

— Se molha um pouco. Vai ajudar.

Ele foi prontamente, quase desesperado. Aproveitei para responder à pergunta dele, segurando os lábios para não rir:

— Não são só as mulheres que gostam de sauna. Boa parte dos homens também gosta.

Ele fez uma careta, ainda debaixo do chuveiro. Tive que me concentrar, pois não era muito fácil pensar com o tanquinho de Peter à mostra.

— E a maioria das mulheres gosta de sauna porque faz bem para o cabelo e para a respiração.

— Como cozinhar pode fazer bem para o cabelo e para a respiração? — ele perguntou enquanto se sentava ao meu lado.

— A sauna ajuda com problemas respiratórios e de alguma forma, não sei ao certo como, é bom para os pulmões, o que melhora a nossa respiração. E quanto ao cabelo... — Virei-me, encarei-o e continuei: — A sauna ajuda a abrir os poros do corpo, incluindo os do cabelo, e com os poros abertos a absorção do creme é mais fácil. Por isso geralmente as pessoas gostam de ir à sauna depois da piscina para tentar restaurar o cabelo.

Ele sorriu, parecia orgulhoso.

— Nunca imaginei que cozinhar e estudar fossem tão bom assim. — O sorriso estampado em seu rosto. — Como você aprendeu isso?

— Na verdade não sei. — Pensei um pouco. — Sempre escutei que sauna fazia bem e então eu devo ter pesquisado isso para entender o porquê, mas com certeza foi há muito tempo.

— E você ainda lembra? — ele perguntou surpreso.

372

— Algumas coisas ficam na minha memória e eu não sei o motivo. — Um sorriso surgiu em meu rosto. — Coisas que me deixam curiosa ficam na minha cabeça. Uma vez aprendi, de maneira rápida, como funcionava as placas solares e expliquei para minha mãe na maior empolgação possível, como se aquilo fosse a coisa mais interessante do mundo. Ela escutou, fez perguntas e ficou atentas às minhas explicações. Eu sabia que o assunto não era muito interessante, mesmo assim ela me ouviu e conversou comigo como se fosse. — Um pequeno nó se formou em minha garganta. — Ela era demais.

— Imagino...

Os olhos azuis de Peter estavam focados nos meus, como se pudessem ver a cena através dos meus olhos.

— Quer me contar como funcionam? — ele perguntou sorrindo. — Eu sempre quis saber.

— Você não precisa fazer isso.

— Mas eu quero mesmo saber. E você disse que se lembra quando as coisas te fazem ficar curiosa. Então me conta.

— Tem certeza? — perguntei apreensiva. — Não sei nada de mais. Só o básico.

— Ótimo! Eu não sei nem o básico. Pode começar.

Peter focou seus olhos em mim esperando que eu começasse.

— Bom... — Pensei um pouco e comecei: — A geração de energia de uma placa solar acontece quando partículas da luz solar colidem com os átomos que formam a placa solar. Isso gera a energia. — Isso era meio óbvio, mas eu não sabia muita coisa, então continuei: — Depois que essa energia é gerada, ela é mandada para a rede local de energia e distribuída pelas casas que precisam de energia. Ou seja, a sua placa solar ajuda na criação de energia que as outras pessoas vão utilizar. Por isso, quando você coloca uma placa solar na sua casa, você paga o mínimo de luz, porque você está ajudando a empresa com a sua luz.

— Então a energia que a placa gera não fica armazenado nela esperando para ser usada? — Peter parecia realmente interessado.

— Não. A placa gera energia, que é encaminhada ao poste, que por sua vez a distribui pela corrente elétrica. Na verdade, você pode até nem usar a energia da sua própria placa dependendo do horário que você a utiliza. — Sorri meio envergonhada. — Não me lembro muito mais do que eu estudei sobre isso porque eu estava no sétimo ano, então eu não sei se há algum jeito de armazená-las hoje em dia.

— Nossa, que legal! Isso eu não sabia. — Ele riu. — E você ainda se lembra de matéria do sétimo ano? Uau!

Dei um sorriso sem graça.

— Nunca pensei que acharia tão interessante como uma energia funciona — ele comentou.

Levantei-me e fui me molhar mais um pouco no chuveiro. Peter me encarava com admiração, orgulho e com um pouco de desejo. Tá bom, talvez, com bastante desejo.

Peter pigarreou, tossiu e disse:

— Podemos sair daqui? Acho que já assei demais. — Então ele me olhou e completou: — Nunca achei que me sentira um frango, mas olha agora eu aqui igualzinho a um.

Sorri.

— Você e seus comentários, Peter.

Ele sorriu também.

— Falando sério, a gente pode sair logo? Essa sensação é muito ruim.

— Pode sair, Peter. Eu já vou.

— Eu não. Não vou deixar você assando sozinha. Eu aguento mais um pouco.

Ele não aguentaria. Estava quase sem ar.

— Vamos. Eu já acabei.

— Graças a Deus! — Ele se levantou rapidamente e abriu a porta para que eu saísse.

Saí e ele veio logo atrás de mim.

Saí do meu devaneio quando Peter pegou a minha mão e me guiou para dentro do carro.

A hora de ir embora foi mais tranquila do que quando havíamos chegado. Peter pediu para Alfredi ir por outra rua, mais próxima à praia em que estávamos, e pediu aos seguranças que nos levassem até a porta do carro.

— Hoje foi incrível — comentei ao entrar no carro.

— Foi mesmo — Peter falou com um sorriso satisfatório no rosto depois de se sentar junto à outra janela do carro. — A única parte que eu não gostei muito foi a parte daquele forno. — Ele fez uma careta.

Não consegui segurar a gargalhada. E Peter começou a rir também. Acabei dando um bocejo.

— Você está cansada?

— Um pouco — disse, um pouco sonolenta.

Peter se aproximou e disse:

— Dorme um pouco.

— Tá bom.

Aproximei-me mais dele, ficando ao seu lado, e apoiei a cabeça em seu ombro.

— Obrigada por tudo, Peter. Obrigada mesmo — falei.

— É um prazer estar ao seu lado. Não precisa agradecer. Agora dorme um pouquinho. — ele disse, fazendo carinho no meu cabelo ainda um pouco molhado.

Meus olhos se fecharam e minha cabeça se acomodou perfeitamente nos ombros de Peter, como se fosse natural estar ali. O carinho de Peter no meu cabelo me fez relaxar e dormir como um bebê.

Capítulo 38

Quando chegamos ao castelo, eu e Peter nos despedimos e fomos para os nossos quartos. Precisávamos tomar um banho porque em menos de uma hora o jantar seria servido.

Tirei a roupa meio molhada, meio seca, e fui direto para a banheira. Enquanto tomava banho pensei na minha última consulta com a Dr. Fernanda.

— Leticia — ela disse depois de escutar todas as minhas queixas —, você já parou para analisar que talvez você esteja com medo de realmente gostar de alguém e por isso cria todas essas barreiras? Que talvez você tenha medo de me se apaixonar e se machucar?

— Mas que barreiras eu estou criando? — perguntei confusa.

Ela sorriu.

— Você já parou para analisar que talvez você saiba muito bem quem ou o que você quer, mas se força a gostar de outra pessoa só para ter uma "desculpa" para não enfrentar seu medo? — Eu tinha falado de como sempre tentava gostar de outra pessoa quando eu via que realmente poderia surgir algo entre mim e a pessoa de quem eu gostava.

— Medo de quê?

— Eu é que te pergunto. Do que você tem tanto medo? O que faz com que você fique apreensiva de se aproximar das pessoas?

Pensei um pouco. Era difícil achar esse tipo de resposta.

— Eu tenho medo de... de que as pessoas se aproximem e me machuquem. Não gosto de pensar que a pessoa possa me usar, me machucar. As poucas pessoas que se aproximaram me machucaram.

— Poderíamos dizer que você tem medo de amar e não ser correspondida? — Lágrimas brotaram em meus olhos. — Poderíamos dizer que você tem medo de que as pessoas utilizem desse amor para te machucar. — Ela me olhou e as lágrimas caíram aos montes. — Então poderíamos concluir que você está com medo de se envolver com esse alguém diferente porque criou uma crença de que as pessoas não te amam e não vão te amar? Criou uma crença de não merecimento do amor?

Isso tinha sido antes de conhecer Peter ou Noah. Eu tinha perguntado para ela o porquê de eu sempre idealizar um relacionamento e toda vez que alguém se aproximava daquilo eu não o deixava chegar muito perto, sempre expulsava a pessoa. E parecia que ela já sabia o que ia acontecer, parecia ser Deus me alertando.

Acabei o banho ainda refletindo sobre isso. Eu realmente já sabia quem eu queria, mas a noite com Noah seria a prova que eu queria, que eu precisava, para colocar um ponto final na minha angústia. Descobriria se realmente a pessoa que eu estava pensando era certa ou não.

Coloquei um vestido lilás de tule, uma sandália e sequei o meu cabelo. E rapidamente me veio algo que eu esquecera de fazer de dia: fazer Peter experimentar açaí. Mas eu ainda ia fazê-lo provar essa delícia algum dia.

Desci para o jantar um pouco atrasada, por isso quando entrei já estavam todos sentados me esperando para começarem a comer.

— Desculpa o atraso — disse assim que entrei.

Sentei-me no meu lugar de sempre: ao lado de Peter e de frente para Noah. Os olhos de Noah brilhavam orgulhosos enquanto olhavam para mim. Olhei para Peter e percebi que seus olhos azuis não estavam tão brilhantes quanto de manhã. Ele percebeu meu olhar e sorriu, mas não com aquele lindo sorriso de orelha a orelha, foi um sorriso simples, forçado.

— O que foi? Há algo de errado comigo?

— Não — respondi rapidamente. — Não posso olhar para você?

— Claro que pode, mas acho que tem alguém que esperou o dia todo pelo seu olhar. E por mais que eu o queira só para mim, não posso ser egoísta com ele. — E indicou Noah com a cabeça.

Olhei para Noah, que estava prestando atenção na minha conversa com Peter.

— Tenha mais responsabilidade, Leticia — meu pai disse. — Estávamos todos aqui te esperando e você demorando. Que falta de educação!

— A culpa foi minha, senhor — Peter falou antes de mim. — Atrasei a sua filha. E para ser sincero, acho que dez minutos não fazem tanta diferença assim.

— Eu também acho. Dez minutos não fizeram tanta diferença — Noah concordou.

Meu pai olhou para os dois e depois me olhou. Um sorriso maldoso surgiu em seu rosto. O que ele estava pensando?

— Vejo que a sua lista de guarda costa está crescendo. O que anda fazendo, ou dando, para que isso aconteça? — ele comentou, abrindo ainda mais seu sorriso

— Com certeza não é o que o senhor está pensando. Não sou igual a Lady, papai. Não preciso dar nada ou fazer nada para conseguir o que eu quero.

Ele foi se levantar da mesa, furioso, mas Peter foi mais rápido e entrou na minha frente.

— Não ouse — Peter disse furioso. — Se eu fosse você continuava sentado e me acalmava.

— E quem é você para me dar ordens? — meu pai perguntou.

— O futuro rei do único país ao qual você sabe que é inferior.

— Você é um mero principezinho. Eu sou rei. Posso te prender, sabia? — disse meu pai, levantando-se.

— E qual seria a acusação? Defender a sua filha de você? — Apesar de Peter falar firmemente, eu sabia que ele estava com um pouco de medo.

— Desacato, ameaça, quer que eu continue? — Meu pai falou, agora de frente para Peter.

— Pai! — Levantei-me e tentei passar, mas Peter era muito forte e prendeu minha cintura para que eu não entrasse em sua frente como eu pretendia fazer. — Para com isso! Você sabe que isso é abuso de poder. E sabe que o que estava prestes a fazer pode te comprometer.

— Ah! Que bonitinho o casalzinho! — Ele deu passo um à frente e Peter apertou mais a minha cintura para que eu ficasse mais atrás dele. — Um protegendo o outro.

Peter continuava encarando meu pai. Eu sabia que algo aconteceria se eu não tomasse uma atitude.

— Peter, vamos sair daqui. — Ele não se moveu. — Por favor. Por mim. — Depois de ouvir isso, sua mão afrouxou um pouco na minha cintura, mas continuou firme.

— Isso, escuta ela. Fuja!

Vi que Peter ia responder e que as coisas iam ficar piores.

— Peter, por favor. Vamos. — E o puxei.

Peter me seguiu a contragosto, ainda encarando meu pai. Só quando fechei a porta ele relaxou um pouco.

— Você está bem? — Peter disse, encarando-me, preocupado.

— Estou. Obrigada.

Ele se aproximou. Tocou meu rosto delicadamente. Seus dedos fazendo carinho em minha pele.

— Tem certeza? Se quiser eu posso entrar e...

— Não precisa. Eu estou ótima. Fiquei preocupada com você. Você sabia que ele podia te prender, né?

— Sabia.

— Então por que o enfrentou daquela maneira? Você está doido?

Ele riu. Suas mãos ainda em minha bochecha.

— Eu não podia deixá-lo te machucar ou se referir a você daquele jeito. Sei que ele é o seu pai, mas ele é um babaca.

Eu ri. A porta se abriu e nós nos afastamos. Noah saiu e veio em minha direção, como se Peter nem estivesse ali.

— Você está bem, Leticia? — perguntou, preocupado.

— Eu estou sim.

— Que bom. Eu até aí falar umas boas verdades na cara do seu pai, mas o Peter foi mais rápido. E sabe, ele ainda tem o título dele e isso facilita...

Não consegui escutar mais depois de ver Peter se direcionar à escada e subir sem ao menos me dar tchau.

Noah me encarou confuso.

— E então? O que me diz?

— Desculpa. Pode repetir a pergunta?

— Como nem chegamos a jantar, o que você acha de irmos a um restaurante?

— Eu não posso sair do castelo com você.

— Mas você saiu com o Peter hoje — ele disse emburrado. — Qual é o problema de sair comigo?

— O problema é que as pessoas pensam que Peter e eu estamos em um relacionamento. Então sair com ele não me traz problemas. Mas se eu sair com você as pessoas vão achar que eu o estou traindo.

— Mas ele não fez isso com você?

— Não de propósito. E não quero fazer isso com ele.

— Entendi. O que faremos então?

— Um filme no cinema do castelo?

— Eu queria conversar com você hoje. O filme pode ser outro dia?

— Tá bom. — Pensei em o que poderíamos fazer. — Uma volta no jardim?

— Ótima ideia.

Direcionamo-nos até o jardim em completo silêncio. Lembrei-me de que Ana me ligaria em uma hora, então a conversa com Noah não poderia ser muito demorada.

Sentamo-nos em um banco qualquer e eu esperei que ele começasse a falar, mas acho que ele esperava que eu começasse, e um silêncio desconfortável surgiu no ambiente.

— Como foi o seu dia? — ele e perguntou timidamente.

— Bem legal. — Na verdade, tinha sido ótimo, mas não queria provocar ciúmes desnecessário nele. — E o seu? Ensaiou muito?

— Sim. Vamos lançar um álbum novo daqui a pouco — ele disse empolgado.

— Que legal! As músicas falam sobre o quê? Já tem data de lançamento?

— As músicas falam sobre amor. — Ele sorriu, um sorriso meio triste, devo acrescentar. Como eu me esqueci de que ele só escrevia músicas de amor?

Ele continuou a falar:

— Só escrevo músicas românticas. E pretendemos lançar o álbum depois de irmos embora.

Noah me encarou sério e prosseguiu.

— Leticia... — ele deu um longo suspiro — Eu realmente gosto muito de você, mas nós dois sabemos que isso nunca daria certo. — Ele deu um sorriso triste e olhou para o chão, depois voltou a olhar para mim. — Primeiro porque mesmo que você me escolhesse não poderíamos ficar juntos. A minha profissão e a sua não se encaixam. E não seria justo pedir para que um dos dois renunciasse ao que ama pelo outro. Sei como você ama o seu povo, assim como eu amo a música.

Continuei olhando para ele e escutando-o atentamente.

— Além do mais, nós dois sabemos que você o ama. Nunca houve realmente uma disputa.

— Noah...

— Não precisa se explicar. — Ele me cortou. — Sei que às vezes somos o último a entendermos o que sentimos. Desculpa por às vezes te cobrar determinadas coisas, mas o fato era que eu fazia isso porque sabia que no fundo nunca tive chances e queria mostrar que os meus instintos estavam errados, mas eles não estavam. — Ele me encarou. — Hoje, quando vi Peter te defender e você tentando defendê-lo, eu soube que meus instintos estavam certos. Depois de ver que ele enfrentou um rei, um dos caras mais poderosos do mundo, por você, e que estava disposto a ser preso só pela sua segurança, eu me toquei que ele te ama muito. E depois, quando vi você levantar e enfrentar o seu pai, um rei, por ele, percebi que o amor é recíproco.

— Eu sinto muito. Eu ia te contar que descobri isso hoje.

Seu rosto se tornou mais triste ainda.

— Espero que possamos ser ao menos amigos.

— Claro.

Ele respirou fundo e depois de alguns minutos falou:

— Eu sei que vai parecer ridículo e eu estou me odiando por isso, mas... — Ele suspirou. — Você pode ao menos me... me... — Ele corou. — Queria ao menos ter uma noção de como... de que...

— Você quer um beijo?

Ele corou e assentiu.

— Eu sei é muito...

Peguei seu rosto e o aproximei do meu. Ele se calou, apreciando o momento.

— Eu te entendo. Não precisa se explicar — disse, chegando um pouco mais perto.

Noah eliminou a distância que nos restava. Seus lábios encontraram os meus. O beijo foi bom, mas faltava algo: o amor.

Seus lábios não me desejavam como os de Peter. Nossas línguas não se encaixavam como acontecia nos meus beijos com Peter. Noah provavelmente devia beijar muito bem, mas depois de ter provado o beijo de Peter, o de Noah parecia faltar algo.

Se eu não tivesse beijado Peter antes com certeza adoraria o de Noah, mas a maior diferença entre o beijo de Peter e o de Noah era o amor. Beijar Noah era apenas um beijo. Beijar Peter era uma demonstração de carinho, de proteção, de admiração e de amor.

— Obrigado... — Noah disse enquanto se afastava da minha boca.

— Obrigada você por me entender.

Ele sorriu. Um silêncio dominou o ambiente.

— Acho que agora acabou, né? — ele disse forçando um sorriso. — Vou te deixar sozinha para refletir um pouco, pode ser?

— Pode. Obrigada de novo.

Antes que ele saísse eu disse:

— Noah...

— Sim?

— Não comenta sobre o que aconteceu lá dentro, tudo bem?

— Ok. Eu prometo que não vou contar a ninguém.

— Obrigada — falei sorrindo.

Ele sorriu também e saiu do jardim.

Era isso... Eu o amava. Eu amava Peter. Eu tinha que falar com ele, mas primeiro falaria com Ana.

Capítulo 39

Ana estava fazendo sua maquiagem quando atendeu ao telefone.

— Oi — disse.

— Ué? Já jantou e conversou com Noah? Achei que me ligaria umas 20h.

— Mas são 20h.

— Não são não — ela falou, olhando o relógio. — São 19h38 para ser exata.

— Tá. É que muita coisa aconteceu.

Ana me encarou e eu expliquei-lhe tudo que tinha acontecido naquela noite. Desde o jantar até o beijo de Noah.

— Então você está me dizendo que AMA O PETER? — ela gritou.

— Shiiiu! — fala baixo.

— Meu Deus! Eu sempre soube!

Ela estava extremamente animada. Sua animação era contagiante. Até eu fiquei mais empolgada depois de ligar para ela.

— E como foi o beijo do Noah? Foi bom? — Ela até parou de se maquiar para prestar mais atenção.

— Foi — disse timidamente. — Mas o do Peter é melhor.

— Ah! Que fofo, meu Deus! — Ela se acalmou um pouco e perguntou: — Agora como você vai falar com Peter? O que vai falar?

— Não sei. Eu estou meio nervosa.

— É normal estar nervosa.

— Você está?

— Estou o quê?

— Nervosa — falei, como se fosse óbvio. — Você vai sair com o Jacob hoje.

— Estou. Ele é um fofo...

Ana continuou falando de Jacob e eu a ouvi atentamente. Ficava feliz de ver que ela estava feliz.

Depois de quase uma hora de conversa, variando entre Jacob, Noah e Peter, Ana desligou e foi para o seu encontro. Não antes de me mostrar a roupa e perguntar se ela estava bonita, se a maquiagem estava boa, se seu cabelo estava bom. Respondi a verdade: ela estava perfeita.

Depois que Ana desligou, meu corpo me lembrou de que eu não havia jantado. Eu estava faminta. Passar o dia inteiro basicamente nadando e olhando para o Peter não me ajudou muito a me lembrar de comer. Minha última refeição tinha sido o almoço. Por isso desci e fui discretamente para cozinha.

A essa hora ninguém estaria lá, pois a maioria dos funcionários do palácio já estavam dormindo. Apenas os guardas ficavam acordados. Já de pijama, continuei minha fuga sorrateiramente até a cozinha.

Estava tudo escuro. Ótimo, os funcionários já estavam dormindo. O lado bom de estar na cozinha sozinha era poder comer coisas fora da dieta do palácio. Liguei a lanterna do meu celular, pois acender as luzes chamaria muita atenção, e fui em direção aos armários.

Resolvi fazer um brigadeiro de sobremesa enquanto decidia o que comer. Peguei os ingredientes e quando me abaixei para pegar uma panela, ouvi um barulho. Peguei uma frigideira, sentindo-me muito a Rapunzel, pronta para me defender se fosse um invasor. Eu só torcia para ter a mesma habilidade que Rapunzel tinha com a frigideira.

— Quem está aí? — perguntei, quase tremendo de medo.

Ninguém respondeu. Aproximei-me e vi uma silhueta masculina. A pessoa parecia forte. Arrepiei-me. Aproximei-me mais um pouco e tentei soar o mais ameaçadora possível quando falei:

— Quem está aí?

A pessoa girou e quase bateu a cabeça na frigideira com o movimento.

— Vai com calma, Rapunzel — disse, com um sorriso lindo em seus lábios.

Peter? Peter!

— Que susto que você me deu! — falei abaixando a frigideira. — Por que você não falou que era você logo no começo?

— Eu não ouvi — ele respondeu, aumentando o sorriso lindo em rosto. — Desculpa. Mas o que você está fazendo aqui?

— Eu não jantei, lembra? Estou com fome. O que você está fazendo aqui?

— Vi você passando como se fosse fazer algo errado e te segui. Queria ver o que era. E eu também estou com um pouco de fome.

— Você me seguiu? E como sabia que eu ia fazer alguma coisa diferente?

— Leticia, você não é muito boa em sair sorrateiramente dos lugares — ele comentou dando risada. — Quando vi você passando daquele jeito sabia que você ia aprontar.

— E mesmo assim quis vir? Eu posso te encrencar — falei.

— Duvido muito. Você é muito certinha, por isso fiquei tão curioso quando te vi saindo daquele jeito. O que você está aprontando? — ele disse com um sorriso malicioso.

— Vou cozinhar alguma coisa para eu comer.

— E por que você não queria ser vista?

— Porque vou sair da dieta do palácio. Ainda mais agora com essa história de casamento. — Peter sorriu, um sorriso grande. — Mesmo que não aconteça, eles não vão me deixar comer nada fora da dieta — falei por costume, mas me senti péssima quando vi que o sorriso de Peter diminuiu.

— E o que você vai fazer para a gente comer?

— A gente?

— Você não me negaria um prato de comida, negaria?

— Claro que não — disse rindo. — Só escolhi a sobremesa. Não sei o que fazer de lanche.

— O que você vai fazer de sobremesa?

— Brigadeiro — respondi enquanto tentava voltar para a bancada.

— Por que não podemos acender a luz? — Peter perguntou ao me seguir.

— Vai chamar muita atenção e aí vão saber que eu estou aqui e meu plano de me entupir de brigadeiro vai embora.

— Entendi. — Ele ficou em silêncio um minuto e depois perguntou: — Mas brigadeiro não é um doce brasileiro? Como você sabe fazer?

— Minha mãe era brasileira e ela me ensinou algumas receitas de lá.

— Então você tem o hábito de cozinhar escondida? — Mesmo não o olhando, sabia que estava com um sorriso no rosto.

— Todo mundo faz alguma coisa escondida. Às vezes eu realmente preciso comer algo mais bruto. Não me leve a mal, eu amo a comida do palácio, mas sinto saudades de comidas mais gordurosas.

Ele riu.

— Há quanto tempo faz isso? — Ele completou quando chegou ao meu lado na bancada: — Cozinhar escondida?

Pensei um pouco. Nunca tinha parado para pensar.

— Eu criei esse hábito com a minha mãe. — Um sentimento de nostalgia me pegou. — Ela era uma mulher comum do Brasil, então estava acostumada a comer e fazer diversas comidas de lá. Quando se casou com meu pai a vida dela mudou totalmente. Ela criou esse hábito de uma vez ou outra vir à cozinha e cozinhar alguma comida brasileira. Para se sentir mais em casa, sabe? — Peter assentiu. — Quando nasci, isso virou uma coisa meio que nossa. Ela ia ao meu quarto e descíamos para fazer comida. Era sempre algo salgado e algo doce. — Suspirei. — Depois que ela... que ela... se foi, nunca mais fiz isso.

— Até agora.

— Até agora. — Olhei para Peter e sorri. — Como você está aqui. O que acha de me ajudar?

Ele fez uma cara de espanto.

— Você esqueceu de que quase queimei o castelo uma vez tentando cozinhar?

— Isso porque eu não fui a sua professora. E eu vou estar aqui. Vamos Peter, por favor.

— Tá, mas se eu colocar fogo na cozinha a culpa é sua.

— Tudo bem — falei satisfeita.

— E temos que clarear um pouco este lugar. — Ele olhou em volta. — Como vou aprender a fazer algo se eu não estou enxergando nada?

— Tudo bem. Tem algumas velas ali. — Fui em direção ao armário e peguei algumas velas.

O ambiente ficou todo iluminado por velas. Peter insistiu que queria bastante luz porque, de acordo com ele, se ele era um desastre na cozinha com muita claridade, sem claridade ele seria muito pior.

— O que sugere fazermos para comer? — perguntei.

— Não sei. Uma pizza? — Ele arriscou. — Sei que não é invenção brasileira, mas faz muito tempo que eu não como uma.

— Ótima ideia! — respondi, pegando um tabuleiro. — Pode não ter sido criada no Brasil, mas a pizza deles é uma das melhores que já comi.

— Você já foi ao Brasil?

— Só uma vez, quando eu era bem pequenininha, mas não me lembro de quase nada. — falei enquanto abri os armários e os vasculhava.

— O que está procurando? — Peter indagou atrás de mim.

Sua respiração em meu ouvido me deixou toda arrepiada. Por um momento esqueci até o que eu estava procurando. Vasculhei a minha memória e lembrei.

— O livro de receitas da minha mãe. — Continuei procurando. — Ela o deixava escondido para as nossas fugas.

Peter continuou atrás de mim.

— Achei! — peguei e me levantei.

Quando me levante dei de cara com Peter, que não se moveu. Sua mão envolveu a minha cintura. Seus olhos vidrados no meu.

— Peter... — disse quase sem voz. — Eu adoraria fazer isso, mas precisamos começar a cozinhar.

— Precisamos? — ele perguntou, com a voz rouca, muito perto de mim.

"Ah, um beijo não me atrapalharia tanto...", pensei. Peter percebeu o meu sinal e me beijou. Um beijo quente, apaixonado. Tive mais certeza ainda de que tinha feito uma excelente escolha. Bom, agora só faltava contar para o escolhido a minha decisão.

Peter parou o beijo, a contragosto, e me encarou. Eu sorria como uma boba e Peter sorriu junto. Sua mão ainda em minha cintura. Ele se afastou um pouco, olhou-me de cima a baixo e disse:

— Adorei o seu pijama.

Um sorriso malicioso surgiu em seus lábios perfeitos.

Olhei para o meu pijama e me arrependi. Que vergonha! Eu estava com meu pijama do Garfield. Minhas bochechas queimaram de vergonha.

— Ah! Meu Deus. — Tapei meu rosto com as mãos. — Que vergonha!

— Vergonha por quê? — Peter disse, tirando as minhas mãos do meu rosto. — Eu achei uma graça.

— Fala sério, Peter.

— É sério. Chega a ser engraçado. Uma gata usando pijama de um gato.

Sem minha permissão um sorriso atingiu meu rosto.

— Agora vamos cozinhar, Peter. Chega de enrolação.

— Sim, senhora. — E bateu continência.

— Para de bobeira — falei rindo, direcionando-me para o fogão.

Peter veio atrás de mim. Peguei dois aventais. Coloquei um e dei outro para Peter.

— Por que isso?

— Para não sujar o seu pijama.

Aproveitei para olhar precisamente para a sua roupa. Ele estava usando uma bermuda preta e uma camisa social branca. Perguntei:

— Cadê o seu pijama?

Peter sorriu, satisfeito.

— Eu não uso pijama.

— Você dorme de camisa social?

— Não. — Ele pareceu achar graça da minha pergunta. — Durmo sem camisa, mas quando vi você descendo peguei a primeira camisa que eu vi e te segui.

— Entendi... — falei, corando um pouco.

Peter pegou o avental e colocou sorrindo, satisfeito com a minha reação.

Começamos a fazer a massa da pizza. Eu fazia a maior parte enquanto Peter me olhava. Ele pegava alguns ingredientes para mim e provava tudo que eu fazia. Sua resposta era sempre pedir um pouco mais para "ter certeza se estava bom".

Colocamos a pizza para assar e fomos fazer o brigadeiro. Peguei a panela e Peter se sentou na arquibancada, observando-me.

— Peter...

— Oi — ele disse ainda sentado.

— Pega a caixa de leite condensado e despeja tudo aqui na panela, por favor.

— Tudo? — Peter perguntou ao meu lado, já com a caixa de leite condensado na mão.

— Aham — respondi enquanto fui pegar o Nescau.

— E o que eu faço agora? — Peter perguntou quando voltei à panela. Coloquei cinco colheres de Nescau.

— Coloca esse pouquinho de manteiga na panela.

— Só isso?

— Só. A manteiga é só para o brigadeiro não grudar na panela.

— Entendi. Mais alguma coisa?

— Por enquanto não. Agora é só mexer até chegar no ponto.

Peter voltou a se sentar na bancada ao lado do fogão e ficou me observando.

— Nunca achei que gostaria tanto de ver alguém cozinhar.

Eu ri.

— E eu nunca achei que seria observada quando fosse cozinhar.

Peter sorriu.

— Como acha que está sendo o encontro da Ana e do Jacob? — perguntei.

— Não sei. Provavelmente legal.

Conversamos um pouco. Eu queria contar para ele sobre a minha decisão, mas não sabia como. Quando o brigadeiro ficou pronto, saí do fogão e fiquei na frente dele. Ele desceu da bancada.

— Tudo bem?

— Tudo — disse receosa. — Eu só... Huuum... Queria... Ah... Falar uma coisa com você.

— Pode falar.

— Então... É que... eu... Ah, eu não sei como dizer isso.

— Isso o quê? Você está me deixando preocupado.

— Não precisa se preocupar. É uma coisa boa — falei e ele relaxou um pouco. — Bom, eu saí com o Noah hoje. Você sabe, né?

— Sim... — ele respondeu sério.

— E ele me fez perceber uma coisa.

— O quê?

Aproximei-me um pouco mais dele.

— Ele me fez perceber que... — Ele estava muito ansioso. — Eu sempre soube de quem eu gostava e depois do encontro eu me decidi definitivamente. — Ele me encarou aflito e eu me aproximei um pouquinho mais. — Sempre foi você, Peter. Eu quero você, Peter. Na verdade, sempre quis — finalizei nervosa.

— Você me quer? Sempre me quis? — Ele pareceu surpreso e orgulhoso.

— Eu te amo, Peter. — Ele arregalou seus lindos olhos azuis. — Desculpe por demorar tanto tempo para perceber isso.

Peter se aproximou ainda mais. Parecia estar com um pouco de dificuldade para respirar. Suas mãos encontraram a minha cintura e a seguraram firme, como se estivessem com medo de que isso não fosse real.

— Você o quê? — ele perguntou, encarando-me atentamente.

— Eu te amo, Peter Oslandy — respondi, com um sorriso incrivelmente bobo no rosto.

Peter me beijou. Um beijo um pouco diferente dos anteriores, mais intenso, mais apaixonado. Ele me levantou no meio do beijo e me girou, como naquelas cenas de filmes.

Depois me desceu devagarinho, até meus pés encontrarem o chão, mas não me largou. Seus olhos azuis brilhavam como nunca tinha visto antes. Seus lábios estavam com o seu lindo sorriso.

— Eu te amo, Leticia Swit. — Sua voz rouca me fez ficar arrepiada.

Peter me beijou novamente. E nesse momento tive ainda mais certeza de que fiz a escolha certa.

Eu amava o homem que estava na minha frente, beijando-me e me segurando como seu eu fosse a coisa mais certa de toda a vida dele.

Eu amava Peter Oslandy.